Evan Hunter, 1926 in New York geboren, schloß sein Studium mit dem Bachelor of Arts ab und war als Lehrer an einer Berufsschule und als Mitarbeiter literarischer Agenturen tätig. 1953 erschien sein erster Roman »Saat der Gewalt«, der ihm literarischen Ruhm eintrug und erfolgreich verfilmt wurde. Seither sind seine Romane in alle wichtigen Sprachen übersetzt worden. Unter dem Pseudonym Ed McBain wurde Evan Hunter als Autor von über 40 Kriminalromanen und Thrillern bekannt.

Von Evan Hunter sind außerdem erschienen:

»Weitab vom Meer« (Band 1678)
»Das war im letzten Sommer« (Band 1795)

Vollständige Taschenbuchausgabe November 1991

Titel der Originalausgabe »Buddwing«.

Das Motto stammt aus T. S. Eliot, SWEENEY AGONISTES, Fragmente zu einem aristophanischen Melodram, deutsch von Erich Fried, in »Gedichte«, Suhrkamp Verlag, Frankfurt am Main, 1964.

Umschlaggestaltung Adolf Bachmann
Umschlagfoto Photodesign Mall
Druck und Bindung brodard & taupin
Printed in France 5 4 3 2 1
ISBN 3-426-02950-2

Evan Hunter:
Schock

Roman

Aus dem Amerikanischen von Helmut und Christel Wiemken

Knaur

In Liebe — für Anita

Denn wenn du allein bist
Wenn du allein bist wie er allein war
Bist du aus beiden eins oder keins
Ich sag euch das trifft wieder nicht zu
Tod oder Leben oder Leben oder Tod
Tod ist Leben und Leben ist Tod
Ich muß Worte verwenden wenn ich euch was erklär
Aber ob ihr versteht oder nicht versteht
Dran liegt mir nichts mehr und euch nichts mehr
Wir alle müssen her denn wir müssen her

T. S. Eliot
deutsch von Erich Fried

1

Er erwachte.

Er konnte nur ein paar Stunden geschlafen haben; und doch fühlte er sich merkwürdig erfrischt — er erwachte ganz unvermittelt, ohne jenen Übergang in den dämmernden Grenzbereich, aus dem er sich beim Aufwachen gewöhnlich erst lösen mußte. Er wußte genau, wo er war. Zwar schien ihn die Feststellung, daß er einen Straßenanzug trug, zunächst ein wenig zu überraschen; doch dann begriff er, daß man auf einer Holzbank im Central Park wohl nicht im Pyjama schlief. Er setzte sich auf und rieb sich das Gesicht — nicht um Müdigkeit wegzuwischen; eher war es eine Gewohnheitsgeste. Dann warf er einen Blick über den Weg, hinter dessen eisernem Geländer sich der Boden zu einem kleinen See senkte. Der See lief in einen schmalen Finger aus, umgeben von mächtigem Urgestein, weit dahinter der Beton der Fifth Avenue, darüber ein fahlblauer Himmel.

Wer bin ich? fragte er sich.

Die Worte zuckten in funkelnder, nahezu glühender Intensität durch sein Hirn — nur eine Sekunde lang, dann ausgelöscht von ihrer eigenen Absurdität. Er lächelte über den törichten Gedanken; dann lächelte er, weil es ein schöner Tag war. Die Luft war mild und warm; eine erfrischende Brise, an Tropengegenden erinnernd, umspielte ihn. Er überlegte sich, wie spät es sein mochte, warf einen Blick auf sein Handgelenk, entdeckte überrascht, daß er keine Uhr besaß, und fragte sich noch einmal: wer bin ich? Diesmal schien die Frage nicht so absurd. Diesmal zwang sie ihm das Lächeln von den Lippen.

Ich bin ...

Er saß da, wartete. Er geriet nicht in Panik. Er saß gelassen auf der Parkbank. Das ist New York City, sagte er sich. Der Central Park. Dort drüben liegt die Fifth Avenue. Ich sehe die Dächer der Gebäude; wer bin ich? Er wartete geduldig, das Wissen lag ihm auf der Zunge. Selbstverständlich wußte er, wer er war; er war ...

Er wartete.

Plötzlich fühlte er sich unbehaglich, aber er wußte, er würde nicht in Panik geraten. Das war ein temporäres Versagen, als vergäße man bei einer Party einen Namen, eine simple Störung, momentan, vorübergehend. Er würde deshalb nicht einmal die Stirn runzeln. Gelassen, geduldig saß er da und ließ sein Gedächtnis langsam kreisen, wie ein Tier, das zum Sprung auf ein flinkes Opfer ansetzt, vorsichtig, geräuschlos tappend: ich bin ...

Doch der Name kam nicht.

Das ist doch wirklich lachhaft, dachte er, schließlich bin ich ...

Wer?

Sein Unbehagen vertiefte sich. Er sah sich verstohlen um, als wäre dieses törichte Versagen, diese unbesonnene, groteske Widrigkeit etwas, das alle Leute sehen konnten. Aber es war niemand da. Er war allein im Park, auf der Bank. Übrigens mußte es noch sehr früh sein; nicht einmal von der Fifth Avenue drangen Verkehrsgeräusche herüber. Das Unbehagen hatte irgendwo im hinteren Teil seines Schädels eingesetzt, nicht in seinem Denken, sondern im Hinterkopf, in der Gegend der *medulla oblongata. Medulla oblongata:* Biologiekurs I auf der High School — auf welcher High School? Dann hatte es sich über sein Gesicht gebreitet; er spürte, wie es ihm die Haut über den Wangenknochen straffte, dann die Oberlippe erreichte und die Lippen zusammenzog. Es nistete sich in seiner Kehle ein und schoß von dort aus wildflatternd zum Herzen. Er würde nicht in

Panik geraten. Er verbot es sich. Doch das Unbehagen, das in seinem Herzen hämmerte, war der Panik schon sehr nahe. Und plötzlich verkrampfte er die Hände.
Hör zu, sagte er sich, du weißt, wer du bist.
Also gut (vorsichtig ... fast fürchtete er sich, die Worte noch einmal zu denken, als wüßte er, mit ihnen konfrontiert, daß er abermals keine Antwort bereit hätte, fast weigerten sich die Worte zu kommen ... vorsichtig, ganz vorsichtig, nein, es nützte nichts, Tricks anzuwenden, sich selbst zu täuschen) also gut, wer bin ich?
Ich weiß, wer ich bin, dachte er. Ich sitze hier auf einer Bank, im Central Park, dort drüben ist die Fifth Avenue, ich bin in New York City, mein Name ist ...
Oh.
O verdammt, dachte er.
Was ist nur heute früh mit mir los? Was soll ich hier? Ich sollte ...
Und plötzlich schoß die Panik in sein Herz. Mit scharfer, klarer, zwingender Sicherheit wußte er: er sollte ganz woanders sein und hatte nicht die geringste Ahnung, wo dieses Woanders sein mochte. Er sollte nicht hier sein, er wußte es; und dann, voll Angst, daß sein Herz den Brustkorb sprengen, das Fleisch zerreißen und angsterfüllt pochend auf dem Weg vor der Bank liegen könnte, drängte es ihn plötzlich zu wissen, wie er aussah. Er riß die Hände vors Gesicht. Sie zitterten. Wieder sah er sich um, ob jemand das Zittern bemerkt haben könnte. Doch er war noch immer allein. Ganz und gar einsam, und die Einsamkeit gab seiner Angst eine neue Dimension, als wäre er in einen endlosen Albtraum eingekerkert, dazu verdammt, immer wieder die Frage WER BIN ICH? herauszuschreien — und niemand hörte ihn, niemand gäbe Antwort.
Er betastete mit gespreizten Fingern sein Gesicht. Wie es schien, hatte er zwei Augen, eine etwas lange Nase, eine schmale Oberlippe, hohe Wangenknochen — sie schienen

ihm hoch, er ertastete sie unmittelbar unter den Augen. Die Haut seiner Wangen schien gespannt, straff; er war unrasiert.
Er nahm die Hände vom Gesicht und betrachtete sie aufmerksam, als wären seine Gesichtszüge deutlich in ihnen abgebildet, und erst jetzt entdeckte er den schweren Goldring am Mittelfinger seiner rechten Hand. Der Ring hatte einen schwarzen Stein, der Stein war gesprungen; doch es gab keine Initialen, kein Hinweis auf der blinkenden, schwarzsplittrigen Oberfläche oder der Goldfassung, der ihm hätte verraten können, was der Ring über die bloße Zierde hinaus zu bedeuten hatte, an was er erinnern sollte. Er versuchte den Ring abzuziehen, bekam ihn aber nicht über den Knöchel. Immer noch auf der Bank sitzend – die Panik war nun der Neugier gewichen, einer eher müßigen Neugier –, steckte er den Finger in den Mund, befeuchtete den Knöchel und zog dann den Ring mit Gewalt ab. Er warf einen Blick in das goldene Rund. *Von G. V.* war in feiner Schrift darin eingraviert.
Wer ist G. V.? dachte er. Doch dann erheiterte ihn der Gedanke an die zahllosen Möglichkeiten, die in dieser Situation lagen. Er wußte nicht, wer er war, und er wußte nicht, wer G. V. war. Plötzlich fand er es merkwürdig, daß er in dieser ganzen weiten Welt niemanden kannte. Wer ist Präsident Johnson? fragte er sich. Und schon die Logik der Frage gab ihm seine Sicherheit zurück: wußte er, daß Johnson Präsident war, so wußte er auch, wer Johnson war. Er ertappte sich dabei, eine Liste von Namen durchzunehmen, als verteilte er geographische Festpunkte auf einer Karte: Nikita Chruschtschow, Pablo Casals, Sarah Vaughan, Fidel Castro, Tennessee Williams, Marilyn Monroe, Ernest Hemingway; gestorben, dachte er, beide tot. Und dann fragte er sich, ob auch er vielleicht tot wäre.
Wenn ich tot bin, überlegte er, geht es mir nicht schlecht. Was macht's also? Wenn ich tot bin, so heißt das nur, an

einem hübschen Frühlingstag im Central Park aufzuwachen; folglich kann das Totsein nicht so schlimm sein. Dann griff er in die Tasche, als hätte er schon lange daran gedacht und bisher nur eine Art verstohlenen Spiels mit sich selbst getrieben, und suchte nach seiner Brieftache. Daß er sie in der linken Hosentasche trug, wußte er so sicher, wie er wußte, daß er sich im Central Park befand und daß Lyndon Johnson Präsident der Vereinigten Staaten war. Er steckte die Hand in die Tasche und war überzeugt, daß die Brieftasche dort nicht sein würde; trotzdem fühlte er nach und nickte, flüchtig enttäuscht. Dann beklopfte er die anderen Hosentaschen — keine Brieftasche. Entweder hatte er sie verloren oder sie war ihm gestohlen worden — allenfalls eine Erklärung dafür, was er im Central Park zu suchen hatte, an einem Samstagmorgen, an dem . . .

Samstag.

Er wußte, es war Samstag.

Er saß ganz still auf der Bank und starrte zur Fifth Avenue hinüber, beruhigt von dem Wissen, das er offensichtlich besaß — einem Wissen um Ort und Zeit; es war Samstag. Wieso er wußte, daß es Samstag war, hätte er nicht sagen können, er wußte es eben; doch weshalb hatte er das Gefühl, an diesem Samstagmorgen woanders sein zu müssen? Die Panik war jetzt völlig abgeklungen. Er saß nur gelassen da und starrte ins Weite. Die Suche hatte mit dem Ring an seinem Finger begonnen, dann hatte er in den Hosentaschen nach der Brieftasche gefühlt — er brauchte nur noch die Taschen seines Jacketts durchzustöbern. Er entdeckte, daß er einen dunkelblauen Anzug trug, blaue Socken und schwarze Schuhe. Sein Hemd war weiß, goldene Manschettenknöpfe schauten aus den Jackettärmeln. Er trug eine graue Krawatte mit einer winzigen goldenen Nadel. Einen Hut trug er nicht — es überraschte ihn nicht, er wußte, daß er nie einen Hut getragen hatte. Er fand ein Päckchen L & M-Zigaretten in der Brusttasche seines Jacketts und zündete sich eine davon an — er hatte Streichhölzer bei sich, kein Feuerzeug —, dann steckte er die Zigaretten wieder ein und fuhr fort, seine Taschen zu durchsuchen. In der Innentasche fand er ein schmales Etui mit goldenem Füllhalter und Bleistift, dahinter ein kleines schwarzes Notizbuch und einen Fahrplan für den Harlemer Abschnitt der New York Central. Auf den Fahrplan warf er nur einen kurzen Blick — er rief nichts in ihm wach — und öffnete dann das kleine schwarze Buch, in der Erwartung, es voller Namen und Adressen zu finden, enttäuscht, als er es leer fand. Nur auf der ersten Seite stand in einer Handschrift, die er nicht erkannte: MO 6-2367. Ohne zu überlegen, zog er den Füllhalter aus der Tasche, schraubte die Feder heraus und schrieb unter die Zeichen MO 6-2367, die er für eine Telefonnummer hielt, noch einmal das gleiche — MO 6-2367. Die Handschrift, die er nicht erkannt hatte, war seine eigene; beide Eintragungen glichen einander. Er steckte Buch, Fahrplan und Füllhalter wieder in die rechte Innentasche, griff dann in die linke und fand nichts. Die linke Außentasche des Jacketts war gleichfalls leer; in der rechten fand er zwei eingerissene Kinokarten. Ob es alte Karten waren oder ob er am vergangenen Abend in einem Kino gewesen war, wußte er nicht; sein gelassenes Denken registrierte indessen, daß es zwei Karten waren. Jedenfalls war er nicht allein im Kino gewesen. Er steckte zwei Finger in die Uhrtasche seiner Hose, in der Erwartung, nichts zu finden, und stieß zu seiner Überraschung auf zwei kleine Gelatinekapseln mit weißem Pulver. Was sie enthielten, weshalb er sie bei sich trug, wußte er nicht. Er ließ sie wieder in die Uhrtasche gleiten.

Noch ein paar Augenblicke saß er ruhig da und überlegte. Zuerst mußte er nun die Nummer im schwarzen Buch anrufen, wenn es überhaupt eine Telefonnummer war. Aber was konnte es anderes sein? Das Buch war offensichtlich neu, überlegte er; es mußte eine wichtige Nummer sein, wenn er sie als erste und einzige Eintragung hineingeschrieben hatte. Seine eigene Nummer konnte es nicht sein; wer notierte sich schon die eigene Telefonnummer? Es sei denn, er wäre erst kürzlich umgezogen, hätte ein neues Telefon und wäre mit der Nummer noch nicht vertraut; in diesem Fall hätte er die Nummer notieren können, um sie nicht zu vergessen. Eine reichlich vage Möglichkeit, wie ihm schien, doch mußte man sie in Erwägung ziehen. Er verdrängte sie in den Hintergrund seines Bewußtseins, dorthin, wo er allmählich einen Wissensbestand über diesen Menschen, der er selbst war und den er nicht kannte, abzulagern begann. Einen spärlichen Bestand bestenfalls; immerhin wußte er bereits, daß er einen goldenen Ring an der rechten und nicht an der linken Hand trug, was darauf schließen ließ, daß er nicht verheiratet war. Außerdem wußte er, daß G. V. ihm den Ring geschenkt hatte, er wußte weiter, daß er goldene Manschettenknöpfe trug, eine goldene Krawattennadel und einen anständigen Anzug. Er öffnete das Jackett und warf einen Blick auf das eingenähte Etikett. De Pinna. Ein teurer Anzug. Wer er auch sein mochte, er war kein Habenichts. Die Feststellung, daß er sich goldene Manschettenknöpfe, eine goldene Krawattennadel und einen Anzug von De Pinna leisten konnte, gab Sicherheit. Es sei denn, alle diese Dinge wären, wie der goldene Ring, Geschenke von G. V., wer das auch sein mochte; und wenn es so war ...

Er verbot seinem Denken ein benommenes Kreisen, das endlos und gefährlich schien. Zuerst mußte er die Nummer anrufen. Abermals zog er das schwarze Buch aus der Tasche und schlug die erste Seite auf, wo die beiden Nummern untereinander standen, die eine schon vorhanden, als er das Buch zum erstenmal öffnete, die andere, die er geschrieben hatte, um die Handschrift zu prüfen. MO 6-2367. Schön, als erstes würde er nun diese Nummer anrufen; und doch hatte er das Gefühl, daß dieser Anruf nicht dringend war, daß er dabei nicht mehr über sich selbst erfahren würde, als er bereits wußte.

Außerdem hatte er kein Geld.

Er hatte überdies keine Uhr, ein Umstand, der, verbunden mit dem Fehlen seiner Brieftasche und sogar kleiner Münze, zu der Vermutung führen konnte, er sei das Opfer eines Raubüberfalls. Doch waren weder seine Manschettenknöpfe noch seine Krawattennadel gestohlen. Hätte ein Dieb Brieftasche, Uhr und Kleingeld genommen, ohne sich an Schmucksachen zu vergreifen? Gab es überhaupt einen Dieb, einen Raubüberfall? War nicht ebensogut möglich, daß er seine Wohnung, sein Hotelzimmer, wo es auch sein mochte, verlassen und Brieftasche, Uhr und Geld nicht mitgenommen hatte? Übrigens besaß er vielleicht überhaupt keine Uhr. Nein, er kannte kaum jemanden in der ganzen Welt, der nicht zumindest eine Armbanduhr besaß. Wieder ein Gedanke, der ihn belustigte. Nicht nur, weil er kaum jemanden kannte, der keine Uhr besaß – er kannte schließlich überhaupt kaum jemanden, punktum. Exakt ausgedrückt – was hieß hier kaum? – er kannte absolut niemanden in der Welt. Nicht eine einzige lebende Seele kannte er – es sei denn, er kannte Präsident Johnson und die anderen, deren Namen sein Hirn durchzuckt hatten. Warum eigentlich nicht? Vielleicht rief er den Präsidenten Abend für Abend an und sagte zu ihm: »L. B., gehen Sie mit zum Kegeln?« Vielleicht war er ein Delegierter der Vereinten Nationen. Du lieber Himmel, vielleicht war er Adlai Stevenson selbst. Warum eigentlich nicht? Noch hatte er nicht einmal sein eigenes Gesicht gesehen.

Der Gedanke, daß er wirklich Adlai Stevenson sein könnte, dem es eingefallen wäre, den Central Park zu durchwandern und den man überfallen und auf einer Bank zurückgelassen hatte, schien ihm sehr real und durchaus möglich; er wußte, daß Adlai Stevenson kahlköpfig war, deshalb berührte er

seinen Kopf, um zu erfahren, ob er kahlköpfig und mithin Adlai Stevenson wäre.
Er fühlte Haar.
Es war ziemlich kurz geschnitten, kein Bürstenhaarschnitt, aber kurz genug. Schön, dann war er eben nicht Adlai Stevenson; er empfand Erleichterung. Daß er jemand war, der Stevenson kannte und der Johnson kannte, war damit noch nicht ausgeschlossen, eine wichtige Persönlichkeit, die sich in hohen politischen Kreisen bewegte — warum eigentlich nicht? Sein Anzug war von De Pinna, er trug goldene Manschettenknöpfe und eine goldene Krawattennadel — es war offensichtlich, daß er aus dem Sherry-Netherland-Hotel kam, wo eine wichtige Veranstaltung der Demokratischen Partei stattgefunden hatte, und daß Uhr und Brieftasche zufällig in jener Herrentoilette zurückgeblieben waren, in der er neben Dean Rusk gestanden hatte.
Er stand auf.
Zuallererst, das begriff er jetzt, mußte er etwas anderes tun, als er sich anfangs vorgenommen hatte. Die Telefonnummer im schwarzen Buch, wenn es überhaupt eine war, schien noch nicht besonders dringend, sie war wohl auch nicht so schrecklich wichtig. Das Wichtigste war, einen Spiegel zu suchen und sich selbst scharf ins Auge zu fassen. Vielleicht überraschte er sich mit der Entdeckung, daß er Cary Grant war. Wären Leute in der Nähe (wo zum Teufel war nur die ganze Stadt?), würde er es bald genug wissen, ob er Cary Grant war — mit höchster Wahrscheinlichkeit würde ihn irgendwer um ein Autogramm angehen oder bei seinem Anblick ohnmächtig zu Boden sinken; doch unseligerweise waren keine Leute in der Nähe. Davon abgesehen, bedeutete auch ein Ohnmächtiger noch nicht unbedingt, daß er Cary Grant war. Ein Ohnmächtiger ließ ebensogut darauf schließen, daß er Burt Lancaster war, Frank Sinatra oder, die Ohnmachtsgewohnheiten gewisser Kreise eingerechnet, vielleicht Van Cliburn. Er musterte seine Finger. Sie

waren lang und schmal. Vielleicht war er Pianist, vielleicht auch Bongotrommler; die Möglichkeiten waren unbegrenzt und, um bei der Wahrheit zu bleiben, ein wenig furchteinflößend. Angenommen zum Beispiel, er fände irgendwo einen Spiegel und stellte sich davor; angenommen, er wäre wirklich Cary Grant; angenommen weiter, er würde Cary Grant nicht erkennen, wenn er vor ihm stünde — was dann? Man stelle sich vor, er sähe nur irgendwen, der ihn wiederum ansähe, und hätte nicht die leiseste Ahnung, um wen es sich handelte, Tony Curtis, Doktor Schweitzer — lieber Gott, gib, daß ich nicht Doktor Schweitzer bin!

Er machte sich auf den Weg.

Der Tag war mild und klar, von einem leichten Dunst abgesehen, der hoch zwischen den Hotels und Apartmenthäusern hing, die sich in der Fifth Avenue aneinanderreihten. Er verließ den Park und ging gleich hinter der Reiterstatue zum Springbrunnen vor dem Plaza-Hotel hinüber. Er sah sich nach einer Uhr um, suchte die Obergeschosse der Hochhäuser ab (gab es da nicht so ein verdammtes Ding, das alle drei oder vier Sekunden Temperatur und Zeit aufblinken ließ — wo zum Teufel mochte das geblieben sein?), doch er fand keine Uhr. Er wußte, daß es sehr früh am Morgen war — gleich nachdem sich die Sonne vom Horizont gelöst hatte, mußte er aufgewacht sein. Vor dem Plaza warteten nicht einmal die üblichen Taxen, noch war es zu früh. Selbst der Dienst des Türstehers vor dem Hotel hatte noch nicht angefangen. Er drängte sich durch die Drehtüren und war gerade auf dem Weg zum Palmenhof, als er zu seiner Rechten einen Mann sah, der parallel mit ihm ging.

Der Mann erschreckte ihn.

Drehte er sich, so drehte der Mann sich gleichfalls. Und dann begriff er plötzlich, daß er die Türen der Herrentoilette anstarrte — er sah das Schild HERREN — und daß jeder Flügel der Doppeltür in acht Spiegel aufgeteilt war: der Mann, der ihn anstarrte, war er selbst. Lackierte Holzleisten teilten die Spiegeltüren auf; um sein eigenes Gesicht zu sehen, mußte er sich bücken, weil gerade in Augenhöhe eine Querleiste den Spiegel teilte. Seine Augen begegneten den Augen des gebückten Mannes im Spiegel, beide schauten einander an, ohne sich zu erkennen, zwei Fremde, keiner wußte, wer der andere war. Er trat näher zum Spiegel. Der Mann mochte fünfunddreißig Jahre alt sein. Sein Anzug, wenn auch noch verdrückt von der Nacht, war offenbar teure Maßarbeit und saß makellos. Seine Krawatte war zu einem Windsorknoten geschlungen. Er trug ein Hemd mit schmalem Kragen. Sein Haar war bräunlichschwarz.

Er sah dem anderen in die Augen, in die Augen eines Mannes, der er selber war und den er nicht kannte. Es waren blaue Augen mit winzigen weißen Flecken, die Brauen darüber ein wenig buschig. Die Nase des Fremden, des Mannes im Spiegel, schien sein Gesicht zu teilen; sie war wirklich ein wenig zu groß. Die Wangenknochen waren hoch — in diesem Punkt hatte er sich nicht geirrt. Die Oberlippe war in Wirklichkeit nicht so schmal, wie er sie sich vorgestellt hatte; er hatte einen vollen, kräftigen Mund, dieser Mann im Spiegel. Alles in allem ein gutaussehender Mann; er mochte diesen Mann, den er im Spiegel sah, wenn er auch nicht die geringste Ahnung hatte, um wen es sich handelte. Immerhin, dachte er, du bist nicht Cary Grant.

Das Spiegelbild faszinierte ihn. Der Wissensbestand im Hintergrund seines Bewußtseins bereicherte sich um eine weitere Einzelheit: um ein Bild, von dem er wußte, daß es sein eigenes war, ein Bild, das fortan die äußere Schale sein würde, in der er leben und handeln konnte, ein Bild, das er bisher nicht besessen hatte. Bisher war er nur körperloses Bewußtsein gewesen, das sich durch einen grenzenlosen Raum bewegte; nun hatte der Raum sich begrenzt und Form angenommen, hatte sich selbst eine Oberfläche geschaffen — dieses Bild, das ihm von der Spiegelwand des

Plaza-Hotels entgegenstarrte, ein Bild, das ihm auf der Stelle gefiel, ein Bild, das ihn faszinierte. Er hob eine Braue, eine Grimasse, die er sich mit sechzehn angewöhnt hatte — wieder eine Einzelheit, dem wachsenden Bestand im Hintergrund seines Bewußtseins hinzugefügt. Die Person, der er gegenüberstand, entzückte ihn — dieses Gesicht mit blauen Augen und ungekämmt weichwelligem Haar, dieser breitschultrige, schmalhüftige, offenkundig intelligente und gutaussehende Herr, der ihn aus dem Spiegel ansah und den Fremden, der ihn mit so unverhohlenem Vergnügen anlächelte, zu mögen schien. Er trat wieder einen Schritt vom Spiegel zurück und fühlte plötzlich, daß er hungrig war.
Der Hunger schien ihn mit so unvermittelter Gewalt zu überfallen, daß ihm klar wurde: er war vermutlich schon von dem Augenblick an da gewesen, in dem er erwachte, nur von wichtigeren Dingen — zum Beispiel der Überlegung, wer er selber war — beiseitegedrängt worden. Der Hunger verlieh der Telefonnummer — wenn es eine Telefonnummer war, die er in dem schwarzen Buch gefunden hatte — plötzliche Dringlichkeit. Geld hatte er nicht, und um zu essen, mußte man Geld haben. Vielleicht hatte die Person am anderen Ende der Leitung Geld und konnte es ihm geben oder leihen. Möglich auch, daß diese Person ihn kannte, ihn liebte und ihm zu essen gab. Er ging unverzüglich zu einem der Haustelefone, hob ab, schlug abermals das schwarze Buch auf und wartete, bis eine Hoteltelefonistin sagte: »Ja, bitte?«
»Vermittlung, können Sie mich mit MO 6—2367 verbinden?«
»Sind Sie Gast des Hauses, Sir?«
»Ja«, log er.
»Ihre Zimmernummer, bitte?«
»407«, sagte er.
»Augenblick, bitte.«
Er wartete, halb in dem Argwohn, daß die Telefonistin ein

vollständiges Register aller Zimmergäste durchginge und dabei entdeckte, daß Zimmer 407 entweder im Augenblick leer oder mit einer unverheirateten Achtzigerin belegt war. Statt dessen hörte er zu seiner grenzenlosen Erleichterung ein Klicken: sie wählte die Nummer. Und dann hörte er irgendwo in der Stadt ein Telefon schnarren, das hartnäckig nach jemandem rief, der für ihn weder Gesicht noch Namen hatte.

Das Telefon läutete, einmal, zweimal, dreimal.

Er wartete.

Es läutete wieder und wieder, und er war schon entschlossen, aufzuhängen, als eine Frauenstimme plötzlich »hallo« sagte.

»Hallo«, sagte er verblüfft.

»Wie spät ist es?« fragte die Frau. Ihre Stimme klang kurzatmig und verschlafen.

»Ich weiß nicht«, antwortete er. »Gerade aufgewacht?«

Er hörte einen unterdrückten Laut; und dann sagte die Frau, die offenbar nach der Uhr an ihrem Bett gesehen hatte: »Du lieber Gott, es ist sechs Uhr früh! Wer ist dort?«

»Ist dort MO 6—2367?«

»Ja, hier ist Monument 6—2367. Wer dort?«

»Wer dort?« fragte er zurück.

»Was soll das nun wieder heißen? Bist du das, Sam?«

»Bitte — wer dort?« fragte er noch einmal.

»Hier ist Gloria. Was heißt überhaupt ›wer dort‹? Rufst du an oder ich?«

»Ich rufe an, Gloria«, sagte er. Gloria, dachte er. G. V. »Wie geht's?«

»Wie es geht? Ich schlafe noch halb, genügt das? Was ist überhaupt los? Bist du das, Sam?«

Sam, dachte er. »Ja«, sagte er. »Ich bin's, Sam.«

»Dachte ich mir«, sagte Gloria.

»Ich möchte dich sehen.«

»Warum?«

»Ich möchte mit dir sprechen.«
»Warum?«
»Ich — ich muß mit dir sprechen.« Er zögerte einen Moment und sagte dann: »Ich bin am Ende.«
»Wo in aller Welt — was soll das heißen, du bist am Ende? Sagtest du ›am Ende‹?«
»Ja.«
»Ach, Sam«, sagte die Frau. In ihrer Stimme lag so viel Verzweiflung, daß er einen Augenblick lang glaubte, sie würde zu weinen anfangen.
»Gloria?«
Sie antwortete nicht.
»Gloria?« fragte er noch einmal.
»Ich bin noch da.«
»Ist alles in Ordnung?«
»Bei mir? Natürlich. Warum rufst du immer nur an, wenn du betrunken bist? Würdest du mir das bitte erklären?«
»Ich bin nicht betrunken, Gloria.«
»Was in aller Welt heißt dann: du bist am Ende? Wie kannst du am Ende sein? Wo bist du überhaupt?«
»Hier im Plaza.«
»Wo bist du?«
»Im Plaza-Hotel, an der Neunundfünfzigsten Straße.«
»Wie kannst du am Ende sein, wenn du im Plaza-Hotel bist?«
»Wo bist du, Gloria?«
»Zu Hause. Merkwürdige Frage! Zu Hause bin ich, wo sollte ich sonst sein? Schließlich hast du mich angerufen, oder etwa nicht? Ich bin im Bett und schlafe, das heißt, ich versuche es. Ach, Sam, du machst mich verrückt. Was willst du schon wieder?«
»Ich möchte dich sehen.«
»Wann?«
»Jetzt.«
»Nein.«

»Warum nicht?«
»Du willst doch nur ... Kommt nicht in Frage.«
»Gloria, ich muß dich sehen.«
»Warum?«
»Weil ...« Er zögerte. »Weil ich nicht weiß, wer ich bin; außerdem bin ich hungrig.«
»Du hast nie gewußt, wer du bist«, sagte Gloria. »Und hungrig warst du immer. Glaubst du etwa, das ist etwas Neues für mich?«
»Ich weiß wirklich nicht, wer ich bin«, sagte er.
»Ja, ja.«
»Gloria?«
»Ja, ja.«
»Laß mich zu dir kommen.«
»Warum? Du willst doch nur mit mir ins Bett.«
»Nein. Ich möchte, daß du mir sagst, wer ich bin.«
»Ach, Sam, laß das. Für solchen Unsinn ist es noch zu früh. Du bist du, was sonst? Du kannst einen verrückt machen, wenn du es genau wissen willst. Nun häng auf und laß mich weiterschlafen.«
»Nein!« sagte er scharf. »Gloria — eine Minute noch.«
Er hörte die Frau am anderen Ende der Leitung seufzen.
»Also von mir aus«, sagte sie. »Aber nur eine Minute.«
»Ich bin heute morgen im Central Park aufgewacht«, sagte er.
»So?«
»Ich weiß nicht, wer ich bin.«
»Sam, ich verstehe kein Wort«, sagte sie. »Kein einziges Wort.«
»Ich erkläre dir alles, wenn ich komme.«
»Du wirst durchaus nichts erklären, wenn du kommst; du kommst mir nicht hierher.«
»Deine Nummer stand in meinem Buch«, sagte er.
»Wie?«
»In meinem Buch.«

»Klar. Und deine Nummer steht in meinem Buch, Liebling; ich weiß, was du willst, und habe keinerlei Lust, es dir zu geben. Wenn du etwa glaubst, du brauchst nur zu kommen und schon ...«

»Nein, ich will mit dir reden.«

»Das konntest du immer schon gut«, sagte sie. Er spürte, daß sie nahe daran war, nachzugeben.

»Ganz bestimmt. Laß mich kommen.«

»Ich schlafe noch. Ich bin erst halb wach.«

»Wir können miteinander Kaffee trinken. Und reden.«

»Aber ich ziehe mich an, damit du es weißt. Du kommst nicht her und findest mich im Bett, wenn du dir etwa dergleichen vorstellen solltest.«

»Ich stelle mir nichts dergleichen vor.«

»Also ...«

»Bitte, Gloria.«

»Also gut.«

»Ich bin sofort da«, sagte er.

»Von mir aus«, sagte sie und hängte auf.

Als er den Hörer wieder aufgelegt hatte, war sein erster Gedanke, daß er nun einen Namen besaß, Sam; kein übermäßig schöner Name, aber immerhin ein Name, Sam; dann brach ein zweiter Gedanke in sein Bewußtsein ein: er hatte sie nicht gefragt, wo sie wohnte. Wieder griff er zum Hörer, verlangte die gleiche Nummer und erklärte der Telefonistin nochmals, er sei Gast des Hauses, Zimmer 407; dann wartete er, während das Telefon in Glorias Wohnung wiederum läutete.

»Hallo?« sagte sie.

»Gloria?«

»Was ist denn noch?«

»Ich habe deine Anschrift vergessen«, sagte er.

»Was hast du?«

»Ich habe ...«

»Du hast meine Anschrift vergessen?« Sie hielt einen Moment inne und sagte dann: »Du bist doch betrunken, ja?«
»Nein. Ich kann mich nur an nichts erinnern. Das habe ich dir doch gesagt.«
»332 West Achtundneunzigste«, sagte sie. »Du hast meine Anschrift vergessen! Das ist doch wirklich das Letzte.«
»Ich bin in ein paar Minuten dort.«
»Wenn du jetzt im Plaza bist, bist du bestimmt nicht in ein paar Minuten hier«, sagte Gloria. »Davon abgesehen, was tust du im Plaza? Tee trinken?«
»Ja«, sagte er. Dann lächelte er. »Ja, ich trinke Tee mit Adlai Stevenson.«
»Mit wem?«
»Stevenson.«
»Dann bringe ihn möglichst nicht mit«, sagte sie. »Ich habe den Kopf voller Lockenwickler.«
»Sicher siehst du mit Lockenwicklern entzückend aus«, erwiderte er.
»Fang nicht mit solchem Unsinn an«, sagte sie.
»Ich fange mit überhaupt nichts an, Gloria«, versprach er. »332 West Achtundneunzigste, richtig?«
»Ja, ja. Meine Anschrift vergessen! Vielleicht schreibst du sie dir auf?« Ein sarkastischer Unterton. »Damit du sie nicht nochmal vergißt, ja? Wenn du schon neuerdings alles mögliche vergißt.«
»Ein guter Gedanke«, sagte er.
Er zog das schwarze Buch aus der Tasche und schrieb die Adresse — 332 West 98. — unter die Telefonnummer. Dann klappte er das Buch wieder zu und sagte: »Schönen Dank, Gloria.«
»Sei vorsichtig«, sagte sie sanft. »Und komm mir nicht unter die Untergrundbahn.«
»Natürlich nicht«, sagte er. »Schönen Dank.« Er hängte auf.
Er schritt die breite Vordertreppe des Hotels hinunter,

lächelte, atmete die Luft in tiefen Zügen und dachte, ich habe einen Namen, ich habe eine Frau; er schaute über die Straße, wo der Brunnen müßig und sanft Wasser plätschern ließ, und dachte an andere Brunnen — jenen auf der Piazza Navona in Rom, von Bernini, dessen Männerfiguren sich vor der Monstrosität der Kirchenfassade auf der anderen Seite, von seinem Rivalen Borromini entworfen, die Augen zuhielten. Ich bin in Rom gewesen, dachte er. Wo mag ich noch gewesen sein? Sie hatte wohl das Gefühl, daß ich die Anschrift kennen müßte; daß ich sie vergessen hätte, kam ihr einigermaßen unglaubwürdig vor — 332 West Achtundneunzigste Straße. Bin ich dort schon gewesen?

Er seufzte, warf einen Blick über die Straße, zum Vordach des Sherry-Netherland-Hotels hinüber, und entdeckte erst jetzt die große Normaluhr auf dem Gehsteig. Wie hatte er sie vorhin übersehen können, als er wissen wollte, wie spät es war? Nun, da er einen Namen hatte, schien die Zeit unwichtig. Er hörte ein Geräusch über sich, schaute zum Himmel auf und sah ein Flugzeug scharf metallisch vor dem Blau der Frühe. Zeit, dachte er, lächelte dann, ging an dem Brunnen vorbei und zögerte einen Augenblick an der Ecke — welche Linie der Untergrundbahn nahm man, um zur Achtundneunzigsten Straße zu kommen?

Sam, dachte er. Ich heiße Sam. Aber bin ich wirklich der Sam, mit dem sie zu sprechen glaubte? Ihr irrender Sam, der nur anruft, wenn er betrunken ist? Der ihre Adresse so gut kennen müßte wie seinen eigenen Namen, Sam? Vielleicht nicht; wahrscheinlich nicht. Aber in einem anderen Sinne bin ich ihr Sam: sie gab mir den Namen. Jedenfalls steht ihre Nummer in meinem kleinen schwarzen Buch; wer sollte mich also kennen, wenn nicht Gloria? Solange sie mich nicht eines anderen belehrt — ach was, ich bin Sam, ich habe einen Namen und eine Frau, die mich im Haus Nummer 332 West Achtundneunzigste Straße erwartet. Sam, dachte er. Zusammen mit fünfzehn Cents

genügt das für die Untergrundbahn. Ein Anfang. Ich heiße ...
In diesem Moment rollte ein Bierlaster vorbei, von der Achtundfünfzigsten Straße in die Fifth Avenue einbiegend; auf dem Seitenbrett stand die Biermarke BUDWEISER, darunter der Werbeslogan: »Wo was los ist, da gibt's Bud«, und er addierte Budweiser und Sam und zog die Summe Sam Budweiser, doch nein, Bud allein war besser; dann hörte er wieder das Dröhnen des Flugzeuges hoch über sich, schaute hinauf, assoziierte Flugzeug mit Schwinge, verband schließlich, worauf Bier und Flugzeug ihn gebracht hatten — Budschwing? Nein, so mußte es sein: Buddwing. Sam Buddwing. Er würde sich daran gewöhnen können. Sam Buddwing. Ich heiße Sam Buddwing, zum Teufel auch. Er hatte einen Namen.

2

Die Stadt begann zu erwachen.
Es war Samstagmorgen; sie hatte es nicht eilig, aufzustehen und den Schlaf abzuschütteln. Während Buddwing am Central Park South entlangwanderte, gingen hier und da Jalousien hoch, langsam, zögernd. Es war Samstagmorgen, niemand hatte ein Ziel, niemand hatte Eile. Es war Samstag; die Stadt hob sich, vielleicht durch die Macht der Gewohnheit, ein wenig zu früh aus dem Schlaf, um es dann mit einem ungeheuren Achselzucken, bis tief in ihre Eingeweide spürbar, zu bedauern. Überall auf der breiten Straße zischte Dampf aus den Kanalisationseinstiegen. Ein einsames Taxi verlangsamte die Fahrt, als der Fahrer Buddwing entdeckte, doch es war noch zu früh; noch regte sich die Stadt rastlos in einem warmen Bett; sie roch nach Moschus, nach Alkohol und den Umarmungen von Freitagnacht. Der Taxifahrer gab Gas und fuhr an ihm vorbei; es war noch zu früh.
Er hörte das Zwitschern der Vögel im Park, ein Geräusch, das man in dieser Stadt nur selten vernahm. Er hörte, wie sie in hundert verschiedenen Stimmen zirpten, hörte, wie ihre Rufe zwischen den Bäumen, die im ersten sanften Frühlingsdrängen zu knospen begannen, widerhallten; sie klangen durch die milde Luft, berührten die leuchtendgelben Forsythien, die wie goldene Sternchen vor der Mauer des Parks standen, trillerten quer durch die roten und violetten Kornelkirschenbüsche, schienen sich in der Luft aufzulösen und zu schwinden; doch dann, plötzlich durch andere Vogelstimmen ergänzt, durch ein anderes schrilles Trillern und Zwitschern verstärkt, multiplizierte sich das Geräusch, bis es schien, als riefen tausend Vögel, eine Million Vögel der Stadt zu, drängten sie, zwängen sie, sich zu erheben.
In dieser ungeheuren Stadt, die einen Namen hatte und dennoch anonym war, in diesem endlosen New York, das gerade prüfend die Muskeln regte, wanderte er — ein

Mann, anonym sich selbst, obwohl er einen Namen hatte. Und in dieser Anonymität (wie herrlich doch die Vögel sangen!) fühlte er eine plötzliche Freude, irgendwie umgeben von der spröden Schale der Sympathie für alle anderen anonymen Halunken, die hier lebten. Er wußte: es war seine Stadt. Was er auch sonst über sich selbst wissen mochte — und er wußte herzlich wenig —, er war sicher, daß er in dieser Stadt geboren war, daß er zu ihr gehörte, daß er ihren Puls wie seinen eigenen Puls fühlte, daß sie auf seine Liebe, seinen Haß unwiderruflich sein Leben lang Anspruch erhob und daß sie ihn nicht aus ihren Fängen lassen würde, solange er atmete.

Er wußte nicht, wie oft er in seinem Leben am Central Park South entlanggegangen war. Er versuchte, sich an andere Male zu erinnern, ob damals schon Vögel gesungen hatten. versuchte sich an den Dunst zu erinnern, der sich in der Ferne über dem Dach des Coliseum langsam auflöste. Zwar stellte sich keine Erinnerung ein, doch er wußte mit Sicherheit, daß er Winter, Sommer, Frühling und Herbst diese Straße entlanggegangen war, daß sie zu ihm gehörte wie seine Leber oder sein Herz. Die Stadt rief ihn an diesem Samstagmorgen. Vor dem Spiegel im Plaza hatte er ein neues Gesicht gefunden, einer unbekannten Frau am Telefon einen Vornamen gestohlen, sich dann mit Hilfe einer Biermarke und eines Flugzeuges einen Zunamen verschafft: Sam Buddwing. Und nun ging Sam Buddwing — sauber, neu, irgendwie von Freude und Trauer erfüllt — in eine Stadt hinein, die er liebte und haßte, sauber und neu; er hörte, wie sie ihn rief.

Tief in ihren Eingeweiden fühlte er von Zeit zu Zeit das Donnern der Untergrundbahnen, die auf unterirdischen Gleisen entlangrollten und in nahezu menschenleere Bahnhöfe einfuhren. Er konnte sich vorstellen, fast hören, wie auf dem Bahnsteig ein Betrunkener im Schlaf murmelte, ein junges Paar hinter einem der Pfeiler flüsterte, sie mit

verschmiertem Lippenstift, er mit wirrem Haar. In seiner Vorstellung konnte er die Stadt durchstreifen, jede ihrer Ecken umdrehen, er sah ihre Achselhöhlen und ihre Schenkelfuge, er konnte ihren Nabel, ihre Kehle küssen, seine Hände tief in ihr schwammigheißes Innere stoßen und wieder herausziehen, stinkend nach Honig und Blut. Er konnte sie lieben und hassen. Er hörte, wie die Schlepper auf dem Hudson, Tausende von Meilen jenseits der Stadt, ihren heiseren Schrei ausstießen, er fühlte den Dunst, der vom Fluß aufstieg, wie ein Schleier unter der George-Washington-Brücke hängend, steigend und steigend; man sah die Palisades am anderen Ufer. Wie oft hatte er auf jener Achterbahn aufgeschrien? Wie oft hatte er die Plakate jenes Vergnügungsparks betrachtet, ein Mädchen im Badeanzug am Rand des Beckens, und gewußt, daß nun wirklich der Sommer begann? Wie oft hatte er die geheimnisvollen Stufen betreten, Stufen der Azteken, Mayas, Apachen, die zu Washington Heights hinaufführten; wieviele Mädchen hatte er im Poe Park geküßt, nahe der Orchestermuschel, während Bobby Sherwood 'Elk's Parade' spielte und die Lichter der Fordham Road in der Ferne tanzten; wieviele Röcke hatte er am Ufer des Bronx River gehoben, wo die Weiden über dem Wasser hingen und Lichter sich trübe in der Schwärze spiegelten? Oh, er kannte diese Stadt; er liebte diese Stadt und er haßte sie.
Er erinnerte sich ...
Er erinnerte sich — und er nährte diese Erinnerung mit aller Behutsamkeit, voller Angst, sie könne völlig schwinden und ihn verloren zurücklassen. Fahrräder, Fahrräder auf einem stillen Sommerpfad, einem Pfad, der sich am Ufer des Flusses wand. Er erinnerte sich, wie ihr Rock flatterte, während sie die Pedale trat, dunkles Haar, frei von ihrem Gesicht nach hinten schwingend, ein Jungenfahrrad, das ihrem Bruder gehörte, ihre hellen Schenkel, ihr Lachen hoch und melodisch in der stillen, heißen Luft unter

der Wölbung des Viadukts, dann plötzlich Bäume; sie ließen die Räder im tiefen Schatten, führten sie vom Pfad und legten sie flach ins frische, junge Gras. Er suchte ihren Mund, ihr schwarzes Haar hing wie ein Vorhang über seinem Gesicht, er berührte die weiche Wärme an der Innenseite ihrer Schenkel; er konnte sich erinnern.
Wer?
Ein Junge.
Ein Mädchen.
Ihre Namen wußte er nicht.
Er erinnerte sich vage an Sam Buddwing, einen Jungen, der Fahrradklammern an der Hose trug; das Rad war schwarz mit weißen Streifen, er wußte es noch, doch der Junge, dessen er sich entsann, blieb unklar und verschwommen. Er konnte sein Gesicht nicht sehen, nur eine schmale, eckige Gestalt, die Kopfhaltung ungefähr wie bei dem Mann, den er im Plaza im Spiegel erblickt hatte — so viel und nicht mehr, und dann war auch das verschwunden.
Die leere Stadt umgab ihn.
Er hörte das Klicken seiner Schuhe auf dem Pflaster; die Straße war menschenleer. Und plötzlich packte ihn das Verlangen, den Fußsteig zu verlassen und auf dem weißen Strich, der die Fahrbahnmitte markierte, bis zur Sixth Avenue hinaufzurennen. Das Verlangen legte sich bald. Die Stadt schien stiller als je zuvor. Sogar die Vögel schwiegen. Er fragte sich, wie er sich hatte vornehmen können, mit der Untergrundbahn zu fahren, obwohl er keinen Cent in der Tasche hatte; doch dann kam ihm ein kühner Gedanke. Er wußte, daß er ihn ausführen würde und ging schnell zum Stationseingang. Er grinste breit, die Waghalsigkeit seines Plans erregte ihn; er war sich darüber klar, daß ihm dergleichen nie eingefallen wäre, daß er nie gehofft hätte, dergleichen könne gelingen, wenn er gewußt hätte, wer er in Wirklichkeit war, wenn er eine reale Identität besäße und einen realen Namen. Doch er war Sam Buddwing und

kannte keine einzige Seele; so eilte er die Stufen hinab, die Augen suchend zu Boden gerichtet.
Er brauchte ein Stück Pappe oder Papier – nein, Pappe war besser. Schon sah er die Kassensperre vor sich. Zu dieser frühen Morgenstunde saß nur ein Mann darin, der vermutlich noch halb schlief. Es würde gelingen. Er hatte das sichere Gefühl, daß es gelingen würde. Und dann fand er, was er suchte: ein Stück weiße Pappe, gegen die Wand gefegt, das zweifelsohne einmal zur Verpackung eines Schokoladeriegels gehört hatte. Er hob es auf und betrachtete es. Es schien breit genug; vielleicht war es um ein weniges zu lang. Sorgfältig knickte er an einem Ende ein Fingerbreit davon um und trennte das eingeknickte Stück vorsichtig ab. Mit zuversichtlich erhobenem Kopf ging er zur Sperre, an der Kasse vorbei; er ignorierte die Drehkreuze und steuerte auf den Durchlaß zu, der neben ihnen lag. Dabei schaute er nur beiläufig zum Schalter und hob die Hand, in der er die Pappe hielt, als wäre es eine Dauerkarte irgendwelcher Art. Der Mann schaute durch das vergitterte Fenster, nickte kurz und wandte sich wieder ab. Buddwing öffnete die Pforte und passierte sie. Ohne sich umzusehen, ging er die Treppe zum Bahnsteig hinab.
Erst als er auf dem Bahnsteig angekommen war, lachte er laut auf.

Er kannte die Gegend, in der Gloria wohnte, weil sie nahe am Broadway lag – er hatte, als er noch ein Junge war und zur High School ging, in einem Kolonialwarengeschäft am Broadway gearbeitet. Wie hieß noch der Inhaber des Ladens? Einerlei. Ein italienischer Name. Er hatte den Mann, der eine Brille getragen hatte, gehaßt. Jedenfalls wußte er noch, daß er die Arbeit angenommen hatte, weil er für irgend etwas Geld brauchte. Eine Sommerbeschäftigung; er war ungefähr sechzehn Jahre alt gewesen. Wofür hatte er Geld gebraucht? Für irgend etwas.

An dem Tag, an dem er sich zur Arbeit meldete, hatte der Chef (Palumbo oder Palumbi, irgend etwas mit P, ein italienischer Name) ihm erklärt, sein Job bestünde vor allem im Austragen von Waren; aber er müßte gelegentlich auch im Laden helfen. Außerdem hatte er Buddwing gesagt, er könnte im Keller unter dem Laden frühstücken, wo die alkoholfreien Getränke lagerten, müßte aber alles bezahlen, was er dort tränke.

Buddwing hielt das für recht und billig, bis er zum ersten Mal zum Frühstück in den Keller ging und dort eine wahre Schatzkammer alkoholfreier Getränke fand: Coca-Cola, Pepsi-Cola, Seven-up, Canada Dry Ginger Ale und Orange Soda, Hoffman Cream Soda und Sarsaparilla türmten sich in Kisten vom Boden bis fast zur Decke, Flasche neben Flasche. Er rechnete sehr richtig: wenn er dem Chef für die Flasche, die er zum Frühstück trank, täglich fünf Cents zahlte, ergab sich in einer Woche, in sechs Tagen, bereits die nicht unbedeutende Summe von dreißig Cents. Besäße er selbst einen so großartigen Kolonialwarenladen, dachte er, so würde er seinem Laufjungen sicher erlauben, täglich eine bescheidene Flasche gratis zu trinken. Er ahnte, daß der Chef ein geiziger Geselle war. Außerdem verdiente er nur zweiundzwanzig Dollars pro Woche; der Chef konnte es sich sicher leisten, ihm täglich eine Flasche gratis zu geben oder zum Einkaufspreis — Buddwing war sicher, daß er sie für weniger als fünf Cents bekam. Obwohl ihn der Geiz des Chefs erbitterte, ging er doch während der ersten beiden Wochen täglich zum Frühstück in den Keller hinunter, öffnete eine Flasche Coca-Cola und trank sie zu den Broten, die er sich von zu Hause mitgebracht hatte, stieg dann wieder hinauf und gab dem Chef einen Nickel.

Dann stellte er eines Morgens einen Karton Eier in den Kühlschrank, ließ ihn fallen und zerbrach acht Eier; der Chef erklärte, er würde ihm den Preis der Eier vom Lohn abziehen. Auch an diesem Tag ging Buddwing wie üblich zum Frühstück in den Keller. Doch anstatt eine Flasche Coca-Cola zu öffnen, nahm er sich eine Literflasche Hoffmans Cream Soda, leerte sie, öffnete dann eine Literflasche Canada Dry Ginger Ale, trank sie halb aus und schüttete den Rest in den Ausguß. Als er vom Frühstück zurückkam, zahlte er dem Chef einen Nickel für die Flasche Coca-Cola, die er nicht getrunken hatte. Und solange er noch in diesem Geschäft arbeitete, bestahl er den Chef von hinten und vorn. Er rauchte damals noch nicht; trotzdem stahl er kartonweise Zigaretten und nahm sie mit nach Hause. Er machte Obstkonserven auf und aß sie zum Frühstück; manchmal öffnete er auch sechs oder sieben Literflaschen Limonade von verschiedenem Geschmack und trank aus jeder nur ein paar Schluck. Und jeden Tag ging er wieder nach oben und zahlte dem Chef einen Nickel für eine Flasche Coca-Cola.

An all das konnte er sich erinnern; nur den Namen des Knausers wußte er nicht mehr. Auch wußte er nicht, was er mit den gestohlenen Zigaretten getan hatte — ihm war, als hätte er sie einem sehr guten Freund gegeben, der rauchte und an dessen Namen er sich gleichfalls nicht erinnern konnte. Außerdem gab es da noch etwas im Zusammenhang mit diesem lausigen Job an der Ecke Broadway und Einundneunzigste Straße — ja, dort war es gewesen —, woran er sich nicht erinnern konnte oder wollte; etwas, das ihm außer dem Geiz des Chefs, der kein Englisch verstand, die Lust an der Arbeit verdarb. Etwas in einer der Wohnungen, in die er Waren brachte. Irgend etwas. Vielleicht auch mehrerlei, möglicherweise. Er wußte nur, daß er sich dieser Arbeit mit einem merkwürdigen Gefühl der Bedrängnis entsann, deren Ursache nicht in jenen kleinen Diebstählen lag.

Er fragte sich jetzt, wozu er in jenem Sommer Geld gebraucht haben mochte und warum eine so vage Erinnerung an jenen Job ihn so bedrücken konnte; doch dann hörte er

auf, sich Fragen zu stellen. Es waren einfach zu viele Fragen; er wußte zu wenig.
In der Vorhalle des Hauses, in dem Gloria wohnte, zögerte er. Einen Moment lang verließ ihn der Wille, das Haus zu betreten, Gloria zu finden, sich selbst zu finden. Als er am Central Park South die Vögel singen hörte, die Stadt in sich und um sich spürte, hatte er sich in einer Anonymität gefühlt, die er mit Freiheit gleichsetzte. Dieses Freiheitsgefühl hatte ihn dazu gebracht, dem Untergrundbahnschaffner jenen waghalsigen Streich zu spielen und bis zur Sechsundneunzigsten Straße hinauf in unverhohlenem Hohn in der Bahn zu sitzen. Doch nun — nun hatte die Erinnerung an die Arbeit im Kolonialwarenladen vor so langer Zeit in ihm einen Widerwillen gegen alle weitere Selbsterkenntnis ausgelöst. Plötzlich spürte er: mehr über sich selbst zu erfahren, hieß einfach, die neugefundene Freiheit wieder zu verlieren. Selbsterkenntnis würde eine Verantwortlichkeit mit sich bringen, die es ihm nicht mehr erlaubte, ein leeres Stück Pappe als Dauerkarte vorzuzeigen. Selbsterkenntnis würde beängstigend sein; und daran lag ihm nichts.
Er ertappte sich dabei, daß er die Halle durchschritt und vor den Briefkästen stand. Daß er hinaufgehen würde, wenn er herausbekam, in welcher Wohnung Gloria lebte — er hatte sie am Telefon nicht danach gefragt; war das nicht schon ein Zeichen? — stand zwar keineswegs fest, doch in ihm regte sich eine brennende Neugier, die stärker zu werden drohte als das Freiheitsgefühl, das er gespürt hatte, als der Schauer von Bedrängnis, der sich für ihn mit der Erinnerung an die Arbeit im Kolonialwarenladen verband. Während er den Zeigefinger über die Namensschilder an den Briefkästen gleiten ließ, erinnerte er sich an Glorias Stimme am Telefon, noch halb verschlafen, irgendwie atemlos, eine sinnliche Stimme, und an die Dinge, die sie angedeutet hatte und von denen sie glaubte, daß er sie von ihr verlangen würde. Er wußte nicht, ob er diese Dinge

wirklich von ihr wollte, ob er sie je von ihr bekommen hatte, und wenn, ob sie schön oder häßlich gewesen waren. Doch er war neugierig und seltsam erregt bei dem Gedanken, die Wohnung einer Frau zu betreten, mit der ihn vielleicht Intimität verband – sie nicht zu erkennen und dennoch zu wissen, daß diese Intimität möglich war; ein aufregender Gedanke. In ihm regte sich ein Gefühl, das mit intellektueller Neugier durchaus nichts zu schaffen hatte. Sein Finger fuhr ein wenig schneller über die Namensschilder, hätte beinahe einen Namen übergangen, kehrte zurück, hielt an.

GLORIA OSBORNE

Er überflog den Rest der Reihe. Es gab keine weiteren Glorias, keine Namen, vor denen das Initial G stand. Also war es Gloria. Gloria Osborne. Nicht G. V., wie es in seinem Ring stand, die Herkunft des Ringes anzeigend, von wem er auch sein mochte, sondern Gloria Osborne, die das Haar in Lockenwicklern trug, mit verschlafener, atemloser Stimme sprach und noch in der Ablehnung Dinge in Aussicht stellte, die passieren würden, wenn er nur die Wohnung betrat; Gloria Osborne.
Während er aus der schmalen Nische trat, in der die Briefkästen hingen, und auf den Lift zuging, fühlte er, wie das erregende Vorgefühl dessen, das ihn oben erwartete, in ihm mehr und mehr stieg. Er drückte den Liftknopf und wartete, der Name Gloria Osborne widerhallte erregend in seinem Bewußtsein. Wohnung 7 A, hatte der Briefkasten verraten, Wohnung 7 A; Gloria Osborne, die darauf wartete, ihm zu sagen, wer er war, mit ihm Dinge zu tun, die sie zweifelsohne schon tausendmal mit ihm getan hatte, Gloria Osborne. Er trat in den Lift und drückte den Knopf zum siebenten Stock.
Der Lift hielt; er trat in den Korridor hinaus und zögerte abermals. Die Erregung, die ihn beim Gedanken an Glorias

Stimme, an Glorias abweisende Verheißungen erfüllt hatte, erstarb plötzlich angesichts der Möglichkeit, daß sie ihn vielleicht überhaupt nicht kannte. Er würde an ihre Tür klopfen, sie würde öffnen, ihm ins Gesicht sehen, ihn nicht erkennen. Vielleicht würde sie die Tür zuschlagen. Vielleicht würde sie auch nach der Polizei telefonieren — es war immerhin erst halb sieben in der Frühe. Seine Erregung fiel in sich zusammen. Er stand im Korridor, einsam, ausgelaugt, entmutigt. Sie würde ihn nicht erkennen, ihm nicht sagen, wer er war, ihm ihr Bett, ihren Körper, ihre Wärme verweigern. Unentschlossen stand er da, den Kopf gesenkt; dann überlegte er sich: weshalb sollte sie mich nicht kennen? Ich bin Sam. Er zog die Schultern hoch und begann, nach Wohnung 7 A zu suchen. Er fand die Tür am Ende des Korridors, zögerte noch einen Moment, hob dann die Hand und klopfte mit dem Knöchel scharf gegen das Holz.

»Wer ist da?« fragte die Frau von drinnen.

»Ich bin's«, antwortete er. »Sam.«

»Augenblick«, sagte sie.

Er wartete. Sein Herz begann wütend zu hämmern. Sie wird mich nicht kennen, Himmel, dachte er, sie wird mich nicht kennen. Selber herauszufinden, wer er war, war nun nicht mehr wichtig, schien völlig belanglos; wichtig war nur, daß sie wüßte, wer er war, daß sie die Tür öffnete und sagte: »Sam, ach Liebster, wo bist du nur gewesen? Komm herein«, daß sie die Arme ausbreitete, ihn an ihre Brust zog, ihn mit ihrer Wärme, ihrem Parfum umgab, daß sie ihn kannte. Er wartete, während sie drinnen hantierte — was mochte sie nur machen? — wartete endlos, klopfte dann noch einmal, und sie rief: »Ja, ja, ich komme«; und er wartete immer noch; was zum Teufel mochte sie nur so lange — die Tür öffnete sich.

Gloria Osborne war eine große, blonde Frau, Lockenwickler im Haar, einen gesteppten Morgenrock um die Schultern. Sie öffnete die Tür weit und spähte in den Korridor hinaus, und auf ihrem Gesicht lag der gleiche Schreck, der sich im Augenblick des Türöffnens auch auf dem seinen abgezeichnet haben mußte, denn Gloria Osborne war vielleicht dreiundfünfzig Jahre alt, hatte fahlblaue Augen, eine breite Nase und einen Mund, der nahezu verschwand, wenn sie keinen Lippenstift benutzte. Enttäuscht, fast zornig starrte er sie an; ihm war, als hätte sie ihn mit ihrer atemlosverschlafenen Stimme getäuscht — er begriff: was er anfangs für Atemlosigkeit gehalten hatte, war in Wirklichkeit ein Zeichen nahenden Alters; er haßte sie, weil sie ihn getäuscht hatte, und sah dann, daß sie ihn überrascht anstarrte und darauf wartete, daß er sprach. Doch keiner sagte ein Wort. Er dachte daran, kehrtzumachen und zum Lift zu stürzen, doch dann überfiel ihn ein gräßlicher Gedanke. Meine Mutter, dachte er. Diese Frau hier, mit ihrem Blechladen im Haar, wasserblauen Augen, mundlos, diese Frau ist meine Mutter!

»Miß — Miß Osborne?« fragte er.

»Ja?« Die Stimme klang vorsichtig, argwöhnisch.

»Gloria Osborne?«

»Ja?«

»Ich . . .« Er seufzte schwer. »Ich bin Sam«, sagte er.

»Ach?«

Er nickte. »Ja.«

»Sie mögen Sam heißen, aber ich kenne Sie nicht«, sagte sie.

»Ich habe vorhin mit Ihnen telefoniert«, antwortete er.

»So«, sagte sie. Sie musterte ihn immer noch argwöhnisch, als versuchte sie herauszubekommen, was er wohl vorhaben mochte.

»Ihre Nummer stand in meinem Buch.«

»Ach?« sagte sie.

Er sah, daß sie ihm nicht glaubte, griff in die Jackentasche, zog das kleine schwarze Buch hervor, schlug die erste Seite auf und zeigte sie ihr.

»Zweimal«, sagte sie und lächelte.

»Wie?«
»Sie steht zweimal in Ihrem Buch.«
»Oh. Ja, ich — ich habe sie zweimal aufgeschrieben.«
»Weil Sie vergeßlich sind, stimmt's?« Auf ihrem Gesicht lag noch immer ein Lächeln, ein seltsames Lächeln, das er nicht deuten konnte. Und plötzlich spürte er den schweren Duft, der sie umgab; er begriff, daß Gloria Osborne, seine Telefongeliebte mit der atemlosen Stimme, sich zwar beim Aufstehen mit Parfum überschüttet, aber nicht daran gedacht hatte, den Lippenstift zu benutzen. Die Folgerungen, die sich daraus ziehen ließen, waren beängstigend.
»Schön«, sagte Gloria, »warum kommen Sie nicht herein?«
»Ich glaube, das lasse ich lieber«, sagte er. »Sehen Sie — ich glaubte, Sie kennen mich; offensichtlich ist das nicht der Fall. Da entschuldige ich mich lieber, weil ich Sie geweckt habe, und . . .«
»Ach, Unsinn«, sagte Gloria. »Sie sind nun einmal hier, also kommen Sie schon herein. Ich mache Ihnen eine Tasse Kaffee.«
»Aber . . .«
»Kommen Sie.«
»Aber — ich bin nicht Sam«, sagte er.
»Und wer sind Sie?« fragte sie.
»Ich weiß es nicht.«
»Wie können Sie dann wissen, daß Sie nicht Sam sind?«
»Bin ich es etwa?«
»Wie soll ich das wissen?«
»Ich meine — kennen Sie mich?«
»Sie sind mir in meinem Leben noch nicht begegnet.«
»Folglich kann ich auch nicht Sam sein, oder?«
»Sie können sein, wer Sie wollen. Napoleon, von mir aus. Aber jetzt entschließen Sie sich schon, zum Teufel, sonst wecken wir das ganze Haus.« Sie hielt inne und musterte ihn. »Ja oder nein? Rein oder raus?«

Er zuckte die Achseln. »Ich glaube, ich kann eine Tasse Kaffee brauchen«, sagte er.
Gloria lächelte und sagte: »Dann kommen Sie herein.«
Er folgte ihr in die Wohnung. Der gesteppte Morgenrock war blau und spannte sich über eine breite Rückfront, die sie beim Gehen auffällig schwenkte — fast wie ein Brauereipferd. Er entdeckte, daß sie winzige blaue Satinpantöffelchen mit blauen Pompons trug. Gleich hinter der Tür hing ein kleiner Spiegel an der Wand; sie hielt inne, musterte sich kurz, warf ihm dann über die Schulter einen koketten Blick zu und sagte: »Kommen Sie.« Ihre Stimme klang betont leicht, ein wenig herausfordernd, einladend. In diesem Augenblick wäre er am liebsten gegangen — aber ihre Nummer stand in seinem kleinen schwarzen Buch. Als er ihr in die enge Wohnung folgte, spürte er, wie ein seltsamer Wettstreit in seinem Bewußtsein vorging, eine Art Tauziehen der Erinnerungen, bemüht, ihn entweder tiefer in das Vergessen hineinzuziehen oder ihn zu voller Erkenntnis seiner selbst und seiner Lage zu bringen. Er begriff: verfiel er dem einen oder dem anderen, so war er endgültig verloren. Nur wenn er beiden Kräften, die in seinem Unterbewußtsein an ihm zerrten, das Gleichgewicht hielt, konnte er überleben. Während es ihn drängte, vor diesem schlampigen Frauenzimmer im blauen gesteppten Morgenrock mit blauen Pomponpantöffelchen die Flucht zu ergreifen, befahl ihm sein Instinkt, zu bleiben und sie auszuhorchen. Wie kam ihre Nummer in seiner eigenen Handschrift in sein Buch, in seine Jackentasche? Er mußte es wissen, wenn er es auch nicht wissen wollte; in ihm spannte sich das Tau unter dem Zug widerstrebender Kräfte.
Er folgte ihr in einen kleinen Wohnraum, mit einer Polstergarnitur möbliert — ein Sessel in braun, der zweite in gold, die Couch dunkelblau mit schwer geschnitzten Mahagonibeinen und Schondeckchen auf Arm- und Rückenlehnen. Über der Couch hing ein gerahmter Druck — venezianische

Gondeln — an der Wand; ein weiterer Druck — eine Spanierin, die Mantilla über dem Kopf, zur Gitarre singend — hing über dem braunen Sessel, in dem er nun Platz nahm. Gloria setzte sich ihm gegenüber auf die Couch, zog die Beine unter sich und breitete die Zipfel des Morgenrocks über die Knie. Sie lächelte mütterlich und sagte: »Kaffee ist aufgesetzt. Er wird in ein paar Minuten fertig sein.«

»Schönen Dank«, sagte er.

»Wie war doch Ihr Name?« fragte sie. Sie stellte die Frage so leichthin, so beiläufig, daß man die Falle nicht spürte. Einen Augenblick lang schien es, als wäre er nur ein Fremder, der an der Tür geklopft, den sie hereingebeten hatte und dessen Namen sie nun erfahren wollte. Es war, als hätte das Telefongespräch nie stattgefunden.

»Ich weiß meinen Namen nicht«, sagte er.

»Warum haben Sie dann gesagt, Sie wären Sam?«

»Sie haben gesagt, ich wäre Sam.«

»Das habe ich nie gesagt.«

»Richtig; ich meine — Sie haben geglaubt, ich wäre Sam. Am Telefon.«

»Wer hat Ihnen meine Nummer gegeben?«

»Ich weiß nicht.«

»Aber sie steht in Ihrem Buch, nicht wahr?«

»Ja, es scheint so.«

»Was heißt scheint? Sie steht darin, zweimal.«

»Ja.«

»Und wer hat sie Ihnen gegeben?«

»Ich sagte es Ihnen doch schon — ich weiß es nicht.«

»Wo stammen Sie her?«

»Ich weiß nicht.«

»Wie alt sind Sie?«

»Ich weiß nicht.«

»Wo wohnen Sie?«

»Ich weiß nicht.«

»Und Ihre Sozialversicherungsnummer?«

»119 ...« Er hielt inne.
»Ja, ja, weiter.«
»Ich weiß den Rest nicht mehr.«
»Verheiratet?«
»Ich glaube nicht. Ich weiß es nicht genau.«
»Haben Sie etwa Angst vor mir?« fragte Gloria plötzlich.
»Nein. Warum sollte ich Angst vor Ihnen haben?«
»Ich meine, was soll diese Vernebelungstaktik? Was hat Sam Ihnen gesagt?«
»Wie bitte?« fragte er.
»Also, Mister, Schluß mit dem Blödsinn, ja? Sie haben meinen Mann gestern abend in irgendeiner Kneipe getroffen. Er hat Ihnen meine Nummer gegeben und gesagt, Sie sollten mich anrufen. So war es doch? Und nun sind Sie hier. Sie können ruhig mit dem Unfug aufhören.«
»Ist — ist Sam Ihr Mann?«
»Ja, ja«, sagte sie. »So etwas Ähnliches.« Sie hielt inne. »Wir leben getrennt. Hat er Ihnen das nicht gesagt?«
»Nein, ich — ich weiß nicht, ob ich ihn getroffen habe.«
»Und wie kämen Sie sonst zu meiner Nummer?«
»Ich weiß nicht.«
»Irgendwer muß sie Ihnen doch gegeben haben, ja?«
»Vermutlich.«
»Haben Sie gestern abend getrunken?«
»Ich weiß nicht, wo ich gestern abend gewesen bin. Ich bin heute morgen im Central Park aufgewacht; mehr weiß ich nicht.«
Einen Moment lang starrte sie ihn neugierig an, den Kopf zur Seite gelegt; dann sagte sie: »Ich glaube, das Kaffeewasser kocht«, erhob sich massig und ging in die Küche. Aus der Küche rief sie: »Wie nehmen Sie den Kaffee, Mister?«
Er saß ganz still in dem häßlichen braunen Sessel und hörte ihre Worte. Zum ersten Mal, seit er an diesem Morgen erwacht war, packte ihn Verzweiflung. Mit gesenktem

Kopf schaute er auf seine verkrampften Finger. Sie trat aus der Küche in die Tür, den Kaffeetopf in der Hand und sagte: »Also, wie nehmen Sie den Kaffee?«

Plötzlich fing er an zu weinen. Er war nicht darauf vorbereitet; als er die Tränen über seine Wangen rinnen spürte, drehte er das Gesicht zur Seite, damit sie sie nicht sähe. Doch das Schluchzen, das seine Brust, seine Schultern erschütterte, konnte er nicht verbergen; sie stand sprachlos in der Tür und starrte ihn verwirrt und voll Zuneigung an. Das stoßweiße Schluchzen, das seinen ganzen Körper schüttelte, preßte ihm die Tränen aus den Augen. Sie trat wieder in die Küche, um den Topf auf den Herd zurückzustellen; dann kam sie wieder herein, trat zu dem großen braunen Sessel, in dem er saß. Sie hockte sich neben ihn, legte beide Arme um ihn, zog seinen Kopf an ihre volle Brust, weich unter dem gesteppten Morgenrock, und sagte: »Aber, aber, was ist denn nun los, kommen Sie, kommen Sie, was ist los? Kommen Sie, nun hören Sie schon auf, bitte, das geht doch nicht, nun kommen Sie schon.«

Er schluchzte, den Kopf an ihrer Brust, versuchte seine Stimme wiederzufinden und sagte dann in das Schluchzen hinein: »Ich weiß nicht, wie ich ihn nehme.«

»Was?« sagte sie verwirrt.

»Meinen Kaffee«, antwortete er. »Ich weiß nicht, wie ich ihn nehme.«

»Wie?« fragte sie.

»Meinen Kaffee«, wiederholte er, und plötzlich fing sie an zu lachen. Das Lachen brach wie rauhes Bellen aus ihrem Mund. Ihre Brüste bebten, ihr Leib bebte, sein Kopf an ihren Brüsten bebte; jede krampfartige Woge des Lachens, die ihren Körper erschütterte, ließ ein seismisches Echo in ihm nachzittern, bis auch er wie unter osmotischer Wirkung zu lachen schien und dann tatsächlich selber lachte. Sie lachten zusammen, während sie ihn heftig und schützend an ihre Brust drückte; sein Lachen stieß zwischen Schluchzern hervor, als wäre er noch nicht sicher, ob er lachen oder weiterweinen sollte. Ihr Lachen war wie eine warme Lautdecke, die sich sanft über seine Ohren breitete, und an seiner Wange, gegen ihre schwere Brust gepreßt, widerzuhallen schien.

»Du lieber Gott«, sagte sie. »Sie wissen nicht, wie Sie Ihren Kaffee nehmen!«

»Ja«, sagte er, grinsend, lachend, weinend.

»Ach, du liebe Mutter Gottes.«

»Ja«, sagte er.

»Du lieber Himmel«, sagte sie, preßte ihn an sich, küßte seinen Scheitel, überschüttete sein Gesicht mit Lachen und Küssen, weinte nun selber nach der Anstrengung ihres explosiven Gelächters. »Ja«, sagte er, und sie sagte: »Du lieber Gott«, und er sagte wieder »ja«; dann lachten sie ein paar Augenblicke fast lautlos; das Lachen verebbte und dann waren sie wieder still. Er hielt den Kopf an ihre Brust gelehnt. Sie streichelte sein Gesicht mit ihrer massigen Hand. An ihrer Brust fühlte er Wärme und Sicherheit. Es drängte ihn, den Morgenrock zur Seite zu ziehen und seine Wange an der Weiche ihrer Brüste ruhen zu lassen; er fürchtete nur, daß sie ihn mißverstehen würde. Doch dann wußte er plötzlich, daß sie ihn nicht mißverstand. Plötzlich liebte er diese massige alternde Gloria mit ihren Lokkenwicklern, ihrem gesteppten Morgenrock, ihren törichten Pomponpantöffelchen und ihrer vollen, weichen, warmen Brust, an die er den Kopf lehnte, während ihre rauhe Hand sanft und zärtlich sein Gesicht streichelte. Er zog ihren Morgenrock beiseite und enthüllte ihre Brüste.

»Ja«, sagte sie, »ruh dich aus.« Sie zog seinen Kopf an ihr weiches, nachgiebiges Fleisch. Er schloß die Augen und roch den schweren Parfumduft, der zwischen ihren Brüsten aufstieg. »Was machen wir nur mit dir?« fragte sie. Ihre Stimme war nur noch ein Flüstern. »Armer Junge, weißt nicht, wer du bist, was zum Teufel machen wir mit dir?«

»Weiß nicht«, murmelte er.
»Wirklich keine Ahnung?« fragte sie.
»Nein.«
»Ja, ja«, sagte sie. In ihrer Stimme klang ein Echo jener Verzweiflung, die er schon am Telefon darin vernommen hatte, als sie noch glaubte, er wäre Sam, ihr Mann, der anrief, weil er wieder betrunken war. »Du hast also keine Ahnung, wer du bist?«
»Ich weiß nicht einmal, wie ich den Kaffee nehme«, sagte er.
»Ach ja«, sagte sie und fing wieder an zu lachen.
»Ja«, sagte er, an ihrer Brust kichernd.
»Vielleicht nimmst du ihn schwarz? Warst du im Krieg?«
»Ich weiß nicht.«
»Viele von den Jungen, die beim Heer oder auf See waren, nehmen ihn schwarz. Sam war nie dabei, der ewig Unabkömmliche — aber er nimmt ihn auch schwarz.«
»Dann nehme ich ihn auch schwarz«, sagte er.
»Soll ich ihn jetzt holen?« fragte sie.
»Bleib«, sagte er in plötzlicher Panik.
»Sicher, sicher«, sagte sie und tätschelte sanft seinen Kopf. Er drängte sich tiefer an ihren Busen und schloß die Augen, seltsam zufrieden. Doch das Gefühl des Friedens währte nicht lange. Das Tau der Erinnerung, das schlaff und gelöst am Grunde seines Bewußtseins lag, spannte sich wieder, plötzlich an beiden Enden emporgerissen. Hätte dieses Tauziehen nicht wieder eingesetzt, so hätte er an ihrer Brust für immer Ruhe finden können — einerlei, wer er war oder warum es ihn gab. Er hätte ihr billiges Parfum und ihren Schweiß riechen können, zulassen können, daß ihr Duft und ihre Wärme ihn einlullten und ihn mit Vergessen, einer warmen Decke gleich, umhüllten. Doch auf einmal wurde ihm erneut klar, daß er nicht wußte, wer er war, und daß er es vielleicht nie erfahren würde, wenn er in den Armen

dieser Frau, an ihrer warmen Brust blieb. Unvermittelt hob er den Kopf von ihr weg. Seine Wange war plötzlich kalt. Er starrte in ihr Gesicht, als wäre er überrascht, zu entdecken, daß diese warmen, schützenden Brüste zu einer Person gehörten, begegnete dem Blick ihrer freundlichen blauen Augen und sagte bittend: »Du kennst mich nicht?« Sie starrte ihn an, als wolle sie zu weinen anfangen — als wünsche sie nur das Eine: ihm sagen zu können, daß sie ihn kenne. Doch dann schüttelte sie betrübt den Kopf und sagte: »Nein, mein Junge, tut mir leid, ich kenne dich nicht.«

Er seufzte tief, stemmte sich aus dem Sessel, stand auf.

»Dann gehe ich wohl besser«, sagte er.

»Wohin?«

»Ich weiß nicht. Aber ich glaube, es hat keinen Zweck, zu bleiben.«

»Trink deinen Kaffee«, sagte sie. »Er ist jetzt fertig.«

»Nein. Schönen Dank, Gloria — wirklich, ich danke dir. Du warst sehr nett zu mir.«

»Ach«, sagte sie in plötzlicher Verlegenheit.

»Doch. Wirklich, Gloria. Ich danke dir. Aber jetzt muß ich gehen. Ich muß einfach fort.«

»Hast du denn überhaupt Geld?« fragte sie, und ihre Augen zogen sich plötzlich listig zusammen.

»Natürlich«, sagte er.

Sie erhob sich von der Armlehne des Sessels und sagte: »Moment noch — daß du mir jetzt nicht plötzlich verschwindest!« Sie ging ins andere Zimmer — das Schlafzimmer, vermutete er —, kam mit ihrer Handtasche zurück, öffnete sie und streckte ihm eine Fünfdollarnote entgegen. »Da«, sagte sie, »nimm.«

»Das brächte ich nicht fertig.«

Sie antwortete nicht, streckte nur den Arm aus und stopfte die Note in die Brusttasche seines Jacketts, hinter seine

Zigaretten. Er ließ sie sekundenlang nicht aus den Augen und sagte dann: »Warum das, Gloria?«
»Du bist am Ende und außerdem hungrig«, sagte sie mit einem Achselzucken. »Hast du mir das nicht selbst am Telefon gesagt?«
Er lächelte und nickte. »Ja«, sagte er. »Ich bin am Ende. Und hungrig.«
»Dann sieh zu, daß du dich wiederfindest«, sagte sie.

3

Als er ihre Wohnung verließ und auf die Straße hinunterging, begann er sich irgendwie auf einen Schock einzustellen. Er ahnte nicht, welcher Art dieser Schock sein würde; doch er fühlte mit fast absurder Sicherheit, daß er kommen müßte — und zwar bald. Die Erwartung dieses Schocks ängstigte ihn nicht. Im Gegenteil — als er zum Broadway zurückging, nach rechts um die Ecke bog und südwärts weiterwanderte, fühlte er sich leicht und beschwingt.

Welchen Anlaß dieses plötzliche Gefühl der Leichtigkeit hatte, wußte er nicht. Er hatte Ruhe und Frieden kennengelernt und ein beherrschendes Gefühl der Sicherheit an Glorias Brust; er hatte gezögert, zu gehen und seine Suche von neuem zu beginnen. Doch nun, da er sie wieder aufgenommen hatte — wenngleich ohne die geringste Ahnung, wohin er gehen und wo er damit anfangen sollte —, fühlte er sich wieder seltsam frei, als hätte er alle hindernden Fesseln abgestreift. Er mußte sich zusammennehmen, um nicht auf dem Broadway ins Rennen zu geraten. Und noch vor knapp fünf Minuten hatte er kaum gewagt, die Sicherheit von Glorias Wohnung aufzugeben.

Er dachte an Gloria, während er die noch fast menschenleere Straße entlangging. Es war ungefähr sieben Uhr morgens; die meisten Geschäfte am Broadway waren noch geschlossen. Er entdeckte eine Cafeteria, die die ganze Nacht geöffnet war, und fand, daß er frühstücken sollte, aber er war nicht mehr hungrig; die Leichtigkeit in ihm schien alle anderen Gefühle auszulöschen. Er ging an der Cafeteria vorbei. Das Merkwürdige an Gloria war vielleicht, daß sie mit ihrem fetten Hintern und ihren törichten kleinen Pomponpantöffelchen im Grunde ein abstoßendes Weibstück war, und daß er sie doch nicht abstoßend gefunden hatte. Er fragte sich plötzlich, ob sie geglaubt hatte, er ginge mit ihr ins Bett. Irgendwie gefiel ihm der Gedanke — seine

Zuneigung zu dieser dicken Schlampe, deren Mund man kaum sah, die ihm aber Wärme und Trost gespendet hatte, als er beides am dringendsten brauchte, war noch nicht ganz geschwunden. Und doch wußte er mit Sicherheit: wenn die Sache zur Sprache gekommen wäre, hätte er sie abweisen müssen. Und das überraschte ihn.

Auch das Geld, das sie ihm gegeben hatte, verursachte ihm ein unbehagliches Gefühl. Er wußte, daß es Leute gab, für die fünf Dollar viel Geld waren; vermutlich gehörte auch Gloria zu diesen Leuten. Und gleichzeitig war ihm, als sei er gewöhnt, mit viel größeren Summen umzugehen, als zählte er das Geld nach Tausendern, als wären fünf Dollar unter dem Blickpunkt seiner normalen Existenz völlig bedeutungslos. Und doch fühlte er sich reich. Er hatte den Geldschein aus der Brusttasche genommen und in eine seiner Hosentaschen gesteckt; er fühlte sich wohlhabender als je in seinem Leben. Doch dann erinnerte er sich mit schiefem Grinsen, daß dieses Leben in Wirklichkeit vor etwas mehr als einer Stunde im Central Park begonnen hatte, daß er ohne Namen und ohne einen Cent in der Tasche aufgewacht war. Daß er sich mit fünf Dollar reich vorkam, schien nur natürlich. Und trotzdem war ihm, als wären diese fünf Dollar, die er mit den Kuppen seiner schmalen Finger in der Tasche ertasten konnte, nicht nur eine Menge Geld, sondern schlechthin alles Geld, das es in der Welt gab. Er fühlte sich enorm reich, überwältigend reich, nur weil er Glorias Fünfdollarnote in der Tasche hatte.

Gerade das, begriff er, war das Eigenartige an Gloria: sie brachte ihn dazu, in dem anonymen Zustand, in dem er sich befand, Dinge zu akzeptieren und sich über sie zu freuen, obwohl sie ihm vermutlich in seinem normalen Leben nichts bedeutet hätten. Mein normales Leben, dachte er – wie sieht mein normales Leben aus? Vielleicht gibt es auch in meinem normalen Leben Frauen wie Gloria, die mir ihre schweren, fleischigen Brüste bieten, wie man einem Bettler

Almosen gibt. Vielleicht rankt sich auch mein normales Leben um einen Haushaltsplan, für den schäbige fünf Dollar schon ein Vermögen darstellen. Wie zum Teufel sieht mein normales Leben aus, und wieso wäre das neue Leben, das heute früh im Central Park begann, weniger normal — wieso wäre es außergewöhnlich?

Das Gefühl der Leichtigkeit in ihm war bedroht, er spürte es.

Er begann, vor sich hinzupfeifen, ohne anfangs die Melodie wiederzuerkennen; dann begriff er, daß er das Hauptthema einer sehr bekannten Symphonie pfiff — er wußte nur nicht, welcher. Er ging die Namen der Komponisten, an die er sich erinnerte, durch: Tschaikowsky, Berlioz, Saint-Saëns, Schostakowitsch, Brahms, Beethoven, Bach, Prokofieff, Copland, Bernstein. Vielleicht hatte er Bernstein und Copland nur miteinander in Verbindung gebracht, weil er sich einer Schallplatte mit Coplands *El Salon Mexico* auf der einen und Bernsteins *Fancy Free* auf der anderen Seite entsann; eine merkwürdige Gedankenkombination für einen A-und-R-Mann, aber es war nun einmal so. Später fiel ihm ein, daß die Platte ein rotes Etikett hatte, und er wußte sofort, daß es sich um eine Columbia-Aufnahme handelte; dann fragte er sich, wie in aller Welt er wissen konnte, was ein A-und-R-Mann war, und weiter, ob er nicht auf irgendeine Art mit der Schallplattenindustrie zu tun hätte. Er hielt es nicht für wahrscheinlich; doch er hatte immerhin eine Symphonie vor sich hingepfiffen, verschiedene Komponisten schienen ihm nicht unbekannt, außerdem wußte er, was ein A-und-R-Mann war — aber das wußten andere Leute möglicherweise auch. Er sah, daß ihm ein Mann entgegenkam, ein alter Mann mit grauem Bart, der, die Hände in den Taschen, beim Gehen vor sich auf den Gehsteig starrte; er ging auf ihn zu und sagte: »Entschuldigung, Sir.«

Der Mann schaute argwöhnisch zu ihm auf.

»Wissen Sie, was ein A-und-R-Mann ist?« fragte er.
»Was?« sagte der Mann.
»Wissen Sie, was ein A-und-R-Mann ist?«
»Nun, ja, Moment«, sagte der Mann. »A und R, ja?«
»Ja, Sir.«
»Antennen und Radio?« fragte der Mann.
»Nein.«
»Sekunde, ich hab's gleich.« Der Mann runzelte die Stirn und dachte angestrengt nach. »Aeronautik und — eh — Raketen? Raketenwesen? Ist das richtig?«
»Nein.«
»Ich komme gleich drauf, Augenblick«, sagte der Mann. »Warum fragen Sie überhaupt?«
»Wieso?«
»Ist dies eine Fernsehschau oder dergleichen?« fragte der Mann.
»Nein, ich wollte es nur wissen«, sagte Buddwing.
»Aha. Nun, Augenblick mal. A und R, ja? Moment. Automation und — Moment — und Regeltechnik? Das ist doch wohl richtig?«
»Nein«, sagte Buddwing.
»Ach.« Der Mann schaute ihn enttäuscht an. »Ja dann — tut mir leid, dann kann ich Ihnen nicht helfen.«
»Macht nichts, besten Dank«, sagte Buddwing.
»Keine Ursache«, antwortete der Mann und wanderte weiter den Broadway hinauf, mit gesenktem Kopf, die Hände in den Taschen.
Buddwing schaute dem Mann noch einen Moment lang nach und dachte dann: schön, er weiß zwar nicht, was ein A-und-R-Mann ist, aber vielleicht habe ich doch Verbindung zur Schallplattenindustrie; angesichts der geübten Art, mit der ich den alten Herrn behandelt habe, wäre es freilich auch möglich, daß mein Beruf mit Meinungsforschung zu tun hat. Und plötzlich kehrte die frohe Stimmung zurück, übermächtig, fast bis zur Ausgelassenheit. Was konnte

er nicht alles sein — die Zahl offener Möglichkeiten war überwältigend: Arzt, Anwalt, Indianerhäuptling; Schlachter, Bäcker, Kerzenzieher; Fürst, Habenichts, Zuhälter, Künstler, Schriftsteller, Schauspieler, Agent; Lastwagenfahrer, Kanalreiniger, Erdarbeiter, Hemdenschneider; Geflügelrupfer, Flieger, Perlentaucher, Bandleader; Baßgeiger, Baseballspieler, Hummerkonservenvertreter, Taschendieb — einfach alles und jedes; und diese zahllosen Möglichkeiten, fern davon, ihn zu irritieren und mutlos zu machen, vermittelten ihm ein Gefühl ungemessener Macht. Gott, welche Auswahl, dachte er. Ich kann sein, was ich sein will. Ich kann auf der Stelle als Meinungsforscher anfangen, Sam Buddwing Research Inc., und hier auf dem Brodway alle Passanten fragen, ob sie wissen, was ein A-und-R-Mann ist. Ich kann mich an die nächste Ecke stellen, eine Klasse unterrichten oder eine Predigt halten. Ich kann mir einen Meißel kaufen und dann sehen, ob ich Bildhauer oder Einbrecher werden will. Ich kann ein Stück Papier von der Straße auflesen und ein Drama oder ein Pamphlet darauf schreiben. Ich bin frei, zu lieben oder zu hassen, zu schaffen oder zu zerstören, ich kann Künstler sein oder Kritiker. Ich kann sein, was ich sein will und wer ich sein will. Ich bin ein unbeschriebenes Blatt, rein, wie neugeboren — mein Gott, bin ich hungrig.

Er beschleunigte seine Schritte und suchte heißhungrig nach einer Cafeteria, unschlüssig, ob er nicht umkehren und in jenes Lokal gehen sollte, das er bereits hinter sich gelassen hatte. Dennoch ging er noch zwei weitere Straßenblocks südwärts, beschloß dann, zur Amsterdam Avenue hinüberzuwechseln, ließ es jedoch, blieb auf dem Broadway und fand schließlich eine Cafeteria, die er eilig betrat. Er zog einen Bon aus dem Automaten, nahm ein Tablett von dem Stapel und ging dann an der langen Reihe ausgestellter Gerichte entlang, jedes einzelne mit ungewohntem Vergnügen musternd. Er nahm ein Glas Orangensaft und eine

Grapefruit, er nahm zwei Stücke Gebäck und ein Brötchen, dann drei Stück Butter, eine Tasse Kaffee und ein Glas Milch, und dann ging er die ganze Reihe zurück und nahm noch ein Glas Tomatensaft. Er trug alles zu einem Tisch im Hintergrund der spärlich besetzten Cafeteria und wollte gerade Platz nehmen, als eine Stimme hinter ihm sagte: »Das ist mein Stuhl.«

Er fuhr herum.

Vor ihm stand ein kleiner, ungefähr fünfzigjähriger Mann, dessen Gesicht krampfhaft zuckte. Das Zucken verlieh dem Mann etwas ungemein Abstoßendes; es verzerrte sein Gesicht in gleichmäßigen Intervallen, ließ den Mundwinkel hochschnellen, das Auge blinzeln, als wäre der ganze Mann eine Art kurzgeschlossener Höllenmaschine. Der Mann trug ein Sportjackett über einem Sporthemd und einen grauen Filzhut. Mit der Rechten balancierte er eine Tasse Kaffee.

»Aber setzen Sie sich doch«, sagte der Mann.

»Sagten Sie nicht, das wäre Ihr Stuhl?«

»Da stehen vier Stühle am Tisch«, sagte der Mann. »Sollte ich Ihnen einen lausigen Stuhl verweigern? Ich denke nicht daran; nehmen Sie den lausigen Stuhl.«

»Besten Dank«, sagte Buddwing und setzte sich. Der Mann stand mit zuckendem Gesicht am Tisch und musterte Buddwings Tablett.

»Erwarten Sie jemanden?« fragte er.

»Wie?« fragte Buddwing und schaute auf. »Ach so, nein. Nein, natürlich nicht.«

»Ich glaubte schon, Sie erwarteten einen Frühstücksstammtisch«, sagte der kleine Mann; sein Gesicht zuckte. Er zog einen Stuhl heran, stellte seine Kaffeetasse Buddwing gegenüber auf den Tisch und fuhr dann fort: »Aber wenn Sie niemanden erwarten, darf ich mich vielleicht zu Ihnen setzen?«

»Hier stehen vier Stühle am Tisch«, sagte Buddwing

lächelnd. »Sollte ich Ihnen einen lausigen Stuhl verweigern?«

»Nett von Ihnen«, sagte der kleine Mann mit zuckendem Gesicht. »Sie zahlen mir mit gleicher Münze heim.« Er setzte sich und sah zu, wie Buddwing seinen Orangensaft trank und dann nach dem Glas Tomatensaft griff. »Sie mögen ein herzhaftes Frühstück, nicht wahr?« sagte er; sein Gesicht zuckte.

»Gott, gewöhnlich nicht. Aber heute früh bin ich hungrig.«

»Hören Sie, Sie brauchen sich nicht zu verteidigen«, sagte der Mann. »Wenn Sie gern essen, essen Sie nur. Wohl bekomm's.« Er trank einen Schluck von seinem Kaffee und sah zu, wie der Tomatensaft aus Buddwings Glas verschwand. Buddwing zog sich die Grapefruit heran und griff nach dem Löffel.

»Viel Vitamin C«, sagte der Mann. »Haben Sie etwa Angst, Skorbut zu bekommen?«

»Nein, ich bin bloß hungrig.«

»Nicht aufregen«, sagte der Mann. »Wenn Sie hungrig sind, essen Sie nur. Wer sagt denn, daß Sie nicht essen sollten? Geben Sie acht, Sie hätten mich fast ins Auge getroffen.«

»Wieso?«

»Ihre Grapefruit. Sie spritzen damit über den ganzen Tisch.«

»Oh, tut mir leid.«

»Schon recht, es beklagt sich ja niemand. Wenn Sie mir Grapefruitsaft ins Auge spritzen wollen, so tun Sie's nur. Ich heiße Isadore Schwartz. Wie war doch Ihr Name?«

»Ich weiß . . .« Er fuhr zusammen und hielt dann inne. »Sam Buddwing«, sagte er.

»Sehr angenehm. Essen Sie immer hier?«

»Nein«, sagte Buddwing. »Heute zum ersten Mal.«

»Man ißt hier ausgezeichnet«, sagte Schwartz. »Tatsächlich. Ich möchte fast sagen, dies ist ein Lokal für Feinschmecker. Dabei zu ausgesprochen vernünftigen Preisen. Übrigens hatte ich nicht angenommen, daß Sie oft hier essen — um bei der Wahrheit zu bleiben, es ist das erste Mal, daß ich Sie hier sehe.«

»Ja, es ist das erste Mal«, sagte Buddwing.

»Ahnte ich's nicht? Sie sollten öfter kommen. Glauben Sie mir, das Essen ist hier ausgezeichnet. Ich esse immer hier — Frühstück, Mittag, Abend; nur, weil man hier so wunderbar essen kann.« Schwartz hielt inne. »Außerdem, weil das Lokal zufällig mir gehört.«

»Ach, wirklich?« fragte Buddwing.

»Sicher. Ich sitze schon seit fünfundzwanzig Jahren an dieser Ecke. Sie haben nicht zufällig das Schild draußen gesehen?«

»Nein.«

»Nun, mitten über der Tür. Izzy's Cafeteria. Das bin ich, Isadore Schwartz. Ich führe nur gute Sachen; ist die Grapefruit etwa nicht gut?«

»Ausgezeichnet.«

»Warten Sie nur, bis Sie zum Gebäck kommen. Waren Sie schon einmal in Miami Beach?«

»Ich — ich weiß nicht«, sagte Buddwing.

»Was soll das heißen, Sie wissen nicht?«

»Ich vergesse solche Dinge.«

»Wie kann man einen Ort wie Miami Beach vergessen?«

»Ich weiß nicht. Ich kann mich nur nicht erinnern, ob ich dort war oder nicht.«

»Sie tun fast, als wüßten Sie nicht mehr, wo New York liegt!«

»Ich weiß durchaus, wo Miami Beach liegt; ich entsinne mich nur nicht mehr, ob ich dort gewesen bin oder nicht.«

»Sind Sie Jude? Wenn Sie Jude sind, waren Sie bestimmt dort.«

»Ich weiß nicht.«

»Wie?«

»Ich sagte, ich weiß nicht, ob ich Jude bin.«

»Schön, was wollen Sie dann sein — Araber?«
»Ich weiß nicht«, sagte Buddwing, schob die geleerte Grapefruit beiseite und griff nach einem Stück Gebäck.
»Wie war doch Ihr Name?«
»Buddwing. Sam Buddwing.«
»Alle Sams, die ich kenne, sind Juden«, sagte Schwartz.
»Und was ist mit Sam Adams?« entgegnete Buddwing.
»Der hat wahrscheinlich seinen Namen gewechselt«, sagte Schwartz.
»Wie ich.«
»Aha«, sagte Schwartz. »Und wie hießen Sie früher?«
»Ich weiß es nicht mehr.«
»Wie? Geniert es Sie etwa, Jude zu sein?«
»Nein, es ist nur . . .«
»Sie sollten sich schämen, ein netter jüdischer Mann wie Sie!«
»Also gut, wie Sie wollen«, sagte Buddwing.
»Wie schmeckt Ihnen das Gebäck?«
»Ausgezeichnet.«
»Sehen Sie? Deswegen kam ich auch auf Miami Beach. Das Gebäck, das Sie in diesem Lokal bekommen, ist besser als alles, was bei Wolfie's in Miami Beach serviert wird. Sie kennen Wolfie's? An der Collins Avenue?«
»Ich glaube nicht.«
»Nun, ob Sie es kennen oder nicht — das Gebäck ist hier besser. Mein Wort darauf. Wollen Sie Ihre Milch nicht trinken?«
»Doch, doch. Ich möchte erst den Kaffee trinken.«
»Trinken Sie ihn etwa schwarz?«
»Das habe ich mir beim Militär angewöhnt«, sagte Buddwing lächelnd.
»Bei welcher Waffengattung waren Sie?«
»Weiß ich nicht mehr.«
Schwartz schürzte die Lippen und musterte Buddwing ernst-

haft. »Wie können Sie nicht mehr wissen, bei welcher Waffengattung Sie waren?«
»Ich weiß es nicht.«
»Wenn Sie untauglich waren, brauchen Sie sich nicht zu genieren.«
»Das werde ich wohl nicht gewesen sein.«
»Sagen Sie, was ist mit Ihnen los?« fragte Schwartz plötzlich und starrte Buddwing an. Sein Gesicht spiegelte ernsthafte Anteilnahme.
»Nichts. Nur, daß ich mich an nichts erinnern kann.«
»Und warum gehen Sie nicht zum Arzt?«
»Das sollte ich tun«, sagte Buddwing. Er hatte das erste Stück Gebäck verzehrt, nahm nun das Brötchen und strich die drei Stücke Butter darauf.
»Sie mögen Butter, nicht wahr?« sagte Schwartz. »Essen Sie nur. Das ist erstklassige Molkereibutter, direkt von der Kuh.«
»Ausgezeichnete Butter«, sagte Buddwing und biß in sein Brötchen.
»Wann haben Sie zum letzten Mal gegessen?«
»Ich weiß es nicht mehr.«
»Können Sie sich an überhaupt nichts erinnern?«
»Kaum.«
»Wissen Sie meinen Namen noch?«
»Klar.«
»Und wie heiße ich?« fragte Schwartz mit zuckendem Gesicht, um ihn zu testen.
»Isadore Schwartz.«
»Ausgezeichnet«, sagte Schwartz. »Sehen Sie, so schlecht ist Ihr Geständnis auch wieder nicht.«
»Oh, ich kann mich an alles erinnern, was passiert ist, seit ich heute morgen aufgewacht bin«, sagte Buddwing.
»Werden Sie behalten können, wo diese Cafeteria liegt?«
»Ich denke doch«, sagte Buddwing.
»Das ist gut.«

»Wieso?«

»Weil ich mich freuen würde, wenn Sie wiederkämen. Ich schätze Leute, die wissen, was sie essen. Wo ist Ihr Bon?«

»Welcher Bon?«

»Der Bon, den Sie an der Kasse abgeben müssen . . .«

»Ach so. Dort, auf dem Tablett.«

Schwartz nahm den Bon an sich. »Vergessen Sie's«, sagte er.

»Was sagten Sie?«

»Ich sagte, vergessen Sie's. Das zahle ich, Isadore Schwartz. Ich sehe gern, wenn Leute essen. Trinken Sie Ihre Milch.«

»Ich kann mein Frühstück bezahlen«, sagte Buddwing.

»Weiß ich etwa nicht, daß Sie Ihr Frühstück bezahlen können? Sehen Sie etwa wie ein Landstreicher aus? Habe ich denn keine Augen im Kopf? Wenn bei Ihnen etwas nicht stimmt, so nur, daß Sie sich an nichts mehr erinnern können.«

»Ich weiß Ihre Freundlichkeit zu schätzen, Mr. Schwartz, aber . . .«

»Welche Freundlichkeit? Das ist keine Freundlichkeit, das ist eine Tatsache, ein Faktum. Ich, Isadore Schwartz, zahle Ihnen Ihr Frühstück, Sam In-was-Sie-auch-Ihren-Namen-geändert-haben.«

»Buddwing.«

»Richtig, Buddwing. Wo haben Sie nur einen so meschuggenen Namen aufgelesen?«

»Von einem Bierlaster.«

»Klingt auch nach Bierlaster, das können Sie mir glauben«, sagte Schwartz. »Trinken Sie jetzt Ihre Milch?«

»Wollte ich gerade.«

»Versuchen Sie nur das Käsegebäck«, sagte Schwartz. Buddwing biß hinein. »Schmeckt es?«

»Ausgezeichnet.«

»Das weiß ich. Trinken Sie Ihre Milch. Homogenisierte Vorzugsmilch aus der gleichen Molkerei, aus der die Butter

kommt. Hier bekommen Sie kein Molkenwasser, wenn Sie Milch bestellen. Ist das nun Milch oder ist es keine?«
»Schmeckt großartig«, sagte Buddwing.
»Aber Sie sollten doch zum Arzt gehen, wissen Sie«, sagte Schwartz. »Krankheiten darf man nicht auf die lange Bank schieben, wenn sie einem auch noch so unbedeutend vorkommen. Ich sage Ihnen — mein Bruder Dave hatte einen eingewachsenen Zehennagel, ging damit nicht zum Arzt, und glauben Sie, es war Mord. Gehen Sie lieber zum Arzt.«
»Vielleicht tue ich es.«
»Wenn ich auch zugeben muß, daß Sie essen wie ein gesundes junges Pferd. Wie alt sind Sie übrigens?«
»Ich weiß es nicht.«
»Irritiert es Sie nicht, daß Sie sich an nichts erinnern?«
»Nun — ja und nein.«
Schwartz nickte ernsthaft, sein Gesicht zuckte. »Gehen Sie lieber zum Arzt, Sam. Sonst könnte es passieren, daß Sie in zwanzig Jahren in einer Kleinstadt in Minnesota als verheirateter Mann mit vier Kindern aufwachen und Ihnen plötzlich klar wird, daß Sie nicht Sam Buddwing sind, sondern in Wirklichkeit Max Lipschitz, und daß Sie eine Frau und eine erwachsene Tochter in der Bronx haben. Das könnte zu Komplikationen führen.«
»Das könnte es vermutlich.«
»Gehen Sie zum Arzt. Das sind zwar alles lausige Dreigroschenjungs, ich weiß, aber vielleicht haben Sie Glück. Vielleicht finden Sie einen, der Ihnen helfen kann.«
»Ich dachte, ich sollte zuerst versuchen, mich allein zurechtzufinden«, sagte Buddwing.
»Schön, schön, das ist Ihre Sache und Ihr Leben. Ich sage Ihnen nur, was ich tun würde. Ich rede mit Ihnen wie ein Vater oder wie ein Bruder — wie ich damals mit Dave geredet habe, als er den eingewachsenen Nagel hatte.« Schwartz zuckte die Achseln, dann zuckte sein Gesicht. »Aber er hat auch nicht auf mich hören wollen.«

Buddwing leerte sein Glas Milch und sagte: »Nun, vielleicht gehe ich wirklich zum Arzt.« Er hielt inne. »Hören Sie, ich wollte, Sie ließen mich hierfür zahlen . . .«
»Ich will nichts davon hören. Sie sind mein Gast. Kann ich hier etwa keinen Gast haben? Ich bin zum Frühstück, zum Mittagessen, zum Abendbrot hier. Sollte ich mir nicht dann und wann einen Gast leisten können, mit dem ich mich unterhalten kann? Ich bin hier sozusagen zu Hause. Betrachten Sie sich als Gast in meinem Hause.«
»Also gut«, sagte Buddwing. »Besten Dank.«
»Mir ein Vergnügen.« Schwartz stand auf. »Kommen Sie wieder; dann können wir weiterreden.« Er legte die Hand leicht auf Buddwings Schulter und setzte hinzu: »Und genieren Sie sich nicht, weil Sie Jude sind. Deswegen braucht man sich nicht zu schämen. Unter den anständigsten Christen gibt es Juden, das können Sie mir glauben.«
Er nickte, sein Gesicht zuckte, dann verließ er den Tisch. Buddwing sah, wie er am Kassenschalter der Kassiererin den Bon gab, dann auf ihn zeigte und offenbar anordnete, ihn beim Verlassen des Lokals durchzulassen. Er winkte Buddwing zu, ging dann hinter den Warmhaltetisch und durch eine Tür, die zur Küche führen mochte. Buddwing fragte sich plötzlich, ob Schwartz wohl verheiratet war. Dann kam er — ohne ersichtlichen Anlaß — auf den Gedanken, wie hübsch es wäre, wenn er nicht verheiratet wäre und sich mit Gloria treffen könnte. Er genoß es, sich Gloria und Schwartz beim Liebesakt vorzustellen, und runzelte plötzlich die Stirn, weil dieser Gedanke ihn verstimmte. Er konnte sehen, wie Schwartz Gloria in die Arme nahm, wie seine Hände ihre Brüste und Schenkel berührten, wie er ihre mütterliche Fülle bestieg, in sie eindrang. Er konnte Gloria vor Schmerzen stöhnen hören, es drängte ihn, Schwartz zuzuschreien, er solle aufhören (merkst du nicht, daß du ihr weh tust?), und plötzlich erfüllte ihn ein unermeßlicher Haß, wenn er sich Schwartz als Liebhaber vor-

stellte. Ich hätte sie haben können, wenn ich sie nur gewollt hätte, sagte er zu Schwartz. Laß sie in Ruhe, du tust ihr weh, du Bastard, hörst du sie nicht wimmern?
Mit einer plötzlichen, entschiedenen Bewegung nahm er die Papierserviette und wischte sich den Mund. Eine unbestimmte Wut erfüllte ihn, als er vom Tisch wegging. Und doch hatte er das Gefühl, diesen Mann lieben zu sollen. Hatte Schwartz ihm nicht zu essen gegeben? War Schwartz nicht bereit, für ihn die Zeche zu zahlen? Doch der Gedanke, daß Schwartz sich an seiner geliebten Gloria vergriff, an Buddwings Gloria, deren Brüste er kennengelernt hatte — diese Vorstellung zerfiel nicht, bis er vor dem Kassenschalter stand. Die Kassiererin schaute zu ihm auf, lächelte und sagte: »Mr. Schwartz hat das erledigt.«
»Wieviel war es?« fragte Buddwing.
»Ein Dollar fünfunddreißig«, sagte die Kassiererin.
Buddwing zog die Fünfdollarnote aus seiner Tasche und legte sie auf den Gummizahlteller. »Bitte, ziehen Sie ab«, sagte er.
»Aber Mr. Schwartz ...«
»Ja, ich weiß. Ich fürchte, ich kann seine Großzügigkeit nicht annehmen.«
»Aber ...«
»Bitte«, sagte Buddwing und gab der Fünfdollarnote mit dem Zeigefinger einen leichten Stoß.
»Also gut«, sagte die Kassiererin unsicher. »Wie Sie wollen.« Sie nahm die Note, drückte mehrere Tasten an ihrer Kasse, und sein Wechselgeld klapperte heraus: ein Zehncent, ein Fünfcent, zwei Vierteldollar. Dann zog sie die Kassenlade und gab ihm drei Dollarnoten. Er steckte alles ein, lächelte ihr noch einmal zu und trat auf die Straße hinaus. Er besaß drei Dollar und fünfundsechzig Cent; noch war er reich. Er machte sich auf den Weg.
Ein Gefühl der Furcht überfiel ihn fast unvermittelt; seine Ursache begriff er erst, als er feststellte, daß er sich an der

Kreuzung von Broadway und Zweiundneunzigster Straße befand und daß das Kolonialwarengeschäft, in dem er als Sechzehnjähriger gearbeitet hatte, an der nächsten Ecke lag. Er wollte kehrtmachen, zurück zu Schwartz' Cafeteria, der Kassiererin sagen, es sei schon in Ordnung, daß Schwartz seine Zeche bezahle, dann Schwartz selbst ausfindig machen und mit ihm sprechen, ihm sagen, das mit Gloria störe ihn nicht, schließlich seien er, Schwartz, und Gloria fast gleichaltrig, er verstünde das, es sei in Ordnung. Doch seine Füße trugen ihn weiter, der Einundneunzigsten Straße immer näher, und seine Furcht verdichtete sich. Er wußte, jetzt brauchte er nur in den Laden zu treten und den Inhaber zu fragen, wer er wäre — ich habe bei Ihnen gearbeitet, als ich sechzehn war, erinnern Sie sich noch? Ich ließ damals einen Karton Eier fallen und mußte sie Ihnen bezahlen. Kennen Sie mich nicht? Und der Ladeninhaber würde ihn über den Rand seiner Brille mustern, vage nicken, unsicher lächeln und dann sagen: Ach, natürlich, ich kenne Sie noch, Sie sind ...

Ich will es nicht wissen, dachte er. Ich will es nicht wissen, hörst du? Ich will es nicht wissen!

Er ging weiter, der Einundneunzigsten Straße zu.

Er wußte, daß er in den Kolonialwarenladen gehen und seine Fragen stellen würde.

4

Wie es schien, hatte sich nichts verändert.
Es war dieselbe Ecke, in den Fenstern stapelten sich Konserven, zwei fahrbare Obststände auf dem Gehsteig, das Fahrrad mit dem Korb lehnte im Fahrradständer. Die Türen zu den unteren Lagerräumen standen weit offen, ein Siebzehnjähriger in weißer Schürze fegte den Gehsteig. Buddwing vermutete, daß es acht Uhr war oder kaum später; er erinnerte sich, daß auch sein Werktag einst um acht begonnen und um sechs geendet hatte. Er betrat das Geschäft.
Es waren keine Kunden da; vielleicht war es dafür noch zu früh. Er warf einen Blick in den Hintergrund des Lagerraums, sah die Kühltruhe, und dabei fiel ihm wieder ein: dort hatte er die Eier fallen lassen. Dann sagte eine Stimme zu seiner Rechten: »Kann ich etwas für Sie tun, Sir?«
Zuerst wollte er sich nicht umdrehen. Er starrte auf die Glasfront der Kühltruhe, dachte an die zerbrochenen Eier, seufzte, drehte sich um und ging zum Ladentisch. Der Mann hinter dem Tisch war ungefähr in Buddwings Alter, hatte schwarze Haare und tiefbraune Augen. Buddwing wußte sofort, daß er nicht der Inhaber des Geschäfts sein konnte, und dieses Wissen verstärkte seinen Drang, davonzulaufen. Wenn der Inhaber nicht zur Stelle war, auch gut, zum Teufel! Er hatte getan, was er konnte, oder etwa nicht?
»Ich hätte gern den Inhaber gesprochen«, hörte er sich sagen.
»Das bin ich«, sagte der Mann hinter dem Tisch.
Buddwing musterte ihn eingehend. »Ich habe hier gearbeitet«, sagte er. »Ich weiß nicht — vielleicht vor zwanzig Jahren.«
»Ja?« Der Mann wartete.
»Der Inhaber trug eine Brille, ein älterer Mann.«
»Mr. Di Palermo, ja«, sagte der Mann.

»Ja. Ja, das war der Name.« Buddwing hielt inne. »Wo ist er jetzt?«
»Er ist tot«, sagte der Mann hinter dem Tisch. »Schon lange – seit fünf, sechs Jahren.«
Seine erste Reaktion war jubelnde Freude; der Alte war tot, gut! Doch gleich darauf befiel ihn eine Art Schuldbewußtsein, als wäre er irgendwie für Di Palermos Tod verantwortlich, weil er ihn so oft, so inbrünstig herbeigesehnt hatte. Kein Zweifel – Freude wie Schuldbewußtsein mußten deutlich in seinem Gesicht zu lesen sein. Er räusperte sich.
»Und nun sind Sie der Geschäftsinhaber?« fragte er.
»Ja. Ich habe der Witwe den Laden abgekauft.«
»Ah, so ist das.«
»Ja.« Der Inhaber zögerte. »Aber kann ich noch etwas für Sie tun?«
»Ich glaube nicht. Ich wollte Mr. Di Palermo sprechen, aber das ist nun wohl unmöglich.«
»Ja, das ist unmöglich«, stimmte der Inhaber zu.
»Seine Unterlagen haben Sie sicher nicht mehr?«
»Seine was?«
»Seine Unterlagen. Sozialversicherungsbelege oder dergleichen. Sie haben sie nicht irgendwo abgelegt? Die Namen der Leute, die hier gearbeitet haben? Irgend etwas in dieser Art?«
»Sie meinen, aus der Zeit vor zwanzig Jahren?«
»Nun, ja«, sagte Buddwing.
»Nein, da habe ich keine Unterlagen mehr«, sagte der Inhaber geduldig.
»Aha. Ja, dann ...« Buddwing zuckte die Achseln. »Das wäre es dann wohl.« Er lächelte und sah sich um. »Hier hat sich nicht viel verändert.« Er hielt inne. »Wieviel zahlen Sie Ihrem Botenjungen?«
»Wie?« fragte der Inhaber.
»Ihrem Boten.«

»Nun, ich — aber ich glaube, das ist nicht Ihre Sache.«
»Natürlich nicht. Besten Dank«, sagte Buddwing heiter, winkte dem Mann zu und ging hinaus. Der Siebzehnjährige fegte noch immer den Gehsteig. Buddwing sah ihm eine Weile zu, erinnerte sich, wie er selber in der gleichen weißen Schürze den gleichen verdammten Gehsteig gefegt hatte, und trat dann zu dem Jungen.
»Hi«, sagte er.
Überrascht schaute der Junge hoch. »Hi«, erwiderte er zögernd.
»Sind Sie der Bote hier?«
»Warum?« fragte der Junge.
»Ich habe hier auch einmal Waren ausgetragen«, sagte Buddwing lächelnd. »Als ich so ungefähr in Ihrem Alter war.«
»Ach?« sagte der Junge.
»Ja.« Buddwing lächelte. »Ich bekam damals zweiundzwanzig Dollar die Woche.« Er hielt inne. »Wieviel bekommen Sie?«
Der Junge musterte ihn immer noch argwöhnisch. »Ich zahle meine Steuern«, sagte er schließlich. »Alles, was ich zahlen muß.«
»Nein, nein«, sagte Buddwing. »Ich glaube Ihnen schon, daß Sie Ihre Steuern zahlen. Warum sollten Sie Ihre Steuern nicht zahlen?«
»Nun, es gibt eine Menge Leute, die gehen irgendwohin zur Aushilfe und glauben, daß ihnen keiner draufkommt«, sagte der Junge.
»Sie denken vielleicht, ich bin von der Steuerfahndung?« fragte Buddwing belustigt.
»Ich kenne Sie nicht.«
»Ich auch nicht«, sagte Buddwing heiter. »Und wieviel bekommen Sie nun in der Woche?«
»Übrigens sind da Abzüge. Ich meine, der Boss zieht alles ab, bevor ich meinen Lohn bekomme.«

»Natürlich«, sagte Buddwing. »Das ist wohl auch die richtigste Art.«
»Ja«, sagte der Junge überzeugt.
»Und wieviel bekommen Sie nun?«
»Brutto, meinen Sie?«
»Ja, brutto.«
»Warum wollen Sie das wissen?«
»Weil ich glaube, daß der Mann, für den ich gearbeitet habe, mich hereingelegt hat. Das Geschäft gehörte damals noch einem anderen. Zweiundzwanzig Dollar in der Woche ist schließlich kein angemessener Lohn. Was halten Sie davon?«
»Nun, der Dollar ist heutzutage weniger wert als damals, nicht wahr?«
»Das ist richtig. Aber ich glaube immer noch, daß zweiundzwanzig Dollar zu wenig waren. Schließlich hat man eine Menge zu tun.«
»Ich bekomme fünfzig«, sagte der Junge. »Brutto.«
»Das läßt sich hören«, sagte Buddwing. »Fünfzig Dollar brutto.«
»Aber im Grunde ist es doch dasselbe — damals war ein Dollar doch noch fast das Doppelte wert, nicht wahr? Ich meine, Sie sind jetzt vielleicht vierzig, und wenn Sie hier gearbeitet haben, als Sie in meinem Alter waren ...« Der Junge rechnete im Kopf. »Teufel, das war ja noch vor dem Krieg!« sagte er verblüfft.
»Ja«, antwortete Buddwing. Vierzig, dachte er. Er sagt, ich wäre jetzt vielleicht vierzig. Der Mann im Spiegel hatte nicht so alt ausgesehen. »Ja, schönen Dank«, sagte er. »Nett, daß Sie es mir gesagt haben.«
»Übrigens — zugegeben ...« sagte der Junge.
»Ja?«
»Zweiundzwanzig klingt verdammt dünn.«
»Ja, das dachte ich auch. Aber ...« Er zuckte die Achseln. »Danke, das war's.«

Erfüllt von gerechtem Zorn, der ihm ausgesprochen wohltat, entfernte er sich von dem Laden und von dem Jungen. Die Erkenntnis, daß er damals tatsächlich betrogen worden war, schien ihn zu befriedigen; warum war er nicht schon vor Jahren zurückgekommen, um Di Palermo auf das genaue Ausmaß seines Raubes festzunageln? Seine eigenen kleinen Diebstähle — all die getrunkene Limonade und die mitgenommenen Zigaretten — schienen nun gerechtfertigt. Es war so einfach: für das, was ihm an Geld vorenthalten wurde, hatte er sich in Waren entschädigt. Er war froh, daß Di Palermo tot war; froh, denn der Alte war ein übler Kerl gewesen; gleichzeitig froh, weil Di Palermo ihm nun nicht mehr sagen konnte, wer ...

Er blieb mitten auf dem Gehsteig stehen.

Wie dem auch sei, dachte er, es wird allmählich Zeit, daß ich herausfinde, wer ich bin.

Er versuchte sich einzureden, daß die Erleichterung, die er verspürte, einzig und allein auf die Abwesenheit Di Palermos zurückzuführen war. Zugegeben — er hatte sich vor dem Alten schon immer ein wenig gefürchtet. Damit, daß Di Palermo nun tot und nicht mehr da war, ihn also unter keinen Umständen identifizieren konnte, hatte die Erleichterung nicht das geringste zu tun. Außerdem, überlegte er sich — würde er mich erkennen, selbst wenn er noch lebte? Er kannte einen knochigen Siebzehnjährigen, der jeden Morgen mit schlafverquollenen Augen zur Arbeit kam und den Gehsteig mit jenem Besen bearbeitete, bis es Zeit war, Waren auszutragen, Apartment 4 A, 2117 Riverside Drive; ein Schauer durchfuhr ihn.

Ich kenne diese Adresse nicht, dachte er.

Nur gut, daß du tot bist, dachte er.

Nur gut, daß ich deine lausigen Eier ...

Der Junge mit den Rollschuhen fegte mit höchster Geschwindigkeit über den Gehsteig. Buddwing hörte das vertraute Knirschen abgenutzter Räder auf dem Pflaster und schaute auf, als der Junge herankam. Er versuchte auszuweichen, doch im gleichen Moment wich auch der Junge aus; beide fanden sich in einer seltsam ungeschickten Umarmung, jeder versuchte, den anderen zu halten — der Versuch mißlang, beide fielen zu Boden, ein Durcheinander von Armen, Beinen und fliegenden Rollschuhen. Ein kurzes Schweigen folgte, dann setzte sich Buddwing auf und sah den Jungen an. »Alles in Ordnung?« fragte er.

»Scheint so«, sagte der Junge. Er war ungefähr neun Jahre alt, blond, mit blauen Augen. Er trug kurze Hosen und einen quergestreiften Pullover. Ein Rollschuh hatte sich von seinem Fuß gelöst und hing nur noch am Riemen. Ob er Schrammen oder Kratzer abbekommen hatte — seine Knie waren schorfig, verschrammt und blaufleckig von ähnlichen Zwischenfällen —, schien ihn nicht zu kümmern; statt dessen musterte er den baumelnden Rollschuh und sagte: »Mist! Wieder aufgegangen.«

»Dein Rollschuh?« fragte Buddwing.

»Ja.« Der Junge stand auf, einen Rollschuh noch am Fuß, und rollte zum Kantstein. Dort setzte er sich, schnallte den baumelnden Rollschuh ab und suchte in der Tasche nach dem Rollschuhschlüssel. Buddwing trat an den Kantstein und setzte sich neben ihn.

»Du weißt, wie man das macht?« fragte er.

»Klar«, sagte der Junge. »Es ist nur — die Schraube klemmt.«

»Soll ich dir helfen?«

»Das kann ich allein«, sagte der Junge. Er schob die beiden Teile des Rollschuhs wieder auf die richtige Größe zusammen und steckte den Schlüssel auf die Schraube an der Unterseite. »Das Ding geht immer auf«, sagte er. »Das ist gefährlich, wissen Sie. Man kann sich übel weh tun, wenn man schnell läuft und der Rollschuh aufgeht.«

»Und wie schnell läufst du?« fragte Buddwing.

»Oh, ich denke, ungefähr dreißig Stundenkilometer«, sagte

der Junge. »Hier, sehen Sie? Die Schraube klemmt, ich kann sie nicht festziehen. Ist vielleicht eingerostet.«
»Soll ich mal versuchen?« sagte Buddwing.
»Warum nicht – wenn Sie wollen. Das Ding ist eingerostet. Hier.« Er drückte Buddwing den Rollschuh und den Schlüssel in die Hand. »Wohnen Sie hier in der Gegend?« fragte er.
»Nein«, sagte Buddwing.
»Kam mir auch so vor, als hätte ich Sie hier noch nicht gesehen.« Er beobachtete, wie Buddwing sich mit der Schraube an der Unterseite des Rollschuhs abmühte. »Eingerostet, nicht?« sagte er.
»Scheint so.«
»Ich hab's Ihnen ja gesagt. Und wo wohnen Sie?«
»Oh, in einem anderen Stadtteil«, sagte Buddwing.
»Ist es hübsch da?«
»Ja, es ist schon in Ordnung«, sagte Buddwing.
»Gibt es da auch einen Spielplatz?«
»Ja.«
»Wir haben hier auch einen«, sagte der Junge. »Haben Sie etwas vor?«
»Warum fragst du?«
»Pete ist krank; das ist mein Freund. Ich meine, wenn Sie gerade nichts vorhaben, könnten wir zum Spielplatz gehen. Nur ein paar Ecken weiter.« Der Junge zuckte die Achseln.
»Natürlich, gern«, sagte Buddwing.
»Wissen Sie, mit der verdammten eingerosteten Schraube kann ich sowieso nicht mehr Rollschuh laufen. Ist das mit Ihren Rollschuhen auch schon passiert?«
»Immer wieder.«
»Ach? Und was haben Sie dann gemacht?«
»Nun, ich meine, es ist passiert, als ich noch Rollschuhe hatte.«
»Haben Sie sie verloren, oder was?«
»Nein, ich bin nur zu groß geworden dafür.«

»Ach, so.« Der Junge nickte. »Dann müssen Sie sich ein neues Paar kaufen.« Er schnallte den Rollschuh vom linken Fuß, sagte: »Ich stelle sie nur eben in den Hausflur«, sprang dann auf und lief ins übernächste Haus. Buddwing wartete auf dem Gehsteig. Nach ein paar Minuten kam der Junge wieder. »Alles in Ordnung«, sagte er und fiel in Schritt. Buddwing schloß sich ihm an.

»Wie heißen Sie?« fragte der Junge.

»Sam Buddwing.«

»Ich heiße Eric Michael Knowles«, sagte der Junge.

»Sehr angenehm, Eric.«

»Haben Sie keinen zweiten Vornamen?«

»Nein«, sagte Buddwing.

»Nun, das macht nichts«, sagte Eric. »Petes zweiter Vorname ist Farley. Zu dumm, daß er immer am Wochenende krank wird. Er hat eine Menge Spielzeug, einen Sonar-Zerstörer, und Stratego, das ist ein Spiel, und eine Pistole mit Gummipfeilen — und sogar eine Reihe Modelltanks.«

»Eine Reihe was?«

»Tanks.«

»Lauf und fangs«, sagte Buddwing. Eric lachte.

»Soll ich Ihnen einen dreckigen Witz erzählen?« fragte er.

»Klar«, sagte Buddwing.

»Ein Junge ist in den Dreck gefallen«, sagte Eric. Buddwing lachte. Sekundenlang beobachtete Eric ihn, dann lachte auch er. »Der ist aber ziemlich alt«, sagte er. »Haben Sie ihn mitgekriegt?«

»Sicher«, sagte Buddwing.

»Und was ist damit?«

»Nun — ein Junge ist in den Dreck gefallen.«

»Ja, aber was ist daran so komisch?«

»Wolltest du mir nicht einen dreckigen Witz erzählen?«

»Ja, ich weiß.« Eric hielt inne. »Was ist überhaupt ein dreckiger Witz?«

»Nun ja ...« Buddwing zögerte. »Ich weiß nicht«, sagte er schließlich.
»Wie kann dann etwas Komisches daran sein?«
»Ich finde, es ist schon komisch, wenn ein Junge in den Dreck fällt«, sagte Buddwing.
»Und dreckig ist es auch.« Eric zuckte die Achseln. Dann warf er Buddwing einen listigen Blick zu und sagte: »Nur gut, daß sie beim Militär diese Dinger haben, mit denen man durch den Dreck fahren kann, nicht?«
»Was für Dinger?« fragte Buddwing.
»Wissen Sie doch. Diese großen, eisernen Dinger mit Raupenketten.«
»Tanks?«
»Lauf und fangs«, sagte Eric und lachte hell auf. »Lauf und fangs«, wiederholte er, als genösse er den Spaß zum zweiten Mal, um ihn in seinem Gedächtnis festzuhalten. »Der Spielplatz ist da vorn an der Straße«, sagte er.
»Ja, ich weiß.«
»Sie haben doch gesagt, Sie wohnten nicht hier.«
»Tue ich auch nicht. Aber ich weiß, wo der Spielplatz liegt.«
»Ein ziemlich schäbiger Spielplatz. Haben Sie Lust, statt dessen zum Fluß hinunterzugehen?«
»Von mir aus.«
»Ich darf eigentlich nicht zum Fluß hinunter, weil man über die Straße muß und weil da im letzten Sommer ein Kind ertrunken ist.«
»Aber ich darf«, sagte Buddwing.
»Ich glaube, dann darf ich auch, ja?«
»Wahrscheinlich.«
»Ich wollte schon immer einmal Steine in den Fluß werfen. Wird man verhaftet, wenn man Steine in den Fluß wirft?«
»Ich wüßte nicht, warum.«
»Tun wir's dann?«
»Klar.«

Sie gingen wortlos bis zum Riverside Drive, dann in den Park hinein und am Spielplatz vorbei bis zu dem Fußweg, der sich am Henry Hudson Parkway entlangzieht. Ein Eisengeländer trennte den Weg von dem grasbewachsenen Abhang zur Straße hin. Sie kletterten über das Geländer, warteten auf eine Verkehrslücke und liefen über die Fahrbahn zum Ufer hinunter. Buddwing konnte am gegenüberliegenden Ufer die Steilküste von New Jersey erkennen und weiter nach Norden hinauf den Doppelbogen der Washington Bridge. Mitten im Strom war eine Zerstörerflottille vertäut. Er hörte, wie auf einem der Zerstörer der Lautsprecher die Mannschaft zur Arbeit rief. Über dem Wasser lag kein Dunst. Die Zerstörer, scharfe graue Silhouetten, schaukelten träge. Über der Küste von Jersey war der Himmel blau und klar.

»Was sind das für Schiffe?« fragte Eric.

»Zerstörer.«

»Huh«, sagte Eric und pfiff durch die Zähne. »Wetten, daß ich einen davon mit einem Stein treffen kann?«

»Versuch's nur.«

Eric suchte im Gras, fand einen Stein, holte aus und schleuderte ihn mit aller Kraft. Wenige Meter vom Ufer platschte der Stein ins Wasser. »Bißchen zu kurz«, sagte er und hielt dann nachdenklich inne. »Haben Sie sich schon einmal gewünscht, richtig stark zu sein?« fragte er. »Ganz richtig stark, meine ich? Der stärkste Mann der Welt?«

»Ja, manchmal«, sagte Buddwing.

»Wetten, daß Supermann eins von diesen Schiffen treffen könnte?«

»Klar könnte er das.«

»Wenn er einen Stein wirft«, sagte Eric, »dann hätte er so viel Kraft, daß er womöglich ein Loch ins Schiff schlägt, meinen Sie nicht auch?«

»Wahrscheinlich.«

»Klar doch, er kann ja auch über Häuser springen. Er kann

einfach alles.« Eric hielt inne. »Was meinen Sie, wie macht er das, wenn er über Häuser springt?«
»Er nimmt einen ordentlichen Anlauf.«
»Ich weiß nicht. Es kommt mir komisch vor, daß er über Häuser springen kann. Und in der Luft fliegen. Ich meine – wenn er auch noch so stark ist, wie kann er dann in der Luft herumfliegen und über Häuser springen? Das verstehe ich nicht. Verstehen Sie das?«
»Wahrscheinlich benutzt er seine Muskeln auf eine besondere Art.«
»Ja, aber er hat doch keine Flügel. Ich verstehe einfach nicht, wie er das macht, wenn er fliegt.« Eric schüttelte den Kopf. »Was würden Sie tun, wenn Sie der stärkste Mann der Welt wären?«
»Dasselbe wie Supermann. Ich würde meine Kraft für das Gute einsetzen.«
»Ja, ich auch«, sagte Eric zweifelnd. Er zögerte. »Aber vielleicht würde ich auch dann und wann etwas Böses tun.« Er zögerte wieder. »Sie auch?«
»Vielleicht. Aber nicht sehr oft.«
»Natürlich, nicht sehr oft. Nur von Zeit zu Zeit. Was sagten Sie, wie war Ihr Name?«
»Sam.«
»Aber kein zweiter Vorname?«
»Nein.«
»Glauben Sie, daß es Supermann wirklich gibt?« fragte Eric.
»Weiß nicht. Was glaubst du?«
»Ich würde glauben, es gibt ihn, wenn er nicht in der Luft herumflöge und über Häuser spränge. Ich weiß nicht, wenn er das macht, kommt er mir so unwirklich vor. Haben Sie dabei nicht dasselbe Gefühl?«
»So ungefähr. Ich verstehe auch nicht, wie er fliegen oder über Häuser springen kann«, sagte Buddwing.
»Klar, das gibt es überhaupt nicht.«

Eine Weile wanderten sie schweigend weiter. Der Tag war warm, die Luft erfrischend, der Himmel blau. Von Norden her ertönte plötzlich das durchdringende Gellen eines Schleppers.
»Wissen Sie, was ich einmal werden möchte?« fragte Eric.
»Nein. Was denn?«
»Müllfahrer.«
»Ach? Warum?«
»Weil Müllfahrer alle möglichen Dinge finden. Wenn Sie wüßten, was die Leute alles wegwerfen, ständen Ihnen die Haare zu Berge. Außerdem mag ich den Geruch von Müll.«
»Wirklich?«
»Ja. Am liebsten rieche ich Benzin, aber dann kommt Müll. Der riecht auch gut. Nicht wie Benzin — anders. Und dann tragen Müllfahrer Uniformen wie Soldaten; haben Sie das schon einmal gesehen?«
»Ja, das stimmt.«
»Sicher doch. Wieviel verdienen Müllfahrer eigentlich?«
»Ein ganz ordentliches Gehalt«, sagte Buddwing.
»Hundert Dollar?« fragte Eric.
»Meinst du, in der Woche?«
»Nein, nicht in der Woche«, sagte Eric. »Hundert in einer einzigen Woche? Natürlich nicht. Ich meine — ich weiß nicht, aber wieviel verdienen sie wohl überhaupt?«
»Ich glaube, ungefähr hundert in der Woche, vielleicht ein bißchen mehr.« Buddwing hielt inne. »Und zu essen, soviel sie wollen.«
»Wieso? Zu essen, soviel sie ...« Eric lachte vergnügt. »Essen sie etwa Müll?« Er lachte wieder. »Gibt es überhaupt Leute, die Müll essen?« sagte er, versetzte Buddwing einen leichten Stoß und lachte abermals.
Draußen auf dem Strom wurde auf den Zerstörern zum Appell gepfiffen. Das hohe Schrillen der Bootsmannspfeifen zerschnitt die Luft, noch am Ufer deutlich hörbar.
»Ich kann fast genauso pfeifen«, sagte Buddwing.

»Ich auch«, erwiderte Eric.
»Ohne Pfeife, meine ich.«
»Ich auch«, sagte Eric.
»Ich meine, genauso laut.«
»Und wie?«
Buddwing zog die Lippen ein, preßte sie gegen die Zähne und legte die Zunge dahinter. Dann blies er kräftig, und ein ohrenbetäubend durchdringender Pfiff kam aus seinem Mund.
»Allerhand«, sagte Eric. »Wie machen Sie das?«
»Das weiß ich selber nicht genau.«
»Zeigen Sie es mir, bitte«, sagte Eric.
Die nächste Viertelstunde verbrachte er mit dem Versuch, Eric zu zeigen, wie man auf die neue Art pfiff. Aber Eric brachte nicht mehr zustande als eine krächzende Mischung aus gepreßtem Atem und Spucke. Erschöpft legten sie sich am Ufer ins Gras und beobachteten den Verkehr auf dem Wasser. Von Zeit zu Zeit fiel ein Wort, meist schwiegen sie. Eric zappelte zwar hin und her, streckte Hände und Füße, bewegte den Mund und schien doch zufrieden damit, am Fluß zu sitzen, die Schlepper und Motorboote anzuschauen, ein Rundfahrtboot, das langsam vorüberglitt, einen Tanker, der riesig und schwarz aus dem Nichts auftauchte, fremdartige Schriftzüge am Schiffsrumpf. Über den Brauen der Küste von Jersey marschierte langsam eine imposante Wolkenparade, gleichmäßig und gemächlich vom sanften Wind über den Himmel getrieben, weißleuchtend von aufgefangenem Sonnenlicht. Ein milder Wind wehte, streichelte Buddwings Wange, strich sanft über sein Haar. Fast wäre er eingeschlafen.
Er zwang sich zur Grenze des Bewußtseins zurück. Plötzlich überfiel ihn Angst und mit ihr das gleiche Vorgefühl eines Schocks, das er schon verspürt hatte, als er Glorias Wohnung verließ. Mit einem Ruck setzte er sich

auf. Eric saß neben ihm, die Arme um die Knie gelegt, und schaute aufs Wasser hinaus. Er drehte sich um.
»Ich dachte schon, Sie schliefen«, sagte Eric.
»Beinahe«, erwiderte Buddwing und rieb sich mit der Hand über das Gesicht. Die Angst wollte ihn nicht verlassen. »Kennst du das, wenn man Angst hat?« fragte er.
»Klar«, sagte Eric.
»Und was macht dir Angst?«
»Dracula«, sagte Eric. »Hab' ich im Fernsehen gesehen. Der kann einem wirklich Angst machen.«
»Ich meinte, ob es wirkliche Dinge gibt, die dir Angst machen?«
»Aber er ist doch wirklich, oder etwa nicht?«
»Nein, das ist nur Mache«, sagte Buddwing.
Eric schüttelte den Kopf. »Nein, er ist wirklich«, beharrte er. »Ich habe ihn gesehen; er ist jemand, bestimmt. Das war nicht etwa eine Zeichnung, Sam; er war wirklich.«
»Das war ein Schauspieler«, sagte Buddwing. »Bela Lugosi.«
»Nein, es war Dracula. So hat er geheißen. Dracula. Er war ein Vampir.«
»Ja, ich weiß, wen du meinst.«
»Haben Sie ihn denn auch gesehen?«
»Ja.«
»Und?«
»Und was?«
»Nun, war er wirklich oder nicht? Sie haben ihn doch gesehen?«
»Ja, ich habe ihn gesehen.«
»Und?«
»Er war wirklich«, gab Buddwing zu.
»Klar«, sagte Eric. Er hielt inne. »Haben Sie jetzt Angst?« fragte er.
»Ein wenig.«
»Wovor? Vor Dracula?«
»Nein, nicht vor Dracula.«

»Ich kriege Angst, wenn nur von ihm die Rede ist«, sagte Eric. Er schauerte zusammen. »Aber vor wem haben Sie denn Angst, wenn nicht vor ihm?«

»Ich weiß nicht.«

»Es gibt keine Geister, wissen Sie«, sagte Eric. »Das hat Mammy mir gesagt.«

»Das weiß ich selber.«

»Gibt es wirklich keine?« fragte Eric zweifelnd.

»Nein, es gibt keine Geister.«

»Auch keine Gespenster?«

»Nein, auch keine Gespenster.«

»Und wovor haben Sie dann Angst?« fragte Eric.

»Ach, nichts«, sagte Buddwing lächelnd. »Man braucht sich vor nichts zu fürchten.« Er stand auf und streckte Eric die Hand hin. »Komm«, sagte er, »wir müssen gehen.«

»Warum?«

»Wir können doch nicht den ganzen Tag hier sitzen«, erwiderte Buddwing.

»Warum nicht?«

»Man muß doch etwas tun.«

»Aber wir tun doch etwas«, sagte Eric.

»Sicher. Ich meinte nur ...«

»Gefällt es Ihnen hier nicht?« fragte Eric.

»Doch, es gefällt mir hier«, sagte Buddwing. In seiner Stimme lag ein seltsam sehnsüchtiger Klang.

»Dann bleiben Sie doch.«

»Nein, ich ...« Er musterte Erics Gesicht, die weit offenen blauen Augen, den vorwurfsvollen Mund, und sagte sehr sanft: »Siehst du, Eric, ich habe etwas verloren und muß es wiederfinden.«

»Was haben Sie denn verloren?« fragte Eric.

»Mich selbst«, sagte er.

Einen Moment lang betrachtete Eric ihn mit ernsten blauen Augen, unsicher, ob dies ein neuer Witz war oder nicht. Dann lachte er zögernd und ging mit Buddwing zur Straße

hinauf. »Wie kann man sich selbst verlieren?« fragte er. »Das geht doch nicht.«
»Das dachte ich auch«, sagte Buddwing lächelnd. »Aber es scheint so, als hätte ich es fertiggebracht.«
»Und wer sind Sie dann?« fragte Eric. »Ich meine, wer sind Sie, wenn Sie sich verloren haben?«
»Siehst du, gerade das muß ich herausfinden.«
Am Straßenrand blieben sie stehen und warteten auf eine Verkehrslücke. Dann überquerten sie die Fahrbahn, kletterten wieder über das Eisengeländer und stiegen den steilen Abhang zum Fußweg hinauf. Als sie zu den weißen Stufen beim Soldiers and Sailors Monument kamen, fragte Eric: »Was bekommen Sie, wenn Sie es finden?«
»Wenn ich was finde?«
»Sich selbst, meine ich. Wenn Sie sich selbst finden, was bekommen Sie dann? Einen Finderlohn?«
»Oh, sicher«, sagte Buddwing.
»Wieviel?«
»Drei Cents und einen Kragenknopf.«
Eric lachte.
»Außerdem einen Pfirsichkern«, setzte Buddwing hinzu.
»Was macht man damit?« fragte Eric, noch immer lachend.
»Man kann einen Pfirsichkernring daraus machen«, sagte Buddwing. »Weißt du nicht, wie man einen Pfirsichkernring macht?«
Sie gingen die Neunzigste Straße hinauf, in Richtung der West End Avenue. Die Sonne goß eine überwältigende Helle in die Schlucht, die vor ihnen lag. Sie gingen im tiefen Schatten, doch die Sonne lag vor ihnen, ein strahlender, dolchförmiger Lichtkeil, der die Giebel der Häuser aufleuchten ließ.
»Nein, das weiß ich nicht«, sagte Eric. »Wollen Sie es mir zeigen?«
»Dafür ist es noch zu früh im Jahr«, sagte Buddwing. »Jetzt gibt es noch keine Pfirsiche.«

»Und wann gibt es welche?«
»Im Sommer.«
»Aber im Sommer zeigen Sie es mir? Wenn ich nicht ins Sommerlager muß?«
»Wenn du nicht ins Sommerlager mußt«, versprach Buddwing, »zeige ich dir, wie man einen Pfirsichkernring macht.«
»Glauben Sie, daß wir im Sommer noch Freunde sind?« fragte Eric.
»Ich will's hoffen.«
»Ich auch. Ich mag Sie nämlich«, sagte Eric.
Er sah Eric an, für einen Augenblick füllten sich seine Augen mit Tränen. Er blinzelte. »Schönen Dank, Eric«, sagte er. »Ich mag dich auch.«
Sie hatten den Broadway erreicht und blieben an der Ecke stehen, an der sie sich getroffen hatten.
»Dann sehen wir uns ja bald wieder«, sagte Eric.
»Sicher doch.«
»Sie werden meinen Namen nicht vergessen? Eric Michael Knowles?«
»Natürlich nicht.«
»Und den Pfirsichkernring?«
»Nein, den vergesse ich auch nicht.«
»Okay, Sam«, sagte Eric grinsend. Dann blinzelte er und sagte: »Wir sehen uns, ja?« und ging ins Haus.
Der Schock wartete an der nächsten Ecke.

5

Zuerst traf ihn der Schock nur, weil er glaubte, er hätte sie vergessen; dann traf er ihn doppelt, weil er sie zwar wiedererkannte, sich aber nicht entsann, wer sie war. Sie kam aus einem Haus an der Neunundachtzigsten Straße und ging eilig zur Gehsteigkante, offenbar auf der Suche nach einem Taxi — eine Siebzehnjährige mit langem, schwarzem, in einer Pferdeschwanzfrisur nach hinten gekämmtem Haar. Er konnte aus der Entfernung ihre Augen nicht sehen, wußte aber, daß sie dunkelbraun waren; den ungezwungen langbeinigen Gang, mit dem sie den Gehsteig überquerte, erkannte er auf der Stelle. Sie trug eine schwarze Strumpfhose unter einem schwarzen Rock, dazu einen schwarzen Pullover, und ihr Haar wehte wie eine fremdartige Federkappe; während sie über den Gehsteig eilte, erinnerte sie an einen großen, mageren Vogel mit schwarzen Beinen, schwarzem Schopf und schwarzer Brust. Er sah, wie sie den Arm hob, um ein Taxi anzuhalten, sah das Taxi zum Bordstein schwenken, sah, wie sie die Hand ausstreckte, um die Wagentür zu öffnen, und rannte auf sie zu.

»Doris!« schrie er. »Doris!«

Sie drehte sich nicht um; sie ließ sich nicht einmal anmerken, ob sie ihn hörte oder nicht, obwohl er mit voller Stimmkraft schrie. Die Tür der Taxe knallte zu, als er an der Ecke ankam. Er stürzte bei Rotlicht über die Straße; das Taxi stieß eine kleine Auspuffwolke aus und ordnete sich in den Verkehr ein. Er stand an der Ecke und schrie: »Doris! Doris!«, doch das Taxi rollte davon, und er stand einen Moment in unentschiedener Panik; dann zog er die Lippen über die Zähne und pfiff mit dem gleichen Pfiff, den er Eric beizubringen versucht hatte, das nächste Taxi herbei. Er warf sich in den Rücksitz und sagte: »Folgen Sie bitte dem Taxi da vorn.« Der Fahrer drehte sich um und musterte ihn mit neugierig verdrießlichem Ausdruck, als habe er einen

Privatdetektiv im Trenchcoat erwartet und wäre nun enttäuscht, nur einen normal aussehenden Mann im blauen Anzug vor sich zu haben. Er nickte gleichgültig und ließ den Wagen anrollen. Buddwing lehnte sich nach vorn, beobachtete das Heck des Wagens, in dem das Mädchen saß, wünschte sich, daß sein eigener Fahrer ein wenig mehr Gas gäbe, und sagte schließlich: »Sie bleiben ihm auf der Spur, ja?«

»Mister«, sagte der Fahrer mit unendlicher Geduld, »ich fahre so schnell, wie es die Vorschrift erlaubt. Zahlen Sie die Strafe, wenn ich wegen überhöhter Geschwindigkeit dran bin?«

»Ja«, sagte Buddwing sofort; er wußte, daß man den Fahrer kaum wegen Überschreitung der Höchstgeschwindigkeit belangen würde; er wußte außerdem, daß seine mündliche Zusicherung kaum bindend war, käme die Sache je vor Gericht. »Ja, ich zahle die Strafe. Und nun machen Sie schon, bitte!«

»Alle wollen die Strafe zahlen«, sagte der Fahrer weise, »aber nur, bis es soweit ist und Strafe gezahlt werden muß. Dann hat kein Mensch mehr Lust, etwas zu zahlen.«

»Ich möchte nicht, daß wir den Wagen da vorn verlieren. Es ist wichtig für mich.«

»Für mich ist wichtig, daß ich mit der Polizei in dieser verdammten Stadt keine Scherereien bekomme«, sagte der Fahrer. »Außerdem dürfen andere Fahrer auch nicht schneller fahren als ich. Machen Sie sich's also bequem, wie's auf dem Schild steht, und überlassen Sie uns das Fahren, okay?«

»Schön, aber lassen Sie den Wagen nicht entwischen«, sagte Buddwing, immer noch nach vorn gelehnt.

»Ja, ja, ich begreif's allmählich«, sagte der Fahrer. »Sie möchten, daß ich dem da vorn auf den Fersen bleibe, richtig?«

»Genau.«

»Begriffen. Machen Sie sich keine Sorgen.«

Doch Buddwing machte sich Sorgen. In seinem Kopf wirbelten hundert Gedanken, wer war das Mädchen im Taxi da vorn, er hatte sie Doris genannt, wer war Doris, woher kannte er sie, wieviel würde es kosten, sie mit tickender Taxameteruhr durch halb New York zu verfolgen, waren es schon fünfundvierzig Cents, wieviel Cents hatte er noch, Doris, wer war sie, wer?
»Also gibt es denn solche Blödlinge? Haben Sie das gesehen?« sagte der Fahrer plötzlich. Er drehte den Kopf zum Fenster und rief: »Nun entschließen Sie sich schon, Sie Idiot!« Dann riß er das Steuer scharf zur Seite und kollidierte fast mit einem von rechts heranrollenden Lieferwagen. »Daß so etwas ans Steuer darf!« knurrte er. »Diese Wochenendfahrer bringen den ganzen Verkehr durcheinander — als ob das noch nötig wäre. Menschenskind, verrückt muß man sein, heute noch ein Taxi zu fahren, lassen Sie sich's gesagt sein. Wo will die Dame da übrigens hin?«
»Welche Dame?«
»Die im Wagen da vorn. Ist doch eine Dame, nicht wahr?« Der Fahrer zuckte die Achseln. »Warum sollten Sie sich sonst so aufregen? Neulich hatte ich hier eine blonde Figur drin — stolpert mir um zwei Uhr nachmittags sternhagelvoll in den Wagen und will, daß ich sie nach Oyster Bay bringe. Ahnen Sie, wo Oyster Bay liegt? Feudale Gegend auf Long Island, lauter stinkfeine Leute. Trägt um zwei Uhr mittags ein schwarzes Cocktailkleid, riecht wie eine Bourbonfabrik und will, daß ich sie nach Oyster Bay fahre. ›Wohin in Oyster Bay, meine Dame?‹ sage ich. ›Ans Wasser‹, sagt sie. ›Ja, aber wo ans Wasser?‹ sage ich, und sie antwortet: ›Soll ich mir etwa Ihre Nummer notieren?‹ Unsere Nummern wollen sich die Leute bei jeder Gelegenheit notieren. Irgendwo muß mal jemand geschrieben haben, das Nummernotieren wäre die einzige Möglichkeit, New Yorker Taxifahrern bange zu machen. ›Notieren Sie nur meine Nummer‹, sage ich ihr. ›Wenn Sie meine Nummer wissen wollen, nur weil

ich frage, wohin Sie in Oyster Bay wollen, was ohnehin schon eine Überlandfahrt ist, für die Sie Überlandtarif zahlen, dann notieren Sie nur meine Nummer. Aber vielleicht sind Sie auch vernünftig, beruhigen sich da hinten, wie's auf dem Schild steht, und geben mir Ihre Adresse in Oyster Bay. Dann könnten wir beide eine nette Fahrt haben; um diese Zeit ist der Verkehr nicht allzu dick.‹ Also, sie hat sich meine Nummer nicht notiert. Statt dessen macht sie sich da hinten in aller Ruhe breit, ohne mir die Adresse zu geben – wie soll ich wissen, daß sie auf einem großen Landsitz mit Tennisplätzen und Swimmingpool lebt, der keine Adresse hat, zumindest keine Hausnummer; nur einen Briefkasten an einer Straße am Wasser, wie sie sagt. Aber sie macht sich's bequem da hinten, fragen Sie mich nur nicht, wie, und dann fängt sie auch noch an, ausgesprochen unfeine Gesänge zu grölen, ›Minnie the Mermaid‹ und dergleichen, mit einer genauso unfeinen, tiefen, besoffenen Stimme, und ich muß mir das im Spiegel ansehen, rauf und runter – ich schwöre Ihnen, ich hätte fast viermal den Wagen zu Bruch gefahren. Mann, das war ein Nachmittag! In diesem Beruf muß man verrückt sein, sage ich Ihnen. Und schließlich bringe ich sie zu diesem feudalen Landsitz am Wasser, genau wie sie gesagt hat, sie geht rein, um Geld zu holen, kommt wieder raus und gibt mir auf einen Fahrpreis von achtundzwanzig Dollar ein Trinkgeld von fünfundzwanzig Cents. ›Meine Dame‹, sage ich zu ihr, ›sind Sie sicher, daß Sie sich das leisten können? Mit Ihren Tennisplätzen und dem Swimmingpool da drinnen? Wissen Sie genau, daß Sie jetzt nicht pleite sind?‹ Da lächelt sie mich ausgesprochen süß und sexy an, das blonde Haar hängt ihr halb übers Gesicht, und dann sagt sie zu mir: ›Mister, so eine Fahrt hatten Sie in Ihrem ganzen Leben noch nicht.‹ Und schließlich marschiert sie die Einfahrt rauf und macht gerade vor der Tür noch einmal kehrt und zeigt mir, was sie zu bieten hat, als wären wir in einem der finstersten Löcher von Union City. Fünfundzwanzig Cents. War s das wert, frage ich Sie? Mann, das ist vielleicht ein Geschäft!«

»Sie biegen ab«, sagte Buddwing.

»Das sehe ich. Beruhigen Sie sich.«

»Wo sind wir eigentlich?«

»An der Ecke von Central Park West und Siebenundneunzigster Straße. Nun beruhigen Sie sich schon, Mister.«

»Wohin fahren sie?«

»Weiß ich, wohin sie fahren? Wohnt sie in der Stadt oder nicht? Bisher, scheint mir, sind wir vom Broadway bis Central Park West gefahren, und nun geht es wieder zum Broadway zurück. Wenn das kein Umweg ist, weiß ich nicht, was ein Umweg ist. Also beruhigen Sie sich, ja?«

»Sehen Sie zu, daß Ihnen der Laster nicht dazwischenkommt!« rief Buddwing.

»Soll ich mich mit einem Laster um den Platz prügeln?«

»Folgen Sie lieber dem Taxi da vorn.«

»Das tue ich ja.«

»Wenn sie die Verkehrsampel an der nächsten Ecke schaffen, haben sie uns abgehängt.«

»Ich habe in dieser Stadt nicht über die Verkehrsampeln zu bestimmen, Mister. Wenn Sie sich beschweren wollen, tun Sie's bei Commissioner Barnes. Vielleicht können Sie ihm sogar helfen, den Verkehr noch mehr durcheinanderzubringen.«

Mit einem schmerzlichen Seufzer sah Buddwing, daß Doris' Taxi die Kreuzung in der Tat noch bei grünem Licht überquert hatte und die Ampel nun auf Rot umgesprungen war. Der Lastzug hielt und blockierte die Straße vor Buddwings Taxi; er mußte den Kopf weit aus dem Fenster recken, um den anderen Wagen noch zu sehen, der, wie es schien, auf der Siebenundsechzigsten Straße westwärts fuhr.

»Nun sind wir sie los«, sagte er. »Dabei sollten Sie sie nicht außer Sichtweite lassen.«

»Ich sehe sie noch«, sagte der Fahrer. »Der Wagen hält beim nächsten Straßenblock.«
»Dann beeilen Sie sich gefälligst.«
»Die Ampel ist noch rot.«
»Sie springt gleich um. Da! Los nun!«
»Soll ich etwa durch den Lastzug fahren? Oder drunter weg, wie?«
»Dann hupen Sie.«
»Er fährt schon an.«
»Sehen Sie sie noch?«
»Das Mädchen steigt gerade aus.«
»Dann beeilen Sie sich.«
»Was heißt hier beeilen? Wenn in dieser verdammten Stadt doch nur einer die Zeit zur Ruhe hätte!« Der Fahrer schüttelte den Kopf und wartete, bis der Lastzug in die Columbus Avenue eingebogen war. Dann gab er Gas und brauste rücksichtslos die Siebenundsechzigste Straße hinauf. Doris' Taxi rollte gerade von der Bordkante auf die Fahrbahn. Buddwing beugte sich vor und sah ihre schwarzbestrumpften Beine die Treppe eines älteren Hauses hinaufsteigen. Er suchte in der Tasche nach Geld. Der Fahrpreis betrug fünfundsiebzig Cents. Er gab dem Fahrer eine Dollarnote und sprang mit einem Satz auf den Gehsteig.
»Doris!« rief er.
Die Tür des Hauses schloß sich hinter dem Mädchen.
»Doris!« rief er noch einmal, stürzte dann die Treppe des Hauses hinauf und rüttelte an der Tür. Sie war verschlossen. Er überlegte, ob er nach dem Hausmeister läuten sollte, fragte sich dann, was er dem Mann sagen würde, wenn er zur Tür käme, und verzichtete schließlich darauf, zu läuten. Mit einem Seufzer stieg er die Treppe wieder hinab und stand auf dem Gehsteig, wo einige Mülltonnen auf die Abfuhr warteten.
Die Stadt war hellwach; er bemerkte es erst jetzt. Er hatte mit Eric am Fluß viel Zeit vergeudet und war dann voll und

ganz damit beschäftigt gewesen, Doris zu folgen; unbemerkt und in aller Stille war die Stadt um ihn herum wach geworden. Und nun stand er auf dem sonnenüberfluteten Gehsteig und versuchte sich zu orientieren, überrascht, wie lebendig diese Stadt war, deren Atem er mit scharfer, sehnsüchtiger Intensität spürte.

Zwischen Amsterdam Avenue und Broadway streckte sich nur ein kurzes Straßenstück, gesäumt von zerfallenden braunen Mietshäusern, umgeben von einem neuen Baukomplex, der sich dem Bau des Lincoln Center anschloß. Der Parkplatz an der Ecke zum Broadway hieß Philharmonic, der Riesenbau hinter ihm nannte sich Lincoln Square Motor Inn. Weiter die Straße hinauf ragte im rechten Winkel zu ihr ein riesiges Apartmenthaus, das sich Lincoln Towers nannte. Inmitten dieses kulturinspirierten Glanzes duckten sich die alten Mietshäuser wie Schaben unter einem neuen, blanken Küchenausguß, als erwarteten sie, von der Stadtplanung zerquetscht zu werden. Dennoch stellte Buddwing fest, daß die Leute in der Straße ihren Geschäften nachgingen, als passiere nichts um sie herum – nichts, das ihr gewohntes Leben bedrohen konnte.

Eine Frau im Bademantel, ein Tuch um den Kopf, führte einen Pudel an der Leine. Der Hausmeister von nebenan fegte den Gehsteig. Aus einem der Häuser kam ein Mädchen in engem, kurzem Rock, zwei leere Milchflaschen in den Händen, und eilte zum Broadway hinüber. Verkehrsgeräusche klangen auf: das Röhren von Bussen, das feinere Surren der Autos, das ächzende Klappern eines Pferdefuhrwerks, das um die nächste Ecke kroch. Eine müde Schläfrigkeit umgab das Pferd, den Wagen – den ganzen Tag. Die Stadt war zwar aufgewacht, doch es war Samstagvormittag; noch herrschte keinerlei Hast. Die Stadt hatte sich aus ihrem warmen Bett gewälzt, der erfrischenden Frühlingsbrise, die leise mit den Gardinen spielte, ein Fenster geöffnet, die milde Luft eingeatmet und dann in aller

Gemächlichkeit ihr Frühstück verzehrt. Und nun kam sie aus den Häusern, um den Tag zu begrüßen, wach, aber nicht in Eile, noch lässig gekleidet; es war Samstag; wenn die Sonne sank, würde Samstagabend sein und sie würde in all ihrer Eleganz ihren Vergnügungen nachjagen — doch vorerst war noch Zeit, den Gehsteig zu fegen, den Hund auszuführen, die Frühstücksmilch aus dem Eckladen zu holen und müßig einem Pferdefuhrwerk nachzuschauen, das in langsamer Fahrt die Straße entlangrasselte. Der braune Pferderücken war vom Sonnenlicht vergoldet. Weiter oben auf der Straße wurden Vorbereitungen zu einem Schlagballspiel getroffen, ohne jede Eile, es in Gang zu bringen. Gelassen prüfte man die Besenstiele, die als Schläger dienen sollten; der eine war am dickeren Ende gesplittert — schlechthin unbrauchbar. Dann hüpften Bälle auf dem Asphalt; der rosa Gummiball sprang am höchsten, mußte aber noch geprüft werden — zwei Hände, die zwei Bälle gleichzeitig fallen ließen, einen weißen, einen rosa, dann traf man die Wahl. In aller Gemächlichkeit wurden die Seiten des Spielfeldes ausgelost — eins, zwei, drei, gestreckte Finger, geballte Faust. Die Jungen standen geduldig im Kreis, während die Spreu vom Weizen gesondert wurde, ein magerer Junge mit Brille war der Letzte und fügte sich zögernd, aber willig in die Rolle des Zukurzgekommenen. Dann wurde mit aller Sorgfalt das Spielfeld auf die Straße gezeichnet, die Kreide ging zu Ende, man mußte zu anderen Farben greifen; Feld 3 leuchtete grellgelb auf dem Asphalt, blasses Grün markierte den Schlagplatz. Probeschläge, Probewürfe füllten die Zeit, dann wurden die Schläger von neuem geprüft und ein roter Besenstiel endgültig ausrangiert; ein anderer ausgedienter Besen wurde geholt, gegen den Hydranten geschlagen, um den Draht zu lockern; dann wurde der Draht, der die Binsen hielt, sorgfältig abgewickelt, die Binsen schließlich weggeschüttelt. Der neue Schläger wurde geprüft und schien den Anforderungen zu genügen, das Spiel konnte beginnen.

Und immer noch keine Eile. Es war Samstagvormittag; selbst ein Schlagballspiel konnte ohne Hast vonstatten gehen.
Er würde warten müssen, bis Doris wieder herauskam — schließlich wußte er nicht genau, wohin sie gegangen war; er konnte kaum an fremden Wohnungstüren klingeln und nach ihr fragen. Er entdeckte eine Milchbar auf der anderen Straßenseite und beschloß, dort eine Tasse Kaffee zu trinken, nahe der offenen Tür, so daß er die Front des Mietshauses beobachten konnte. Er überquerte die Straße — keine zwanzig Meter von ihm entfernt begann das Schlagballspiel — und sah zuerst nur die elektrische Uhr im Fenster der Milchbar. Es war neun Uhr und zehn Minuten. Vor der Milchbar entdeckte er einen Zeitungsständer; der Gedanke, eine Zeitung zu kaufen, gefiel ihm; er blieb vor dem Ständer stehen und griff nach der *New York Times*. Doch dann blieb sein Blick an der riesigen, schreienden Schlagzeile auf der Vorderseite des obenauf liegenden Boulevardblattes hängen. Und im gleichen Moment wußte er: das war der Schock, auf den er gewartet hatte, seit er Glorias Wohnung verließ; nicht Doris, die plötzlich aufgetaucht war, überraschend wie ein großer, schwarzbeiniger Vogel — nein, *dies*, das ihn vom Zeitungsständer anstarrte, schreiend, brüllend, dies.
Fast hätte er vor dem Zeitungsständer die Flucht ergriffen. Das bin ich nicht, dachte er hastig. Dann griff er mit zitternder Hand nach der Zeitung, nahm sie mit in die Milchbar und legte sie vor sich auf die Theke, ohne die Schlagzeile ein zweites Mal anzusehen. »Eine Tasse Kaffee mit Milch und einem Stück Zucker, bitte«, sagte er zu dem Mann hinter der Theke, ohne dabei zu bemerken, daß ihm eingefallen war, wie er seinen Kaffee bisher zu trinken pflegte. Während der nächsten Minuten vergaß er Doris fast völlig. Er saß auf dem Hocker am Ende der Theke, so daß er durch die offene Tür die Straße und das Haus gegenüber

beobachten konnte. Doch er warf nicht ein einziges Mal einen Blick durch die Tür. Er starrte nur auf die schwarze Schlagzeile der Zeitung, las sie schließlich, las sie immer und immer wieder, sah die kleinere Zeile, die ihm sagte, daß der dazugehörige Artikel auf Seite drei stand; doch die Angst, dort ein Bild zu finden, auf dem er sich selber wiedererkennen würde, hemmte ihn, die Zeitung aufzuschlagen. Denn dann würde er es genau wissen, dann wäre die Schlagzeile klar, ihre unheildrohenden schwarzen Lettern würden ins Riesenhafte wachsen, bis sie Stadt, Welt und Universum auslöschten.
Der Mann hinter der Theke stellte die Kaffeetasse vor ihm nieder und sagte: »Nehmen Sie die Zeitung, Mister?«
»Ja«, sagte Buddwing.
»Dann setze ich sie mit auf die Rechnung.«
»Tun Sie das«, sagte Buddwing, und der Mann wandte sich ab, als hätte er einen bedeutenden Sieg errungen.
Durch die schreiende Schlagzeile auf der Vorderseite erfuhr Buddwing, daß in der letzten Nacht ein Geistesgestörter aus einer Anstalt auf Long Island ausgebrochen war. In der Schlagzeile waren die Worte 'Long Island' nicht ausgeschrieben, sondern mit den Buchstaben L. I. abgekürzt. Buddwing wußte zwar, daß es damit durchaus seine Richtigkeit hatte; dennoch kam es ihm merkwürdig vor, daß die Zeitung in so großer Aufmachung vom Ausbruch eines Irren berichtete, sich aber einer so geläufigen Abkürzung wie L. I. bediente. Er mußte plötzlich an die Frau denken, die nach Oyster Bay gefahren war und dem Taxifahrer ein Trinkgeld von fünfundzwanzig Cents gegeben hatte. Er fragte sich, wie es wohl im Ausschnitt ihres Cocktailkleides ausgesehen haben mochte; dann schlug er Seite drei auf.
Es gab kein Bild auf Seite drei. Er wunderte sich darüber. War es nicht üblich, Irre zu fotografieren, mußten nicht gerade geschlossene Anstalten, wie Gefängnisse, von jedem, der ihre Tore durchschritt, ein Foto anfertigen lassen? Der

Artikel berichtete, daß ein Mann namens Edward Vossler in der vergangenen Nacht aus dem Central Islip State Hospital entwichen war, kurz nach dem Abendessen. Vossler — und in einem Anfall von Panik erinnerte er sich der Initialen in dem Ring an seiner Rechten, G. V. — hatte offenbar den Eßsaal verlassen, war dann in das leere Büro des Direktors gegangen und hatte aus dem Schrank des Anstaltsleiters ein Hemd, eine Krawatte und einen Anzug entwendet. Eine Angabe über die Farbe des Anzugs enthielt der Artikel nicht; aber in seiner Sicherheit, daß er selbst dieser Vossler war, wußte Buddwing, daß es ein blauer Anzug gewesen sein mußte. Vossler, berichtete der Artikel, war achtunddreißig Jahre alt, ungefähr einsachtzig groß und außerordentlich gefährlich — ein schizophrener Paranoiker mit schwerem Verfolgungskomplex und Größenwahn. Im weiteren befaßte sich der Artikel mit halbmedizinischen Erläuterungen über Schizophrenie und Paranoia und damit, was ein Mensch mit Verfolgungskomplex und Größenwahn zu tun fähig wäre; er schloß mit der Telefonnummer, die angerufen werden sollte, falls Vossler einem der Leser über den Weg lief.

Buddwing las den Artikel dreimal.

Die Inschrift in seinem Ring lautete 'Von G. V'; wieder fragte er sich, wer G. V. sein mochte, doch diesmal hatte die Frage einen Beiklang von Entsetzen. Möglicherweise war G. V. die Frau oder Mutter dieses Mannes Vossler, der er zweifelsohne selber war. Edward Vossler. Im Geist wiederholte er den Namen. Es lag nichts Vertrautes darin, doch wer konnte er sonst sein? Hatte der Zeitungsartikel nicht Vosslers scheinbar normales Verhalten erwähnt, nur gelegentlich unterbrochen durch ausgesprochen ungewöhnliche Reden und Handlungen? Hatte er sich nicht selber merkwürdig — nun, ein wenig verrückt — verhalten, indem er auf offener Straße einen Fremden anhielt und ihn fragte, was ein A-und-R-Mann wäre? Indem er über eine Stunde mit einem Jungen am Fluß verbracht hatte? Indem er in einem Taxi hinter einem fremden Mädchen (Das ist kein fremdes Mädchen, gottverdammt! Das ist Doris! Ich kenne sie!) hergejagt war und nun darauf wartete, daß sie das Haus auf der anderen Straßenseite wieder verließ?

Er warf einen schnellen Blick durch die offene Tür über die Straße. Noch zeigte das alte Haus ein verschlossenes Gesicht. Er wandte sich wieder der Zeitung zu und las den Artikel zum vierten Mal. Natürlich, dachte er. War meine Einstellung zu Di Palermo etwas anderes als ein paranoisches Symptom? Schwerer Verfolgungskomplex, nun gewiß — weshalb hätte ich sonst zweiundzwanzig Dollar so wichtig genommen? Zweiundzwanzig lausige, erbärmliche Dollar — dabei gebe ich Jahr für Jahr Tausende aus! Das also, dachte er. Größenwahn! Und was sollte mein Benehmen gegenüber Mr. Schwartz, der mir das Frühstück bezahlen wollte? Wer zum Teufel verhielt sich so, wenn nicht ein ausgebrochener Irrer namens Edward Vossler, ich also, ich selbst, verdammt, ich, ich!

Bin ich es? Er dachte nach.

Bin ich wirklich Edward Vossler? Und wenn ich es bin, was zum Teufel mache ich dann? Soll ich die Nummer anrufen und mich in dieses schreckliche Haus zurückbringen lassen? Welches schreckliche Haus? Wie wüßte ich von seinen Schrecken, wenn ich nicht wirklich Edward Vossler wäre, der entsprungene Geistesgestörte, wie nannte ihn die Schlagzeile noch, einen Schizo? — Ja, 'Schizo flüchtet aus Anstalt auf L. I.' Es lag fast Poesie darin. Anstalt auf L. I. Er entsann sich einer Schlagzeile, die er in der *Daily News* gesehen hatte, vor langer Zeit — wie kam es, daß er sich aller dieser dummen, belanglosen Nebensächlichkeiten seines Lebens entsinnen konnte, unerheblicher Randverzierungen, nicht aber der wirklich wichtigen Dinge: etwa, ob er nun Edward Vossler war oder nicht, ein entsprungener Geistesgestörter, Irrer, Schizo oder was er auch sein mochte? Die Schlagzeile war erschienen, als die Leute auf Cap Kennedy eine Rakete gestartet hatten, die weiße Mäuse enthielt. Die Rakete sollte bis zur Landung der Mäuse Funksignale zur Erde senden, aber diesen übergescheiten Weltraumingenieuren war das Experiment glorios mißglückt, die Rakete sandte keinerlei Signale, und es sah aus, als seien die rotäugigen kleinen Nager dazu verurteilt, ewig im Weltenraum zu kreisen. Die Schlagzeile der *Daily News* — wie kam er nur darauf, daß er die Zeitung nicht mochte? Hatte ihn die Schlagzeile nicht einen ganzen Tag lang erheitert? — hatte damals gelautet:

RAKETE STUMM,
MÄUSE VERSCHOLLEN.

Welch ein Prachtstück von einer Schlagzeile! Der Mann, der sie geschrieben hatte, hätte eine Medaille verdient und eine Konfettiparade im offenen Wagen die Fifth Avenue hinunter, Seite an Seite mit Bürgermeister Wagner, der den Hut zog und ihn wie ein Bettler der Menge hinstreckte.

Ich muß verrückt sein, dachte er. Da sitze ich hier vor einer Tasse kaltem Kaffee, mit Milch und einem Stück Zucker — sagte Gloria nicht, ich tränke ihn schwarz? Sam trinkt ihn schwarz — und denke an eine Schlagzeile, die ich vor Jahren las, während die Schlagzeile direkt vor mir behauptet, ich sei ein Verrückter, der irgendeinem Anstaltsleiter einen guten blauen Anzug (und zweifelsohne auch seine goldenen Manschettenknöpfe und die Krawattennadel) gestohlen hat und als schwerer Fall schizoider Paranoia mit Verfolgungskomplex und Größenwahn herumläuft? Wo zum Teufel bleibt Doris? Ob sie überhaupt wieder herauskommt?

Plötzlich schien sie seine einzige Rettung — Doris, im Haus an der anderen Straßenseite, mit ihren langen Beinen und dem flatternden Schopf; Doris wußte alle Antworten. Er würde warten, bis sie herauskam, und dann würde er einfach sagen: »Hi, Doris! Kennst du mich nicht? Ich bin der verrückte Ed Vossler. Wir kannten uns, bevor sie mich in die Anstalt steckten. Weißt du noch? Ich erzählte dir damals von all den Hackebeilmorden, die ich plante. Komm, das weißt du doch noch, nicht wahr?«

Und Doris würde ihn ansehen und sagen: »Ach, du dummer Junge! Natürlich bist du nicht Ed Vossler, wer das auch immer sein mag. Du bist Myron Goldfarb, der mich immer auf dem Fahrrad in die Bronx mitgenommen hat. Weißt du das etwa nicht mehr?«

O ja, dachte er, ich entsinne mich dieser sonnengefleckten Tage, ja, ja, ich weiß noch; aber hat nicht auch Edward Vossler Erinnerungen, und sind sie nicht ebenso verworren und verzweifelt wie meine eigenen — der schizophrene Paranoiker, der sein Abendessen verzehrte und dann in die Freiheit entwich? Entwich nicht auch ich heute morgen in die Freiheit, am Central Park South, als die Vögel ihre süßen, durchdringenden Lieder sangen? Entwich nicht auch ich in die Freiheit?

»Von den Burschen sind mehr draußen als drinnen«, sagte die Stimme an seiner Seite.

Er fuhr auf seinem Hocker herum. Der Junge neben ihm war höchstens sechzehn Jahre alt. Er trug eine schwarze Lederjacke mit silbernen Zierknöpfen auf dem Kragen — lange Bartkoteletten, große blaue Augen in einem arglosen, offenen Gesicht, das ein Gespräch erwartete.

»Reden Sie mit mir?« fragte Buddwing.

»Sicher doch«, sagte der Junge.

»Und was sagten Sie?«

»Ich sagte, daß eine ganze Menge Verrückte auf der Straße herumlaufen.«

Buddwing lächelte. »Ja«, sagte er, »das mag schon sein.«

»Wie ist er da nur rausgekommen?« fragte der Junge.

»Durch die Tür vermutlich.«

»Haben solche Anstalten denn keine Gitter?«

»Wahrscheinlich.«

»Was sollen denn das für Gitter sein, wenn jeder Irre so ohne weiteres durchmarschieren kann?« Der Junge schüttelte den Kopf.
»Vielleicht hat er ein Loch in den Zaun gemacht oder sich drunter durchgegraben«, sagte Buddwing und fragte sich dann, ob es das war, was Vossler getan hatte – was er selbst getan hatte.
Zwei andere Jungen schienen sich aus dem Nichts zu materialisieren. Auch sie trugen Bartkoteletten. Der eine hatte ein graues Wollhemd an, auf dessen Brustseite ein schwarzes Beethovenporträt aufgedruckt war. Der andere trug ein blaues Sporthemd mit einer offenen roten Weste darüber. Sie postierten sich direkt hinter dem Jungen in der schwarzen Lederjacke und mischten sich zwanglos in die Unterhaltung.
»Ich frage mich, ob er wirklich erst gestern abend ausgebrochen ist«, sagte der mit dem Beethovenhemd.
»Wie meinst du das?« fragte der mit der roten Weste.
»Nun«, erläuterte Beethoven mit geduldiger Logik, »das ist doch nur, was veröffentlicht wird. Und wenn er in Wirklichkeit schon in der letzten Woche oder im letzten Monat ausgebrochen wäre – weißt du, vielleicht suchen sie den Kerl schon die ganze Zeit und konnten ihn nur nicht finden, weil er sich irgendwo versteckt hat. Und jetzt glauben sie, daß es langsam Zeit wird, die Leute zu warnen, klar?«
»Klingt ziemlich verrückt«, sagte Rotweste. Doch Buddwing begriff in der Tat, was Beethoven meinte: es eröffnete plötzlich eine neue Gedankenkette, eine Kette höchst überraschender Ideen. Nehmen wir an, daß ich nicht Edward Vossler bin, sondern einfach ein netter, gewöhnlicher Mann, dachte er, ein Müllfahrer vielleicht, der sich nur nicht erinnern kann, wer er ist? Mehr noch: nehmen wir an, daß ich seit einer Woche, oder sagen wir, seit einem Monat nicht weiß, wer ich bin, gerade wie Beethoven eben sagte? Und wenn ich nun an jedem Morgen des letzten

Monats aufgewacht wäre, ohne die geringste Ahnung zu haben, wer ich bin?

»Möglich, daß Sie recht haben«, sagte er zu Beethoven und musterte zum ersten Mal das Gesicht über dem Wollhemd. Der Junge hatte langes braunes Haar und graue Augen, ein bemerkenswert sympathisches Gesicht mit kurzer Boxernase und vollen Lippen, wie einer der in Stein gehauenen Engel auf dem Dach des Mailänder Doms; und wieder: Italien, heiß, die Walze der Schreibmaschine war geschmolzen, weil die Maschine am Fenster in der Sonne stand und die Temperatur auf neununddreißig Grad im Schatten geklettert war, das Dach des Doms mit seinem Zuckergußmuster, die Art, wie ihr Haar sich vor einem Himmel aus geschmolzenem Metall abhob, Metallglanz vor Metallglanz, ihr Haar, Mailand.

»Klar«, sagte Beethoven. »Glauben Sie, die sagen uns alles? Und fallen dann selber dabei herein? Das steht doch nur in der Zeitung, weil sie den Vogel nicht finden können.«

»Kann sein«, sagte Rotweste. »Was meinst du?« Er wandte sich an Lederjacke, der offenbar der Anführer des Trios war. L. J., der Boss, zuckte die Achseln, als lägen solche Erwägungen weit unter dem Niveau seines erhabenen Denkens. »Wen interessiert das schon?« sagte er. Rotweste, der mit seinem dunklen Teint und dem schwarzen, kurzgeschnittenen Haar, zu dem die langgezogenen Bartkoteletten schlecht paßten, ein wenig wie ein Indianer aussah, zuckte gleichfalls die Achseln. Wenn L. J. etwas recht war, mochte es ihm auch recht sein; außerdem — wen interessierte das schon?

»Haben die ihr Schlagballspiel eigentlich noch in Gang gebracht?« fragte L. J. Beethoven.

»Ja«, antwortete Buddwing.

»Die brauchen Stunden, bis sie ein Spiel in Gang bringen«, sagte L. J., Buddwing leichthin als Gesprächspartner akzeptierend.' »Haben Sie schon einmal einen Haufen Jungs gesehen, bei denen es so lange dauert, bis ein Spiel anfängt?«

»Nein«, sagte Buddwing, »aber schließlich ist Samstag; vielleicht haben sie es nicht eilig.« Er hob die Tasse, nahm einen Schluck Kaffee und verzog das Gesicht.

»Was ist los?« fragte L. J. »Ist Ihr Kaffee kalt?«

»Scheint so«, sagte Buddwing.

»He, Artie«, sagte L. J. zu dem Mann hinter der Theke, »weshalb gibst du dem Mann hier nicht eine Tasse heißen Kaffee?«

»Hab' ihm eine Tasse heißen Kaffee gegeben.«

»Aber inzwischen ist er eiskalt.«

»Das macht nichts«, sagte Buddwing.

»Komm schon, Artie, gib deinem Herzen einen Stoß. Bring dem Mann eine frische Tasse. Und uns auch, wenn du schon mal dabei bist.«

»Für mich nicht«, sagte Rotweste.

»Glaubt ihr etwa, daß Kaffee auf Bäumen wächst?« sagte Artie.

»Tut er übrigens wirklich«, sagte Buddwing, und die Jungen lachten.

»Wo soll er denn sonst wachsen?« sagte Beethoven lachend. »Im Dreck wie Kartoffeln?«

»Komödianten«, sagte Artie. »Hier ist Ihr Kaffee.«

Buddwing bemerkte, daß er drei Tassen hinstellte, und fragte sich, ob man von ihm erwarte, daß er die frische Tasse, die L. J. bestellt hatte, selber bezahlte. L. J. nahm seine Tasse und ging auf eine der Nischen im Hintergrund des Lokals zu. Er blieb stehen, wandte sich erwartungsvoll zu Buddwing und fragte: »Warum setzen Sie sich nicht zu uns?«

Buddwing war nahe daran, abzulehnen. Doch noch immer zeigte L. J.'s Gesicht jenen Ausdruck offener Unschuld, als läge ihm irgendwie an Gemeinsamkeit, als wäre es sehr wichtig für ihn, daß Buddwing sich zu ihnen setzte.

»Schön«, sagte Buddwing, »aber ich muß das Haus auf der anderen Straßenseite im Auge behalten.«
»Ach, wirklich?« sagte L. J. »Warum?«
»Ich warte auf ein Mädchen, das dort herauskommen muß.« Rotweste ließ einen schnalzenden Laut hören; Beethoven nahm seine Kaffeetasse und rief dem Mann hinter der Theke zu: »He, Artie, glaubst du, daß Mädchen auch auf Bäumen wachsen?«
»Er glaubt, Mädchen wachsen in Macy's Kaufhaus«, sagte L. J. Alle lachten, selbst Buddwing.
»Ein kluges Kind«, sagte Artie, lächelte aber trotzdem. Sie machten es sich in der Nische bequem, L. J. und Buddwing auf der einen Seite, Rotweste und Beethoven auf der anderen. L. J. hob die Kaffeetasse, nahm einen Schluck, wandte sich dann an Buddwing und sagte: »Wir nehmen ihn immer so auf den Arm. Artie ist ein anständiger Kerl. Ein paar Häuser weiter ist einer, der uns immer rausjagt, wenn wir in sein Lokal kommen. Das tut Artie nicht.«
»Er wirkt auch wie ein anständiger Kerl«, sagte Buddwing, obwohl er sich über Artie noch keine Meinung gebildet hatte und noch immer mit der Frage beschäftigt war, ob er die zweite Tasse Kaffee bezahlen müßte.
»Gehören Sie zum Fernsehstudio?« fragte L. J.
»Wie kommen Sie darauf?« sagte Buddwing.
»ABC. Drüben, nah beim Park.«
»Ach so, nein. Nein, ich wußte nicht einmal, daß dort ein Studio ist.«
»Doch. Da gehen dauernd Schauspieler ein und aus. Sie haben nichts damit zu tun, ja?«
»Nein.«
»Dachte, Sie könnten damit zu tun haben. Sie sehen fast aus wie ein Schauspieler.«
»Ach, wirklich?«
»Klar doch. Sieht er nicht aus wie ein Schauspieler?«

»Sicher«, sagte Beethoven mit einem Engelslächeln, »er sieht aus wie Boris Karloff.«
»Mehr wie Peter Lorre«, sagte Rotweste.
»Da haben Sie's! Die können nichts ernst nehmen«, sagte L. J.
»Wir nehmen alles ernst«, sagte Beethoven.
»Ungeheuer ernst«, bestätigte Rotweste.
»Sie warten wirklich auf ein Mädchen?« fragte L. J.
»Ja.«
»Wie heißt sie?«
»Doris.«
L. J. dachte mit zusammengezogenen Brauen einen Augenblick nach. »Doris«, sagte er. »Doris.« Er wandte sich zu den anderen. »Kennt ihr eine Doris in dieser Gegend?«
»Eine Dotty gibt's«, sagte Beethoven.
»Nein, sie heißt Doris«, sagte Buddwing.
»Und wie sieht sie aus?« fragte L. J.
»Schwarzes Haar, braune Augen, sehr lange Beine.«
»Wie alt ist sie?«
»Siebzehn«, antwortete Buddwing ohne Zögern.
»Das grenzt an Verführung Minderjähriger«, sagte Rotweste.
»Was soll das heißen?« protestierte L. J. »Vielleicht mag er sie jung.« Er musterte Buddwing ernsthaft und fügte hinzu: »Wie alt sind Sie übrigens?«
»Fünfunddreißig«, sagte Buddwing.
»Das ist doch noch kein Alter«, sagte L. J.
»Sicher ist das ein Alter«, sagte Rotweste und grinste Buddwing an. »Wetten, daß Sie sich noch an Surrey-Rennen erinnern können?«
»Ich kann mich noch an den Bau der Pyramiden erinnern«, sagte Buddwing.
»Dotty ist blond«, sagte Beethoven gleichmütig, zuckte dann die Achseln und hob die Kaffeetasse.
»Nein, sie heißt Doris.«

»Aber es gibt keine Doris in dieser Gegend. Ich glaube, sie ist eine Einbildung von Ihnen«, sagte Rotweste.

Buddwing lächelte. »Nein, es gibt sie wirklich.«

»Eine Einbildung von Ihnen«, beharrte Rotweste und blinzelte den anderen zu. Einen Augenblick lang fühlte Buddwing Unbehagen. Da saß er nun in der gleichen Nische mit drei Jungen, die aussahen wie jugendliche Delinquenten, die er auf Fotos gesehen hatte. Sie hatten ihn, ohne zu fragen, in ihren Kreis aufgenommen, ihre Späße mit ihm getrieben, ihm eine frische Tasse Kaffee bestellt, nachdem seine erste kalt geworden war. Doch nun wurde er mißtrauisch. Was sollte ihre Freundlichkeit? Sollten diese harmlosen Spöttereien zu einer Auseinandersetzung führen, die sie veranlassen könnte, ihn zu überfallen? Vorsichtig hob er die Tasse, vermied ihre Blicke und nahm vorsichtig einen Schluck Kaffee.

»Ist sie leicht zu haben?« fragte Beethoven.

Buddwing wagte es, den Blick zu heben. In Beethovens Gesicht war nichts zu lesen. Zögernd sagte er: »Nun, ich weiß nicht.«

»Sicher, er weiß es nicht«, sagte Beethoven und lachte freundschaftlich. Sein Lachen löste allen Argwohn, den Buddwing gespürt hatte. Er sah in Beethovens graue Augen, in sein noch ungeformtes Gesicht, hörte das herzliche Lachen des Jungen — in diesem Lachen lag so viel von unbeschwerter Verschwörerlust, daß Buddwing einsah: sein Mißtrauen war unbegründet. Er beruhigte sich.

»Also wirklich«, sagte er. »Ich weiß nicht, ob sie leicht zu haben ist.«

»Das weiß er nicht«, sagte L. J. »Sieh einer an.«

»Alle Welt ist leicht zu haben«, sagte Rotweste. »Das ist doch klar.«

»Der hält die ganze Stadt für ein Puff«, sagte L. J.

»Ist sie auch«, antwortete Rotweste.

»Und was tun dann deine Mutter und deine Schwester?« fragte Beethoven in freundlicher Einfalt.
Buddwing nahm einen Schluck Kaffee und dachte: diese Unterhaltung habe ich schon einmal erlebt.
»Meine Mutter ist leicht zu haben, das ist mal klar«, sagte Rotweste, »und meine Schwester ist erst acht.«
»Ein reifes Alter«, sagte L. J. lachend. »Was hindert sie?«
Alle lachten, und Rotweste sagte: »Ja, ihr seid mir schon die Rechten.« Er wandte sich an Buddwing: »Einen Haufen geilerer Burschen haben Sie sicher Ihr Lebtag noch nicht getroffen, nicht?«
»Meinst du uns?« fragte L. J. erstaunt. Dann stieß er Buddwing leicht in die Seite und sagte: »Wenn einer geil ist, dann ist es der hier. Sitzt hier und wartet auf ein Mädchen, und es ist erst neun Uhr früh.«
»Ach, darum geht es nicht«, sagte Buddwing. »Sie ist ein ausgesprochen nettes Mädchen.«
»Wer sagt, daß sie nicht nett wäre?«
»Ein süßes Geschöpf.«
»Ah — süß!«
»Mit schwarzem Haar und braunen Augen.«
»Und langen Beinen.«
»Ich steh auf Mädchen mit langen Beinen«, sagte Rotweste.
»Du stehst auf alles, was einen Rock trägt.«
Genau diese Unterhaltung, dachte Buddwing.
»Wissen Sie, was ich manchmal träume?« sagte Rotweste vertraulich. Er senkte die Stimme und lehnte sich über den Tisch. »Ich träume davon, daß all diese hübschen langbeinigen Mädchen nackt herumlaufen, aber von der Hüfte an haben sie nach oben keinen Körper mehr, verstehen Sie? Nur das Dingsda auf Beinen, sonst nichts. Träume ich immer wieder.«
»Du bist einfach verrückt, darum hast du solche Träume«, sagte L. J.; Buddwing dachte abermals an Edward Vossler,

an das Central Islip State Hospital, an die schreiende Schlagzeile der Zeitung.

»Mmmm«, sagte Rotweste, und dann: »Alle vernaschen. Mmmm.« Er leckte sich die Lippen.

»Wißt ihr, welches Mädchen in dieser Gegend am meisten Sex hat?« fragte Beethoven beiläufig.

»Welches?« fragte Buddwing.

»Aha — das will er wissen«, sagte Rotweste. »Ich denke, Sie warten auf Doris?«

»Tue ich auch.«

»Und trotzdem sind Sie scharf darauf, was über andere Mädchen zu erfahren, ja?«

»Passen Sie auf, das erzählen wir Doris«, sagte Beethoven. Er grinste Buddwing an; die Neckerei machte ihm ungeheuren Spaß.

»Wieso denn? Ist er mit ihr verheiratet?« fragte L. J. »Leute, man ahnt doch nie . . .«

»Man merkt doch, daß er in sie verschossen ist«, sagte Rotweste und zuckte die Achseln.

»Sind Sie tatsächlich in sie verschossen?« fragte L. J. Buddwing.

»Nun, ich mag sie sehr gern«, antwortete er.

»Dann ist es wohl besser, wenn du ihm nichts von anderen Mädchen erzählst«, sagte L. J. zu Beethoven.

»Okay, dann lass' ich's«, sagte Beethoven.

»Nein, nein, erzählen Sie schon«, sagte Buddwing.

»Nein, ich glaube, ich lasse es lieber.«

»Ich möchte meinen, daß es Doris gar nicht recht wäre, wenn wir ihm von anderen Mädchen erzählen, die Sex haben«, sagte L. J.

»Das glaube ich auch«, sagte Beethoven.

»Ich auch«, sagte Rotweste.

»Ich auch«, sagte Buddwing, und alle lachten.

»Louise«, sagte Beethoven plötzlich. »Louise Ambrosini. Die hat am meisten Sex in dieser Gegend.«

»Louise Ambrosini!« sagte Rotweste schockiert.
»Na und?«
»Das ist doch eine alte Dame.«
»Das ist eine junge Mutter. Und schrei nicht so. Hier gibt's Leute, die sie kennen, ist dir das klar?« Beethoven senkte die Stimme. »Und wißt ihr, was sie macht?«
»Was macht sie denn?«
»Ja, das möchtet ihr wohl gern wissen.«
»Ja.« Rotweste beugte sich vor. »Doch nicht etwa das?« Beethoven nickte und lächelte überlegen.
»Ich glaub's nicht«, sagte Rotweste. »Sie hat ein Baby. Im Kinderwagen!«
»Sie hat auch einen Mann, bei der Marine«, sagte Beethoven. »Den hat sie außerdem. Bei der Marine. In Florida. So ist das.«
»Was willst du damit sagen?«
»Ich? Nichts«, sagte Beethoven unschuldig.
»Du meinst . . .«
»Er meint, daß Louise zu haben ist«, sagte Buddwing.
»Wenn er weiß, was ich damit sagen wollte«, sagte Beethoven, »wie kommt es dann, daß ihr es nicht wißt?«
»Wahrscheinlich eine Begegnung verwandter Gemüter«, sagte L. J.
»Vielleicht sogar eine Begegnung der größten Denker der Welt«, sagte Rotweste.
Beethoven lachte und sagte: »Haben Sie gehört? Wir sind die größten Denker der Welt.«
»Klar«, sagte Buddwing. »Wußte ich schon lange.«
»Sehen wir nach, ob das Schlagballspiel inzwischen in Gang gekommen ist?« fragte Rotweste.
»Sportfreunde«, sagte L. J., die tiefe Stimme eines Rundfunkansagers imitierend, »wir stehen hier auf der Siebenundsechzigsten Straße zwischen Amsterdam und Broadway und erleben das Eröffnungsspiel der Frühjahrsserie.«
»Er möchte Ansager werden«, sagte Rotweste.

»Wirklich?« fragte Buddwing.

»Nun, ich habe einmal daran gedacht«, sagte L. J. bescheiden.

»Er macht es jetzt schon sehr gut«, sagte Beethoven und warf L. J. einen freundschaftlich ermunternden Blick zu; dann wandte er sich zu Buddwing. »Wirklich, er hat den Bogen raus. Außerdem kennt er alle Spielregeln und weiß, wie schlagstark die Leute sind — alles, was dazu gehört. Er ist wirklich gut.«

»Klar ist er das«, sagte Buddwing.

»Nur meine Stimme reicht nicht ganz.«

»Du hast eine ausgezeichnete Stimme«, sagte Beethoven. »Meinen Sie nicht auch?«

»Ja«, sagte Buddwing. »Eine gute, tiefe Stimme.«

»Und dabei nicht zu tief«, sagte Rotweste. »Gerade richtig für einen Rundfunkansager.«

»Wenn die Leute zu tief sprechen, versteht man sie nicht mehr«, sagte Beethoven. »Aber seine Stimme ist gerade richtig. Sie sollten ihn manchmal hören. Er leistet wirklich was.«

»Aber Sie sollten auch einmal sehen, wie er zeichnen kann«, sagte L. J. und zeigte auf Beethoven.

»Kann er?« fragte Buddwing.

»Ach, so gut bin ich nun auch wieder nicht«, sagte Beethoven.

»Ganz großartig ist er, wirklich. Ich bekomme nicht einmal eine gerade Linie hin, aber Sie sollten ein paar von den Bildern sehen, die er gemacht hat. Hör mal, warum gehst du nicht schnell nach oben und holst ein paar von deinen Bildern?«

»Ach was, nun komm schon«, sagte Beethoven.

»Er hat ein Bild gemacht, ganz in Farbe«, sagte Rotweste. »Die Dächer von diesem Häuserblock. Waren Sie schon einmal auf einem Dach?«

»Ja«, sagte Buddwing. »Ja, ich war schon einmal auf einem Dach.«
»Sehen Sie, das hat er alles gezeichnet — die Fernsehantennen, die Ziegelmauern, und wie sich die Teerpappe wellt; auf einem der Dächer ist sogar ein Taubenschlag. Mann, der sieht einfach alles! Wann zeichnest du uns mal, he?«
»Mache ich noch«, sagte Beethoven.
»Er verspricht immer wieder, daß er uns zeichnen will«, sagte L. J. »Aber er tut es doch nie.«
»Nun, schließlich hat er auch dieses Mädchen mit in den Park genommen und gezeichnet, stimmt's nicht? Was?«
»Sie hat ihm Modell gestanden«, sagte L. J. grinsend.
»Das Bild sollten Sie sehen«, sagte Rotweste. »Nun komm schon, geh rauf und hol deine Sachen, okay?«
Das habe ich schon einmal gehört, dachte Buddwing. Ich war schon einmal mit diesen Jungen in dieser Milchbar, in dieser Nische. Wir redeten von Sex und Träumen, wir redeten von Ehrgeiz und Sehnsucht, wir nahmen Anteil aneinander, wir fühlten damals, was wir heute in dieser Nische fühlen, Stolz, Freude, Wärme; ich kenne diese Jungen.
»Kommt, wir wollen beim Spiel zusehen«, sagte L. J.
»Aber ich muß auf das Haus da drüben achten«, sagte Buddwing.
»Das können Sie auch von der Straße aus tun. Es läuft Ihnen nicht weg.«
»Wahrscheinlich nicht.«
»Mann, an dieser Doris muß was dran sein«, sagte Beethoven.
Sie drängten sich aus der Nische und gingen zum Ausgang der Milchbar. Artie schaute von seiner Zeitung auf und sagte: »Fünfundvierzig Cents für den Kaffee und fünf für die Zeitung, wenn's Ihnen recht ist.«
Er läßt sich nicht für die Extratasse zahlen, dachte Buddwing und sagte: »Geht in Ordnung.«
»Nein, nein, wir zahlen für uns selbst«, sagte L. J.

»Nein, kommt nicht in Frage.«
»Nun kommen Sie, Himmel, schließlich sind wir drei. Das geht doch nicht. Kommen Sie, wirklich.«
»Nein, lassen Sie mich nur«, erwiderte Buddwing und legte fünfzig Cents auf die Theke — die beiden Vierteldollar, die er als Wechselgeld in Schwartz' Cafeteria bekommen hatte. Das Zehncentstück und das Fünfcentstück waren noch in seiner Tasche; er fragte sich plötzlich, wieviel Noten ihm noch geblieben waren. Für die Taxifahrt hatte er einen Dollar ausgegeben, jetzt kamen fünfzig Cents dazu — sollte er Artie ein Trinkgeld geben? — und wieviel blieb ihm dann noch? Waren drei Noten in seiner Tasche oder nur zwei? Wie lange würde sein Geld reichen? Und wie lange würde es dauern, bis sie ihn, Edward Vossler, wieder nach Central Islip zurückschleppten, um ihn mit Elektroschocks zu behandeln, oder um ihn in eine Wanne voll dampfenden Wassers, mit einem Gummilaken bedeckt, zu stecken... ach, das gab es doch nur im Film, Olivia de Havilland in *Schlangengrube*, dachte er plötzlich und überlegte dann, ob er überhaupt schon einmal in einer Irrenanstalt gewesen war — ob er wirklich Edward Vossler war, der ausgebrochene schizophrene Paranoiker.
Nun, dachte er, Doris wird es mir sagen, wenn sie je aus diesem verdammten Haus herauskommt. Sie ist jetzt schon länger als eine halbe Stunde drin; ob sie überhaupt noch kommt? Hol sie der Teufel, dachte er plötzlich. Ich habe meine Freunde, ich führe mein eigenes Leben — und dann begriff er, wie absurd dieser Gedankengang war. Die drei Jungen, die er getroffen hatte, waren schwerlich seine Freunde — wie kam er nur auf die Idee, daß sie es wären? Nur weil sie mit ihm zusammengesessen hatten, nur weil er etwas wie momentane Sympathie gespürt hatte, die sie ihm entgegenbrachten, Beethovens unschuldiges Engelslächeln, das vertrauliche Gerede von Rotweste, die scherzhaften Stöße, die L. J. ihm versetzt hatte? Sie waren nicht

seine Freunde. Sie waren ein paar Jungen, mit denen er sich an einem milden Frühlingstag unterhalten hatte. Und doch fühlte er sich ihnen immer noch sehr nahe, als er in die Frühlingssonne hinaustrat, plötzlich die Geräusche des Schlagballspiels hörte, und dann das Klappern des Besenstiels, der auf den Asphalt fiel.

Er blinzelte in die Sonne. Er hörte den Besenstiel rollen; es schien das einzige Geräusch auf der Straße. Die Sonne stach in seine Augen; Erinnerung, scharf, hart und plötzlich, fast blendend in ihrer Intensität, nagelte ihn im grellen Strahl schluchtgefilterten Sonnenscheins auf dem Gehsteig fest — es ist allzu still in diesem Haus.

Die Sonne scheint durch ein schmales Fenster in die Vorhalle. Sie durchschneidet die Luft, tanzende Staubflocken, in der Wohnung ist es sehr still. Irgendwo im Wohnraum kann er eine Uhr ticken hören. Darunter ein anderes Geräusch, ein Rauschen und Gurgeln, er kann es nicht lokalisieren, er weiß nicht, was es ist. Das sind die einzigen Geräusche in der Wohnung, das Haus ist ganz ruhig. Er rührt sich nicht vom Eingang weg, die Stille hat nach ihm gegriffen, umringt ihn jetzt, es ist allzu still, allzu unwirklich, er hat sich in etwas hineingewagt, das ihn zu ersticken droht. Die Staubflocken scheinen sich schneller zu bewegen, zu wirbeln, in der Stille auf ihn zuzuwirbeln, er weiß, hier stimmt etwas nicht, er kann sich nicht bewegen. Der Teppich ist dick und grün, er mustert ihn jetzt, horcht aber in Wirklichkeit; er tut so, als mustere er den Teppich in diesem stillen Haus, gibt es denn kein Geräusch? Er unterscheidet die Wollfasern des Teppichs, entdeckt einen Fleck, seine Ohren spüren jedem Laut nach, doch er hört nichts; man hält sie immer für eine Italienerin, *ma lei è italiana, sicuramente?*, und sie antwortet, immer mit einem seltsamen, geheimnisvoll geschmeichelten Lächeln, *no, non sono italiana,* aber mehr sagt sie ihnen nicht; es ist zu still in dieser Wohnung. Er möchte aufschreien.

Unermüdlich steigen die Staubflocken in der Säule aus Sonnenlicht.

»He, kommen Sie jetzt?« ruft L. J.

Buddwing blinzelte. Er atmete schwer, die hängenden Fäuste geballt. Er blinzelte noch einmal, wandte der Stimme, die ihn rief, den Blick zu und sah eine Gestalt in schwarzer Lederjacke, die er nur vage erkannte. Kannte er diesen Menschen? Hatte er diesen Menschen je richtig gekannt, hatte er . . . ja, natürlich kannte er sie, natürlich waren sie sehr wichtig. Und als er den ersten Schritt tat, um zu seinem Freund in der schwarzen Lederjacke zu gehen, öffnete sich die Tür des Hauses auf der anderen Straßenseite, sein Herz begann zu hämmern, und er wandte sich ihr zu, als sie die Stufen herunterkam.

6

Während er die Straße überquerte, hatte sie den Gehsteig schon erreicht, sich abgewandt und ging schnell mit langen schwarzen Beinen dem Broadway zu, den Kopf gesenkt, mit flatterndem Pferdeschwanz.

»Doris!« rief er, aber sie drehte sich nicht um. »Doris!« schrie er abermals und begann, ihr nachzulaufen. Er hörte, wie L. J. etwas hinter ihm herrief, doch seine Stimme klang undeutlich und weit weg. Doris trug schwarze Pumps mit hohen Pfennigabsätzen; sie trippelte mit Siebenmeilenschritten über den Gehsteig. Himmel, wie schnell sie ging!

»He, warte doch!« rief er. Sie drehte sich nicht um. Laufend erreichte er sie und fiel neben ihr in Schritt.

»Hallo«, sagte er.

Erschreckt wandte sie sich zu ihm um, und er bemerkte als erstes, daß ihre Augen nicht braun waren — sie waren grün. Sie musterte ihn mit jenem besonderen, argwöhnisch schockierten und unglaublich abweisenden Ausdruck fast aller New Yorker, wenn sie von völlig Fremden begrüßt werden. Dann brachte sie den Zaubertrick zustande, gleichzeitig arrogant die Nase zu rümpfen, überlegen die Brauen zu heben und den Mund angeekelt zu verziehen. Sie beschleunigte ihren ohnehin schon atemberaubenden Schritt, ihr kleiner Hintern bewegte sich vehement, ihre langen Beine fraßen Beton, und sie ließ ihn auf dem Pflaster hinter sich.

»He, Doris!« rief er, lief ein paar Schritte, um sie wieder einzuholen und fiel ein zweites Mal neben ihr in Schritt. »Bitte, geh doch langsamer.«

»Ich heiße nicht Doris«, sagte sie. Sie hatte eine helle, kleine, kecke Stimme, in der alle Tonfälle und Rhythmen New Yorks mitschwangen; sie klang ihm vertraut und angenehm in den Ohren.

»Aber sicher doch«, sagte er.

»Würden Sie mich bitte in Ruhe lassen?« sagte sie, wandte

aber den Kopf, um ihm einen Blick zuzuwerfen, rümpfte wieder die Nase, hob die Brauen, verzog den Mund und hätte vielleicht nochmals den Schritt beschleunigt, doch er vermutete, daß auch ihr der Atem auszugehen begann.

»Ich habe eine halbe Stunde auf dich gewartet«, sagte er. »Was hattest du da drinnen so lange zu tun?«

»Das«, sagte sie, »geht Sie nichts an.« Sie warf ihm einen schrägen Blick zu und rümpfte nochmals die Nase, wie um anzudeuten, daß sie nur auf ihn herabblicken konnte, obwohl er nahezu einen Kopf größer war als sie. Doch sie war ein hübsches, großes Mädchen; er schätzte sie auf einsfünfundsechzig bis einsachtundsechzig. Ihre Nase war etwas länger, als er sie in Erinnerung hatte, aber recht reizvoll geformt, mit einem *Saturday-Evening-Post-Schwung,* der ein wenig frühreif wirkte. Ihre Unterlippe drängte sich ein wenig vor, von Natur aus oder absichtlich schmollend verzogen — er war sich nicht sicher. Sie ging schnell weiter, und er ging an ihrer Seite und lauschte dem Klappern ihrer Schuhe auf dem Gehsteig. Von Zeit zu Zeit warf sie ihm einen verstohlenen Blick zu, wie um sich zu überzeugen, ob er noch da wäre. Schließlich blieb sie mitten auf dem Gehsteig stehen, stemmte die Hände in die Hüften, die sehr schmal waren, fast nicht da, fast die Hüften eines Jungen, und sagte: »Wollen Sie unbedingt, daß ich nach der Polizei schreie?«

»Nein«, sagte er. »Im Gegenteil, ich will es nicht. Wozu brauchen wir Polizei?«

»*Sie* brauchen keine, aber *ich* vermutlich«, sagte sie.

»Schön, Doris, wenn es unbedingt ...«

»Außerdem heiße ich nicht Doris.«

»Sondern?«

»Ich heiße ... das geht Sie nichts an«, sagte sie.

»Das geht mich durchaus etwas an; schließlich habe ich gewartet.«

»Niemand hat Sie aufgefordert, auf mich zu warten«, sagte sie.
»Hast du mich an der Neunundachtzigsten Straße nicht rufen hören?«
»Wo?«
»Ecke Broadway und Neunundachtzigste Straße, wo du ins Taxi gestiegen bist.«
»Sie sind mir gefolgt, den ganzen Weg . . .«
»Ich habe hinter dir hergeschrien, aber ich glaube, du hast mich nicht gehört.«
»Nein, ich habe Sie nicht gehört.«
»Ich habe aber laut genug geschrien.«
»Was haben Sie geschrien?«
»Ich habe ›Doris‹ gerufen.«
»Aber ich heiße nicht Doris«, sagte sie.
»Und wie heißen Sie dann?«
»Ich heiße Janet. Leben Sie wohl«, sagte sie, wandte sich ab und ging in der gleichen schnellen Gangart wie bisher weiter, den Kopf gesenkt; der schwarze Pferdeschwanz flatterte zornig. Sie versuchte, ihr Hinterteil möglichst wenig zu schwenken; es gelang ihr nicht. Er fiel wieder in Laufschritt, sah dann aber, daß sie an der Columbus Avenue stehenbleiben mußte, um auf die Ampel zu warten, ging langsamer, bis er sie erreicht hatte, und sagte schließlich:
»Was hatten Sie in diesem Haus zu tun, Janet?«
»Ich habe meinen Bruder besucht, wenn es Ihnen recht ist.«
»Natürlich ist es mir recht. Was tut er dort?«
»Du lieber Gott, er ist Schriftsteller, er wohnt dort«, sagte Janet. »Hören Sie, ich möchte, daß Sie aufhören, mit mir zu reden und hinter mir herzulaufen. Wirklich, das möchte ich. Sonst rufe ich nach der Polizei, ganz bestimmt.«
»Warum?«
»Weil Sie mich belästigen, merken Sie das nicht?«
»Wieso belästige ich Sie?«

»Indem Sie mich ansprechen und hinter mir herlaufen, zum Teufel.«

»Aber Sie sehen jemandem ähnlich, den ich kenne«, sagte Buddwing.

»Wem? Ach, ich weiß, Sie brauchen es mir nicht zu sagen — Doris.« Sie machte eine Geste mit den gespreizten Fingern der Rechten, schwenkte die Hand vor dem Gesicht, riß die Augen auf und verdrehte sie, als brächte es sie um den Verstand, den Namen Doris noch einmal hören zu müssen.

»Ja«, sagte er, »Doris.«

»Doris! Doris! Ich weiß.«

»Darf ich Sie begleiten?« fragte er.

»Nein.«

»Weshalb nicht?«

»Weil ich es nicht will.«

»Auch wenn ich nicht mit Ihnen spreche?«

»Hören Sie«, sagte sie ärgerlich, »wir leben in einem freien Land, ich kann Sie nicht daran hindern, zu gehen, wohin Sie wollen.« Die Ampel wechselte auf Grün, und sie überquerte die Straße. Er blieb an ihrer Seite, sagte aber nichts zu ihr. Sie warf ihm dann und wann einen Blick zu, ließ sich aber sonst nicht anmerken, daß sie seine Gegenwart wahrnahm. Schweigend gingen sie den ganzen Weg bis Central Park West, an der Tavern-on-the-Green vorbei und dann auf den Fußweg der Sechsundsechzigsten Straße.

»Wohin gehen Sie?« fragte er.

»Ich sagte Ihnen, daß Sie nicht mit mir reden sollen. Werden Sie lieber nicht komisch«, sagte sie. »Wir sind hier im Central Park, wenn Sie es wissen wollen.«

»Und?«

»Und wenn Sie im Central Park komisch werden, passiert etwas! Lassen Sie sich's gesagt sein.«

»Ich habe in der letzten Nacht hier geschlafen«, sagte Buddwing.

»Ach? Hier? Im Park?«

»Ja.«
»Man sieht es Ihnen an«, sagte Janet spöttisch. »Sie sind unrasiert.« Sie musterte ihn kurz und wandte sich ab. »Wenn ich etwas absolut nicht ausstehen kann, dann sind es unrasierte Männer.« Sie warf ihm noch einen schnellen Blick zu und fuhr fort: »Mein Bruder ist auch immer unrasiert. Seine ganze verdammte Wohnung wirkt unrasiert, wenn Sie es wissen wollen. Gott, was für ein Rattenloch! Ich weiß, wovon ich rede, wenn ich Rattenloch sage. Ob Sie es glauben oder nicht, in dieser Wohnung gibt es Ratten, die unverschämt genug sind, herauszukommen, sich auf die Hinterbeine zu setzen und einen anzustarren — einen anzustarren, bis man wegsieht. Wirkliche Ratten, keine Mäuse.«
»Rakete stumm, Mäuse verschollen«, sagte Buddwing.
»Was sagten Sie?«
»Nichts.«
»Mir war, als hätten Sie etwas gesagt.«
»Ich murmelte nur vor mich hin.«
»Ach?«
Sie waren inzwischen tief im Park, tief inmitten der Parkgeräusche: fröhliches Geschrei von Kindern, die sich im Kreise jagten, auf Felsen kletterten, mit imaginären Gewehren schossen; die Kommandostimmen schwedischer Kindermädchen, die funkelnde Kinderwagen schoben und ihre winzigen Pfleglinge in Greta-Garbo-Tönen anherrschten, groß, statuenhaft und blond wie Showgirls aus Nevada; das ungeduldige Surren der Taxen, die über die Transverse Road kurvten, aufheulende Motoren, Hupengetön; leises Lachen der Liebespaare, die im Gras lagen, ein Junge auf dem Rücken ausgestreckt, den Arm hinter dem Kopf, ein Knie aufgestützt, ein rothaariges Mädchen, das sich mit langem, gelöstem Haar über ihn beugte, gemeinsames Lachen, sanfte Berührungen ihrer Hände; die fernen Geräusche eines Baseballspiels, erregte Stimmen von Jungen im Wett-

kampf; der gleichmäßig schlagende Rhythmus eines Sprungseils auf dem Weg; Unisonogesang kleiner Mädchen; Geschwätz schwangerer Frauen mit seidenen Kniestrümpfen, die mit gespreizten Schenkeln auf sonnenverblichenen grünen Bänken saßen — Geräusche einer Oase.

»Nun sieht es doch so aus, als begleiteten Sie mich«, sagte Janet und lächelte ein so strahlend liebliches, schüchtern aufblühendes Lächeln, das Grübchen in ihren Mundwinkeln erscheinen ließ, daß er sich auf der Stelle in sie verliebte und gleich darauf schon glaubte, von jeher in sie verliebt gewesen zu sein.

»Ja, ich glaube, es sieht so aus«, sagte Buddwing.

»Sie sind doch nicht etwa pervers oder so etwas?«

»Nein, nein.«

»Gott, ich kann diese Typen nicht ausstehen, die sich in der Untergrundbahn an einem scheuern.«

»Ich auch nicht.«

»An Ihnen scheuern sie sich auch?« fragte sie erstaunt.

»Nein, ich meinte, ich kann Leute nicht ausstehen, die sich an Ihnen scheuern. An Ihnen, Janet.«

»Oh, schönen Dank«, sagte sie plötzlich kichernd. »Wollen Sie mit mir anbandeln?« fragte sie.

»Hätten Sie Spaß daran?«

»Gott, nicht besonders. Aber ich unterhalte mich ganz gern mit Ihnen. Sie machen einen ganz vernünftigen Eindruck.«

»Besten Dank.«

»Ein herrlicher Tag, nicht?«

»Ein schöner Tag«, sagte er und setzte hinzu: »Und Sie sind auch schön, Janet.«

»Bin ich nicht«, sagte sie. »Meine Nase ist zu lang, und meine Beine sind zu dünn. Darum trage ich auch dieses schwarze Trikot. In Trikots sehen Beine besser aus, wußten Sie das?«

»Nein, das wußte ich nicht.«

»Tun sie aber. Trotzdem Dank für das, was Sie gesagt haben.«
»Was habe ich gesagt, Janet?«
»Das, was Sie gesagt haben.«
»Tut mir leid, was ...«
»Daß ich ...« Sie wandte sich scheu ab und sagte leise: »Daß ich schön wäre.«
»Wohin gehen Sie?« fragte er.
»Oh, zu meinem Psychotherapeuten. Er hat seine Praxis an der Ecke Fünfundsechzigste Straße und Park Avenue. Vor halb elf brauche ich nicht da zu sein.«
»Dann haben wir ja noch ein wenig Zeit.«
»Ja«, sagte sie und warf ihm einen Blick zu; er sah, wie grün ihre Augen waren, in denen sich die Frühlingsfrische des Grases ringsum spiegelte, in denen die Sonne flimmerte. »Ach, wissen Sie, eigentlich sollte ich es doch nicht tun«, sagte sie. »Ich meine, so mit Ihnen sprechen. Weiß ich, wer Sie sind?«
»Wer bin ich denn, Ihrer Meinung nach?«
»Du lieber Gott, das hört sich an wie bei meinem Therapeuten. Er will auch immer wissen, was ich denke. Ich frage ihn etwas Einfaches, etwa, wo er studiert hat, und er sagt: ›Was glauben Sie denn, wo ich studiert habe?‹« Janet zuckte die Achseln. »Er hat an der Cornell-Universität studiert, falls es Sie interessiert.« Sie verzog das Gesicht und setzte hinzu: »Sicher fasziniert es Sie, zu erfahren, daß mein Therapeut in Cornell studiert hat.«
»Es fasziniert mich tatsächlich«, sagte Buddwing.
»Hoho, das kann ich mir vorstellen! Wie alt sind Sie übrigens?«
»Für wie alt halten Sie mich?«
»Da – schon wieder! Lassen Sie das lieber. Oder sind Sie etwa selbst Psychotherapeut?«
»Nein; ich gehöre eher zu den Patienten.«
»Aha, willkommen im Club! Wer ist Ihr Arzt?«

Buddwing lächelte und sagte: »Vossler. Dr. Edward Vossler.«

»Gott sei Dank, daß wir nicht zum gleichen Therapeuten gehen«, sagte Janet.

»Vossler ist Chefpsychiater im Central Islip State Hospital«, sagte Buddwing.

»Wirklich? Ich kenne Central Islip.«

»Woher?«

»Oh, einer meiner Lehrer im Psychologiekurs hat einen Witz darüber gemacht. Wie Sie sehen, bin ich in der Psychologie einigermaßen bewandert. Jedenfalls haben sie in Central Islip zum erstenmal Frontallobotomien durchgeführt, und das anscheinend so oft, daß die Branche anfing, von Central Eispick zu reden. Sie wissen, Lobotomien macht man mit einer langen . . .«

»Ja«, sagte Buddwing.

»Ich möchte wissen, ob Ihr Dr. Vossler Lobotomien durchführt.«

»Ich weiß es auch nicht.«

»Warum fragen Sie ihn nicht?«

»Ich tu's, wenn ich das nächste Mal zu ihm gehe.«

»Wie oft gehen Sie zu ihm?« fragte Janet.

»Wie oft gehen Sie?«

»Viermal in der Woche.«

»Ich auch«, sagte Buddwing.

»Sind Sie schon lange in Behandlung?«

»Oh — mit Unterbrechungen.«

»Und wie lange?«

»Wie lange gehen Sie denn schon hin?«

»Zwei Jahre«, sagte Janet.

»Ich auch«, entgegnete Buddwing.

»Aha«, sagte Janet. »Wie alt sind Sie übrigens? Das haben Sie mir noch nicht gesagt.«

»Raten Sie.«

»Das ist dasselbe, als fragten Sie mich, für wie alt ich Sie halte. Sie kennen alle Tricks, nicht wahr?«
»Einige«, sagte er.
»Das will ich glauben«, antwortete Janet mit leisem Kichern, so feminin, daß es ihn durchfuhr. »Ich halte Sie für achtundzwanzig, richtig?«
»Falsch.«
»Sechsundzwanzig?«
»Nein.«
»Wenn Sie jetzt behaupten, noch jünger zu sein, sind Sie ein Lügner.«
»Ich bin viel älter«, sagte Buddwing.
»Wieviel?«
»Ich bin ungefähr fünfunddreißig.«
»Was heißt ungefähr? Wann sind Sie geboren?«
»Heute früh«, sagte er automatisch.
»Wer dumm fragt«, sagte Janet und nickte. »Fünfunddreißig also. Sieh da — ich gehe mit einem älteren Herrn.«
»Und wie alt sind Sie?« fragte er.
»Neunzehn. Das heißt, ich werde nächsten Monat neunzehn.«
»Wann genau?«
»Am zwölften.«
»Am zwölften was?«
»Mai.« Sie musterte ihn verwundert. »Nächsten Monat. Mai. Wir haben April.«
»Fühlt sich auch an wie April.«
»Ein schöner Tag.«
»Ja.«
»Ich wollte ein Kompliment hören«, sagte Janet. »Aber Sie sagen es nicht noch einmal.«
Er blieb stehen, nahm ihre Hand, sie blieb auch stehen, und er sah ihr ins Gesicht und sagte: »Sie sind schön, Janet. Sie sind das schönste Mädchen, das es gibt.«
Sie legte den Kopf schräg, zuckte ein wenig verlegen die

Achseln, hob eine Braue — sie schien fähig, die seltsamsten Bewegungen gleichzeitig auszuführen — und sagte dann mit sehr sanfter Stimme: »Wirklich?«

»Wirklich«, antwortete er.

»Das ist meine Hand, was Sie da halten.«

»Ich weiß.«

»Schämen Sie sich nicht, Sie fünfunddreißigjähriger Wüstling?«

»Nein.«

»Ja, ja«, sagte sie. Sie sah ihm ins Gesicht, schüttelte den Kopf, entzog ihm sanft ihre Hand und sagte: »Lassen Sie es lieber langsam angehen.«

»Warum?«

»Warum? Du lieber Gott, ich weiß nicht einmal, wie Sie heißen.«

»Sam Buddwing«, sagte er.

»Oder ob Sie verheiratet sind.«

»Bin ich nicht.«

»Oder vielleicht verlobt.«

»Ich bin nicht verlobt.«

»Oder — wer Sie überhaupt sind. Ich meine ...« Sie zuckte wieder die Achseln. »Einerlei. Wir sollten nichts überstürzen, ja? Ich meine, wir sollten es nicht zu ernst nehmen, okay? Weil — ach, ich kann es Ihnen ruhig sagen, Sie sind ziemlich attraktiv, wissen Sie das?« Sie holte tief Atem. »Ich meine, wenn man darüber nachdenkt ...«

»Worüber zum Beispiel?«

»Zum Beispiel, daß Sie alt genug wären, mein Vater zu sein.«

»Okay«, sagte er.

»Ja, ja, okay — was heißt hier okay? Nicht, daß ich gewohnheitsmäßig — also, ich habe keinen Elektrakomplex, verstehen Sie? Bisher jedenfalls noch nicht. Früher vielleicht, als ich noch ein Kind war — Sie wissen, das ist eine Phase, die alle Mädchen durchmachen — aber ich habe mich davon

gelöst, und, wissen Sie, Sie sind verdammt attraktiv ... Ich weiß wirklich nicht, wovon ich rede.«
»Das ist nur gut.«
»Wer ist Doris?« fragte sie.
»Ich weiß nicht.«
»Ach, nein? Sie sind den ganzen Weg von der Neunundachtzigsten Straße hinter mir hergefahren, weil Sie mich mit ihr verwechselt haben, und nun wissen Sie nicht, wer sie ist?«
»Ich glaubte, das könnten Sie mir sagen.«
»Doris Kantor — das ist die einzige Doris, die ich kenne. Sie ist in meinem historischen Englischkurs.«
»Wo?«
»Am Hunter College.« Janet hielt inne. »Ich bin im zweiten Jahr.« Sie hielt wieder inne. »Ist Doris Kantor Ihre Doris?«
»Nein. Sie sind meine Doris.«
»Wenn überhaupt, wäre ich lieber Ihre Janet«, sagte sie, wandte den Kopf und starrte ihn an.
»In Ordnung«, sagte er.
»Was ist in Ordnung?«
»Sie wissen es.«
»Sagen Sie's.«
»Sie sind meine Janet.«
»Mmmmm«, sagte sie, ihre Augen hielten die seinen fest, und wieder war jene geschlechtsbewußte Zurückhaltung in ihrem Gesicht, verdeckt, aber irgendwie hungrig. »Nehmen wir's nicht zu ernst«, sagte sie noch einmal und warf einen Blick auf ihre Uhr. »Und jetzt müssen wir uns beeilen. Ich möchte nicht zu spät kommen. Berechnet Ihrer auch Honorar, wenn Sie zu spät kommen? Oder wenn Sie eine Sitzung verpassen?«
»Ja, natürlich«, sagte Buddwing.
»Tut meiner auch. Finde nicht, daß sich das mit seinem Berufsethos verträgt. Warten Sie auf mich? Es dauert nur fünfzig Minuten — aber das wissen Sie ja. Warten Sie?«

»Ja.«
»Okay. Aber ...« Sie schüttelte den Kopf. »Nein, es ist einerlei.«
»Was ist einerlei?«
»Nichts. Nur — geben Sie sich bitte ein wenig Mühe, mir nicht weh zu tun.«
»Wie meinen Sie das?«
»Ich möchte nicht, daß Sie mir weh tun.« Sie hielt inne. »Ich — bin nun einmal sehr sensibel. Wenn Sie zu allem möglichen fähig sind — dann sollten wir uns besser gleich verabschieden, okay?«
»Ich bin keineswegs zu allem möglichen fähig«, sagte er.
»Es ist nur, weil — ich bin nun einmal nicht das Collegemädchen, mit dem man sich einmal kurz ins Heu rollen kann; wenn es das ist, wofür Sie mich halten.«
»Was Sie sind, Janet, oder wer Sie sind, weiß ich nicht. Ich weiß nur, daß ich Sie liebe.«
Sie starrte ihn schweigend an.
»Das hätten Sie nicht sagen sollen«, sagte sie.
»Warum nicht?«
»Weil es Ihnen nicht ernst damit ist. Und — wie gesagt — ich bin ... ich bin sehr verletzbar und — ich finde Sie sehr attraktiv ... Das sind Zauberworte. Mit Zauberworten sollte man sehr vorsichtig sein.«
»Ich werde vorsichtig sein. Ich liebe Sie, Janet.«
»Ach«, sagte sie.
»Ich liebe Sie wirklich.«
»Ach.« Sie schloß die Augen und lächelte. Dann schlug sie die Lider plötzlich auf und sagte: »Gehen wir, bitte. Ich komme sonst zu spät.« Sie faßte seine Hand, und sie eilten durch den Park, überquerten die Fifth Avenue, die Madison Avenue, erreichten schließlich die Park Avenue. Hand in Hand standen sie an der Ecke der Fünfundsechzigsten Straße. »Warten Sie auf mich. Werden Sie auf mich warten?«

»Ganz sicher.«
»Bitte, lieben Sie mich noch nicht«, sagte sie. »Bitte, warten Sie damit.«
»Warum?«
»Ich habe Angst vor Dingen, die zu schnell kommen.«
»Das brauchen Sie nicht.«
Sie drückte seine Hand und zog die Unterlippe zwischen die Zähne. Dann reckte sie sich plötzlich zu ihm auf und küßte ihn auf die Wange.
»Ich möchte Sie richtig küssen«, sagte sie, »aber das muß jetzt genügen.«
»Tut es.«
»Fürs erste.«
»Ja.«
»Und Sie gehen nicht weg?«
»Nein.«
»Sie warten hier?«
»Ja.«
»Wahrscheinlich bin ich verrückt«, sagte sie, wandte sich ab und ging mit schnellen Schritten unter das Vordach und ins Haus.

7

Er stand da und spähte in die Vorhalle, die sie durchquerte; durch ein Hoffenster strömte Licht herein. Sie blieb vor dem Lift stehen, ohne zu bemerken, daß er sie beobachtete, drückte den Knopf, wandte sich dann um und schaute auf die Straße hinaus. Freudig überrascht entdeckte sie ihn, lächelte, hob die Hand, winkte mit den Fingern, legte sie an die Lippen und warf ihm eine Kußhand zu. Sein Herz wurde weit. Er sah, wie sie in den Lift trat, drehte sich dann auf dem Absatz um, warf den Kopf in den Nacken und begann, die Park Avenue hinunterzugehen. Er lächelte alle Menschen an, die ihm begegneten. Seinem Gefühl nach mußte sich jeden Augenblick der Himmel öffnen und ihn mit Goldmünzen überschütten; sie würden klirrend zu seinen Füßen niederfallen, er würde durch sie hindurchwaten, ohne sich die Mühe zu machen, sie aufzuheben, sie würden klingen und glitzern, während er beschwingt durch sie hindurchging. Herrgott, sie war schön!

Janet, Janet, Janet! Ihr Name sang in seinem Kopf, sank in sein Herz wie ein Stein, der in einen Brunnen süßen Wassers fällt, widerhallend, abermals widerhallend, Janet, Janet, Janet. Ihre Augen waren grün, tief, jung, verwundert, überrascht, fragend und voll neuer Entdeckungen. Ihr Haar war schwarz und glänzend wie eine Rabenschwinge, eine kalte Nacht, ein polierter Meereskiesel. Janet, oh, Janet — ihr Gesicht, fein geformt, bleich, die natürliche Linie ihrer Nase, ihr gutgeformter Mund, die kräftig geformten Wangenknochen, eine Strähne schwarzen Haars, die sich um die Wange kräuselte, das ganze Gesicht in Bewegung, Augen, Nase und Mund jubelnd frisch und lebendig — ich liebe dich. Du hast kleine, vollkommen geformte Brüste; ich sah, wie sich deine Brüste unter dem schwarzen Pullover abzeichneten. Als du den Arm hobst, als du die Hand erbittert mit gespreizten Fingern vor dem Gesicht schwenktest, hoben sie sich, wurden sie für einen Augenblick flach; dann, als du den Arm senktest, füllten sie den Pullover wieder, klein, jung, unendlich süß; ich liebe deine Brüste. Ich liebe deine Augen, ich liebe dein Haar, ich liebe deine langen Beine im schwarzen Trikot und das Versprechen schwellenden Frühlings in dir, dein leises Kichern, die Lust in deinen grünen Augen, von der du nichts weißt. Oh, Janet, dein Mund ist süß und feucht. Du gehst mit heftigen Schritten, in dir ist elektrische Energie, ein Rhythmus, der im gebrochenen Jargon der Schulmädchen aus der Bronx von deinen Lippen strömt, den Schwung deiner schmalen Hüften bestimmt, die weiblichen Rundungen blühen läßt — erfüllt und schmerzhaft frei unter dem schwarzen Rock. Ich möchte dich berühren, ich möchte deinen schlanken nackten Körper in meinen Armen halten und dich berühren. Ich weiß, wie du bist, ich weiß, wie du sein wirst, Liebste, Janet.

Ich bin unrasiert, dachte er.

Sie mochte es nicht, daß ich unrasiert bin. Sie war fast ärgerlich darüber — wie konnte ich auch nur den Versuch wagen, in so unrasiertem Zustand ihre Bekanntschaft zu suchen? Dabei ging es mir natürlich nicht darum, sie kennenzulernen; sie erinnerte mich nur an Doris. Aber wie konnte ich sie überhaupt mit Doris verwechseln? Doris hat braune Augen. Hatte. Und Doris war siebzehn, ich erinnere mich, ich erinnere mich ganz sicher. Wie hätte sie also Doris sein können, wenn Doris wahrscheinlich so alt ist wie ich selbst. Vermutlich ist Doris dick, verschlampt und dümmlich — was geht mich Doris an? Und überhaupt — Doris war vierzehn, nicht siebzehn.

Halt, dachte er.

Und plötzlich packte ihn schreckliche Verwirrung. Er verlangsamte seine Schritte und wußte für einen Augenblick nicht, wo er war. Er sah sich um; er mußte die Orientierung wiederfinden. Ja, hier war die Park Avenue; dort, weit hinten an ihrem Ende, stand das alte Gebäude des New York Central-Bahnhofs. Es schien die Straße zu versperren; über ihm erhob sich wie ein majestätischer Finger das neue Gebäude der Pan American Airways. Ja, er stand auf der Park Avenue. Doch wie zum Teufel konnte Doris vierzehn gewesen sein? Und wen interessierte das?

Mich, dachte er in höchster Spannung. Mich interessiert es. Mich hat es interessiert. Es ging mich an. Und das zählt für mich. Es ist wichtig für mich, zu wissen, daß irgend etwas, daß ein Mensch mich anging, daß — daß ...

Nein, dachte er, halt, bitte. Das ist nicht alles vorbei. Bestimmt nicht. Es war nicht alles sinnlos. Himmel, warum mußte sie ...

Halt.

Bitte.

Halt.

Ich ... kann mich erinnern.

Laß mir nur, bitte, ein wenig Zeit.

Bitte.

Ich brauche dringend ein wenig Zeit. Nur, um meine Gedanken zu ordnen. Nur um mich vorzubereiten, siehst du. Nur, um mich auf ein Leben vorzubereiten, das ...

Ich bitte dich, laß mir Zeit.

»Ich weiß, wer Doris ist«, sagte er laut und heftig. Ein vorübergehender Mann drehte den Kopf, musterte ihn, eilte dann weiter, sah sich noch einmal um, dann nicht mehr. Buddwing schüttelte den Kopf, um seiner Verwirrung Herr zu werden.

Sie war vierzehn, als ich sie kennenlernte.

Und deshalb kann sie zugleich vierzehn und siebzehn sein. Das ist logisch und klar, da gibt es keine Geheimnisse.

Er verließ die Deckung der Hauswand.

Sie war vierzehn, als ich sie kennenlernte, wiederholte er. Ich weiß noch genau, was sie anhatte. Sie trug einen karierten Mantel, dessen Grundfarbe ein sehr fahles Violett war, und flache, sehr schmutzige Halbschuhe. Sie wirkte überhaupt sehr schmutzig, obwohl sie es natürlich nicht war; der Grund war, daß ihr schwarzes, drahtiges Haar immer ungekämmt aussah und daß damals alle Mädchen völlig formlose Pullover trugen. Sie wirkte gänzlich verschlampt, aber sie war natürlich nicht schmutzig. In Wirklichkeit hielt sie sich sehr sauber. Das hat sie mir später erzählt, damals, ja, das war später, als sie darauf anpielte, daß ich zur See fuhr. Siehst du, ich entsinne mich, ich habe nichts vergessen. Mein Erinnerungsvermögen ist nahezu intakt. Ich sehe noch alles vor mir, sogar die Knöpfe auf dem fahlvioletten Mantel, ziemlich große, stoffbezogene Knöpfe, auf dem Bezug wiederholte sich die dunkelste Farbe des Musters, ein schmales Viereck tieferen Violetts. Wir fuhren damals nach Coney Island; es war gegen Ende der Saison. Deshalb trug sie auch am Vormittag den karierten Mantel, später am Tage zog sie ihn aus und trug ihn erst am Abend wieder, während der langen Rückfahrt in den fremden Untergrundbahnen von Brooklyn, bis wir schließlich in die White Plains Road-Linie umstiegen; und dann schlief sie. Daß ich sie begleitete, war Zufall — sie war nicht meine Freundin, wir waren nicht einmal miteinander verabredet. Das Ganze war recht verworren, siehst du, schließlich waren wir noch Kinder. Ich war erst fünfzehn, ein Jahr älter als Doris, und Verabredungen gehörten noch nicht recht zu unserem Leben. Aber an dieser Sache war eine ganze Clique beteiligt, vor allem meine Cousine Mandy.

Mandy, in der Tat. Natürlich, Mandy.

Merkwürdig, daß Mandy mir einfällt, obwohl ich sie seit — das muß ungefähr — ja, seit fünfzehn, zwanzig Jahren nicht gesehen habe. Doch sie steht ganz deutlich vor mir, ihr scharfgeschnittenes Gesicht, ihr stämmiger Körper, ihre dicken Beine. Unvermeidlich, daß Mandy es war, die ohnehin immer in diesem törichten Mannschaftspullover herum-

lief und alle gängelte, als gäbe sie in einem Fußballstadion das Zeichen zum Einsatz.
Ich habe Fußball gespielt.
Nein.
Aber ich erinnere mich an ein Stadion.
Ich muß gespielt haben.
Jedenfalls hatte Mandy den Ausflug nach Coney Island organisiert, und ich verbrachte fast den ganzen Tag damit, Doris zu beobachten; damit fing es an. Ich hatte nicht den Eindruck, daß sie sich sehr für mich interessierte. Ich spendierte ihr zwei heiße Würstchen, aber sie hielt sich an der Seite dieses mageren, langhaarigen Burschen mit dem Mittelscheitel; ich haßte dieses Kriechtier. Er war älter. Er war sechzehn; möglicherweise hatte meine Cousine Mandy ein Auge auf ihn geworfen. Doris tat das gleiche, und so gab ich dreißig Cents für Würstchen aus und hatte nichts davon. Auf dem Heimweg schlief sie ein. Ich fragte, ob ich sie nach Hause bringen sollte, aber sie war schon mit diesem mageren, schmächtigen Kriecher verabredet.
Ich muß Fußball gespielt haben.
Jedenfalls erinnere ich mich an einen karierten Mantel und ein Stadion.
Wenn es nicht Doris war, die den karierten Mantel trug, wer war es dann?
Siehst du, es geht schon recht gut, wirklich, ich glaube, ich schaffe es. Ich entsinne mich aller dieser Dinge recht deutlich. Sicher, hier und da fehlen Kleinigkeiten — ich weiß zum Beispiel nicht, wie sie mich nannte. Gerade das scheint das Schwierigste: sich zu erinnern, wer ich damals war; wer dieser Junge war, der sich in Doris verliebte, und — ich entsinne mich auch des Hauses nicht mehr, in dem ich wohnte, oder wie meine Mutter und mein Vater aussahen. An sie dagegen kann ich mich erinnern, ich entsinne mich all der verworrenen Augenblicke dieser ersten langen Liebe,

an die Fahrräder damals auf dem Wege — ja, und an das erstemal.

Ich glaube, wir erforschten einander. Wir erforschten gegenseitig Geheimnisse, die Geheimnisse der Berührung. Ich habe nie ihr Bild gezeichnet, wie Beethoven es mit seinem Mädchen tat. Das war nie meine Ausrede. Aber wir verbrachten ganze Tage gemeinsam im Wald, lange Tage, an denen wir morgens um neun die Fahrräder nahmen, die Picknickbeutel umgehängt; wir verbrachten den Vormittag und den größten Teil des Nachmittags im Wald in der Nähe von Tibbett's Brook. Und wir forschten, wir entdeckten, wir berührten, wir fühlten. Sie war meine Freundin, siehst du, aber zugleich mehr als das: sie war alles Weibliche. Das Beben ihres Körpers war ein Wunder, das mich manchmal erstarren ließ. Ich weiß nicht, wie ich zum erstenmal ihre Brust berührte, die Brust eines Mädchens, irgendeines Mädchens; ich weiß es noch ganz deutlich, ein reiner, stiller Schock. Ich weiß noch, wie sie zum erstenmal die Bluse öffnete und sich mir zeigte. Ich weiß, daß ich sie anstarrte und sie dann in erneutem Staunen berührte, daß ich sah, was meine Hände seit Monaten kannten; sie blickte scheu zur Seite, ich weiß es noch. Ich entsinne mich ihrer mit unendlicher Zärtlichkeit, entsinne mich all der Liebe, die ich für sie empfand, an das seltsam helle Pochen meines Herzens, sooft ich sie in dem karierten Mantel sah, mit verlegenem Gesicht, als überwältigten sie ihre eigenen Gefühle auf eine Art, deren man sich zu schämen hatte.

Seltsam, wie sehr ich sie liebte, und wie plötzlich diese Liebe erkaltete und starb. Der Bruch war so klar und eindeutig wie der Schnitt eines Messers, ein Akt klinischer Chirurgie, behutsame Resektion des Herzens, das noch in der Hand pocht, bevor es in den Abfallkübel geworfen wird. Zuerst war sie für mich die ganze Welt, und dann nichts mehr. Ich sagte es ihr in der Straßenbahn auf dem Rückweg von Mount Vernon, wo wir einen Film gesehen hatten —

ich glaube, es war *Strike up the Band* mit Judy Garland und Mickey Rooney. Vielleicht war es dieser, vielleicht auch ein anderer Film; im Grunde konzentrierte ich mich nur darauf, wie ich es ihr sagen würde. Ich hatte schon im Sommer mit L. J. und Beethoven darüber gesprochen. Wir hatten den Sommer außerhalb der Stadt verbracht – Rotweste war, glaube ich, nicht dabei; nein, er stieß erst später zu unserer Gruppe. Aber ich hatte mit den Jungens darüber gesprochen, nachts, wenn es still war und wir in dem engen tapezierten Zimmer in unseren Betten lagen. Ich entsinne mich noch der Frau, die Salate anrichtete, ja, wir waren in einem Restaurant zur Aushilfe, richtig, sie hieß Gladys, eine große Frau, deren Sohn schon zur Schule ging, sie wohnte an der Fordham Road. Ich weiß noch, daß sie eines Nachts in L. J.s Bett war, glaubte aber nicht, daß er etwas mit ihr gemacht hat; trotzdem verstand ich beim besten Willen nicht, was sie in seinem Bett wollte – hatte er gesagt, daß ihm kalt sei? Ich habe es nie begriffen. Aber ich sprach mit ihnen über Doris, möglicherweise handelte es sich auch um ein anderes Mädchen, das ich vielleicht nur zu meiner Entschuldigung erfunden hatte – vielleicht war es mit Doris schon lange aus, bevor ich mit den Jungens in die Berge aufbrach – ja, natürlich, es war irgendwo dort draußen, in Goldschmidt's Hacienda etwa? Nein, das war nur der Name, den wir dem Haus gegeben hatten.
Ich sagte es ihr in der Straßenbahn. Es war September. Ich war gerade mit den Jungens von Goldschmidt's zurückgekommen. Sie trug mein silbernes Schulabzeichen auf dem Aufschlag ihres karierten Mantels, vielleicht auch eines anderen Mantels, ich weiß nur noch, daß ich das silberne Abzeichen anstarrte. So war es leichter, mit ihr zu sprechen. Klar und eindeutig, das war die beste Art, hatte L. J. gesagt; infolgedessen starrte ich auf das silberne Abzeichen und sagte: »Doris, ich muß mit dir sprechen.« Aber sie wußte es schon. Ich sah, daß sie plötzlich die braunen Augen

senkte, ich sah, wie ihre Hände, die sie im Schoß hielt, zitterten, und ich begriff: sie wußte es schon. Im Kino hatte ich sie weder geküßt noch getan, was wir sonst im Kino zu tun pflegten. »Ich möchte Schluß machen«, sagte ich, klar und eindeutig, wie L. J. es mir empfohlen hatte. Klar und eindeutig, ich spürte, wie das glitzernde Skalpell ihr zwischen die Rippen fuhr. Sie nickte.

»Gut«, sagte sie und hob nicht einmal den Blick.

Klar und eindeutig.

Es gibt nichts Klares und Eindeutiges. Als ich von der Marine auf Urlaub kam, traf ich sie wieder — es muß ungefähr zwei Jahre später gewesen sein. Ihr Vater lehrte Trompete; als ich sie damals zu Hause besuchte, hatte er einen Jungen im Wohnzimmer, der chromatische Tonleitern blies, vorwärts und rückwärts. Ich war in Ausgehuniform, trug die Schirmmütze, die ich überhaupt nur in New York getragen habe, und hatte drei Präservative im hinteren Rand der Mütze. Ich ging mit ihr ins Kino und parkte dann den Wagen meines Vaters auf einer Anhöhe, von der aus man die Ely Avenue überblickte.

Ich hatte dieses Mädchen gekannt — sehr gut gekannt; und nun wehrte sie meine Hände ab und sagte: »Nein, ich weiß, wie das bei euch Seeleuten geht.« Ich brachte sie nach Hause. Vielleicht war es ihre Rache, vielleicht stand ihr nach dem Skalpellstoß in der Straßenbahn an einem hellen Septembertag eine kleine Rache zu. Nur eines irritierte mich: die eigentliche Rache, die Vergeltung, die sie nicht einmal beabsichtigt hatte, bestand nicht darin, daß sie alles verleugnete, was wir voneinander wußten — damals, als wir in den Regen gerieten und der Blitz ringsum in die Bäume krachte, und wir fanden keinen Unterschlupf, waren durchnäßt bis auf die Haut, warteten, ob das Gewitter vorüberginge, immer noch das Begehren, einander zu berühren; schließlich rannten wir aus dem Wald bis zu einer Tankstelle, um Schutz vor dem abscheulichen Regen zu suchen, sie war damals sechzehn, es war im Frühling, bevor wir uns trennten, ihre Bluse klebte ihr auf der Haut, und der Tankwart glotzte sie an; ich hätte ihn schlagen, ihn umbringen können. — Nicht, daß sie verleugnete, was wir getan hatten, nicht, daß sie tat, als wären wir einander fremd, obwohl doch jeder ein gutes Teil vom Leben des anderen mitgelebt hatte — nein, sie verleugnete mich. Nicht das Äußerliche. Mich. So zu tun, als wäre ich nur ein Seemann, einer von vielen Seeleuten, und sie wußte, wie es bei Seeleuten geht. Ich, das war ich, unter der Ausgehuniform, ihre Hände hatten mich berührt, sie kannte mich, ich war nicht irgendein Seemann, ich war ...

Ich war ...

Tränen überströmten sein Gesicht. Er versuchte, durch den Tränenschleier zu spähen, denn er wußte, er mußte einen Friseurladen finden, er mußte rasiert sein, bevor er Janet wiedersah. Er wischte sich mit dem Handrücken über die Augen und dachte, Gott, das ist lange her, das war noch bevor Beethoven starb, zum Teufel, warum muß ich jetzt daran denken? Ist es überhaupt wichtig? Sie kannte mich damals nicht, nachts im geparkten Wagen, sie hielt mich für irgendeinen Seemann, das ist jetzt zwanzig Jahre her, oder wie lange auch immer, und nun weiß ich nicht, wer ich bin, was hat es also noch zu bedeuten?

In einem Restaurantfenster sah er eine Uhr. Es war zehn Minuten vor elf. Wann hatte Janets Sitzung angefangen? Halb elf, oder was hatte sie gesagt? Dann würde sie um zwanzig nach elf wieder herauskommen, ihm blieb eine halbe Stunde, sich rasieren zu lassen. Vorausgesetzt, daß er einen Friseur fand.

Er ging zur Lexington Avenue hinüber, bog dann nach rechts ab und eilte südwärts weiter. In der Mitte des nächsten Häuserblocks entdeckte er einen Friseurladen; er eilte gerade darauf zu, als die Welt vor seinen Augen verschwamm.

8

Zuerst glaubte er, seine Augen tränten noch, doch als er sie rieb, fand er sie trocken. In diesem Augenblick war er überzeugt, Edward Vossler zu sein, der entsprungene Wahnsinnige. Er kniff die Augen zu, riß sie dann plötzlich wieder auf, wie um sich zu beweisen, daß dieses Verschwimmen aller Dinge, die er sah, gleich vorübergehen mußte. Doch als er dann die Lexington Avenue hinabsah, bot sich seinen Augen nur ein seltsames optisches Chaos; ein paranoischer Anfall, dachte er, gleich wird etwas Entsetzliches mit mir passieren. Was es sein würde, wußte er nicht. Vielleicht würde er auf dem Gehsteig niederstürzen, Schaum vor dem Mund wie ein Epileptiker; vielleicht würde er die Straße entlangrasen, ein Amokläufer, und Schaufensterscheiben einschlagen oder Frauen und Kinder erwürgen. Er wußte nur, daß mit seinen Augen etwas nicht stimmte. Das seltsam schiefe Durcheinander seines Blickfeldes weckte in ihm das Gefühl, als stimme alles nicht mehr, alles rings um ihn, alles tief in ihm. Wenn er die Augen öffnete, war ihm, als wäre er in einem Raum gefangen, gegen dessen Scheiben der Regen schlug; doch nein — was er sah, war nicht wirklich verschwommen, nicht so, wie Regen den Ausblick aus einem Fenster verschwimmen läßt oder Wasserfarben ineinanderlaufen; statt dessen war es, als sähe er zwar ein scharfes Bild, aber zugleich hinter oder vielleicht auch vor ihm ein Gespenst dieses Bildes, zwei Bilder also, nebeneinander, sich teilweise deckend, das Gespensterbild zur Rechten, irgendwie unscharf, als würden seine Konturen schmelzen. Gleichzeitig schien von seitwärts her seltsames Flackern zu kommen, ein pulsierendes Blinklicht, dessen Quelle er nicht sehen konnte, weil sie irgendwie hinter seinem Gesichtsfeld lag, weit hinter seiner rechten Schläfe, und doch konnte er es sehen, ein flackerndes Licht, farblos, an, aus, an, aus. In seiner linken Schläfe setzte ein pochender Schmerz ein,

und ihm war, als würde die linke Seite seines Gesichts gefühllos, als würde seine linke Hand immer dicker, fast bewegungsunfähig, fast das gleiche Gefühl, wie wenn einem die Hand einschläft. Angst packte ihn, weil er nicht wußte, was als nächstes passieren würde, wahrscheinlich würde es etwas Schreckliches sein. Doch gleichzeitig wußte er: was ihm widerfuhr, war ihm vorher schon oft widerfahren; er hatte gelernt, es in sein Leben einzubeziehen, und in Wirklichkeit war es am Ende doch nicht so schlimm. Er entdeckte, daß er ungeachtet des seltsamen, doppeltbelichteten Stadtbildes vor ihm noch gehen konnte, daß er nach der Türklinke des Friseurladens greifen, sie mit einiger Genauigkeit fassen, die Tür öffnen und den Laden betreten konnte, ohne zu fallen. Das flackernde Licht hatte sich verstärkt, wie eine Kerze, die in scharfem Wind dem Erlöschen nahe ist, knapp außerhalb seines Gesichtskreises, hinter seiner rechten Schläfe. Der Friseur lächelte ihm entgegen, zwei übereinandergeblendete Gesichter, eines davon in verschwimmender Kontur, die Nase im Schnurrbart verlaufend, das zweite Bild scharf und klar hinter dem anderen, das ein wenig darüberlag.
»Was nehmen Sie für einmal Rasieren?« hörte er sich fragen.
»Fünfundsiebzig Cents«, sagte der Friseur.
»In Ordnung«, antwortete er und wollte sich gerade im Sessel niederlassen, als ihm eine Erleuchtung kam.
Die Tabletten, dachte er. Die Gelatinekapseln in meiner Uhrtasche. Das ist ihr Sinn und Zweck, sie dienen dazu, das Sehvermögen zu klären, den albern pochenden Schmerz zu lindern, das Flackerlicht auszulöschen.
Er blieb neben dem Sessel stehen; der Friseur musterte ihn neugierig — das scharfe linke Bild und das verschwimmende rechte Bild lächelten ihn erwartungsvoll an.
»Ja?« sagte der Friseur.
»Könnte ich ein Glas Wasser haben?« fragte Buddwing;

dann spürte er schlagartig, daß ihn etwas zurückhielt. Du weißt nicht, was diese Gelatinekapseln enthalten, überlegte er kühl. Bist du Edward Vossler, hast du diesen Anzug aus dem Büro des Direktors gestohlen, dann können die Kapseln alles mögliche enthalten, Nembutal, Pentathol oder sogar Arsenik! Doch halt, dachte er, seien wir vernünftig. Wer bewahrt schon Arsenik in Gelatinekapseln auf, nicht wahr? Davon abgesehen – wenn dies der Anzug des Direktors ist, und ich muß sagen, als Anzug eines anderen Mannes paßt er mir verdammt gut, immerhin, wenn es sein Anzug ist, dann spricht viel dafür, daß der Direktor von Central Eispick ein Medikament in der Uhrtasche hat und kein Gift. Gewiß, das Medikament könnte ein Beruhigungsmittel sein – benutzte man dergleichen nicht heutzutage in geschlossenen Anstalten? Schön, aber weißt du das? Wenn du Edward Vossler wärst, wüßtest du genau, was man in der Klapsmühle benutzt. Womit hat man Sie behandelt, Mr. Vossler? Für mich nehmen sie eine Zwangsjacke, Fußeisen und eine Keule; genau das nehmen sie, oder etwa nicht? Sie stecken mich in ein enges schwarzes Loch mit Wanzen in der Matratze, Kakerlaken an den Wänden und Läusen, die sich in meinem Haar ansiedeln, okay? Sie verabreichen mir regelmäßig Prügel, verschimmeltes Brot und verrottetes Wasser. Und dann kommt ein sadistischer Gott — ein Wärter — und sagt mir, daß ich geistig genauso gesund bin wie er selber, aber so wäre nun einmal die Behandlung, nicht wahr, Mac? Das und nichts anderes machen sie mit mir, okay?

»Sehr zum Wohle«, sagte der Friseur und reichte ihm ein Glas Wasser.

»Danke«, erwiderte Buddwing. Er griff in die Uhrtasche, nahm eine der Kapseln zwischen Zeige- und Mittelfinger, steckte sie, ohne einen Blick darauf zu werfen, in den Mund, sagte »Cheerio!« zu dem Friseur und spülte die Kapsel mit einem Schluck Wasser hinunter.

»Ich habe eine scheußliche Migräne«, erklärte er und hatte zugleich das Gefühl, daß es die Wahrheit war. Er nahm auf dem Sessel Platz, der Friseur breitete einen gestreiften Umhang über ihn und senkte dann die Lehne des Stuhls. Buddwing stemmte die Füße auf die Fußstütze. Er fühlte, wie die Hände des Friseurs Schaum in seinem Gesicht verrieben. Plötzlich überkam ihn ein köstliches Gefühl des Behagens — der warme Seifenschaum, die behutsam knetenden Hände des Friseurs. Er schloß die Augen. Selbst im Dunkeln konnte er das Flackern noch sehen, ein stetig pochendes Licht, das sich ins Gelbliche verfärbte. Doch mit geschlossenen Augen irritierten ihn die ineinandergeblendeten Bilder nicht mehr. Er fühlte, wie sich sein Körper entspannte. Außerdem wußte er instinktiv, daß das nur ein Migräneanfall war; vielleicht litt er überhaupt an solchen Anfällen und hatte die Kapseln nur deshalb in der Uhrtasche. Instinkt — das war der Schlüssel. Folgte er nur seinem Instinkt . . .

Schlüssel, dachte er.

Tatsächlich, ich habe keinerlei Schlüssel bei mir.

Er traf diese Feststellung einigermaßen überrascht und versuchte sich daran zu erinnern, wie er am frühen Morgen im Central Park erwacht war — es schien Jahrhunderte zurückzuliegen — und wie er seinen kleinen Vorrat an weltlichen Besitztümern durchging. Er katalogisierte sie in Gedanken, in der Reihenfolge, in der er sie beim Erwachen gefunden hatte, und fragte sich, ob er schon dabei auf das Fehlen jeglicher Schlüssel gestoßen war. Ich erwachte mit einem Etui mit goldenem Federhalter und Bleistift, einem schwarzen Buch, in dem die Nummer MO 6-2367 stand, einem Fahrplan der New Yorker Central, einem Päckchen Zigaretten und einem Streichholzheft, zwei entwerteten Kinokarten und zwei Gelatinekapseln. Mehr hatte ich nicht. Keine Brieftasche, keine Uhr, kein Kleingeld. Und keine Schlüssel.

Daß er keine Schlüssel bei sich trug, hatte er bis vor wenigen Sekunden nicht zur Kenntnis genommen; jetzt kam es ihm sonderbar vor. Alle Leute haben Schlüssel bei sich, dachte er. Doch halt, Moment, nicht alle. Ein Gefängnisinsasse hat keine Schlüssel. Ein Insasse einer Irrenanstalt. Das Pochen in seiner linken Schläfe verstärkte sich plötzlich. Zugleich packte ihn beim Gedanken an die Kapsel, die er so leichtfertig verschluckt hatte, entsetzliche Angst. Was war das geheimnisvolle Pulver in der Gelatinehülle, nun schon in seinem Körper, langsam in seinen Blutkreislauf dringend? Wenn er ohne Schlüssel, ohne Brieftasche, ohne Uhr und ohne irgendwelches Geld erwacht war, war es dann nicht durchaus möglich, ja sogar wahrscheinlich, daß er geradenwegs aus einer Anstalt kam, deren Insassen solche Dinge normalerweise nicht bei sich hatten? Doch halt, was tat er dann mit Federhalter und Bleistift? *Entschuldige bitte, daß ich mit Bleistift schreibe, aber ich darf hier keine spitzen Gegenstände haben.* Schön, Federhalter und Bleistift waren im Anzug; aber wenn ihm der Anzug nicht gehörte, gehörten ihm auch diese Dinge nicht, zusammen mit dem Fahrplan, dem schwarzen Buch und den Kinokarten. Ich habe keine Schlüssel, ich besitze nichts: ein Mann ohne Schlüssel hat keinen Besitz. Kein Haus, keinen Wagen, kein Bankschließfach, keinen Skiständer, keine Verantwortlichkeit.
Nichts.
Ich habe nichts, und ich bin nichts.
Er fühlte, wie das Messer des Friseurs über sein Kinn schabte. Schneid mir die Kehle durch, dachte er, warum zum Teufel eigentlich nicht? Ich habe nichts, ich bin nichts, infolgedessen bin ich so gut wie tot.
Das Flackern hinter seiner rechten Schläfe war ein wenig verblaßt. Er war nun sicher, daß die Kapsel, die er genommen hatte, ein Beruhigungsmittel enthielt; er würde im Sessel des Friseurs einschlafen und Janet nie wiedersehen. Wie spät mochte es inzwischen geworden sein?

Die Uhr.
Sie tickt im Wohnzimmer. Sie will die Uhr nicht kaufen; sie behauptet, sie wäre zu teuer. Flohmarkt in London, Portobello Road, die Kapelle, die vorübermarschiert und *Midnight in Moscow* spielt — war das im letzten Sommer? Und sie will die Uhr nicht kaufen, zu teuer, wir sollten den Verlockungen des Flohmarkts nicht nachgeben. Nun hängt die Uhr an der Wohnzimmerwand, ihr Ticken erfüllt die ganze Wohnung, von einem Rauschen kontrapunktisch überlagert, ich werde ertrinken.
Er zählt die Sekunden.
Er ist erstarrt, unfähig, sich zu bewegen. Man hätte die Uhr nicht kaufen sollen, man hätte nicht nach Mailand fahren sollen; denn in Mailand, allzu heiß, in Mailand mustert man einander in erstickender Hitze, die Augen gehen einem auf, und man fragt sich, wo alles geblieben ist. Der Kauf der Uhr in London gegen ihren Willen ist nur ein Widerhall von Mailand, wo das Erkennen blitzartig kam, grausam, endgültig. Die Uhr tickt so laut in der stillen Wohnung. Er kann sich nicht bewegen, es ist zu spät, die Uhr wirft Minuten in den Raum, die Uhr tickt Stunden herunter, die Uhr tickt ein Leben herunter, und es ist zu spät, er will sich nicht bewegen, zu spät.
Er weiß, wo. Er weiß es instinktiv.
Dan ist am Telefon, nein, da stimmt etwas nicht, die Gedankenkette stimmt nicht, da ist etwas, das er nicht sehen will. Dan redet mit kühl besänftigender Stimme. Das Telefon zittert in seiner Hand, aber Dan redet weiter, gelassen, endlos, erbitternd, das Telefon zittert. Verabredung, Leute, du lieber Gott, was willst du, Dan? Kannst du mich nicht in Ruhe lassen? Hörst du die verdammte Uhr nicht ticken? Weißt du nicht, was ihr Ticken bedeutet? Kannst du nicht aufhören? Kannst du nicht aufhören? Um Gottes willen, kannst du nicht aufhören?
»So, das war's«, sagte der Friseur.

Buddwing öffnete die Augen. Der Friseur nahm ihm den Umhang ab, richtete den Stuhl gerade. Buddwing betrachtete sich im Spiegel.
»Sie hat mir die Haare geschnitten«, sagte er.
»Wie?« erwiderte der Friseur.
»Aber das ist schon lange her.«
»Wer?«
»Ich weiß nicht«, sagte Buddwing. Er lächelte müde. »Wieviel macht es?«
»Fünfundsiebzig, wie ich Ihnen gesagt habe.«
Buddwing griff in die Tasche und zog eine Dollarnote heraus. Er reichte sie dem Friseur und warf einen Blick auf die Uhr. Es war ein Viertel nach elf. »Ist schon gut so«, sagte er unbekümmert und ging hinaus.
In seinem Kopf pochte es noch, als er in die Park Avenue einbog. Janet stand unter dem Vordach und spähte ungeduldig die Straße hinauf, während er von hinten auf sie zukam. Er hob die Hände und hielt ihr die Augen zu. Sie stieß einen erschreckten kleinen Schrei aus, beruhigte sich aber sofort und sagte: »Augenblick – wer kann das sein? Ihre Hände sind sanft – Sie müssen nett sein, wer Sie auch sind. Einen Augenblick.«
»Nun?« sagte er.
»Ich mag Ihre Hände auf meinem Gesicht; ich will nicht raten.«
»Sie müssen aber raten.«
»Dann helfen Sie mir«, sagte sie und drängte sich näher an ihn heran. »Sehen Sie gut aus?«
»So gut, daß es nicht auszuhalten ist.«
Er spürte ihren Körper an sich, spürte selbst die kleinste Bewegung, die sie machte.
»Sind Sie sehr groß?«
»Sehr groß.«
»Und sehr jung?«
»Nein, ich bin sehr alt.«

Sie faßte seine Hände, zog sie von ihren Augen und wirbelte in seine Arme. »Sie sind jung«, sagte sie ernsthaft, küßte ihn flüchtig auf den Mund und fuhr fort: »Gleich wird man uns festnehmen.« Sie löste sich von ihm und nahm seine Hand; dann gingen sie die Straße hinauf. »Wohin möchten Sie? Es ist erst halb zwölf, wir haben noch den ganzen Tag vor uns.«

»Da ist noch ein kleines Problem«, sagte er.

»Es gibt überhaupt keine Probleme«, erwiderte sie.

»Doch.« Er griff in die Tasche, holte seinen letzten Dollar, das Zehn- und das Fünfcentstück heraus, präsentierte sie auf der Handfläche und sagte: »Mehr Geld habe ich nicht.«

»Es gibt trotzdem keine Probleme«, sagte sie und setzte lächelnd hinzu: »Daß Sie ein Gigolo sind, sollte ich eigentlich längst wissen. Wollen wir spazierengehen?«

»Nein«, sagte er.

»Aber was wollen Sie dann tun?«

»Ich möchte mit Ihnen ins Bett.«

»Oh?«

»Ja.«

Sie überhörte die Feststellung und sagte: »Ich habe meinem Therapeuten von Ihnen erzählt.«

»Was hat er gesagt?«

»Nichts. Er hat nur dagesessen. Das heißt, ich vermute, er hat dagesessen. Sehen kann ich ihn nicht, er ist immer hinter mir. Weiß ich also, ob er strickt, seine Fingernägel säubert oder Papierschwalben aus dem Fenster fliegen läßt?«

»Was hätte er denn sagen sollen? Was haben Sie erwartet?«

»Ich habe erwartet, daß er nichts sagt; das tut er nämlich immer. Oder wollen Sie wissen, was ich gern von ihm gehört hätte?«

»Ja.«

»Ich hätte gern gehört: ›Oh, Sam Buddwing, das wird sicher ein sehr netter Mann sein, alles Gute, mein Kind.‹ Aber das braucht er mir schließlich nicht zu sagen.« Sie preßte seine Hand. »Sie wissen doch, ich wohne an der Neunundachtzigsten Straße.«

»Nein, das wußte ich nicht.«

»Doch. Wo ich ins Taxi gestiegen bin. Ecke Neunundachtzigste und Broadway.« Sie hielt inne. »Ich habe mich um eine Wohnung an der East Side bemüht, näher bei der Schule, aber ich habe keine bekommen.« Sie hielt wieder inne. »Ich wohne allein. Viele von uns wohnen zu zweien, ich nicht. Meine Eltern wohnen in der Bronx, an der Kingsbridge Road. Wissen Sie, wo das ist?«

»Ja. Ich habe selbst einmal in der Bronx gewohnt.«

»Wirklich? Wo?«

»Oh, das ist schon lange her.«

»Ja, aber wo?«

»Ich — ich weiß es nicht mehr.«

»Ein hübsches Beispiel echter Verdrängung, nicht wahr?«

»Vermutlich.«

»Wenn Ihre Eltern mit den meinen auch nur irgend etwas gemein haben, überrascht es mich nicht. Manchmal wünschte ich fast, ich könnte sie aus der Realität verdrängen. Himmel, was hat es für einen Krach gegeben, als ich auszog! Aber mein Bruder war schon ein Jahr früher ausgezogen, wissen Sie; da bestand ich auf gleichen Rechten für alle. Frauen haben doch Anspruch auf gleiche Rechte, meinen Sie nicht auch?«

»Absolut.«

»Sicher. Wollten Sie nicht mit mir nach Hause kommen?«

»Wenn Sie nach Hause gehen wollen.«

»Ich weiß nicht, wohin ich will, Sam, oder was ich vorhabe«, sagte sie ernsthaft.

»Dann lassen Sie mich bestimmen.«

»Ich habe es nicht gern, wenn andere Leute über mich bestimmen.«

»Dann lassen Sie uns spazierengehen.«

»Ich mag aber nicht spazierengehen.«

»Schön, was wollen Sie eigentlich, Janet?«
»Ach, ich weiß nicht«, sagte sie verdrossen. »Gehen wir spazieren.«
Schweigend gingen sie mehrere Straßenblocks weiter.
»Mein Bruder ist Schriftsteller. Habe ich Ihnen das schon erzählt?« fragte sie schließlich.
»Ja.«
»Der Rattenfänger.«
»Wie meinen Sie das?«
»Mit seinen Ratten.«
Und wieder schwieg sie. Buddwing, der an ihrer Seite ging, wußte plötzlich, wie er herausfinden konnte, wer er war. Die Lösung war so einfach, daß er sich wunderte, nicht schon früher darauf gekommen zu sein. Er würde einfach zu De Pinna gehen, wo der offenbar maßgeschneiderte Anzug, den er trug, herstammte, und fragen, wer den Anzug bestellt hatte. Er war sicher, daß man dort irgendwelche Unterlagen hatte; vielleicht würde sogar der Schneider ihn wiedererkennen. Natürlich bestand die Gefahr, daß man ihm sagte, der Anzug wäre für den Direktor von Central Islip angefertigt, aber auch das wäre noch nicht das Schlimmste – dann wußte er wenigstens mit Sicherheit, daß er Edward Vossler war.
»Mike hat sich noch nicht entschieden, zu welcher Schule er gehören will«, sagte Janet. Sie sah, daß Buddwing verwirrt das Gesicht verzog und fügte hinzu: »Mein Bruder. Zu welcher schriftstellerischen Richtung.«
»Gibt es denn da verschiedene Richtungen?« fragte er.
»Oh, natürlich, Dutzende«, versicherte sie sachkundig.
»Warum versucht er nicht, sie unter einen Hut zu bringen?«
»Nein, nein. Mike muß seinen eigenen *chemin* finden. So drückt er sich jedenfalls aus. Dauernd hackt er auf seiner Schreibmaschine herum und erzählt mir, ›Jan, ich muß meinen eigenen *chemin* finden‹. Dabei bin ich es, die zum

Therapeuten geht.« Sie zuckte die Achseln. »Er schafft es nie, wissen Sie. Das kann ich Ihnen jetzt schon sagen.«

»Wie können Sie das sagen?«

»Ich brauche ihn nur zu sehen. Ich gehe in seine Wohnung; und da haust er dann, wie ein Schwein — wirklich, wie ein Schwein. Seine Wäsche liegt überall am Fußboden, im Ausguß stapelt sich schmutziges Geschirr, Zigarettenstummel, wo man hinsieht, und er selbst sitzt an seiner Schreibmaschine wie ein Beatnik oder ein Mystiker oder was auch immer und sieht kaum hoch, wenn ich hereinkomme.«

»Warum gehen Sie dann hin?«

»Nun, wissen Sie, ich liebe ihn«, sagte Janet einfach. Sie schüttelte den Kopf. »Aber er schafft es nicht. Ich weiß es, und ich wollte, ich hätte die Courage, es ihm zu sagen. Ich lebe in der schrecklichen Vorstellung, daß ich eines Tages hingehe, in zehn Jahren vielleicht, und an die Tür klopfe. Bis dahin hat das Lincoln Center die ganze Gegend überwuchert, bis auf das Haus, in dem Mike wohnt. Ich gehe in seine Wohnung, aber die Ratten haben schon alles besorgt. Mike sitzt an dem wackeligen Tisch, den er zum Schreiben benutzt, in der Haltung, in der er gewöhnlich arbeitet, aber seine Knochen sind von den Ratten sauber abgenagt.« Sie erschauerte, umklammerte seinen Arm und fuhr fort: »Das ist doch entsetzlich, nicht wahr?«

»Ja.«

»Vielleicht wünsche ich sogar insgeheim, daß er von den Ratten aufgefressen wird; ich weiß es nicht. Aber warum denke ich sonst daran?« Sie schüttelte wieder den Kopf. »Hören Sie«, sagte sie.

»Ich höre.«

»Sie werden das nicht tun, nicht wahr?«

»Was werde ich nicht tun? Von Ratten aufgefressen werden?«

»Nein, Spaß beiseite. Mir weh tun, meine ich. Das werden Sie doch nicht tun?«

»Nein, das nicht.«
»Sehen Sie, ich habe mit mir selbst schon genug zu tun und könnte dergleichen im Augenblick kaum brauchen. Ich habe genug Sorgen, mit meinem Bruder und all dem anderen. Ich meine, es könnte die Liebesgeschichte des Jahrhunderts werden, aber um bei der Wahrheit zu bleiben, ich verzichte lieber darauf, als daß ich am Ende unglücklich bin. Ich bin ohnehin schon unglücklich genug.«
»Ich werde Sie nicht unglücklich machen, Janet.«
»Und trotzdem habe ich das Gefühl, ich sollte nicht mit Ihnen anfangen.«
»Was soll ich dazu sagen, Janet?« Der pochende Schmerz in seiner linken Schläfe, den er kaum mehr gespürt hatte, schien sich wieder zu verstärken.
»Vielleicht möchte ich, daß Sie mir Lebewohl sagen.«
»Also gut, Janet.«
Er machte eine Bewegung, als wollte er sich von ihr abwenden, doch sie griff nach seinem Arm und zog ihn hastig zurück. »Nein«, sagte sie. »Ich wollte, Sie sagten mir, daß alles gut geht.«
»Ich liebe dich«, sagte er.
»Das ist nicht das, was ich hören möchte.«
»Janet, ich weiß nicht, was du . . .«
»Es ist nicht nur, daß du mit mir ins Bett willst, ja?«
»Janet, ich habe dir gesagt, daß ich dich liebe.«
»Ich weiß, daß du mich liebst, aber — kannst du nicht auch das andere noch sagen?«
»Welches andere? Was möchtest du noch hören?«
»Daß du nicht nur mit mir ins Bett willst.«
»Es ist nicht nur das«, sagte er müde.
»Sag es weiter.«
»Es ist nicht nur, daß ich mit dir ins Bett will.«
»Sag, daß du für mich sorgen willst.«
»Ich will für dich sorgen, Janet.«
»Wirst du mich behüten und mich lieben?«

»Ich will dich behüten, ja, und ...«
»Und machen, daß mir warm ist?«
»Ja, Janet, ich will ...«
»Und mich glücklich machen? Wirst du mich glücklich machen, Sam?«
»Ich werde dich glücklich machen. Ich liebe dich. Ich werde dich immer lieben.«
»Das alles? Wirst du das alles tun?«
»Ja. — Ja.«
»Dann sage es.«
»Ich werde dich lieben und — dich behüten und ...«
»Machen, daß mir warm ist ...«
»Ja, auch das, und ich will dich glücklich machen. Alles das will ich tun, Janet, ich verspreche es dir.«
Sie schaute ihn mit traurigen Augen an, nickte dann kurz und entmutigt und sagte: »Du wirst dein Spiel mit mir treiben, Sam. Genau das wirst du tun. Das und nichts sonst.« Sie seufzte tief. »Würde es dich kränken, wenn ich das Taxi bezahle?« fragte sie.
Als sie vor ihrer Wohnung ankamen, war sein Kopfschmerz abgeklungen. Zumindest das war in Ordnung; alles andere war nicht in Ordnung. Während der Fahrt durch die Stadt hatte sie hemmungslos geschwiegen und an ihrer Wagenseite aus dem Fenster geschaut, während es in seiner Schläfe pochte und hämmerte. Sie hatte ihn nicht berührt, nicht einmal seine Hand gehalten — sie hatte auf dem Rücksitz des Wagens gesessen, weit von ihm weg, und durch das Fenster hinausgestarrt. Er hatte nur gespürt, wie sein Kopfschmerz abklang, anschwoll, abklang, noch mehr abklang, endlich völlig verschwand; und zugleich schwoll der Zorn in ihm — um so heftiger, je länger sie schwieg. Er hatte versprochen, ihr nicht weh zu tun; nun drängte es ihn, ihr weh zu tun. Er hatte versprochen, sie zu behüten; nun drängte es ihn, sie zu erniedrigen. Während das Taxi durch die Kurven des Central Park rollte, dann Central

Park West überquerte und auf den Broadway zusteuerte, ihrer Wohnung näher und näher, ertappte er sich dabei, eine wutgeladene Vorstellung nach der anderen abzuspulen — daß er sie prügelte, daß er sie auf die Knie zwang, daß er sie mehrfach ins Gesicht schlug. Ihr Schweigen schloß ihn aus, deshalb sein Zorn; ihr Schweigen verbot ihm eine Welt, in die er verzweifelt zurückzukehren versuchte. Als der Wagen vor dem Haus, in dem sie wohnte, hielt, bezahlte sie wortlos den Fahrer, verächtlich, wie ihm schien, die Braue hebend, stieg dann aus und ging ins Haus, ohne auf ihn zu warten und ohne sich umzusehen, ob er ihr folgte. Hol dich der Teufel, dachte er und wäre fast in der Gegenrichtung davongegangen; doch irgend etwas zerrte ihn hinter ihr her — das Wissen, daß sie ein dünner Faden war, der ihn mit dem Leben dieser Stadt verband, vielleicht der einzige Faden. Er konnte nicht zulassen, daß dieser Faden riß; er folgte ihr ins Haus.

Ihre Wohnung lag im vierten Stock. Sie schloß die Tür auf und wartete, bis er in die Küche getreten war, dann schloß sie hinter ihm ab und legte die Kette vor. Sie wandte sich ihm zu, lächelte kurz, ein seltsam vorwurfsvolles Lächeln, legte die Arme um ihn und küßte ihn. Sie küßte ihn mit bestürzender Heftigkeit und offenem Mund, ihre Zähne knirschten gegen die seinen, sie stieß ihre Hüften nach vorn. Er spürte den harten Hügel ihrer Scham unter dem engen schwarzen Rock, sie preßte sich wild an ihn, dann riß sie ihren Mund von ihm los und starrte ihm ins Gesicht. In ihren Augen stand ein Zorn, eine Wut, die er noch nie darin gesehen hatte, und sie sagte: »Geh hinein, ich bin gleich da.«

Mit einer Kopfbewegung wies sie ihn in den anderen Raum, dann wandte sie sich ab und verschwand; wie er vermutete, im Badezimmer. Er nahm an, daß sie vorhatte, ein Pessar zu benutzen — ein Wissen, das ihn aus der Fassung brachte. Gerade das hatte er nicht von ihr erwartet — weder den erfahrenen Umgang mit Gummi und Schutzcrème, noch die kaltblütige Heftigkeit, die er in ihrem Gesicht, in den Bewegungen ihres Körpers zu spüren glaubte und die ihm Unbehagen bereitete. Er ging in das andere Zimmer. Das Bett war noch nicht gemacht, die Laken von der letzten Nacht verwühlt. Es schien sich um ein kombiniertes Schlaf- und Wohnzimmer zu handeln. Bücherregale an einer Wand, ein Plattenspieler, ein Stapel Platten auf dem Fußboden. Auf einem Bord neben dem Bett stand das gerahmte Foto eines Jungen in offenem weißem Hemd. Ohne es sich erklären zu können, war er überzeugt, daß es ihren Bruder darstellte. Er ließ sich auf der Bettkante nieder, zog die Schuhe aus und legte den Kopf auf ihr lippenstiftfleckiges Kopfkissen.

Er hoffte nur, daß sie nicht nackt hereinkäme. Er war sicher, wenn sie nackt hereinkäme, würde er den Raum sofort verlassen. Aus dem Badezimmer hörte er Wasser rauschen, dann Stille. Sie zieht sich aus, dachte er, und plötzlich betrübte ihn das übertrieben Theatralische des Ganzen, der Aufbau des Bühnenbildes, die Kostümierung der Schauspieler; so war es damals mit Doris nicht gewesen. Er schloß die Augen und wartete. Er hörte, wie die Badezimmertür aufging und dann von ihr ganz vorsichtig geschlossen wurde; dann hörte er das Tappen ihrer nackten Füße auf dem Linoleum der Küche. Sie blieb am Bett stehen; er öffnete die Augen.

Sie hatte den Pferdeschwanz gelöst, ihr Haar wellte sich sanft um ihr Gesicht, das Grün ihrer Augen, die Blässe ihrer Wangen betonend. Sie hatte den schwarzen Rock, die Strumpfhose, die hochhackigen Schuhe ausgezogen, war aber noch im Pullover; doch er sah, daß sie den Büstenhalter darunter ausgezogen und den Pullover dann wieder übergestreift hatte. Zum Pullover trug sie einen weißen, über dem Bauch flach anliegenden Baumwollslip der ihre vollen Schenkel freiließ. Die schmalen Hüften vorgeschoben, hatte sie die bizarre Pose eines Fotomodells eingenommen; der Hügel ihrer Scham schien vergrößert, schien, einem inneren Drängen nachgebend, zu pulsieren. Er streckte die Hand aus, Handfläche nach oben, und griff ihr zwischen die Schenkel.

»Du bist noch angezogen«, flüsterte sie.

Sie fiel neben ihm aufs Bett, seine Hand krampfte sich hart zwischen ihre Beine. Sie entkleidete ihn schnell, mit dem ganzen Körper arbeitend, zahlreiche Funktionen gleichzeitig verrichtend — ihre Hände regten sich geschäftig, lösten, öffneten, streichelten, knöpften, reizten, ihre Lippen bedeckten seinen Mund und glitten dann, während sie sein Hemd aufknöpfte, über seinen Hals; ihre Schenkel drängten sich gegen seine rastlose Hand, ihr Rücken krümmte, verrenkte sich, sie streckte sich neben ihm, löste seinen Gürtel, ihre Hand stieß vor, blind wühlend, faßte ihn grob, heftig, besitzergreifend, befreite ihn unnachgiebig, und mit einem leisen, keuchenden Seufzer richtete sie sich halb auf. Ein Bein streckte sich plötzlich, mit dem Fuß seine Hose herabstreifend, das andere blieb gebeugt, ein weißes Knie, das sich gegen seine Brust stemmte, dann schlug sie sein Hemd auseinander und krümmte sich zusammen, um seinen Bauch zu küssen, seine Scham, sie küßte ihn mit offenem, nassem Mund, mit dem Fuß stieß sie seine Hose weg, mit den Händen zog sie ihren Pullover hoch, um ihre kleinen, vollkommenen Brüste, ihre runzligen Schulmädchenwarzen zu zeigen; Doris, dachte er, Doris. Sie streckte sich über ihn und schob die Hände unter den Gummi ihres Slips, zog ihn abwärts, über ihren flachen Bauch, ihren Nabel, befreite ihre Scham von seiner Hand, wand sich mit angezogenen Knien aus dem Slip und streckte sich dann wieder über ihn. Sie zögerte einen Augenblick, die Beine gespreizt, hob sich dann und sank in fordernder, fast bösartiger Erregung über ihn, zog ihn in sich hinein.

»So«, sagte sie, »oh, so.«

Er reagierte sofort, und im Augenblick seiner Reaktion haßte er sie ingrimmig, nahezu weinend in hilflosem Zorn. Doch sie fuhr in ihrer Bewegung erbarmungslos fort, die Worte »oh, so« lieblos wiederholend. Er half ihr nicht. Er war sicher, daß sie nicht befriedigt war, als sie schließlich innehielt; es kümmerte ihn nicht.
Der Raum wurde still.
Er lag erschöpft und zornig auf dem zerwühlten Laken.
Er musterte sie schweigend. Ihre Augen waren geschlossen; noch atmete sie heftig, die Hände fest auf ihre Brüste gepreßt.
Nach einer Weile stand er auf und begann sich anzuziehen. Sie sah ihm wortlos zu, mit angezogenen Beinen auf dem Bett liegend, die helle Kurve ihrer Hüfte eine negative Silhouette vor der dunklen Wand, den Kopf auf eine Hand gestützt. Fertig angezogen, ging er zur Küchentür, löste die Kette und schloß die Tür auf.
Er warf ihr einen kurzen Blick zu. Noch immer lag sie auf dem Bett, bewegungslos, schweigend, den Kopf auf die Hand gestützt, Zorn und Angst zugleich in den grünen Augen.
»Leb wohl«, sagte er, klar und eindeutig.
»Ich wußte es«, erwiderte sie; und er trat ins Treppenhaus und schloß die Tür.

9

Er stürmte hastig die Treppen hinab, getrieben von einer Wut, die an Ekel grenzte, von dem Drang, so schnell wie möglich von diesem Mädchen wegzukommen, unsicher, weil er nicht wußte, wohin er sich wenden sollte, erbittert, weil er sich auf den zerwühlten Laken ihres Bettes von neuem verloren hatte. Er wußte nicht, was er von diesem Mädchen erwartet hatte — eine gefühllos mechanische Begegnung in einem fremden Zimmer, das Bild ihres Bruders am Bett, jedenfalls nicht. Etwas spürbar Fremdes, Abweisendes war von ihr ausgegangen und hatte sich auf ihn übertragen; so konnte, was sie miteinander taten, nur Krieg sein — was zum Teufel hatten sie eigentlich zu beweisen versucht? Plötzlich wurde ihm klar: zumindest ein Teil seines Zorns war Enttäuschung. Auf eine erfahrene Frau war er nicht vorbereitet gewesen; er hatte ein Mädchen begehrt, das ihn nicht belog, scheu und ergriffen unter seinen Händen, seinem Werben erliegend wie Doris vor so langer Zeit. Dieses Mädchen, Janet, in den Kleidern, in dem Körper seiner Doris, hatte Unschuld versprochen und Erfahrung geboten. Mehr noch, sie war ihm auf eine Art begegnet, die er nicht verdiente. Sie hatte ihm Haß entgegengebracht — nein, keinen Haß, ein Begehren, ja, ein Begehren, so blind wie sein eigenes; sie hatte gewußt, daß er ihren Hunger nicht stillen konnte, und gerade das hatte sie ihm von vornherein zum Vorwurf gemacht. Jede Bewegung ihres Körpers war zu einem Peitschenschlag geworden, jeder Seufzer zu einer dringenden Bitte, die er abweisen mußte, noch bevor sie ausgesprochen war. Es hätte ganz anders sein können; und nur deshalb haßte er sie jetzt. Und dennoch — kühle Überlegung, die ihn noch mehr in Wut brachte, sagte ihm: nie, niemals hätte es anders sein können; er war ein Narr gewesen, sich etwas anderes zu erhoffen als das, was vorgefallen war.

Von Haß und Zorn erfüllt, ging er den Broadway hinauf; er wußte nicht, wohin er ging, es kümmerte ihn nicht. Er riß drei Streichhölzer an, bis seine Zigarette endlich brannte, warf die Zigarette dann fort und betrat den Untergrundbahnhof an der Sechsundneunzigsten Straße. Er sah niemanden an. Eine eisige, trennende Hülle von Zorn und Selbstmitleid umgab ihn; wer ihm begegnete, war ein Hindernis, etwas, das er überwinden, etwas, das er beiseitestoßen mußte, etwas, das zwischen ihm und dem Ort stand, an dem zu sein er sich wünschte.

Er wußte nicht, was er im Central Park zu finden hoffte – nicht einmal, ob es ihm gelingen würde, die Bank wiederzufinden, auf der er in aller Morgenfrühe erwacht war. Er wußte nur, daß diese Bank für ihn etwas war wie der Ort seiner Geburt und daß seine Begegnung mit Janet ihn tief erschüttert hatte: nicht nur seine Identität war nun in Frage gestellt, sondern zugleich auch seine Existenz. Es drängte ihn, die Bank wiederzufinden, sich zu versichern, daß er dort am Morgen erwacht war, daß es wirklich etwas Reales in seinem Leben gab.

Zu seiner Überraschung fand er die Bank ohne jede Schwierigkeit; sie schien ein wenig verwitterter, als er sie in Erinnerung hatte, zeitvernarbt und hinfällig. Eine alte Frau und ein alter Mann saßen auf ihr im hellen Sonnenschein. Sie las eine Zeitung; er saß mit zurückgelegtem Kopf und geschlossenen Augen, die knorrigen Hände auf dem Knauf seines Stockes. Buddwing sah die Bank und das alte Paar und fühlte sich auf eine seltsame Art enteignet; es drängte ihn, hinzugehen und den alten Leuten zu sagen: »Entschuldigen Sie, aber das ist meine Bank, hier bin ich geboren, verstehen Sie mich?« Noch immer war er bedrückt, doch jetzt drohte ihm echte Verzweiflung. Während er an der Bank schnell vorüberging, war ihm, als wäre er nahe daran, auch die jüngsten Erlebnisse wieder zu verlieren; als wäre die sechste Stunde in der Frühe dieses Tages fast auf die gleiche Art unwiederbringlich. Vergangenheit wie die tiefere, dunkle Vergangenheit, aus der er gekommen war. Ihm war, als müßten Gloria und Schwartz, wenn er ihnen wiederbegegnete, jetzt mindestens so alt sein wie der Mann und die Frau, die in der gleißenden Sonne auf der Bank saßen; Eric wäre ein Teenager; L. J. und die anderen hätten das mittlere Alter erreicht; sogar Janet, die er vor kaum zwanzig Minuten verlassen hatte, wäre jetzt eine beleibte Neurotikerin. Zwar konnte er sich nicht vorstellen, wie er sich in einem Zeitraum von sechs Stunden so weit und so schnell fortbewegt haben sollte; doch er wußte, daß die Gegenwart von den letzten Stunden nicht weniger bedroht war als von einer unergründlichen Vergangenheit.

Es war Mittag in New York. Auf der Fifth Avenue wimmelte es von Touristen und Leuten, die ihre Einkäufe besorgten; es war nicht mehr das Bild, dessen er sich vom frühen Morgen her entsann. Der rauhe Akzent Zugereister irritierte seine Ohren, seine Nerven. Leute stießen ihn an. Verkehrsgeräusche kreischten unaufhörlich. Die Sonne hing im Zenit des Himmels, ein riesiges, bewegungsloses Auge. Er zwängte sich an einer Rotte lärmender Kinder vorbei und beschleunigte dann den Schritt; es drängte ihn, irgendwo wieder aus der Menge aufzutauchen. Wortfetzen drangen an seine Ohren, blendeten, während er weiterging, in sein Gehör ein, blendeten wieder aus, sobald die Sprechenden an ihm vorübergegangen, aus seinem Leben gegangen waren, Fremde, die er nur flüchtig kennengelernt hatte.

Er ging inmitten eines Stroms von Menschen, der ihm entgegenkam, sich vor ihm teilte: Frauen aus den Vorstädten mit ihren Frühjahrshüten, New Yorker Mädchen mit kekken, schnellen Schritten, die Schaufenster mit flinken Augen streifend, Herren von der Park Avenue, gemächlich mit Homburg und Handschuhen dahinschlendernd, Tänzer, die mit ausgeprägten Hinterbacken und muskulösen Waden in charakteristischem Entengang der Siebenundfünfzigsten

Straße zueilten, alte Damen und junge Schauspielerinnen in Nerz, Homosexuelle, einander diskret mit den Fingerspitzen berührend, ein Verkehrspolizist, der müßig den Strom der Autos, Busse und Taxen beobachtete, Botenjungen mit Pappkartons voller Kaffee, eine Prostituierte, fremd in dieser Gegend, ein junger Pfadfinder, der an den Gebäuden hinaufstarrte — sie alle kannte er während der wenigen Sekunden, in denen ihre Gesichter, ihre Stimmen auf ihn zukamen, ihm nahe waren und dann hinter ihm verschwanden.

Entweder gehört dir diese Stadt oder sie gehört dir nicht, dachte er. Es hatte Tage gegeben, goldene Tage in unklarer Vergangenheit, an denen er auf dieser großartigen Straße hatte glauben können, daß die Stadt ihm gehörte, daß er ihr Alleininhaber war und daß die Menschen, die vorbeieilten, die Gehsteige, die Gebäude, ja die Luft von ihm nur gemietet hatten. An solchen Tagen hatte es ihn gedrängt, die ungeheure, pariserische Fassade der St. Patrick's-Kathedrale zu umarmen, Cartier's glitzernde Fenster zu küssen, seine Hand über die glatten Flächen des Tishman-Gebäudes gleiten zu lassen. Entweder besitzt du diese Stadt ganz und gar, dachte er, oder du hast überhaupt keinen Teil an ihr. Entweder weißt du, wer du bist, oder du weißt es nicht. Und wenn du es nicht weißt, streifen sie wie ein riesiger Ameisenschwarm an dir vorbei, gehen ihren eigenen Ameisengeschäften nach; du siehst zwar das Vibrieren ihrer Fühler, aber die Signale sagen dir nichts.

Plötzlich entdeckte er das Geschäft von De Pinna auf der anderen Straßenseite — war es sein Ziel gewesen? Da drüben lag das Ende aller Zweifel, das Ende der Anonymität. Er würde nach der Herkunft seines maßgeschneiderten Anzugs fragen, er würde seinen Namen erfahren, wieder herauskommen und wissen, wer er war, die Stadt würde ihm gehören.

Die Ampel wechselte von Rot auf Grün, von WARTEN

auf GEHEN. Er überquerte die Straße. Als er ein Junge war, hatte es nur Ampeln ohne Leuchtschilder gegeben, und selbst auf die Ampeln achtete damals kein Mensch. Man rannte quer über die Straße, wo immer sich eine Verkehrslücke auftat. Er mußte daran denken, wie er die Hundertzwanzigste Straße bis zur First Avenue hinaufgegangen und dann über das weiße Steinpflaster gestürmt war, bis er den Gehsteig auf der anderen Seite erreichte. Links lag der Kohlenhof mit seinen riesigen grünen Holztoren, auf der Fahrbahn rollten Straßenbahnen, das Schrillen ihrer Klingeln war scharf und grell, Funken stoben von der Oberleitung. Vor allem erinnerte er sich der eiskalten Wintertage von Harlem und der Vorfreude, die die erste Ankündigung des Herbstes mit sich brachte. Er wußte noch, daß es in jedem Herbst plötzlich Apfelgelee und Apfeltorte gab. Er erinnerte sich an Halloween, an die kreidegeweißten Stöcke und mehlgefüllten Strümpfe, mit denen man Schulmädchen durch die engen grauen Straßenschluchten jagte. Die Hundertzwanzigste zwischen First und Second Avenue, das war der Schauplatz seiner Kindheit — nicht der Central Park. All dessen konnte er sich entsinnen — Bundhosen, die ihm über die Knie bis zu den Knöcheln rutschten; und hinter allem stand irgendwie das Bild des hochgewachsenen, weißhaarigen Mannes mit der dicken Brille, der sein Großvater war. Von der Bügelmaschine im Hinterzimmer drang immer Dampf herein, Onkel Freddy grinste herüber — »sieh da, wie geht's« —, er zog das gepolsterte Oberteil der Maschine herunter, drückte den Hebel, der Dampf zischte durch die Bügelpolster und hüllte Onkel Freddy in eine dicke weiße Wolke. Er entsann sich einer Wahlnacht in New York, als er noch ein Junge war, riesige Holzfeuer auf den Straßen, die älteren Jungen sprangen in die Rinnsteine, um Holz ins Feuer zu werfen, Plaketten für Alf London, die sein Vater vom Republikanischen Club bekam und mit denen er und Eric fast alle auf der First Avenue geparkten Wagen beklebt hatte. Damals trug er die braunkarierte Joppe, die sein Großvater ihm geschneidert hatte, und eine lammfellbesetzte Fliegerkappe mit Schutzbrille. Natürlich war Eric der erste Junge in der Gegend gewesen, der die Fliegerkappe mit Brille getragen hatte; danach trug sie alle Welt. Sie war genau das Richtige für eine Wahlnacht, in der die Holzfeuer Rauch und Funken stoben.

Wie still war es an Winternachmittagen auf dem Weg von der Schule zu der Schneiderwerkstatt nahe der Hundertsiebzehnten Straße — seine Mutter arbeitete damals, hatte einen Job in irgendeiner Packerei, seine Tante Martha gab ihm Frühstück; er fühlte die Kälte an den frostgeröteten Wangen, die Fliegerkappe unter dem Kinn zugeschnallt, die Zelluloidbrille über die Augen gezogen, eine Hand in der Tasche der braunen Jacke, die andere, behandschuht, schwenkte seine zusammengeschnürten Bücher, das Pflaster der First Avenue war blank und grau. Die Schneiderwerkstatt schien ihm immer schon von weitem zuzuwinken. Früh am Nachmittag stellte der Großvater das Licht ins Schaufenster, und wenn Harlems Wintergrau in Dämmerung überging, strahlte die Ladenfront Wärme aus. Über der Ladentür hing eine kleine Glocke, er reckte sich nach dem Griff, die Glocke läutete, Großvater schaute hinter dem Ladentisch auf, Großmutter von der Nähmaschine nahe dem Vorderfenster, und dann sagte Großvater jedesmal, ohne eine Silbe zu ändern: »Komm herein; du siehst wieder halb erfroren aus. Annie, mach ihm eine Tasse heiße Schokolade.« Und dann folgte er Großmutter hinter den Ladentisch, Großvater fuhr ihm durchs Haar, wenn er an ihm vorbei ins Hinterzimmer ging, wo Onkel Freddy an der Bügelmaschine stand — »sieh da, wie geht's?« —, und er wartete mit Großmutter an der Kochplatte, auf der sie ihm seine Schokolade machte. Auf einem Bord über dem langen Zuschneidetisch gegenüber der Bügelmaschine stand ein Telefon. Großvater hatte gewöhnlich Uniformaufträge von der Heilsarmee, und die weißen Buchstaben, die später auf die Uniformkragen genäht wurden, lagen immer auf dem Zuschneidetisch herum. Es war so warm in der Werkstatt. Er stand an der Kochplatte, der Dampf der Bügelmaschine durchzog die Luft, dann nahm er seine Schokolade, ging zu Großvater hinter den Ladentisch und erzählte ihm von den Schulerlebnissen des Tages. Großvater hörte stets sehr aufmerksam zu, den Kopf auf die Seite gelegt. Sein Haar war schon damals weiß. Buddwing nahm an, daß sein Haar weiß gewesen war, solange er ihn kannte. Und Großvater schnalzte mit der Zunge, sagte hier und da ein Wort über den einen oder anderen Lehrer, nickte dann und wann zustimmend oder veranlaßte Buddwing, ihm alle die aufregenden Einzelheiten eines neuen Vorhabens noch einmal zu erzählen, gleichzeitig Kunden bedienend, die den Laden betraten, und Buddwing gutmütig ermahnend, keine Schokolade auf neuen Kleidern zu verschütten.

Plötzlich wußte er, weshalb er in dem Sommer, in dem er sechzehn geworden war, den Job in Di Palermos Kolonialwarengeschäft angenommen hatte.

Er hatte den Job angenommen, weil er seiner Mutter fünfundzwanzig Dollar schuldete.

Das war es, dachte er.

Ich kann mich an die Werkstatt erinnern. Bei Gott, damals wußte ich, wer ich war; ich wußte es jeden Morgen, jeden Nachmittag, sommers und winters — auch in dem Sommer, in dem ich Eric zeigte, wie man aus einem Pfirsichkern einen Ring macht: man schleift ihn auf dem Gehsteig flach und höhlt dann mit einem Messer das Innere aus, bis er auf den Finger paßt. Das hatte mir Großvater beigebracht, er hatte es in seiner Heimat gelernt. Großvater war ein gütiger Mann — genügten fünfzig Dollar?

Wirklich?

Er ging in die Herrenabteilung des Geschäfts und dachte: nun, damals war ich noch ein Junge, erst sechzehn, es mochte genügen. Dann sah er die Anzüge, Mäntel, Jacken und Hosen in ordentlichen Reihen an den Gestellen hängen; das Gestell seines Großvaters kam ihm in den Sinn, mit der langen, gebogenen Stange, nach der sich sein Großvater immer recken mußte, um einem Kunden ein Kleidungsstück vorzulegen. Intuitiv fühlte er, daß er sehr nahe daran war, in einem wichtigen Punkt über sich selbst aufgeklärt zu werden; er sah sich nach jemandem um, der ihm helfen konnte. Es waren mehrere Verkäufer in der Abteilung und nur ein Kunde, ein alter Herr in unmodernem Mantel, der mit seinem Stock an den Sportjacketts, die an einem der Gestelle hingen, herumstocherte, als wollte er ihre Haltbarkeit erproben. Buddwing ging auf den nächsten Verkäufer zu, einen jungen Mann in den Zwanzigern, offenbar gerade dabei, sich einen Schnurrbart stehen zu lassen, den er ständig zwirbelte, damit er ihm nicht über die Lippe wuchs. Der Verkäufer ließ die Hand fallen und sagte: »Kann ich etwas für Sie tun, Sir?«

Buddwing zögerte. Wieder befiel ihn jene Unsicherheit, die er in der Halle des Hauses verspürt hatte, in dem Gloria wohnte, und die ihn überfallen hatte, bevor er Di Palermos Geschäft betrat. Es drängte ihn, zu erfahren, wer er war, doch irgend etwas warnte ihn vor der allzunahen Erkenntnis, mahnte ihn zur Vorsicht — es ging um seine Existenz.

»Ja, Sir?« sagte der Verkäufer.

Buddwing befeuchtete die Lippen. »Dieser — dieser Anzug . . .« sagte er.

»Ja, Sir?«

»Ist das Maßarbeit?«

Einen Moment lang musterte ihn der Verkäufer neugierig, dann sagte er: »Dürfte ich bitte das Etikett sehen, Sir?«

Buddwing knöpfte sein Jackett auf. Der Verkäufer studierte das Etikett, wie es schien, ungebührlich lange. Gleich wirst du es mir sagen, dachte Buddwing. Du wirst sagen: ja, Sir, das ist einer unserer Maßanzüge, und dann wirst du in alten

Rechnungen blättern und mir sagen, daß der Anzug für jenen Direktor von Central Islip angefertigt ist. Du wirst mir sagen, daß ich Edward Vossler bin. Dann weiß ich es. Dann habe ich es hinter mir.

»Nein, Sir«, sagte der Verkäufer. »Dieser Anzug stammt aus einer Serie Maßkonfektion, die letztes Jahr eigens für uns in England hergestellt wurde. Wir haben sie im letzten Herbst herausgebracht.«

»Ah so«, sagte Buddwing. »Im letzten Herbst.«

»Gewiß, Sir.«

»Besten Dank.«

»Keine Ursache, Sir. Aber wenn ich Ihnen noch etwas zeigen darf, vielleicht . . .«

»Nein«, sagte Buddwing. »Besten Dank.« Er machte kehrt und verließ die Herrenabteilung. In ihm war kein Gefühl. Nichts. Weder Enttäuschung noch Freude, weder Erleichterung noch Angst.

Nichts — nur der beherrschende Drang, Wasser zu lassen. Er eilte der Neunundvierzigsten Straße zu, bog dann von der Fifth Avenue ab, ging an der Rollschuhbahn vorbei, überquerte die Straße, passierte die Ausstellungsräume von RCA, vor denen dümmliche Schulkinder im Sieh-dich-selbst-Fernsehgerät Fratzen schnitten, kam dann zur Garage des Rockefeller Center, wo er so abrupt nach links einbog, als wäre er hier schon viele, viele Male gewesen. Er ging in den Warteraum an der Westseite, am Zeitungsstand vorbei — die Mittagsblätter hatten die Nachricht vom Ausbruch des Geistesgestörten übernommen und brachten sie in Schlagzeilen —, dann an den Kassenschaltern vorbei, den Telefonzellen, dem Fahrstuhl, der zur Damentoilette führte, den Gepäckschließfächern, schließlich die Stufen zur Herrentoilette hinunter. Als er eintrat, wusch sich gerade ein Mann am Waschbecken die Hände, ein anderer Mann stand an einem der Urinale. Buddwing öffnete seinen Reißverschluß und

fingerte an seiner Hose, als der Mann neben ihm sich umwandte und sagte: »Sie sind dran, Mister.«
Das erste, was ihm in den Sinn kam, war der Witz vom Zwerg in der Herrentoilette. Dann holte er in blitzschneller Reaktion gegen den Mann aus — aber nur, um festzustellen, daß der Mann eher ausgeholt und ihm einen Schlag auf die Kinnspitze versetzt hatte. Er fühlte, wie er von dem Bekken zurücktaumelte und fast gegen den Ausguß schlug; dann fiel ihm der andere Mann ein, der sich die Hände gewaschen hatte, denn dieser Mann hieb ihm wie mit einem Schmiedehammer ins Genick. Okay, dachte er, ihr wollt, daß es hart auf hart geht, ja? Und der erste Mann schlug ihm wieder ins Gesicht; er war nahezu bewußtlos.
Daß seine Hose noch offen war, während diese beiden Mordbanditen ihn zwischen sich hin- und herprellten, kam ihm ungeheuer lächerlich vor. Er versuchte zurückzuschlagen, doch es schien, als käme jeweils der, der hinter ihm stand, gerade in dem Moment zum Schlag, in dem er sich zur Gegenwehr entschlossen hatte, und so gelangte keiner seiner wütenden Angriffe über das Stadium der Planung hinaus. Wie lächerlich — General Sarnow droben im RCA-Gebäude ahnte gewiß nicht, daß unter ihm in der Herrentoilette der Rockefeller Center-Garage jemand zusammengeschlagen wurde; und als besonders lächerlich empfand er, daß die beiden Burschen soviel Energie aufwandten, ihn bewußtlos zu prügeln, obwohl er nicht einmal eine Brieftasche bei sich hatte und tatsächlich nur noch den einen Dollar besaß, der von Glorias Spende übriggeblieben war. Gleichzeitig dachte er an die komische Szene, die sich ergeben würde, wenn die Polizei ihn tot und blutend auf dem Fußboden der Herrentoilette fand, mit offener Hose zwar, aber ohne jeden sonstigen Hinweis auf seine Identität. Während diese überaus erheiternden Gedanken durch seinen Kopf zuckten, fuhren die Banditen fort, ihn gegen die gekachelten Wände des Raumes, die Metallwand einer der

Zellen und die Porzellanwände der Urinale zu stoßen; er wunderte sich über die Wucht, mit der er jeweils zurückprallte, und er war erstaunt, daß er nicht schon längst bewußtlos war. Er spürte vage, daß seine Nase blutete, und dachte, also gut, dann eben Schluß; doch die beiden Männer zeigten keinerlei Absicht, Schluß zu machen, es sei denn mit ihm; sie schienen vielmehr entschlossen, ihn ins Land des Vergessens zu befördern, auch wenn es den ganzen Tag dauern sollte — und darauf mochte es durchaus hinauslaufen. Er war nahe daran, das Handtuch zu werfen und sich beim Schiedsrichter über die Anwesenheit eines überzähligen Mannes im Ring zu beschweren — der Ausgang des Kampfes stand fest; doch dann hörte er plötzlich eine Stimme sagen: »He, was zum Teufel ist denn hier los?« Ein Faustschlag traf ihn an der Schläfe und zwang ihn, sich dem Eingang zuzuwenden; er sah, daß ein kleiner, stämmiger Mann in Marineuniform mit geballten Fäusten in den Raum stürzte. Doch schon im gleichen Moment verschwamm das Bild des Seemanns; ein weiterer Schlag traf ihn an der anderen Schläfe, und er fiel rückwärts in das nächste Urinal. Schnell stand er auf, das eine Hosenbein von fichtennadelduftender Desinfektionslauge durchnäßt, gerade rechtzeitig, um zu sehen, daß der stämmige Seemann einem der Männer einen Hieb auf die Nasenwurzel versetzte. Nun kann es weitergehen, dachte er und segelte in den Kampf zurück, kollidierte jedoch mit der Faust des Mannes, der am Ausguß gestanden hatte, und spürte, daß er in das Urinal zurückfiel. Diesmal kam er mit nassem Hosenboden auf die Füße, noch intensiver nach Fichtennadellauge riechend; er versuchte, dem Seemann zur Hand zu gehen, sah aber, daß der keiner Hilfe mehr bedurfte. Die beiden Männer lagen bewußtlos auf dem gekachelten Fußboden, und der Seemann packte Buddwings Jackenärmel und flüsterte warnend: »Los, Mann, raus hier, bevor die Streife kommt.«
Er folgte dem Seemann die Treppe hinauf, versuchte, die

Hand so unter seine blutende Nase zu halten, daß nichts auf die Stufen tropfte, suchte in der hinteren Hosentasche nach einem Taschentuch, fand keines und griff dann, als sie die Schließfächer passierten und in den Warteraum traten, dankbar nach dem Taschentuch des Seemanns. Sie gingen geradewegs auf die Straße; der Seemann gab den Schritt an, Buddwing folgte. Als sie die Sixth Avenue erreicht hatten, blieb der Seemann stehen, um Atem zu schöpfen.

»Was ist mit Ihrer Nase?« fragte er.

»Es geht«, sagte Buddwing und betupfte sie. Er sah den Seemann jetzt zum erstenmal deutlich vor sich und musterte ihn. Er war ein Junge von ungefähr zwanzig Jahren mit kantigem Gesicht, eine Woge von Sommersprossen quer über der Nase; er hatte blaue Augen und sprach mit ausgeprägtem Südstaatenakzent. Seine Brust war muskulös und breit, seine Beine waren kurz. Er trug die Mütze auf dem Hinterkopf, sein Haar war glatt und blond. Das Rangabzeichen auf dem Ärmel verriet Buddwing, daß er Signalgast war.

»Ich kann es nun einmal nicht ausstehen, wenn unfair gekämpft wird«, sagte der Seemann. »Was wollten die eigentlich von Ihnen?«

»Mein Geld vermutlich«, sagte Buddwing. Er nahm das Taschentuch von der Nase und musterte es. Es schien, als hätte die Blutung aufgehört.

»Mann, in dieser Stadt kann man nicht mal sein Wasser abschlagen, ohne daß einem jemand ins Kreuz springt. Sie hatten Glück, daß ich im richtigen Augenblick dazukam.«

»Ich weiß«, sagte Buddwing. »Besten Dank.« Er betupfte seine Nase noch einmal und reichte dann dem Seemann das Taschentuch.

»Können Sie ruhig behalten«, sagte der Seemann. »Stammt sowieso von irgendeiner Wäscheleine. Ihre Hose ist offen.«

»Wie?«

»Ich sagte, Ihre Hose ist offen«, wiederholte der Seemann

und setzte unvermittelt hinzu: »Ich heiße Jesse Salem. Wie heißen Sie?«
Buddwing schloß seinen Reißverschluß und packte dann Jesses ausgestreckte Hand. Er hatte einen festen Griff und große Hände mit ausgeprägten Knöcheln — die Hände eines erfahrenen Straßenkämpfers.
»Ich bin Sam Buddwing.«
»Freut mich, Sie kennenzulernen«, sagte Jesse. »Haben Sie eine Ahnung, wo hier ein Lokus ist, den keine Boxkünstler bevölkern? Bei mir wird es langsam dringend.«
»Bei mir auch«, sagte Buddwing lächelnd. »Hier entlang.« Sie bogen nach links in die Sixth Avenue ein und gingen weiter.
»Von welchem Schiff sind Sie?« fragte Buddwing.
»Von der *Meredith*«, sagte Jesse. »Ein Zerstörer.«
»Ich weiß.«
»Woher?«
»Wenn es einen Männernamen hat, muß es ein Zerstörer sein.«
»Waren Sie auch bei der Marine?«
»Ja«, sagte Buddwing sofort; es schien keinen Zweifel zu geben.
»Und auf was für einem Schiff?«
»Genau wie Sie, auf einem Zerstörer. Auf der *Fancher*.«
»Der sind wir, glaube ich, einmal in Japan begegnet«, sagte Jesse.
»Genau da bin ich von Bord gegangen«, erwiderte Buddwing grinsend.
»Tatsache? In Japan? Wann war das?«
»Nach dem Krieg.« Er hielt inne. »Dem zweiten Weltkrieg. Bin in Sasebo von Bord gegangen und kam dann mit einem Transporter zurück. Zur Entlassung.«
»Und wo wurden Sie ausgeschifft? San Diego?«
»Nein, Treasure Island, vor San Francisco.«

»Ah, ja. Nette Stadt, San Francisco. Aber wo ist Ihr Lokus, Mann? Ich schaff's bald nicht mehr.«

Er führte Jesse in die Herrentoilette des Automatenrestaurants zwischen der Fünfundvierzigsten und Sechsundvierzigsten Straße. Als sie die Treppe wieder heraufkamen, fragte er: »Haben Sie schon gegessen?«

»Nein. Halte aber nicht viel von Automaten; hab' nicht die Geduld dazu.«

»Ein Stück weiter ist ein Würstchenstand«, sagte Buddwing. »Und lassen Sie mich zahlen.«

»Brauchen Sie nicht«, sagte Jesse.

»Möchte ich aber.«

»Also gut, okay. Aber Sie wissen, daß Sie nicht dazu verpflichtet sind.«

»Ich weiß«, sagte Buddwing.

»Gut, dann . . .«

Sie gingen weiter. Der Tag war still, mild und klar. Buddwing ging mit langen, schnellen Schritten, und Jesse hatte Mühe, sich mit seinen kürzeren Beinen an seiner Seite zu halten.

»Wie war's in Japan?« fragte Buddwing.

»Großartig«, sagte Jesse.

»In welchen Städten sind Sie gewesen?«

»Gott, in Sasebo wie Sie. Und in Nagasaki, Yokohama und Tokio.«

»Sind Sie auch einmal nach Norden gekommen?«

»Ist Tokio nicht schon Norden?«

»Ich meinte, weiter nach Rußland hin. Gegend von Hakodate.«

»Nein. Wo ist das? Auf Hokkaido?«

»Ja.«

»Nein, da sind wir nie gewesen. Aber es war trotzdem verdammt gut in Japan.«

»Klar, das war es«, sagte Buddwing.

Sie fanden den Würstchenstand zwischen Sixth Avenue und

Vierundvierzigster Straße und blieben am Gehsteigschalter stehen; jeder verzehrte ein Würstchen mit Sauerkraut und Senf und eine Tasse Kaffee. Die Rechnung kam auf siebzig Cents.

Buddwing zog seine letzte Dollarnote aus der Tasche, legte sie auf den Zahlteller, der Kassierer ließ die Kasse läuten und gab ihm einen Vierteldollar und ein Fünfcentstück zurück. Buddwing betrachtete die beiden Münzen und fragte sich, ob der Mann von ihm einen Vierteldollar, fünf Cents oder überhaupt kein Trinkgeld erwartete. Er hätte ihm gern zehn Cents gegeben, aber die beiden Münzen schlossen diese Lösung aus. Es widerstrebte ihm, kleinlich zu wirken, indem er bei einer Zeche von siebzig Cents nur fünf Cents Trinkgeld gab — gab er überhaupt nichts, so hätte es noch kleinlicher gewirkt. Doch dies war die Summe, die ihn noch vom kompletten Bankrott trennte; verschwenderisch einen Vierteldollar zu geben, glaubte er sich nicht leisten zu können. Gerade wollte er den Mann bitten, ihm den Vierteldollar zu wechseln, als Jesse ihm einen Rippenstoß versetzte und sagte: »Sehen Sie sich das an!«

Buddwing drehte sich um und folgte Jesses Blick. Was er sich ansehen sollte, war ein schwarzer Volkswagen, der es fertiggebracht hatte, mitten auf der Seitenstraße, die auf die Sixth Avenue führte, steckenzubleiben. So klein der Wagen auch war, blockierte er doch wirksam den Verkehr von beiden Seiten; bis zum Broadway hinauf ertönte das wütende Getöse zahlreicher Hupen. Ein Chinesenmädchen saß in unergründlicher Geduld am Steuer des Wagens und versuchte in gemessenen Abständen, während das Hupen hinter ihr bedrängend anschwoll, den Motor anzulassen, ohne damit die Situation auch nur um ein Jota zu ändern. Neben dem Mädchen am Steuer saß eine noch jüngere Chinesin, die sich von Zeit zu Zeit über die Schulter nach den hupenden Fahrzeugen umsah. Buddwing sah, daß die Jüngere den Hupenden die Zunge herausstreckte; dann wandte sie sich zu ihrer Gefährtin und sagte etwas, worüber sie lachen mußte, blickte dann auf, sah Buddwing, der sie vom Gehsteig aus beobachtete, und streckte impulsiv auch ihm die Zunge heraus. Buddwing lächelte.

»Aufforderung zum Tanz«, sagte Jesse. »Wollen wir den armen Kindern helfen?«

Er verließ den Würstchenstand, ging schnurstracks zur Fahrerseite des Wagens, stützte sich auf die Tür, beugte sich zu dem offenen Fenster und sagte: »Kann ich irgend etwas für Sie tun, Madam?«

Die Chinesin, den Fuß auf der Kupplung und die Hand am Zündschlüssel, warf Jesse einen kurzen verachtungsvollen Blick zu und sagte dann: »Verschwinde, Seemann.«

»Wahrscheinlich ist Ihnen der Motor abgesoffen«, sagte Jesse grinsend. Er drehte sich zu Buddwing um, der ihm vom Gehsteig zur Straßenmitte gefolgt war, und sagte: »Meinen Sie nicht auch, Sam, daß ihr die Maschine abgesoffen ist?«

»Vermutlich«, sagte Buddwing und bückte sich, um einen Blick in den Wagen zu werfen; doch Jesse versperrte das Fenster — er konnte nur das Gesicht des jüngeren Mädchens sehen, ihre ernsten braunen Augen, die ihn musterten.

»Ich bin Maschinenmaat«, log Jesse geläufig. »Wenn Sie wollen, bringe ich Ihnen das Ding wieder in Gang.«

Die Fahrerin musterte ihn abermals nachdenklich und sagte dann: »Verschwinden Sie.«

»Soll er es doch versuchen, Sally«, sagte die Jüngere und behielt Buddwing dabei im Auge; ihr Gesicht blieb ernst, die schrägen braunen Augen musterten ihn, während sie Sally die Worte hinwarf. Sally wandte sich zu ihr und sagte etwas in chinesischer Sprache; die jüngere antwortete auf die gleiche Art und wies mit einer flinken Bewegung ihrer schmalen Hand über die Schulter auf die Wagen und Lastzüge, die hinter ihnen eine Woge von Hupenlärm aufbranden ließen. Sally zuckte die Achseln und sagte: »Okay, okay«, wandte

sich dann zu Jesse, lächelte und sagte: »Also gut, Seemann, versuchen Sie's.«
Jesse öffnete grinsend die Wagentür, und Sally rutschte auf dem Sitz zu dem anderen Mädchen hinüber, um ihm Platz zu machen. Er winkte mit der Hand, Handfläche nach oben, den hinter dem Volkswagen aufgestauten Fahrzeugen zu, rief »Immer mit der Ruhe!« und ließ sich dann auf den Sitz gleiten. Buddwing stand am Randstein und beobachtete, wie sich die drei im schmalen Vordersitz des Wagens drängten. Jesse studierte das Armaturenbrett mit der Sorgfalt eines Arztes, der eine Jahresuntersuchung vornimmt; dann steckte er den Kopf unter das Steuerrad (Buddwing entdeckte plötzlich, daß Sally ein Kleid nach orientalischem Schnitt trug, an beiden Seiten sehr hoch geschlitzt) und studierte Bremspedal, Gaspedal, Kupplung, sogar den kleinen Hebel der Heizanlage; er ließ sich dabei mehr Zeit, als nötig war, den Kopf gebeugt, Sally neben sich, deren geschlitztes Kleid viel von ihrem Bein sehen ließ. Dann hob er den Kopf, sagte verheißungsvoll »Yep« und drehte den Anlasser. Der Motor rührte sich nicht.
»Mal einen Blick unter die Haube werfen«, sagte Jesse, öffnete die Wagentür und trat wieder auf die Straße. Unterdessen hatte sich eine Menge neugieriger Passanten angesammelt, die stehenblieben, um zu dem kleinen Wagen mit den zwei Chinesenmädchen und dem Seemann hinüberzuspähen, der abermals mit zornigem Winken das Gehupe der Wagen und Laster zum Schweigen zu bringen versuchte. Die meisten Fußgänger standen auf dem Gehsteig; nur einige von ihnen waren kühn genug, auf die Straße zu treten und einen lockeren Kreis um den Wagen zu bilden; sie beobachteten, wie Jesse die Vorderhaube des Wagens zu öffnen versuchte, und hörten, wie Sally, aus dem Fenster gelehnt, zu ihm sagte: »Nein, nein — der Motor ist hinten.« Der Revierpolizist blieb an der Ecke stehen, musterte die Menge, hörte das Hupen und einige Fetzen Lastwagenfahrer-Angel-

sächsisch, tat jedoch nichts gegen die Verkehrsstockung, nichts gegen die Mischung von Ärger und Heiterkeit, die, wie es schien, an der Straßenecke zum Ausbruch drängte. Die Heiterkeit war nicht zu leugnen, eine Art Ferienstimmung unter der Menge der Leute, die den kleinen Wagen umschwärmte, während Jesse den Motor inspizierte. Alle Zuschauer zeigten das gleiche, etwas betretene Lächeln, das zu sagen scheint: ›Sind die Leute nicht bei Trost, ist das nicht verrückt?‹ Sie lächelten zugleich ein wenig verlegen; Leute, die so lächeln, haben zwar an der Absurdität des Vorfalls ihren Spaß, aber in gewisser Weise auch ihren Anteil. Doch ebensowenig war eine verärgerte Stimmung zu leugnen: Hupengedröhn, das zwischen den Häuserwänden der Straße wütend widerhallte, Lastwagenfahrer, die Lieferfristen einhalten mußten, Taxifahrer, die ihre Fahrgäste gern ausgeladen hätten, um für neue frei zu sein, Herren in Cadillacs und Continentals, die es eilig hatten, Sutton Place zu erreichen – alle preßten den Daumen auf die Hupenknöpfe, eine wilde Kakophonie, während Jesse den kleinen Motor untersuchte und dann wieder zur Fronthaube des Wagens ging.

Die Menge, der Verkehr, die Heiterkeit, sogar die verärgerte Stimmung erinnerten Buddwing plötzlich an Japan, wo der kleinste unerwartete Zwischenfall gleichfalls eine Horde von Japanern zusammenströmen ließ, alle hinter ihren weißen Maskengesichtern lachend – lachend freilich mit dem Zorn eines geschlagenen Volkes, das nun Fremde im Land zu dulden hatte. Er warf dem Mädchen, das an der ihm abgewandten Seite im Wagen saß, noch einen Blick zu und entdeckte zu seiner Überraschung, daß es ihn noch immer neugierig musterte, als nähme es in Wirklichkeit nicht an diesem beschämenden Schauspiel teil und als argwöhnte es zugleich, daß auch Buddwing nicht daran teilnahm. Jesse kletterte in den Wagen zurück, Sally rutschte wieder über den Sitz, ihr Schenkel leuchtete hell auf, und dann versuchte

Jesse es noch einmal mit dem Anlasser, und der Motor sprang an.
»Das hätten wir«, sagte er; im gleichen Augenblick brandete in der Menge auf der Straße und auf den Gehsteigen Beifall auf, und das Hupen hinter dem Volkswagen verstummte wie auf einen plötzlichen, geheimnisvollen Befehl.
»Wohin wollt ihr?« fragte Jesse; er saß noch immer hinter dem Steuer und machte keinerlei Anstalten, auszusteigen.
»In die Südstadt«, sagte Sally. »Nach Hause.«
»Nach Chinatown?« fragte Buddwing und bückte sich, um einen Blick in den Wagen zu werfen.
»Ja«, erwiderte Sally.
»Was denn — da wollten wir auch gerade hin«, sagte Jesse. »Wollten wir, Sam?«
»Klar doch«, erwiderte Buddwing und warf der Jüngeren ein Lächeln zu, wie um anzudeuten, daß sie in Wirklichkeit zwar nicht dorthin wollten, Chinatown aber immerhin zu ihrem Ziel machen konnten, wenn sie nichts dagegen hätte. Und wie es schien, verstand das Mädchen, denn es drehte sich zu seiner Freundin um — Buddwing vermutete, daß es seine Freundin war, es hätte ebensogut seine Schwester oder Cousine oder Tante sein können — und sagte: »Wollen wir sie nicht mitnehmen, Sally? Schließlich haben sie uns den Wagen in Gang gebracht.«
»Von mir aus«, sagte Sally schnell, »aber steigt bitte ein, bevor das Getöse wieder anfängt.«
Die schießwütigen Fahrer hinter dem Wagen begannen, wie durch Sallys Prophezeiung ermutigt, von neuem wütend auf die Hupenknöpfe zu drücken. Jesse ignorierte sie, stieg aus und sagte: »Wollt ihr beide nicht hinten einsteigen, damit Sally und ich vorn sitzen können?«
»Gut, gut«, sagte Sally und rutschte wieder auf den Fahrersitz, aber Jesse sagte: »Wenn es recht ist, fahre ich«, und sie sagte: »gut, gut«, und rutschte wieder auf den Sitz, den das jüngere Mädchen inzwischen freigemacht hatte. Gleichzeitig

versuchte die Jüngere, von ihrer Wagenseite aus in den hinteren Sitz zu klettern, Buddwing versuchte es von seiner Seite aus, und da sie gleichzeitig die Lehnen der Vordersitze nach vorn klappten, mißlang es beiden, sich hineinzuzwängen. Inzwischen begannen die Lastwagenfahrer die Geduld zu verlieren, die Tür eines der Laster öffnete sich, und ein Riesenkerl mit einem Bleistift im Mützenaufschlag und kariertem Hemd näherte sich dem Volkswagen. Als er kam, ließ Buddwing dem jüngeren Mädchen den Vortritt in den Rücksitz des Wagens, und rutschte dann, nahezu fallend, neben ihr auf das Polster. Auch Jesse stieg ein und sagte grinsend: »Sitzt ihr alle bequem?«
»Was zum Teufel ist hier eigentlich los?« dröhnte der Lastwagenfahrer. »Ist das eine chinesische Neujahrsfeier oder was?«
»Nun halten Sie schon die Luft an«, sagte Sally und fügte noch eine passende chinesische Redensart hinzu. Jesse gab Gas, überfuhr das rote Licht an der Straßenecke, winkte dem verblüfften Polizisten zu und bog nach links in die Sixth Avenue ein.
»Das ist aber die falsche Richtung«, sagte Sally.
»Ich weiß. Dies ist eine Einbahnstraße.«
»Ahnen Sie überhaupt, wo Chinatown liegt?« fragte sie.
»Klar«, sagte Jesse. »Ganz in der Nähe der Golden Gate Bridge.«
»Sie sind in der falschen Stadt, Seemann«, sagte Sally. Dann drehte sie sich zum Rücksitz um, kicherte, und Buddwing, der in ihrem Mund einen Goldzahn blinken sah, wußte mit Sicherheit, daß er in Yokohama war. Sie hatten dort einen Straßenbahnwagen entführt — nun, nicht direkt entführt, einfach requiriert, den Fahrer zur Seite geschoben und seinen Platz am Fahrhebel eingenommen, während die Fahrgäste ringsum hinter ihren Maskengesichtern lachten und haßten. Irgendwie erinnerte ihn diese Fahrt im Volkswagen an jene wilde Straßenbahnfahrt; Jesse bog an der nächsten

Ecke wiederum links ab, sie kamen auf die Seventh Avenue und fädelten sich in den Verkehr ein, der südwärts ins Herz der Bekleidungsindustrie führte — Boten, die sogar am Samstag ihre Kleiderkarren schoben, portorikanische Näherinnen auf dem eiligen Rückweg von der Essenspause, selbst am Samstag, Mannequins in engen, kurzen Röcken, Mengen, die sich durch die Eingänge von Macy's Kaufhaus drängten, die imposante, gewaltige Masse der Pennsylvania Station, dann die relative Ruhe der unbelebten Straßen zwischen der Einunddreißigsten und der Vierzehnten, Fenster, in denen sich die Nachmittagssonne spiegelte, die langen japanischen Nachmittage, der Duft nach Fisch und Blumen, das leise Schlappen von Sandalen auf dem Steinpflaster der Straßen.

Sie waren von Sasebo mit dem Zug herübergekommen, Jesse und er. Schon bevor sie einstiegen, waren sie betrunken gewesen, in der Kantine hatten sie sich mit japanischem Bier vollgetankt und waren dann zum Bahnhof getorkelt. Während der ganzen Fahrt nach Yokohama hatten sie gesungen: *»Pardon me, boy, is this the Yokohama choochoo? Track ee-chee-nee, we've got to be back by three!«* Der Text war ihnen unterwegs eingefallen, als sie verblüfften Japanerinnen ihre Plätze anboten, torkelnd, kichernd, in einer Sprache nach Worten suchend, die so fremd war wie die Landschaft — *»we can afford to board the Yokohama choo-choo; got yen to spare, we'll have an oh-hei-oh there«.* Am Bahndamm standen knospende Kirschbäume, rosa, weiß und rot öffneten sich die Blüten vor den rollenden grünen Hügelterrassen im Hintergrund, während der Zug, eine Art Kleinbahn, stampfend über die Geleise ratterte; durch die offenen Wagenfenster wehte Kohlenqualm herein und beschmutzte ihr weißes Sommerzeug. Der Buddha saß in unermeßlichem Glanz Meilen von der Bahnstrecke entfernt, und doch, wie es schien, nahe genug, um ihn zu berühren, er beherrschte den Hügelhang und die ganze Landschaft, ein gigantisches Steinidol, blicklos sehend, während der Zug vorüberratterte und sie das Lied sangen, das sie mit einer vertrauten Welt verband.

In Yokohama tranken sie noch mehr japanisches Bier in einem japanischen Tanzlokal und tanzten mit dreißigjährigen Hostessen in westlicher Kleidung — einfachen Baumwollkleidern, wie sie in den Staaten von Zwölfjährigen getragen werden. Und dann requirierten sie den Straßenbahnwagen und rannten wie wild vor der MP-Patrouille davon, zwei Marinesoldaten mit weißen Helmen, weißen Gamaschen und weißen Schlagstöcken in einem Jeep, der eine von ihnen rief: »He, Leute, stehenbleiben, klar!«, doch Jesse und er versteckten sich in einer ausgebombten Straße und entkamen ihnen. Danach trafen sie die Mädchen, es war ein Uhr mittags, Yokohama ein Ruinenskelett mit Trümmerbergen auf den Straßen; sie trafen sie auf dem Dach des Mannschaftsclubs, wo Jesse sich mit einer von ihnen, der älteren mit dem Goldzahn, fotografieren ließ. Später gingen sie die Treppe hinunter, selbst zwischen den Trümmern wuchsen blühende Kirschbäume; sie blieben stehen, um dem japanischen Straßenmaler zuzusehen, der das Porträt eines Sergeanten zeichnete, umstanden von kleinen Mädchen mit glattem Haar und Stupsnasen, die lächelnd zusahen, und das Mädchen, das er auf dem Dach des Mannschaftsclubs kennengelernt hatte, hängte sich verstohlen bei ihm ein.

»Wohin wollt ihr eigentlich?« fragte Jesse.

»Nach Hause«, sagte Sally. »Das habe ich doch schon gesagt.«

»Und wo ist das, wenn man es genau nimmt?«

»Genau?« fragte Sally kichernd. »Er will es genau wissen, Tina.«

»Eben, ich will es genau wissen«, sagte Jesse.

»Wenn man es genau nimmt, ist es in der Mott Street.« Sally kicherte noch immer. »Wissen Sie genau, wo das ist?«

»Genau nicht«, mußte Jesse zugeben.

»Wohnt ihr zusammen?« fragte Buddwing. »Und heißen Sie Tina?«
»Ja, so heiße ich«, sagte Tina. Ihre Stimme war winzig, mit einem leichten orientalischen Beiklang, irgendwie musikalisch. »Und wie heißen Sie?«
»Sam.«
»Warum wollen Sie wissen, ob wir zusammen wohnen?« fragte Sally und drehte sich zu Buddwing um.
»Ich bin nur neugierig.«
»Seid ihr Schwestern?« fragte Jesse.
»Nein«, sagte Sally lächelnd, wandte sich dann wieder zu Buddwing um und fragte abermals: »Warum interessiert Sie das, ob wir zusammen wohnen?«
»Vermutlich, weil er hofft, daß ihr uns zum Tee einladet«, sagte Jesse.
»Chinatee sehl gutt«, sagte Tina in gespielt chinesischem Singsang.
»Sehl, sehl gutt«, sagte Sally, den übertriebenen Akzent aufnehmend. »Grün und heiß.«
»Schließlich haben wir euch diese Schrottmühle in Gang gebracht; und fahre ich euch etwa nicht den ganzen Weg bis Chinatown? Danach hat man doch wohl eine Tasse Tee verdient, oder?«
»Das wäre das Mindeste«, sagte Sally und kicherte.
»Und was mögen Sie gern zum Tee?« fragte Tina. »Wir haben Glückskuchen, Mandelgebäck, Vanilleeis, Schokoladeeis, Erdbeereis, Orangesorbet, Kumquat . . .«
»Ich möchte eigentlich nur eine ordentliche Tasse Tee; vielleicht ein bißchen Musik dazu und einen Platz, an dem ich die Füße ausstrecken kann«, sagte Jesse. »Mann, ich bin seit gestern um vier auf den Beinen.«
»Sollen wir Ihnen auf der Samisen vorspielen?« fragte Tina.
»Mir wäre lieber, wenn Sie uns auf dem Plattenspieler etwas vorspielen.«

»Nun, wir werden sehen«, sagte Sally. »Bitte, biegen Sie hier ab, dies ist Canal Street.«

Sie kamen in das Labyrinth von Chinatown und durchkreuzten die Straßen auf der Suche nach einem Parkplatz. Es war nicht das nächtliche Chinatown voll roter und grüner Neonlichter, voller Touristen, die noch nicht wissen, in welches Restaurant sie gehen wollen, voll funkelnd beleuchteter Andenkenläden mit Papierdrachen und Pappschwertern, voll Halbwüchsiger, die Feuerwerkskörper einkaufen. Es war ein Stadtviertel, in sehr ähnlicher Art chinesisch, wie jene Seitenstraße in Yokohama japanisch gewesen war, ein Stadtviertel, in dem Leute wohnten und ihren täglichen Geschäften nachgingen. Um halb zwei Uhr mittags hatten die Neonlichter noch nichts zu verkünden. Riesige, stumme chinesische Schriftzeichen standen weiß und bläßlich auf den Mauern der Mietshäuser. Die Andenkenläden schienen die Attraktivität ihrer vielfältigen Ware für den Ansturm des Samstagabend aufzuspeichern — Chinesinnen, die in Schaufenstern porzellanene Chinesenkrieger abstaubten, ein Mann, der eine bunte Papierlaterne aufhängte, die Schnur straffzog, die Glübirne probierte, nur ein schwaches Aufglühen im mittäglichen Schaufenster. Jungen und Mädchen schwatzten miteinander auf der Straße, alte Männer standen vor Zeitungsständen und lasen die Vorderseiten chinesischer Zeitungen. Frauen betraten Läden, kamen heraus; die Angebote der Schaufenster muteten Buddwing exotisch an: Maronen und grüne Zwiebeln, Ingwersirup und Kumquat, Oktopus und Pinienkerne. Als er aus dem geparkten Wagen stieg, hinaus in den Frühlingsmittag, fiel sein Blick unmittelbar in die offene Tür einer Restaurantküche — er sah ganze Ferkel, die, mit Haken an große Ketten gehängt, langsam über einem Holzkohlenfeuer kreisten. Der durchdringende Duft bratenden Fleisches drang ihm in die Nase, weckte die Erinnerung nur um so kräftiger, Hackmesser, in sauberer Reihe über dem Block hängend, Seebarsch, mariniert und bratfertig, Reihen von Froschschenkeln, paarweise zusammengebunden, um in den Ofen gehängt zu werden, dies und das noch; er nahm Tinas Hand, als sie aus dem kleinen Wagen stieg.

»Und wie steht es nun mit Tee?« fragte Jesse.

Sally stemmte eine Hand in die Hüfte und streckte das Bein; das bleiche Weiß ihres Schenkels erschien unter dem tiefen Schlitz ihres Kleides. Tina trug einen blauen Rock und eine weiße Bluse, dazu eine winzige Anhängeruhr um den Hals, und sah viel weniger chinesisch aus als Sally in ihrem grünseidenen, hochgeschlossenen, geschlitzten Kleid. Sally erwog nachdenklich Jesses Frage, die Braue leicht gerunzelt, mit den Zähnen in der Wange nagend. Die Entscheidung, die sich in ihrem Inneren formte, hatte, wie es schien, mit Buddwing und Tina wenig, vielleicht sogar nichts zu tun. Buddwing argwöhnte, daß Sally, die um die fünfunddreißig sein mochte, wenn nicht älter, hier in Chinatown ihre eigene Wohnung hatte und nun mit sich zu Rate ging, ob sie ihre bescheidene Behausung und ihren heißen grünen Tee mit zwei fremden weißen Teufeln teilen sollte, von denen einer überdies noch ein Seemann war. Und im Gegensatz zu der Entscheidung im Wagen, bei der Sally Tinas Rat gehört und akzeptiert hatte, würde Sally diese Entscheidung zweifelsohne selbständig treffen, ohne Tinas Meinung oder Einspruch gelten zu lassen. So standen sie alle in stummer Erwartung auf dem Gehsteig, während Sally die Braue runzelte, die Hüfte vorschob, ihr Bein streckte und in der Wange nagte; die Chinesinnen der Nachbarschaft kamen und gingen mit ihren Marktkörben.

»Also gut, was soll's«, sagte Sally schließlich, »trinken wir Tee.«

Es sollte ein monumentales Gelage werden, an das sich Buddwing noch Jahre später erinnern würde — einer jener röhrend lauten, mit Sex und Whisky geladenen Nachmit-

tage, an denen nichts gilt außer dem wilden, himmelstürmenden Vergnügen des Sichgehenlassens — und selbst das geschah nicht bewußt.
Die Wohnung wirkte nicht so orientalisch, wie er erwartet hatte — längst nicht so orientalisch wie das kleine Holzhaus an einer Seitenstraße von Yokohama im Mai 1946. Vor der Tür des Hauses saß ein Chinese auf einer umgedrehten Milchkiste. Er warf ihnen einen kurzen, mißbilligenden Blick zu, als sie mit Sally die Treppe hinaufgingen, und beobachtete dann wieder die Straße. Aus der Baracke in Yokohama war Rauch aufgestiegen; sie hatte in einer Reihe ähnlicher Baracken an einer Straße gestanden, parallel zu einer anderen, die vor der Bombardierung eine Hauptverkehrsader gewesen sein mußte. Ein schmaler Pfad hatte zur Tür der Baracke geführt. Sie waren der älteren Frau mit dem Goldzahn gefolgt, die jüngere war hinter ihr hergetrippelt, den Pfad hinauf zur Barackentür und dann hinein. Es hatte nach Holzrauch geduftet. Mitten im Raum hatte ein kleiner Hibachi, ein Feuerkorb, gebrannt. Sally öffnete die Tür ihrer Wohnung, sie folgten ihr in die Küche, an deren anderer Seite ein orientalischer Perlenvorhang den Wohnraum abtrennte. An der Küchenwand hing ein Kalender mit dem Bild eines Chinesenmädchens, das sich schminkte. Ein Herd, ein Ausguß, ein Kühlschrank, ein Küchentisch mit Kunststoffplatte. Sally ging zum Perlenvorhang und raffte ihn für Jesse und Buddwing zurück. Sie betraten den anderen Raum, Tina und Sally folgten ihnen. Die Einrichtung erinnerte ganz entfernt an orientalische Vorbilder und ehrte Sallys ehrwürdige Ahnen mehr durch den Bruch als durch die Erhaltung der Tradition. Es gab eine Couch, erstanden in einer der modernen Schaumstoffpolstereien am Südende der Park Avenue, davor ein sehr niedriger Lattentisch, der Couch gegenüber ein Stapel leuchtendbunter Kissen. An der Wand hing ein anderer Kalender — japanisch, nicht chinesisch; auf einer modernen Kommode an der gegenüberliegenden Wand

stand ein Abakus-Spiel; außerdem war noch ein Mah-jong-Spiel da und an der Wand über der Kommode hingen zwei schöne chinesische Drucke, die Vögel darstellten. Von diesen Details abgesehen — den Kalendern, dem Abakus, dem Mah-jong, den Drucken — glich die Wohnung durchaus Hunderten von Wohnungen in der Gegend, in der Buddwing geboren und aufgewachsen war. Doch nein — da war noch etwas, und gerade das rief ihm die Baracke in Yokohama mit besonderer Eindringlichkeit ins Gedächtnis zurück: das feine Aroma glimmender Räucherkerzen.

»Wollt ihr etwa wirklich Tee?« fragte Sally.

»Hattet ihr denn etwas anderes im Sinn?« sagte Jesse.

»Vielleicht einen Drink, aber . . .« Sally zuckte die Achseln. »Was meinst du, Tina, ist es für die Marine noch zu früh?«

»Für mich ist es auf jeden Fall noch zu früh«, sagte Tina.

»Tina braucht nur an einem Korken zu riechen«, erklärte Sally, »und schon versetzt es sie in die Zeit der Tang-Dynastie.«

»Was ist das?« fragte Jesse.

»Die Tang-Dynastie? Die lag vor der Ming-Dynastie«, erklärte Sally.

»Und die Ming-Dynastie«, versuchte Buddwing einen Witz, »ist die Dynastie des Kaisers Ming bei Flash Gordon.«

»Und wer ist der Kaiser Ming?« fragte Tina.

»Ein riesiger, kahlköpfiger Mann in weiten Gewändern mit einem strichfeinen hängenden Schnurrbart. Ming. Haben Sie nie Flash Gordon gelesen?«

»Nein«, sagte Tina.

»Und wie alt sind Sie?«

»Zwanzig.«

»Ich habe Flash Gordon gelesen«, sagte Sally. »Sein dick aufgetragenes Chinesentum ist einfach widerlich.«

»Dabei war er gar kein Chinese«, sagte Buddwing.

»Aber er sah wie ein Chinese aus. Übrigens hatte ich einen Onkel, der genau wie Ming aussah.«

»War da nicht vor einer Weile von einem Drink die Rede?« fragte Jesse.
»Ich dachte, Sie wären der große Tee-Trinker«, sagte Sally lächelnd.
»Ich bin der große B-Trinker«, sagte Jesse. »B heißt Bourbon.«
Sally ging in die Küche; Jesse warf den Stapel bunter Kissen um und setzte sich auf eines davon. Tina und Buddwing saßen auf der Couch. Er spürte den Räucherkerzenduft jetzt sehr stark. Der Duft schien hinter der Couch hervorzudringen, doch er konnte die Räucherpfanne nirgends entdecken. Das Aroma füllte den Raum. Er musterte das Mädchen, das neben ihm saß — die kleine, geschmacklos gekleidete Japanerin mit dem viel zu stark geschminkten Gesicht. Im anderen Raum hantierte die Frau mit dem Goldzahn. Die Sonne schien schräg durch das eine Fenster der Baracke, ihre Strahlen berührten die glühenden Kohlen des Hibachi mitten im Raum. Jesse machte es sich auf dem Fußboden bequem. Draußen hörte man das Tappen sandalenbekleideter Füße, unverständliche Sätze, die Japaner einander zuriefen, den Ausruf eines Obsthändlers auf seinem Weg durch die benachbarten Straßen. Und immer roch es nach Fisch und Rauch, immer, ein Duft, der fast greifbar über jeder japanischen Stadt hing, ein eigenartiger Oktoberduft, selbst im Mai. Er drang durch das offene Fenster und mischte sich mit dem feineren Duft der Räucherkerzen. Auf dem Hibachi briet eine Kartoffel. Die Frau kam aus dem anderen Raum wieder herein und lächelte, der Goldzahn blitzte in ihrem Mund; und damit hatte es angefangen.
Sally und Jesse tranken Bourbon — mit wenig Wasser, bitte —, Buddwing und Tina tranken Scotch auf Eis. Ungefähr beim dritten Drink begriff Buddwing, daß die Bahn, auf der sie dahinglitten, zu einem monumentalen Gelage führte. Das Gelage in der Wohnung an der Seitenstraße begann mit Bourbon und Scotch, mit Schallplattenmusik und

damit, daß Sally plötzlich aufsprang und allein zu tanzen begann, als wäre sonst niemand im Zimmer. Tina kicherte, solange Sally tanzte, Buddwing schob seine Hand unter ihren Rock, und sie preßte sie zwischen die Schenkel, dann bekam er noch einen Drink, während Jesse für Sally Beifall klatschte, und dann nahmen sie alle noch einen Drink — Tina saß jetzt auf seinem Schoß —, und danach nahm Jesse Sally in die Arme und küßte sie.

Buddwing wunderte sich ein wenig, als Jesse Sally zu küssen begann, denn er wußte, daß Jesse bis über beide Ohren in ein mexikanisches Mädchen verliebt war, das in einer Vorstadt von San Antonio wohnte und Jesse beigebracht hatte, Leute zu hypnotisieren. Jesse war ein gläubiger Anhänger der schwarzen Magie, die ganze Besatzung des Schiffes riß Witze darüber; doch über seine Fähigkeit, Leute zu hypnotisieren, machte sich niemand lustig. Sie drängten sich im Sonarraum, ungefähr einsachtzig mal einsachtzig, und Jesse fixierte mit seinen blauen Augen die Stirn eines anderen und bewegte seinen Zeigefinger hin und her. »Immer auf meinen Finger sehen«, tönte seine Stimme, »und nun werden deine Augen schwer und deine Lider werden schwer«, tönte seine Stimme, »du kannst sie kaum noch offenhalten«, tönte seine Stimme, und bevor man darauf gefaßt war, fielen dem Hypnotisierten, wie im Film, die Augen zu und er tat, was Jesse ihm zu tun befahl. Einmal ließ er Andy Grange auf dem Deck herumhüpfen und wie einen Hund bellen, und ein anderes Mal hypnotisierte er Mr. Carver auf dessen eigene Bitte, doch als er ihn in Trance hatte, getraute er sich nicht, ihm Befehle zu erteilen, denn Mr. Carver war der rangälteste Nachrichtenoffizier an Bord und nicht eben ein Mann, den man an Deck herumhüpfen ließ.

Jesse liebte das mexikanische Mädchen von ganzem Herzen und unterließ es nie, allen, die zuhören wollten, von ihr zu erzählen — und das war praktisch die ganze Besatzung. Seine Beschreibungen wurden von Mal zu Mal intimer, so daß die Zuhörer, die atemlos an seinen Lippen hingen, schließlich kaum noch in dem engen Sonarraum Platz fanden. Er begann damit, ihre kaffeebraune Haut, ihr kohlschwarzes Haar, ihre kohlschwarzen Augen zu beschreiben, beschrieb dann ihre gesamte Anatomie in allen Einzelheiten und verbrämte seine Schilderungen mit wilden Geschichten über Voodoo-Riten, an denen sie teilgenommen hatte. Er erzählte ihnen, wie sie einmal einem lebenden Huhn den Hals durchgebissen, ihre nackten Brüste mit Blut beschmiert und ihn dann geküßt hatte, das Blut noch warm auf den Lippen. Er erzählte ihnen, wie sie einmal ihre tote Schwester aus dem Grab beschworen hatte, und wie er sie einmal im Hinterzimmer eines Begräbnisunternehmens gehabt hatte. Er erzählte ihnen von allem, was sie je miteinander getrieben hatten oder treiben wollten, ein Durcheinander von Sex und schwarzer Magie, Chilisauce und Räucherwerk, Tortillas und Schmutz. Er überließ nichts der beschränkten Einbildungskraft seiner Bordkameraden; es dauerte nicht lange, und die funkeläugige Geisterbeschwörerin von San Antonio war für jeden an Bord das Mädchen, das in der Heimat auf ihn wartete.

Und nun küßte er Sally, als hätte er sein mexikanisches Mädchen in der Heimat ganz und gar vergessen; aber Sally machte sich nichts daraus — noch nicht. Gerade Sally schien von ihnen am deutlichsten zu spüren, daß ein gewaltiges Gelage im Kommen war, und sie hatte nicht die Absicht, es zu verderben, indem sie mit Jesse ins Bett ging — jedenfalls vorerst noch nicht. Sally war klug genug, um zu wissen, daß zu einem ausgelassenen Gelage auch Sex gehört; alles mußte mit Bedacht und Überlegung geschehen, damit es den ganzen Nachmittag vorhielt und die blanke Oberfläche der Ausgelassenheit, der sie alle zusteuerten, nicht bedrohte oder erblinden ließ. Sally war ein gescheites, erfahrenes Mädchen — Buddwing wußte, daß sie nicht in si-

chereren Händen sein konnten als in ihren; zum Teufel, er hatte es gewußt, seit sie einander auf dem Dach des Mannschaftsclubs begegnet waren. Doch obwohl er wußte, daß Sally mit ihrem goldblitzenden Lächeln die Erfahrenere von beiden war, diejenige, die den Spaß dirigieren und den Schritt angeben würde, hatte er sich zu der still lächelnden, insgeheim belustigten Tina hingezogen gefühlt, wohl vor allem, weil sie ihn an ein Leben erinnerte, das er zu Hause hatte verlassen müssen und das er verzweifelt entbehrte.
Das gewaltige Gelage, das sich vorbereitete, war ein Teil dieser Sehnsucht nach dem Leben in der Heimat, sollte es überdecken, sollte seine Konturen verschwimmen lassen, damit es sich nicht mehr so beängstigend wirklich ausnahm. Japan — das war nicht die Wirklichkeit; die törichte Marineuniform, die er trug, war nicht die Wirklichkeit; der Zerstörer, im Hafen vertäut mit der Flagge am Heck, sein »bitte an Bord kommen zu dürfen, Sir« war nicht die Wirklichkeit. Doch außer diesen Dingen gab es kein Leben, und er ertrug sie mit trübseliger Geduld, weil er wußte, daß es eines Tages damit ein Ende haben würde, daß er eines Tages nach Hause kommen und L. J., Beethoven, Rotweste und all die anderen wiedersehen würde. Nein, Beethoven würde er nie wiedersehen; Beethoven war bei der Invasion von Tarawa in die Unterwasserverhaue geraten und von den Japanern, als er sich freizukämpfen versuchte, mit Maschinengewehren zusammengeschossen worden. In einem Brief von L. J. hatte gestanden, was mit Beethoven vor Tarawa passiert war, und er hatte in der düsteren, von Radarscheiben beleuchteten Stille in der Operationszentrale der *Fancher* still geweint. Gewiß, er hatte Freunde an Bord der *Fancher*, aber mit den Jungens in der Heimat konnten sie sich nicht messen. Und deshalb war dieses Gelage, waren alle Gelage, alle die taumelnden, fallenden, torkelnden, in Hurenhäusern endenden Gelage von Norfolk bis Pensacola, von Guantánamo Bay bis Colón (er hatte L. J.s Brief in

Panama bekommen und in der Radarstation geweint, während eine milde tropische Brise durch das offene Schott wehte), von San Diego über Pearl Harbour bis Sasebo und nun in Yokohama — all diese Gelage waren nur ein Versuch, in seinem Leben etwas Wirkliches und Bedeutsames wiedererstehen zu lassen; ein vager, törichter Versuch, Ersatz zu schaffen. Das Wirkliche, das Bedeutsame hatte es nur in jenen Straßen von Harlem gegeben, als sein bester Freund ein Junge namens Eric Michael Knowles gewesen war, dem er gezeigt hatte, wie man einen Pfirsichkernring macht, und in jener klösterlichen Schneiderwerkstatt bei dem hochgewachsenen, weißhaarigen Mann, der sein Großvater war. Dann war er nach dem Umzug in die Bronx abermals auf Wirklichkeit gestoßen: in der Sicherheit der verschworenen Gruppe, deren Kern aus L. J., Beethoven, Rotweste und ihm selbst bestand. Und dann war das Ganze irgendwie zerfallen — waren fünfzig Dollar etwa genug? —, zerfallen in der Wirrnis des zweiten Weltkrieges, in der Marine der Vereinigten Staaten. Und nun versuchte er, mit Tina etwas wiederzufinden, das er vor langer Zeit gekannt hatte — Doris' Unschuld vielleicht, die blanke Unschuld jener Radfahrnachmittage, vielleicht auch die Heiterkeit eines gelassenen, einfachen Daseins ohne Verantwortlichkeiten und Pressionen. Nun trank er sich mit einer Hure, die er auf dem Dach des Mannschaftsclubs von Yokohama aufgelesen hatte, in ein besänftigendes Vergessen hinein. Dies war nicht Wirklichkeit, und er wußte mit verzweifelter Sicherheit, daß es die Wirklichkeit, die er gekannt hatte, nicht mehr geben würde, wenn er schließlich in die Heimat zurückkehrte. Der Whisky schützte ihn vor dieser Erkenntnis — der Whisky und das leise, suchende Tasten an der Innenseite von Tinas Schenkel, verstohlene Verheißung in ihren Augen; Lust und Alkohol wallten in ihm auf, erstickten alles andere — das sollte der längste Nachmittag seines Lebens werden. Er wußte: noch bevor er endete, würde er, kaum spürbar, ein anderer sein; er wußte, daß er in eine andere Landschaft zurückkehren würde, wenn die Marine ihn einst entließ, eine Landschaft, in der er, vorsichtig wie ein Fremder, herumtappen würde; und er wußte, wer auf ihn wartete.

Kurz vor zwei Uhr stürmten sie grölend aus Sallys Wohnung zum Dach des Hauses hinauf. Jesse wollte die Mädchen die Treppe hinauftragen, doch Sally, der es in ihrer vernünftigen, vorsichtigen, sexbewußten, noch im Rausch überlegenen Art darum ging, die Hochstimmung zu wahren und dafür zu sorgen, daß sie nicht zerfiel, bevor sie alle freudig erschöpft und nackt waren, nahm Jesses Hand mit der linken, faßte dann Buddwings Hand mit der rechten, und sie rannten zu dritt lachend die Treppe hinauf. Tina blieb auf dem Absatz stehen. Vor der Tür, die aufs Dach hinausführte, machten sie halt, und Jesse rief: »He, wo ist Tina?« Dann ließ er Sallys Hand fahren, stürmte wieder hinunter, packte die kichernde, strampelnde Tina, nahm sie auf seine Arme und stieg taumelnd mit ihr wieder hinauf, dorthin, wo Sally und Buddwing vor der Dachtür standen. »Der spinnt aber wirklich«, sagte Sally und küßte Buddwing fest und verheißungsvoll auf den Mund. Dann lachte sie nochmals und küßte Jesse, als er Tina vor ihr auf die Füße stellte, und Buddwing begriff, daß sie zu viert im gleichen Bett landen würden. Lachend stießen sie die Tür auf und stürmten auf das geteerte Dach hinaus. Und plötzlich öffnete sich die Stadt unter ihnen wie ein geborstener Tontopf und zeigte ihre Brücken und Hochhäuser, ihre Bänder aus Asphalt und Wasser. Der Ausblick war überwältigend und ernüchterte sie fast auf der Stelle. Doch Jesse hatte vorsorglich daran gedacht, eine Flasche Bourbon aus der Wohnung mitzubringen; er lüftete den Pullover, um zu zeigen, wo sie in seinem Hosengurt steckte. Er zog den Korken, hob die Flasche an die Lippen und gab sie dann an Buddwing weiter. Sally nötigte ihn zu trinken – »los,

Mann, nimm einen Schluck« —, obwohl es der Aufforderung nicht bedurfte, und berührte ihn dann, gekonnt und flüchtig, immer daran denkend, daß Sex zu dieser grandiosen, gemeinsamen Erfahrung gehörte, ihr eigentlicher Schlußpunkt war, doch hinausgezögert auf eine sehr bewußte Art, mit kleinen Berührungen, Bewegungen, verheißungsvollem Lachen — einer Art, der Tina mit leisem, erregtem, betrunkenem Lächeln schüchtern zustimmte.
»He, was haben wir denn hier?« schrie Jesse und rannte zur anderen Seite des Daches hinüber, wo ein Taubenkäfig aus Drahtgeflecht an einer Mauer lehnte. »He, ihr da drinnen«, sagte er und steckte den Finger durch den Maschendraht, während Tina kicherte und Sally lachend gegen ihn taumelte.
»Laßt die Tauben in Ruhe!« rief ein Mann vom Nachbardach herüber, und Jesse lachte laut auf.
»Warum? Sind das Ihre?« rief er zurück.
»Gehören meinem Freund«, antwortete der Mann, ein Chinese, mit hoher, wütender Stimme und drohte mit der Faust herauf.
»Sie und Ihr Freund können uns mal«, rief Sally, riß plötzlich die Tür des Käfigs auf und rief: »Husch, husch! Alle raus, alle raus!«
Lachend steckte Jesse seine Hände in den Käfig und schrie: »Klar doch, alle raus!« Die Tauben flatterten wie wild ins Freie, und der Chinese auf dem niedrigen Dach schüttelte die Faust und schrie: »Ich hol' die Polizei! Wartet nur!«
»Hol lieber die Vögel zurück, Mann«, schrie Jesse, und alle lachten laut.
Sallys Hände waren ständig in Bewegung. Sie betastete, überredete, ließ sie alle keinen Augenblick vergessen, was es geben würde, wenn es ihnen nur gelang, diese märchenhafte Stimmung zu wahren. Tinas Bluse stand offen — Buddwing hatte sie in der Wohnung aufgeknöpft —, und während sie lachend im Schein der Nachmittagssonne auf

dem Dach standen und auf die wütenden Reden des Chinesen hörten, versuchte sie mit unsicheren Fingern, die Bluse wieder zuzuknöpfen, gab es dann aber auf und sagte: »Zum Teufel damit!«

»Braves Mädchen«, sagte Sally ermutigend, hob die Flasche an die Lippen und brachte es gleichzeitig fertig, ihre Hüfte kräftig gegen Buddwings Scham zu pressen.

Sein Begehren wandelte sich in einen dumpfen Schmerz, doch unter diesem ständigen Schmerz blieb etwas, das ihn ständig warnte. Zwar gab er sich dem Fest, das sich fraglos in eine Orgie verwandeln würde, in seiner Trunkenheit ganz hin, doch gleichzeitig erklang die Warnglocke wieder und sagte ihm, daß es keine Schwierigkeiten mit der Polizei geben durfte: er hatte keinen Ausweis, und er war Edward Vossler, ein entsprungener Wahnsinniger. Er wünschte sich vom Dach fort, zurück in Sallys Wohnung, bevor der Chinese seine Drohung wahrmachte und die Polizei rief. Er schwelgte in den wildesten Phantasievorstellungen: Sally, die mit gespreizten Beinen mitten in ihrem Wohnzimmer stand, die Perlenvorhänge hinter sich; und er faßte den Saum ihres Kleides mit beiden Händen und riß ihr das geschlitzte Kleid auf, riß es ihr über den Leib, die Hüften, die Brüste, bis sie nur noch in ihrem feinen chinesischen Unterzeug dastand. Er fühlte sich zu Sally hingezogen, weil sie es ihm unmöglich machte, sie zu vergessen; gleichzeitig reizte ihn die betrunkene, lächelnde, scheinbare Jungfräulichkeit Tinas, erregte es ihn, sich vorzustellen, daß sie alle in einem Bett lagen. Und irgendwie schloß dieses Gefühl auch L. J., Beethoven und Rotweste ein, die er seit Kriegsbeginn nicht mehr gesehen hatte. Und dann entdeckte er mit betrunkener Klarheit, daß der Gedanke, mit Jesse im gleichen Bett zu liegen, ihn ebenso erregte wie die Vorstellung, mit den Mädchen ins Bett zu gehen. Die Entdeckung ließ ihn auffahren und zerfetzte nahezu den Schleier der Trunkenheit. Als er heute früh aufgewacht war,

wußte er nichts von sich selbst; und nun ergab sich plötzlich, daß er möglicherweise homosexuell war.
Die Vorstellung des Wortes, das volle Erfassen des Wortes, das Bild, das dieses Wort vor seinem inneren Auge erstehen ließ — das Bild eines geschminkten, ondulierten, gezierten, weibischen warmen Bruders —, brachte ihn jener Grenze gefährlich nahe, an der alle Trunkenheit verfliegt. Um sich zu retten, riß er Sally die Flasche aus der Hand und nahm einen großen Schluck; um sich selbst seine Männlichkeit zu beweisen, um sich zu versichern, daß ihm an nichts anderem lag, als auf Sally zu liegen, während Tina irgendwie auf ihm lag, reichte er Jesse die Flasche und legte die Arme um beide Mädchen, um Sally so, daß er eine kleine, runde Brust unter der chinesischen Seide faßte, um Tina so, daß er ihr Hinterteil unter dem festen, blauwollenen amerikanischen Rock klopfen konnte, und sagte: »Komm, Sally, gehen wir wieder in die Wohnung.«
»Und was willst du da, Kleiner?« fragte Sally, löste seine Hand von ihrer Brust, wirbelte dann aus seinem Arm wie eine Tänzerin und hängte sich bei Jesse ein.
»Ich werde dir den Schlitz von deinem Kleid bis zum Hals aufreißen«, sagte Buddwing betrunken.
Tina kicherte und sagte: »Er will dir ein Stück davon abreißen, Sally, genau das will er.«
»Sicher, du Bastard, du zerreißt mein Kleid, aber du zahlst dafür«, sagte Sally, und dann gingen sie wieder in die Wohnung hinunter.
Und natürlich zerrissen sie ihr das Kleid.
Zu dritt, Jesse, Tina und Buddwing, rissen sie ihr Kleid in Fetzen, während Sally kichernd und aufreizend mitten im Raum stand. Danach hüllten sie sie nackt in die Perlenvorhänge, die sie von der Decke gerissen hatten, schleppten sie ins Schlafzimmer und fielen dort lachend aufs Bett. Und während aufkommende animalische Bewußtheit die Kanten der Trunkenheit abstumpfte, während ihre nackten

Körper mit triumphierendem Leuchten aus der Dumpfheit des Alkohols auftauchten und der Geruch des Geschlechts sie mit seinem starken, durchdringenden Aroma umgab, während ihre Arme, Beine, Münder und Hüften eine eigene vorwärtsdrängende Macht gewannen, eigene Empfindung fast, getrieben wie von einem vorbestimmten Willen, so tief wie das Rassenbewußtsein, bis das, was sie taten, den Alkohol ersetzte, sie in die gleiche Hochstimmung versetzte wie vorher der Whisky — während dieses ganzen Vorganges fühlte sich Buddwing tief beteiligt und gleichzeitig auf eine seltsame Art weit weg. Was geschah, hatte etwas ungeheuer Bedrohliches an sich. Zwar berührte er Jesse in dem Durcheinander der Körper und Lippen nicht ein einziges Mal, doch blieb er sich ständig seiner Gegenwart bewußt, mehr freilich als einer Verkörperung von L. J., Beethoven und Rotweste als des Mannes, der er war: Jesse Salem, auf den daheim in San Antonio ein mexikanisches Mädchen wartete. In der überwältigenden Glut ihres heterosexuellen Tuns löste sich zwar die Furcht vor homosexueller Veranlagung; doch fühlte er sich auf eine unheimliche Art bedroht, als wäre das ganze hektische Treiben nur etwas Äußerliches, nur ein Schutzschild für etwas Tieferes in ihm, das er zu verlieren im Begriff war. Und er sah ein: nicht das, was sie taten,bedrohte ihn, sondern dieses Wissen um einen bevorstehenden Verlust. Er hatte das Gefühl, als wäre dieser wirre Akt, dieser schamlose, unmoralische und vielleicht ungesetzliche Akt der Endpunkt einer Phase seines Lebens, eines festumrissenen Lebensabschnitts, der ständig und unwiderruflich auf diesen konfusen Höhepunkt zugeführt hatte. Und gerade darin war die Struktur seiner Existenz bedroht — faktisch alles, was er bisher von sich selbst und von der Welt wußte. Er wußte: nichts würde noch so sein, wie es war, wenn er einmal diese Wohnung verließ, wenn er die Verbindung zu Jesse und den beiden Mädchen zerriß. In diesem Bett, in diesem Raum lag eine enorme Sicherheit, denn was sie taten, taten sie gemeinsam, straflos, anonym, in einer Art Kollektivbewußtsein. Außerhalb des Raumes, am Fuße der Treppe, überall draußen war das Unbekannte. Er blieb bei seinen Gefährten, preßte Tina an sich, preßte die Lippen auf Sallys Mund, fühlte Jesses beruhigende Nähe; er wollte sie nicht verlieren. Er hielt sich an sie, weil er in ihnen das Leben selbst hielt. Aber er konnte die Erkenntnis des nahen, des vielleicht allzunahen Endes nicht aus seinem Hirn verdrängen; Trauer lag in der Sicherheit, daß er von nun an, und vielleicht für immer, seinen Weg allein gehen mußte.

Um vier Uhr verließ er Jesse und die Mädchen.

Sie verabschiedeten sich voneinander, ohne das Gefühl, etwas zu verlieren. Wenn sie es vermieden, sich in die Augen zu sehen, so nicht, weil sie sich schuldbewußt fühlten, sondern nur, weil ihr Exzeß irgendwie sinnlos schien.

Und er wußte genau, wohin er gehen würde.

Der Park vor der Universität von New York war eine Miniaturausgabe des größeren Parks, in dem er am Morgen erwacht war; er betrat ihn in dem angenehmen Gefühl, daß alles seine Richtigkeit hätte. Ihm war, als begänne sein Leben auf irgendeine Weise von neuem; und die Wiederholung hatte etwas Gerechtfertigtes an sich, als käme der Neubeginn nicht völlig unerwartet, als setze sich eher in ihm etwas fort, das es schon gab. Er fand eine Bank in der Sonne und ließ sich mit der selbstzufriedenen Miene eines Mannes darauf nieder, der genau weiß, was ihm als nächstes begegnen wird, und der darauf vorbereitet ist.

Das nächste, das ihm begegnen würde, war Grace.

Er streckte die Arme auf der Rücklehne der Bank aus und betrachtete das Universitätsgebäude. Washington Park und Fifth Avenue lagen hinter ihm und zu seiner Linken. Er spürte, wie die kräftigen Strahlen der Nachmittagssonne seinen Kopf, seine Schultern berührten, und wünschte sich, ihnen das Gesicht zuwenden zu können, doch er wußte, daß Grace bald die Fronttreppe des Gebäudes herunterkommen würde; und in diesem Moment wollte er sie sehen. In seiner Vorstellung entwickelte er eine kleine Pantomime: Grace erschien plötzlich, ihre Bücher unter dem Arm, in Rock und Pullover, und ging zu einer Bank am anderen Ende des Parks; dann würde er aufstehen, hinübergehen und sich zu ihr setzen. Er lächelte erwartungsvoll und lauschte den Geräuschen des Lebens ringsum.

Irgendwo hinter ihm spielten zwei Männer Schach; alte Männer, nach dem Klang ihrer Stimmen zu urteilen. »Ich nehme zurück«, sagte einer von ihnen, und der andere antwortete: »Du nimmst andauernd zurück; laß die Figuren stehen.« Ein Straßensänger mit Gitarre — farbig der Stimme nach, doch Buddwing war sich nicht sicher — begann in sanft klagendem Ton *Greensleeves* zu singen; das laute Dröhnen eines Flugzeuges am Himmel setzte den Kontrapunkt. Studenten, deren Vorlesungen auf den Samstag fielen, saßen auf den Bänken, unterhielten sich, erfüllten die Luft mit freundlichem Stimmengewirr. Er spürte die Stadt hinter sich, um sich, lebensvoll pulsierend. Er saß in sonnengefleckter Helle, Kern einer Stadt, die von Millionen wimmelte; einen Moment lang saß er völlig allein in sonnendurchwobener Abgeschiedenheit, während die Menschen der City ihren Geschäften nachgingen und keine Notiz von ihm nahmen. Er spürte, wie ein Gefühl echter Identität still, langsam und tastend seine Muskeln und Knochen durchdrang, mit der gleichen Kraft wie die Sonne, die lockernd, wärmend, einschläfernd seine Schultern berührte.

Sein Großvater war mitten im Winter gestorben; er mußte oft daran denken, daß man den alten Mann in eine grausam kalte, starre Erde gesenkt hatte.

Während er in der Sonne saß, schienen zwei Erinnerungen, die sich überschnitten, in schnellem Wechsel in seinem Hirn aufzutauchen; beide wollten erfaßt, begriffen werden; die eine war bestürzender als die andere, und dennoch waren beide nicht so beängstigend, wie sie es, das war ihm klar, eigentlich sein sollten. Bei der ersten ging es um den Tod seines Großvaters, die zweite . . .

Er runzelte die Brauen: bei der zweiten Erinnerung schien es gleichfalls um den Tod seines Großvaters zu gehen; doch schließlich konnte sein Großvater nicht zweimal gestorben sein. Sein Großvater war nur einmal gestorben, ein für allemal, am zwölften Januar; das Datum saß fest in seinem Gedächtnis, denn es war zwei Tage nach seinem sechzehnten Geburtstag gewesen. Man hatte an einem trüben, unfreundlichen Tag in Harlem die Totenwache gehalten — der Himmel ein einförmiges Metallgrau quer über den Dächern der Second Avenue. Das Bestattungsinstitut lag im Parterre eines Mietshauses.

Ja, dieser Tag, dachte er. Irgend etwas war nicht in Ordnung an diesem Tag.
Nicht in Ordnung an diesem Tag war, daß sein Großvater tot war und in einem Sarg lag. Sonst gab es nichts, das nicht in Ordnung gewesen wäre. Doch dieser Umstand hatte nichts Beängstigendes an sich. Weshalb verband sich die Erinnerung für ihn mit einem Gefühl der Bedrängnis? Er konnte sich den alten Mann noch vorstellen, das weiße Haar auf der weißen Seide des Sarges, die Augen geschlossen, die wächsernen Hände sanft über dem Rosenkranz auf seiner Brust gefaltet. Er entsann sich der Begräbniskapelle noch bis in die Einzelheiten: Blumenarrangements um den Sarg, auf dem Fußboden, durchdringender Duft, Reihen hölzerner Klappstühle. Auf einem der Stühle saß Großmutter in schwarzem Kleid und empfing mit fassungslosem Gesicht die Beileidswünsche der Trauergäste. Sein Großvater hatte nicht mehr ausgesehen wie er selber, etwas seltsam Fremdes war in seinem Gesicht. Und doch gab es nichts Beängstigendes an diesem Erinnerungsbild. Im Gegenteil, ein sanftes, zartes Flüstern lag über der Szene, die sich seinem Gedächtnis darbot.
Trotzdem war es ein bedrängender Tag gewesen.
Noch jetzt erschauerte er vor der Erinnerung; gleichzeitig fühlte er: die Angst betraf nichts, das am Tag des Begräbnisses geschehen war — sie betraf etwas, das viel später vorgefallen war, an einem warmen Tag, ja, im Sommer, ja, Di Palermos Kolonialwarenladen, Apartment 4A, 2117 Riverside Drive — nein!
Sein Gedächtnis verriegelte sich.
Er wich zurück, ohne Würde, wich vor der zweiten Erinnerung zurück; sie barg etwas Entsetzliches. Er versuchte bewußt, in die halbe Sicherheit der ersten Erinnerung zurückzukehren, obwohl er überzeugt war, daß zwischen beiden eine Verbindung bestand, daß die eine der anderen ihre Existenz verdankte. Doch dann kam, wie ein feiner,

warnender, raunender Wind, die klare Erkenntnis, daß jede Erinnerung mit anderen untrennbar verbunden war, daß Schrecken auf Schrecken nur darauf wartete, aus den verschiedenen Winkeln seines Gedächtnisses aufzutauchen und ihn zur Konfrontation zu zwingen — eine Erkenntnis, die ihn vollends bestürzte.

Wo mag Grace nur bleiben, fragte er sich und schaute wieder zur Universitätstreppe hinüber. Er sah sie nicht, konzentrierte jedoch seine Aufmerksamkeit auf die Treppe — er wußte, sie mußte bald kommen. Doch die Verzögerungstaktik half nichts. Seine Gedanken kehrten zu dem Tag zurück, an dem sein Großvater in Harlem beerdigt worden war; aber nun schien diese Erinnerung nicht mehr so bedrückend, weil man in ihr sicher war. Nur vor den anderen mußte man sich hüten. Er zwang sich, an die Totenwache zu denken, aber das warnende Raunen blieb, das ihm sagte: öffnete er nur einmal die Schleusen, so würde nichts den Strom der Erinnerung hemmen können — eine donnernde Kaskade würde über ihn hereinbrechen, er würde ertrinken. Von dem Bestattungsinstitut war er mit seiner Cousine Mandy nach Hause gegangen. Sie war drei Monate älter als er und trug zur Abwechslung einmal nicht ihren törichten Mannschaftspullover, sondern ein einfaches schwarzes Kleid. Unbekümmert gingen sie durch die Straßen von Harlem; beide waren hier in Armut und Schmutz geboren, und obwohl sie inzwischen längst zu den sauber gewaschenen Einwohnern der Bronx gehörten, saß ihnen doch ein Rest von Harlem in den Knochen, als gehörte er zu ihnen. Der Blumenladen lag an der Ecke der Hundertsechzehnten Straße und der Third Avenue, gegenüber dem Cosmo-Theater, in das seine Mutter ihn als Jungen oft mitgenommen hatte. Sie gingen in den Laden, um für ihren toten Großvater einen Blumenkranz zu kaufen; beide hatten das Gefühl, alt genug zu sein, um ihrer Zuneigung Ausdruck zu verleihen — wenn Mandy ihm auch unter dem Siegel tiefster Verschwiegenheit anvertraute, sie habe den alten Mann nie übermäßig gern gemocht, ein Geständnis, das Buddwing ärgerte und das er ihr beinahe übelgenommen hätte.

Er hatte noch nie in seinem Leben einen großen Einkauf gemacht und wußte, daß er von seiner Mutter Geld borgen mußte, um seinen Teil zum Kranz beisteuern zu können. Im Laden gab es zahllose Kränze. Die Frau, die sie bediente, trug eine grüne Schürze, die Trägerbänder voller Stecknadeln; sie half ihnen geduldig, ihre Wahl zu treffen. Ein Kranz nach dem anderen wurde ausgeschieden, bis schließlich nur noch zwei übrigblieben. Der eine von ihnen kostete fünfundsiebzig Dollar, der andere fünfzig.

»Ich glaube, wir sollten den zu fünfzig nehmen«, meinte Mandy.

Buddwing schüttelte den Kopf. »Nein, wir nehmen den zu fünfundsiebzig.«

»Zu teuer«, sagte Mandy.

»Aber er ist für Großvater«, entgegnete Buddwing.

»Trotzdem zu teuer.«

Die Frau mit der grünen Schürze sagte: »Der Kranz für fünfzig Dollar ist sehr hübsch.«

»Ja, aber — sehen Sie, es ist für unseren Großvater«, sagte Buddwing.

»Ich verstehe«, sagte die Frau. »Aber der Kranz zu fünfzig ist wirklich hübsch.«

»Ich glaube, wir sollten den teureren nehmen«, sagte er zu Mandy.

»Das kostet uns jeden siebenunddreißig fünfzig«, sagte Mandy. »Wirklich, das ist zu viel.«

»Ich meine, der Kranz zu fünfzig wäre eine schöne Gabe«, sagte die Frau.

»Ja, aber sehen Sie — es ist unser Großvater«, sagte Buddwing lahm. Es wurde still im Laden.

»Ist denn auch eine Schleife an dem zu fünfzig?« fragte Mandy.
»Aber natürlich.«
»Könnte ›In liebender Erinnerung‹ daraufstehen?«
»Ganz, wie Sie wollen.«
»Das wäre hübsch«, sagte Mandy und wandte sich zu Buddwing. »Ich finde das hübsch. Du nicht auch?«
»Ist das die gleiche Schleife, die auch an den teureren Kranz käme?« fragte Buddwing.
»Genau die gleiche Schleife«, sagte die Frau. »Wissen Sie, es ist wirklich ein sehr hübscher Kranz.«
»Es ist, nun — fünfzig Dollar, das klingt so ... so billig«, sagte Buddwing.
»Finden Sie?« sagte die Frau mit gekränkter Miene. »Fünfzig Dollar ist doch ein hübscher Preis für einen Kranz. Nein, das ist ganz gewiß nicht billig.«
»Sehen Sie, er hat alle meine Sachen gemacht«, sagte er; die Frau starrte ihn verständnislos an. »Mein Großvater«, setzte er hinzu.
»Komm, wir müssen uns entscheiden«, drängte Mandy.
»Mit der Schleife wird er sehr hübsch aussehen«, sagte die Frau.
»Nehmen Sie die rote Schleife?« fragte Buddwing.
»Wenn Sie es wünschen.«
»Ich finde, das Rot sieht gut aus, meinst du nicht auch, Mandy?«
»Ja, ich glaube, das Rot sieht sehr hübsch aus.«
»Und Sie liefern ihn in die Begräbniskapelle?« fragte Buddwing.
»Sicher, das tun wir«, antwortete die Frau.
»Weißt du, fünfzig Dollar, das klingt ...«
»Wir nehmen den zu fünfzig«, sagte Mandy. »Mit der roten Schleife und dem Spruch ›In liebender Erinnerung‹.« Sie hielt inne und sah Buddwing an. »Okay?« fragte sie.
»Gut, okay«, sagte Buddwing.

»Ich finde ihn gut genug«, sagte Mandy.
Sie sagten der Frau in der grünen Schürze, daß sie in ein paar Minuten mit dem Geld zurückkämen; sie möchte in der Zwischenzeit die rote Schleife an dem Kranz zu fünfzig befestigen. Dann verließen sie den Blumenladen und gingen zum Bestattungsinstitut zurück. Seine Mutter wollte ihm die fünfundzwanzig Dollar schenken, doch Buddwing bestand darauf, sie von ihr zu leihen, und sagte, er würde im Sommer einen Job annehmen und ihr das Geld zurückzahlen. Als der Kranz am Nachmittag ankam, schnalzten alle Verwandten mit der Zunge, wiegten anerkennend die Köpfe und sagten: »Sieh da, die Kinder haben ihm Blumen gekauft.« Buddwing fühlte sich seltsam schuldbewußt.
Noch lange, nachdem sie seinen Großvater in der harten Wintererde begraben hatten, der Frühling gekommen war und der Sommer nahte, mußte er an diesen Tag denken. In müßigen Augenblicken rekonstruierte er den Dialog im Blumenladen, und am deutlichsten widerhallten in seiner Erinnerung die Worte, die Mandy, kurz bevor sie gingen, geäußert hatte: »Ich finde ihn gut genug.«
Gut genug wofür? fragte er sich. Gut genug für den alten Mann, der einfach starb, obwohl ich ihn so liebte? Gut genug für den alten Mann, der mich in seiner Werkstatt jeden Nachmittag begrüßte: »Komm herein, du siehst wieder halb erfroren aus. Annie, mach ihm eine Tasse heiße Schokolade.« Gut genug wofür, Mandy? Gott, warum hatte er nicht besessener argumentiert, warum hatte er sie nicht davon überzeugt, daß fünfzig Dollar nicht genügten, daß in dem Mehrpreis von fünfundzwanzig Dollar eine Möglichkeit lag, zu sagen: »Großvater, ich habe dich wirklich geliebt, nicht für fünfzig Dollar, nicht einmal für fünfundsiebzig, sondern überhaupt, Großvater, ich habe dich mehr geliebt als alles andere.« Weshalb hatte er sie davon nicht überzeugen können?

Der Job, den er in diesem Sommer annahm, erinnerte ihn ständig an seinen Großvater.
Nein, dachte er.
Nein, es hat keinen Sinn, noch einmal damit anzufangen; es hat wirklich keinen Sinn. Ich habe den Job angenommen und ihr ihre lausigen fünfundzwanzig Dollar zurückgezahlt!
Er versuchte, an überhaupt nichts zu denken, wie Jesse es ihm im Krieg an Bord der *Fancher* beigebracht hatte, eine Vorstufe der Selbsthypnose. Bevor man lernte, andere zu hypnotisieren, hatte Jesse gesagt, mußte man lernen, sich selbst zu hypnotisieren. Er dachte an Schnee, an Weißes, an Leere, leeren Raum, an nichts, und dann fragte er sich, wo Grace so lange blieb, und dann verdrängte er Grace aus seinen Gedanken; an überhaupt nichts zu denken, war der springende Punkt: jeden Gedanken von sich zu weisen, selbst unwichtige Gedanken, in blickloser Leere dazusitzen, nur an Frieden zu denken, nur an Leere, an nichts, an überhaupt nichts.
In das weiße, leere Nichts seiner Gelassenheit, in den reinen, leeren Raum, von leichter, durchsichtiger Luft umgeben, in diese sorgfältig kontrollierte Gedankenlosigkeit schlich sich plötzlich das Bild eines Jungen, der einen Handkarren schob, doch er löschte das Bild sofort, drängte es von sich; wieder nur leerer Raum, Leere, in die nichts eindringen konnte, das Mietshaus am Wasser, rote Ziegelmauern, der Aufzug mit dem farbigen Liftboy, der ihm immer Zigaretten anbot — er argwöhnte, daß es sich um Marihuana handelte — und ihm sagte, sein Vater wäre bei der Polizei und er dürfte ohnehin nicht rauchen — ha ha, sein Vater war keineswegs bei der Polizei; und wieder verriegelte sich sein Gedächtnis. Wenn das Weiße nicht wirkte, versuchte man es mit Schwarz. Man schob seine Gedanken zusammen wie den Verschluß einer Kamera, enger und enger, eine Blende, die alles in sich verengender Schwärze ver-

schwimmen ließ, der scharfgezogene Kreis in der Mitte wurde immer kleiner, ließ immer weniger Licht eindringen, bis nur noch ein feiner Punkt da war; und dann verdrängte man das Bild des Kameraverschlusses — auch die Kamera war nur ein Gedanke —, man löschte es und damit auch den feinen Lichtpunkt im Zentrum des Hirns. Absolute Schwärze, man schwamm, schwamm nicht, trieb dahin, trieb nicht, ließ die Schwärze zu, dunkler, noch dunkler.

Nichts.

Irgendwie sah er Großvater ähnlich.

Nein, er sah Großvater nicht ähnlich; er war ein alter Jude und saß da, in seinen Schal eingewickelt, das Käppchen auf dem Hinterkopf, seine Hände zitterten, er hustete ständig, anfangs getraute er sich nicht in seine Nähe, aus Angst, sich an seiner Krankheit anzustecken — was es auch sein mochte.

Und nun drang in die Schwärze — er wußte, daß es so nicht ging, du hast mir einen Trick beigebracht, du Lump, der nicht funktioniert — in die Schwärze drang Erinnerung, schob alles andere beiseite, sickerte in das Zentrum der dunklen Fläche, riß das Dunkel wie einen Vorhang auseinander, verjagte seine Reste aus dem Hirn, bis nur noch die Erinnerung da war, vage und scharf, die Erinnerung an das erste Mal, als er in Apartment 4 A 2117, Riverside Drive, Waren ablieferte; das farbige Mädchen öffnete die Tür, und der alte Mann saß in Schal und Käppchen am Fenster in der Sonne.

In dieses Bild schlich sich wie ein Nebenthema das Bild seines Großvaters im Sarg; nun wußte er, weshalb sein Großvater nicht mehr wie sonst ausgesehen hatte. Sie hatten ihm die Brille abgenommen. Nie zuvor hatte er Großvater ohne Brille gesehen. Der Mann im Sarg sah besonders verwundbar aus, als erwarte er einen Schlag ins Gesicht — sagte ich ihr nicht, daß fünfzig Dollar nicht genügen? — Doch dann dehnte sich die andere Erinnerung, die Erinnerung

an jenes Apartment, sie wuchs, deutlicher jetzt, fast schmerzhaft scharf konturiert, und er wußte, hinter dem Schmerz lauerte Entsetzen; abermals versuchte er, die Gedanken zu verdrängen, doch sie ließen sich nicht beiseiteschieben. Sie ließen sekundenlang aufblitzende Vignetten vor ihm erstehen: wie er dem alten Mann zum ersten Mal eine Erläuterung zu der Zwieback-Lieferung vom Vortag gab, wie der alte Mann ihn aufforderte, eine Weile zu bleiben und sich mit ihm zu unterhalten — ein Schauer rieselte Buddwing über den Rücken.
Der alte Jude hatte eine Zartheit an sich gehabt, eine Art blaugeäderter, transparenter Güte, als er in der Sonne saß und sich jedesmal, wenn Buddwing kam, um Waren abzuliefern, mit ihm unterhielt. Er hatte einen Schal um die Schultern gelegt, aus blauweißer Seide mit weißen Fransen, das schwarze Käppchen saß schief, fast verwegen auf seinem Hinterkopf. Sie unterhielten sich nie länger als ungefähr zehn Minuten, an jenem Fenster, von dem aus man den Hudson River überblickte, die Sonne strömte durch die Gardinen herein, das farbige Mädchen summte bei der Hausarbeit vor sich hin, und die sanfte Stimme des alten Mannes stellte Fragen: was Buddwing treibe, wie seine Zukunftspläne aussähen, er fragte nach Buddwings Freunden, nach Buddwings Träumen. Und dann erzählte er dem alten Mann, seine besten Freunde wären L. J. und Beethoven und Rotweste, erzählte ihm, daß Beethoven ein ausgezeichneter Zeichner war und hoffte, nach dem Abgang von der High School das Pratt Institute besuchen zu können. Er erzählte dem alten Mann von Doris und daß er ihr sein silbernes Schulabzeichen gegeben hätte — »du hast ihr ein Abzeichen gegeben, das du verdient hast?« fragte der alte Mann. »So ernst ist es dir mit diesem Mädchen?« Hier mit dem alten Mann in der warmen Sonne zu sitzen, erinnerte auf irgendeine Weise an die Schneiderwerkstatt, wo man ins Hinterzimmer ging, wo Onkel

Freddy an der Bügelmaschine arbeitete und Großmutter Schokolade kochte, und dann ging man wieder hinaus zu Großvater, lehnte sich an den Ladentisch, schlürfte die Schokolade und erzählte Großvater alles, was vorgefallen war. Immer nur zehn Minuten, vielleicht ein oder zwei Mal die Woche, bis Buddwing sich auf diese Besuche zu freuen begann; und dann kam das Ende des Sommers.

An diesem Tag war es nicht das farbige Mädchen, das an die Tür kam. Er hatte die Frau noch nie gesehen, doch sie trug Schwarz, und in der Wohnung hinter ihr war es unheimlich still, und dann sah er die anderen, Fremde, und erstarrte auf der Schwelle der Wohnung.

Er riß die Augen weit auf. Die fremde Frau an der Tür musterte ihn neugierig.

Er sah den Sarg.

Er sah den alten Mann im Sarg.

Er mußte wohl gefragt haben: »Ist er tot?«, denn die Frau antwortete ihm: »Ja. Ja, er ist tot.« Er ließ sein Warenpaket fallen, machte kehrt, rannte und wäre fast gegen die Wand getaumelt. Der farbige Liftboy fragte ihn, weshalb er weine; er sagte: »Mein Großvater ist tot«, und ging dann hinunter, wo sein Handkarren abgestellt war. Den Rest der Bestellungen in dem Karren lieferte er nicht mehr ab. Er ging zum Laden zurück, erklärte Di Palermo, ihm sei übel, fuhr dann mit der Untergrundbahn nach Hause und dachte die ganze Zeit: hätte ich nur darauf bestanden, hätte ich Mandy nur überredet, fünfundsiebzig Dollar auszugeben anstatt fünfzig, hätten wir nur nicht einen so lausig billigen, schäbigen Kranz gekauft — *ich finde ihn gut genug* —, dann wäre der alte Mann noch am Leben.

Nun saß er auf einer Bank im Washington Square Park, die Tränen stiegen ihm wieder in die Augen, er versuchte sie fortzublinzeln; und er schaute zur Treppe der Universität hinüber und wünschte sich verzweifelt, daß Grace erschiene.

Lieber Gott, warum mußte er sterben, dachte er, rieb die Augen, blickte zu dem Gebäude hinüber und wußte plötzlich, daß Grace nicht kommen würde, daß es sie nicht gab. Er stand auf, ließ die Bank hinter sich. Seine Füße tappten unsicher, er stolperte, fing sich, sah sich neugierig um, als wüßte er nicht, wo er war. Auf wen wartete ich eigentlich, fragte er sich. Grace? Aber es gibt sie doch nicht. Und es gibt keine Gnade für einen billigen Halunken, der das Gedenken an seinen Großvater besudelt hat, Gott, Gott, selbst die Schleife war schäbig, ›In liebender Erinnerung‹, Mandy, du Luder, du hast den alten Mann nicht gemocht, hast es sogar zugegeben; es gibt keine Gnade, du wirst auch in diesem versteckten Park keine Gnade finden.
Wo ist sie, dachte er, und plötzlich schien ihn alle Vernunft zu verlassen. Die Hoffnung, Grace zu finden, vermischt mit der Verzweiflung, sie nie wiederzusehen, ließ ihn laut das Wort »Grace!« herausschreien — und da wußte er, daß er wahnsinnig war.
Er blieb mitten auf dem Weg stehen und starrte hilflos zu Boden. Plötzlich fühlte er sich aller Willenskraft beraubt, sein Richtungssinn verließ ihn, die Kraft, sich zu bewegen. Er war gekommen, um ein Mädchen namens Grace wiederzufinden, G. V., die Initialen in seinem Ring, und nun hatte die Doppelerinnerung ihn dazu gebracht, zu begreifen, daß sie nicht da sein würde, mit schrecklicher Sicherheit zu erkennen, daß er sie vor der Universität von New York nicht finden würde, obwohl er sie hier schon einmal gefunden hatte — weshalb war sie nicht da? fragte er, und auf einmal wollte er es nicht mehr wissen, wollte sich nicht mehr erinnern. Jesse, dachte er, bring mir bei, an nichts zu denken, ich will nichts mehr wissen, es gibt keine Grace.
Ich weiß, wer ich bin, dachte er.
»Ich bin Edward Vossler«, sagte er laut und nickte.
Bellevue Hospital lag an der Sechsundzwanzigsten Straße, an der First Avenue.

Sie würden ihn in eine Gummizelle stecken, und er würde die ganze verdammte Welt vergessen.
Mit schnellen Schritten verließ er den Park. Er hatte den Gehsteig schon fast erreicht, als der Polizist ihn anhielt.
Die Stille, die ihn bisher umgeben hatte, erschien seinem Gehör plötzlich wie völlige Lautlosigkeit. Der Polizist tauchte lautlos auf und vertrat ihm den Weg. Sein Schlagstock hing zwischen beiden Händen horizontal irgendwo zwischen Hüfte und Knien, als wäre er bereit, ihn sofort zu benutzen. Die Schachspieler schwiegen, der Straßensänger schwieg, die plaudernden Studenten waren stumm; er begriff nun, daß sie alle bei seinem ersten Ausbruch überrascht aufgeschaut haben mußten, und dann, als er aller Welt verkündete, er sei Edward Vossler, unheildrohend still geworden waren. Und abermals schossen ihm widersprüchliche Gedanken durch den Kopf: er war wirklich Edward Vossler, und der freundliche Polizist wollte ihm nur helfen, Bellevue schnell zu erreichen; doch andererseits war er nicht Edward Vossler, und diese verdammte Karikatur der Staatsgewalt würde die Sache nur unnötig komplizieren.
»Was ist denn mit Ihnen los, Mister?« fragte der Polizist, die Hände immer noch schlagbereit um den Stock gekrampft.
»Absolut nichts«, erwiderte Buddwing kurz und versuchte, den Polizisten zu umgehen. Doch der Polizist vertrat ihm mit einem schnellen Schritt den Weg, und der Schlagstock hob sich ein wenig der Hüfte zu. Der Polizist war rothaarig, sommersprossig und hatte ein verdrossenes Gesicht. Buddwing haßte ihn unverzüglich; teils war es die gewohnte Reaktion aller New Yorker auf Polizisten, teils sah er in ihm ein Hindernis, das ihm persönlich den Weg versperrte. Der Polizist wußte, daß man ihn als Symbol haßte und argwöhnte überdies persönlichen Haß, weil er an schlechtem Atem litt; er stand in unbewegter Gelassenheit vor Buddwing, und seine Miene verdoppelte die Drohung, die in dem

Schlagstock lag. Hinter ihm ließen die Schachspieler ihr Spiel im Stich und widmeten der Begegnung ihre ungeteilte Aufmerksamkeit. Der Straßensänger, von einer Gruppe halbwüchsiger Jungen in Blue jeans und etlichen Mädchen mit verschleierten Cleopatra-Augen umgeben, hatte die Gitarre auf die Hüfte gestemmt und starrte den Polizisten an.

»Mir ist aber so, als hätten Sie hier laut herumgeschrien«, sagte der Polizist.

Buddwing trat zurück, ein versöhnliches Grinsen voller Polizeirespekt im Gesicht. Er hatte keinerlei Ausweis bei sich, und wenn es ihn auch nicht sehr gestört hätte, nach Bellevue gebracht zu werden, so lag ihm doch nichts daran, vorher im Untersuchungsgefängnis zu landen. Je länger er darüber nachdachte, desto klarer wurde ihm, daß es ihn auch nicht sehr nach Bellevue zog. Also grinste er vorsichtig und sagte entschuldigend: »Tut mir leid, Officer, wenn ich laut gewesen sein sollte. Wahrscheinlich habe ich es selbst nicht gemerkt.«

»Schön, aber schließlich gibt es so etwas wie öffentliche Ruhestörung«, sagte der Polizist ungerührt, und Buddwing begriff: das konnte nicht gut gehen.

»Tut mir leid, Officer«, sagte er.

»Ich könnte Sie wegen ungebührlichen Verhaltens festnehmen; das ist Ihnen doch hoffentlich klar?« fragte der Polizist.

»Daß ich mich ungebührlich verhalten hätte, ist mir nicht bewußt«, sagte Buddwing.

»Hm«, sagte der Polizist und musterte ihn. Der Negersänger mit seinem Anhang von Beatniks und Musikliebhabern war näher herangekommen, die Schachspieler hatten es fertiggebracht, eine Gruppe von Samstagsstudenten um sich zu versammeln, die wissen wollten, was vor sich ging. Der Polizist spürte das Publikum hinter sich; er fühlte, daß seine Autorität offen herausgefordert, wenn nicht ernst-

haft bedroht war, rückte Buddwing noch ein wenig näher auf den Leib und sagte: »Zunächst mal — was tun Sie hier vor dem Universitätsgebäude?«
»Ich saß auf einer Bank in der Sonne«, sagte Buddwing.
»Schön, aber warum ausgerechnet hier?«
»Ist dies kein öffentlicher Park?« fragte Buddwing.
»Das ist einerlei. Beantworten Sie meine Frage.«
»Es war ruhig, friedlich und sonnig hier, und deshalb habe ich mich hingesetzt«, sagte Buddwing. »Wenn das gesetzwidrig ist, so wußte ich nichts davon.«
»Ist es auch nicht«, sagte der Polizist mit ruhiger, pflichtbewußter Machen-Sie-keinen-Unsinn-Stimme; dann fügte er ungerührt hinzu: »Würden Sie mir vielleicht Ihren Ausweis zeigen, Mister?«
Unheildrohendes Schweigen folgte; der Polizist begriff, daß er einen Fang getan hatte, und Buddwing wußte, daß er in der Falle saß. Die Leute, die von den Wegen und Bänken herbeigekommen waren und Buddwing und den Polizisten im Kreis umstanden, schwiegen gleichfalls, geduldig, zurückhaltend, als wüßten sie noch nicht, auf wessen Seite sie sich schlagen sollten. Der Polizist starrte Buddwing kühl und unpersönlich an, Buddwing starrte in einer Mischung von Angst und Zorn zurück; er versuchte, aus dem Schweigen auf die Absichten der Leute zu schließen, denn er wußte, daß Fälle von Lynchjustiz manchmal mit solchem Schweigen einsetzten.
»Ich bin kein Vagabund«, sagte er.
»Wer hat das behauptet?«
»Ich habe hier nur in der Sonne gesessen.«
»Und was noch? Studentinnen angestarrt?«
»Nein, ich ...«
»Haben Sie den jungen Studentinnen nachgestarrt?« fragte der Polizist, überzeugt, einen guten Fang getan zu haben — vielleicht war es sogar der Würger von Boston beim Wochenendausflug nach New York City. Seine Nasenlöcher

dehnten sich, er roch Blut, seine Hände umkrampften den Schlagstock. Die Absurdität der Situation hätte Buddwing zum Lächeln veranlassen können, doch er wußte: selbst die kleinste Spur von Humor hätte ihn erledigt. Der Hinweis auf die Studentinnen und das damit beschworene Bild tweedgekleideter Jungfräulichkeit in flachen Schuhen brachte die Leute, die Buddwing und den Polizisten umstanden, spürbar in Bewegung. Buddwing hörte das Wispern der Zuschauer und war versucht, ihnen zu erzählen, daß er noch am Morgen mit einer Studentin im Bett gewesen war; und was dann? Wie hätte der fette Ordnungshüter und Freund und Helfer dann dagestanden, was?

So ehrbar er konnte, sagte er: »Ich habe keineswegs den Studentinnen nachgestarrt, Officer; übrigens glaube ich auch nicht, daß das gesetzwidrig wäre, oder?«

»Ist es auch nicht«, sagte der Polizist gelassen. »Zeigen Sie Ihren Ausweis.«

»Wie gesagt, ich bin kein Vagabund.«

»Vom Vagabundieren scheinen Sie eine Menge zu wissen.«

Buddwing lächelte den Polizisten an; in seinem Hirn nahm der Gedanke an Flucht in Form eines blinkenden Broadway-Signals sichtbare Formen an: FORT, fort, FORT, fort, FORT! Er hörte sich den Beamten fragen, ob es denn lohne, aus einer Mücke einen Elefanten zu machen, und was derlei hinhaltender Unsinn mehr war, während das Signal in seinem Hirn unablässig weiterblinkte. Lächelnd, redend, die Entscheidung hinauszögernd, faßte er vorsichtig einen heroischen Plan: er würde den Polizisten in die Hoden treten, dann dem Negersänger die Gitarre entreißen und sie dem Polizisten über den Kopf schlagen. Dann würde er über die Bank springen und sich im Straßengewirr von Greenwich Village verlieren. »Schließlich ist es nichts Ungewöhnliches, Officer, wenn ein ordentlicher Bürger auf einer Parkbank in der Sonne sitzt, meinen Sie nicht auch?«

»Genau«, sagte der Polizist. »Zeigen Sie Ihren Ausweis.«

Er war drauf und dran, das Knie zu einem kraftvollen, hodenzerreißenden Kolbenstoß zu heben, als einer der Schachspieler, ein alter, weißhaariger Mann mit dünnen Fingern, sagte: »Er hat wirklich nur in der Sonne gesessen, Officer.«
»Sie sind nicht gefragt«, sagte der Polizist.
»Ich sage nur, was ich gesehen habe.«
»Was Sie gesehen haben, interessiert hier nicht«, sagte der Polizist.
»Ich kann seine Aussage bezeugen«, sagte der andere Schachspieler, ein kleiner, kahlköpfiger Mann in einer viel zu großen fahlblauen Strickjacke.
»Dies ist kein Strafprozeß«, sagte der Polizist. »Kümmern Sie sich um Ihre eigenen Sachen.«
»Ich denke, wir leben in einem freien Land«, sagte eines der Mädchen mit dem verschleierten Blick.
»Wer hat Sie gefragt«, sagte der Polizist.
»Und was kommt als Nächstes?« fragte der Negersänger. »Werden Sie uns das Singen hier im Park verbieten?« Die Frage riß alte Wunden auf und veranlaßte den Polizisten, den Sänger mißlaunig zu mustern.
»Sieh da, die Stimme aus dem Hintergrund«, sagte der Polizist. »Warum geht ihr nicht alle nach Hause und kümmert euch um eure eigenen Sachen?«
Der Neger fühlte sich durchaus nicht veranlaßt, nach Hause zu gehen und sich um seine eigenen Sachen zu kümmern; vor Monaten hatte er zu den protestierenden Volkssängern gehört und hielt die Bürgerrechte für seine ureigenste Angelegenheit; außerdem hegte er keinerlei Vorliebe für verwaschene Redensarten. Und endlich schätzte er die Weißen nicht besonders, obwohl er mit einem rothaarigen weißen Mädchen in der Delancey Street zusammenlebte — mit weißen Männern war es eben etwas anderes. Die Mädchen mit den verschleierten Augen und die Jungen in Blue jeans drängte es gleichfalls nicht, nach Hause zu gehen und sich um ihre

eigenen Sachen zu kümmern; die einzige Sache, um die sie sich kümmern konnten, war der Schutz des Künstlers in einer freien Gesellschaft — deshalb umdrängten sie hilfsbereit den Neger; schließlich war er ein Künstler und obendrein farbig. Aus ihrem Kreis erklang eine Stimme: »Wollen Sie sich nicht lieber um den Verkehr kümmern, Officer?« Andere schlossen sich mit bissigen Sticheleien an — »Verhaften Sie doch meine Alte, sie vertreibt Koks« und »Was ist eigentlich los? Kommen die Schmiergelder heute zu langsam ein?« Die mißlaunige Miene des Polizisten wechselte zur Gottergebenheit eines leidenden Märtyrers. Vor seinem inneren Auge erstand plötzlich das Bild eines offenen Aufruhrs in seinem Revier, das nicht mehr lange sein Revier bleiben würde, wenn Aufruhr darin ausbrach — zumal von einem Neger angestifteter Aufruhr. Staten Island nahm in seinem Hirn ausgedehnte und sehr reale Dimensionen an.

Von seinen Begleitern angefeuert, begann der farbige Sänger *Freedom* zu singen, was wiederum dem Polizisten ungemein kommunistisch vorkam und ihm gerade noch fehlte — ein von Negern angestifteter Kommunistenaufruhr in seinem Revier! Die beiden bejahrten Schachspieler umkreisten die Menge, als versuchten sie festzustellen, wo der schwächste Punkt des Spiels lag; nachdem sie ihn entdeckt hatten, stürmten sie in entgegengesetzter Richtung davon. Inzwischen war es einigen der Samstagsstudenten gelungen, sich ein Stück Pappe zu verschaffen und ein ungefüges Schild zu malen: SCHLUSS MIT DER BRUTALITÄT DER POLIZEI! Ein paar Lungerer aus der Bowery, echte Vagabunden, die tatsächlich gekommen waren, um tweedgekleideter Jungfräulichkeit in flachen Schuhen nachzustarren, begannen *Peg o' my Heart* zu singen; einige neugierige Collegeprofessoren traten aus dem Gebäude, blieben entweder auf der Fronttreppe stehen oder ließen sich zu der angesammelten Menge hinübertreiben, rauchten ihre Pfeifen, lächelten und dachten, wie hübsch es war, in New York im April jung zu sein.

Der Polizist nahm die Mütze ab und wischte das Schweißleder — ein alter New Yorker Hinhaltetrick, den der farbige Sänger sofort als solchen erkannte. Er begann lauter zu singen und versuchte, die Lungerer zu übertönen. Der Polizist hatte den Text von *Freedom* nie gelernt und den von *Peg o' my Heart* vergessen; er setzte die Mütze wieder auf — wie hatte das alles nur angefangen? Ihn beschlich plötzlich das seltsame Gefühl, daß solche Dinge offenbar immer in seinem Revier anfingen; er dachte daran, sich zur Feuerwehr versetzen zu lassen. Während er noch mit sich zu Rate ging, begann ein Taschendieb am Rande der Menschenmenge sein Gewerbe auszuüben, und einer der Lungerer kniff eine hübsche, jungfräuliche Studentin, die sich zwar in der vergangenen Saison mit der halben Footballmannschaft von Fordham eingelassen hatte, nun aber nichtsdestoweniger empört aufschrie. Der Polizist war zu beschäftigt, um von diesen kleinen Gesetzesübertretungen Notiz zu nehmen. Vor seinem inneren Auge verwandelte sich die kleine Demonstration bereits in einen Gewaltmarsch zum Rathaus. *Freedom* leitete zu *Blowin' in the Wind* über, *Peg o' my Heart* zu *I'm Looking Over a Four-Leaf Clover*. Die Samstagsstudenten schwenkten ein zweites rohbeschriftetes Schild: NIEDER MIT DER ATOMBOMBE! und versuchten, gleichzeitig im Takt beider Songs zu marschieren. Die beiden bejahrten Schachspieler hatten auf ihrer Tour durch den Park eine Armee von Achtzigjährigen ausgehoben, die auf den Bänken gesessen hatten und sich nun wie ein Keil altersschwacher Schachbauern, denen es darum ging, den König mattzusetzen, in die Menge drängten.

»Nun, nun, kann man denn nicht in Frieden darüber reden?« sagte der Polizist; doch schon begann eines der Mädchen mit den verschleierten Augen in fehlgeleitetem Protest die Bluse auszuziehen, sangen die Lungerer *We Shall Over-*

come, ging der Negersänger zu *Did Your Mother Come From Ireland?* über. Die gekniffene Studentin ohrfeigte den Mann, der hinter ihr stand, erkannte dann in ihm ihren Anthropologieprofessor und entschuldigte sich. »Ich nehme zurück!« röhrte einer der Schachspieler, der Polizist schrie: »Ich bitte mir Ruhe aus, alle!«, die marschierenden Samstagsstudenten dröhnten: »Viva Bertrand Russell!«; im gleichen Moment sank mitten in der Menge einer der Lungerer, insgeheim dem Methylalkohol verfallen, tot zusammen, und das Mädchen mit den verschleierten Augen schwenkte seinen Büstenhalter triumphierend in der Luft.
Doch zu diesem Zeitpunkt war Buddwing bereits tief in Greenwich Village, sechs Straßenecken entfernt.

Natürlich überraschte ihn, daß ihm alle zu Hilfe gekommen waren, ohne zu wissen, wer oder was er war. Er hätte Edward Vossler sein können, Sam Buddwing oder sogar Adolf Hitler — niemand hätte sich darum gekümmert. Als er mit dem Polizisten argumentierte, war es um seine Identität nicht besser bestellt gewesen als beim Erwachen in der Frühe; dennoch hatten sie seine Sache zu der ihren gemacht. Kam es also wirklich so sehr darauf an? Ob er nun irgendwer war oder niemand, wer kümmerte sich schon darum.

»Augenblick, junger Mann«, sagte eine Stimme zu seiner Linken, ein wenig hinter ihm. Mit einem Ruck, bei dem sein Herz aus dem Takt geriet, blieb er auf der Stelle stehen. Erst jetzt wurde ihm klar, welche Angst er bei dem Zusammenstoß mit der Polizei ausgestanden hatte. Er wandte sich um, fast eine Reflexbewegung, erwartete, den Polizeichef oder vielleicht den Staatsanwalt vor sich zu haben, und sah sich statt dessen einem ungefähr sechzigjährigen Mann gegenüber, der lächelnd seine Pfeife rauchte.

»Ja?« sagte Buddwing.

»Kann man ein paar Worte mit Ihnen reden?« fragte der Mann.

»Nein«, sagte Buddwing. Er war es allmählich satt, mit Fremden zu reden. Ihn verlangte danach, einem bekannten Gesicht zu begegnen, eine Hand zu schütteln, die ihm vertraut war.

»In Ordnung«, sagte der Mann und ging neben Buddwing weiter.

»Haben Sie mich etwa nicht verstanden?« fuhr Buddwing auf. »Ich sagte ...«

»Natürlich habe ich Sie verstanden.«

»Schön, dann darf ich vielleicht bitten ...«

»Ich habe beobachtet, was da drüben los war«, sagte der Mann.

»Sind Sie von der Polizei?«
»Nein, nein«, sagte der Mann kichernd. »Merkwürdiger Gedanke! Wie kommen Sie nur darauf?«
»Schön, was wollen Sie dann?«
»Ich fand das Ganze recht interessant«, sagte der Mann. »Ich saß Ihnen gegenüber, als Sie in den Park kamen. Haben Sie mich nicht gesehen?«
»Nein.«
»Doch, doch, ich saß Ihnen gegenüber.« Der alte Mann riß ein Streichholz an und hielt es an seine Pfeife. »Ich war dabei, als Sie aufsprangen und ›Grace‹ schrien, und ich war auch dabei« — er paffte an seiner Pfeife und versuchte, sie wieder in Brand zu setzen — »als Sie ... paff, paff ... als Sie ... paff, paff ... da, jetzt brennt sie wieder.«
»Als ich was?«
»Als Sie sagten, daß Sie Edward Vossler sind«, sagte der alte Mann lächelnd.
Er ließ eine Pause eintreten.
Er lächelte immer noch und schwieg.
Dann sagte er: »Sind Sie wirklich Edward Vossler?«
»Warum fragen Sie?« sagte Buddwing.
»Ich bin nur neugierig.«
»Was mich betrifft, scheint die ganze Welt verdammt neugierig zu sein, oder?«
»Verrückte ziehen immer Neugier auf sich«, sagte der Mann gelassen und zog an seiner Pfeife.
»Aber ich bin nicht Edward Vossler«, sagte Buddwing schnell.
»Weshalb haben Sie es dann gesagt?«
»Da ist eine Belohnung ausgesetzt, stimmt's?«
»Nein, nicht daß ich wüßte. In den Zeitungen stand nichts von einer Belohnung.«
»Also, was wollen Sie dann?«
»Ich will mit Ihnen reden.«
»Warum?«

»Weil Sie gesagt haben, Sie wären Edward Vossler — eine ziemlich gefährliche Behauptung in einem öffentlichen Park; zumal wenn Sie es nicht sind.« Er hielt inne. »Aber ich glaube, Sie sind es.«

»Und weshalb glauben Sie das?«

»Weil Sie dem Polizisten Ihren Ausweis nicht zeigen wollten.«

»Ich habe keinen Ausweis«, sagte Buddwing.

»Sehen Sie.«

»Aber das heißt noch nicht, daß ich Edward Vossler bin.«

»Wer sind Sie dann?«

Darauf läuft es immer hinaus, dachte Buddwing müde — auf diese Frage, die nur eine Antwort kennt.

»Ich weiß es nicht«, sagte er.

»Aha!«

»Und was zum Teufel geht Sie das an?«

»Sagen wir einfach, ich bin ein interessierter Mitbürger.«

»Sagen wir einfach Adieu«, entgegnete Buddwing.

»Ah, nein«, sagte der Mann und hakte sich in Buddwings Arm ein. »Nein, nein.«

»Hören Sie, Mister«, sagte Buddwing warnend. »Machen Sie keine Dummheiten. Mit meinen Nerven steht es nicht zum besten; ich bin imstande . . .«

»Aber, aber«, sagte der Mann und schüttelte den Kopf. »Ich will Ihnen doch nur helfen.«

»Und wie?«

»Wie wäre es Ihnen denn am liebsten?« fragte der Mann.

»Am liebsten wäre mir, wenn Sie verschwänden«, sagte Buddwing.

»Damit wäre Ihnen nicht geholfen.«

»Ich habe auch nicht darum gebeten.«

»Ich weiß. Ich bin freiwillig gekommen.«

»Schön, dann verschwinden Sie auch freiwillig.«

»Nein«, sagte der Mann und schüttelte wieder den Kopf. Buddwing beobachtete ihn und dachte: wahrscheinlich werde ich ihn schlagen müssen — ein Gedanke, der ihn müde machte. Schließlich wollte er nur in Ruhe gelassen werden. Er wollte nicht mehr, als namenlos und unbehaust durch die Stadt wandern. Weshalb ließ man ihn dabei nicht in Frieden?

»Mister«, sagte er, »Sie sind ein alter Mann. Ein gebrechlicher alter Mann. Ich möchte mich nicht mit Gewalt von Ihnen losmachen müssen, Mister, aber bei Gott, ich tue es, wenn Sie nicht die Hand von meinem Arm nehmen. Wird's bald, Mister? Und werden Sie vergessen, daß Sie mich je gesehen haben? Oder muß ich Gewalt anwenden? Ich neige an sich nicht dazu, Mister, glauben Sie mir das; ich möchte nur nicht länger von Ihnen belästigt werden.«

»Ich belästige Sie durchaus nicht«, sagte der Mann und dachte nicht daran, seine Hand von Buddwings Arm zu nehmen.

»Mister, ich bin sehr müde ...«

»Ja, ich weiß ...«

»Und ich weiß nicht, wer ich bin ...«

»Sie sind Edward Vossler ...«

»Und ich habe keinerlei Lust, mit Ihnen zu streiten. Vor allem möchte ich keine Gewalt anwenden. Bitte, lassen Sie jetzt gefälligst meinen Arm los!«

»Nein«, sagte der Mann. »Ich will Ihnen helfen.«

»Wer zum Teufel sind Sie eigentlich?« fragte Buddwing.

»Gott«, erwiderte der Mann.

Sie standen auf dem Gehsteig in Greenwich Village, um fünf Uhr nachmittags, die Sonne hing tief über dem Untersuchungsgefängnis für Frauen. Ringsum, hinter ihnen, neben ihnen reihten sich, ein realistisches Basrelief, Juwelierläden, Lederwarengeschäfte, Geschäfte für exzentrische Kleidung, Bäckereien, Delikatessengeschäfte, Restaurants, Geschäfte für Künstlerbedarf. Die mannigfaltigen Geräusche der Stadt, zu einem ständigen Brausen verschwimmend, füllten die Luft mit Leben, und der Mann zog an seiner

Pfeife, musterte Buddwing gelassen und behauptete allen Ernstes, er wäre Gott; und Buddwing wünschte sich, ihm glauben zu können.
Er wünschte sich, ihm glauben zu können, weil er sich zum zweiten Mal, seit er erwacht war, vorstellte, er wäre tot. Wenn ich tot bin, dann lebt sie noch, überlegte er sich. Wie hatte sie sich damals ausgedrückt, wie hatte sie die Hölle beschrieben? Sie waren durch den Holland-Tunnel gefahren, und sie hatte gesagt: »Weißt du, so stelle ich mir die Hölle vor: man fährt durch einen Tunnel wie diesen, darf die Fahrbahn nicht wechseln, auf den Seitenschwellen stehen Polizisten und winken einem, weiterzufahren, Verkehrsschilder schreiben ein gleichbleibendes Tempo vor — in alle Ewigkeit.« Wenn ich tot bin, dann lebt sie noch, dachte er, und alle Leute, die hier herumlaufen, sind tot — warum also kann dieser Mann nicht Gott sein, warum zum Teufel nicht? Ist er Gott, dann war alles, was mir begegnet ist, seit ich heute morgen aufwachte, nur ein Vorspiel dieser Begegnung. Meine Seele erhob sich aus jenem stillen Bild auf der Bank, sichtbar, doppelbelichtet wie im Film, wanderte suchend umher, und nun ist hier Gott, zieht an seiner Pfeife, wartet darauf, daß ich niederknie und seinen Ring küsse; er wird wissen, wer ich bin.
»Und wie soll ich wissen, ob Sie Gott sind?« fragte Buddwing, ihn hoffnungsvoll examinierend.
»Wie sollten Sie wissen, daß ich es nicht bin?« erwiderte der Mann.
»Schön, wo ist Ihre Legitimation?«
»Und die Ihre?«
»Sie können nicht einfach dastehen und verlangen, daß man glaubt, Sie wären Gott.«
»Was erwarten Sie denn von mir?« sagte der alte Mann lächelnd. »Soll ich ein Wunder tun?«
»Ja«, sagte Buddwing.

»Nach fünf tue ich keine Wunder mehr«, sagte der alte Mann.
»Und wie spät ist es jetzt?«
Der Mann sah auf die Uhr. »Zehn nach fünf.«
»Also kurz nach Dienstschluß«, sagte Buddwing. »Dann dehnen Sie nur die Geschäftsordnung ein wenig. Lassen Sie den Wagen dort über die Dächer fliegen.«
»Gott dehnt die Geschäftsordnung nie«, sagte der Mann.
»Supermann brächte es fertig, den Wagen über die Dächer fliegen zu lassen«, stichelte Buddwing.
»Ich bin nicht Supermann, ich bin Gott«, antwortete der Mann.
»Sie sehen aber nicht aus wie Gott.«
»Woher wollen Sie wissen, wie Gott aussieht?«
»Er ist ein gütiger alter Mann mit Brille und weißem Haar.«
»Das ist mein Vater«, sagte der alte Mann ernsthaft.
»Ich wußte nicht, daß Gott einen Vater hat.«
»Jeder hat einen Vater«, sagte der Mann.
»Ich nicht.«
»Auch Sie.«
»Einerlei«, sagte Buddwing. »Ich glaube nicht an Gott.«
»Glauben Sie an mich?«
»Nicht, wenn Sie Gott sind.«
»Nun, ich bin Gott.«
»Dann glaube ich nicht an Sie.«
»Aber Sie reden mit mir.«
»Ja. Stimmt.«
»Schön, mit wem oder was reden Sie dann, wenn nicht mit Gott?«
»Mit einem alten Verrückten, der seit einer Viertelstunde hinter mir herläuft.«
»Das ist nur ein Symptom Ihres Zustandes.«
»Welches Zustandes?«
»Ihrer Verrücktheit. Daß Verrückte alle anderen Leute auch für verrückt halten, ist bekannt.«

»Aber Sie halten mich für verrückt«, sagte Buddwing.
»Natürlich.«
»Dann müssen *Sie* also verrückt sein.«
»Gott kann nicht verrückt sein«, sagte der Mann.
»Sie wissen alle Antworten, nicht wahr?«
»Nun, die meisten.«
»Schön«, sagte Buddwing. »Bin ich tot?«
»Natürlich nicht.«
»Sind Sie tot?«
»Gott ist unsterblich«, erwiderte der Mann. »Er stirbt nie, denn er ist allmächtig.«
»Warum tun Sie dann nicht wenigstens ein kleines Wunder?«
»Weil es nicht mein Wille ist«, sagte der Mann voller Würde. »Wenn Sie mich nicht aus dem Glauben heraus akzeptieren, sollten Sie mich überhaupt nicht akzeptieren.«
»Okay, ich akzeptiere Sie nicht«, sagte Buddwing.
»Aber es wird Ihnen leid tun«, setzte der Mann hinzu.
»Warum?«
»Weil ich dann, so laut ich kann, schreien werde, daß Sie Edward Vossler sind. Dann werden Sie in eine Zwangsjacke gesteckt und mitgenommen.«
»Das wäre eine Gemeinheit«, sagte Buddwing. »Wenn Sie wirklich Gott sind . . .«
»Gott kann sehr gemein sein«, sagte der alte Mann gelassen.
»Aber nicht auf eine so kleinliche Art.«
»Auf jede Art, die ihm gefällt.«
»Warum haben Sie Beethoven sterben lassen?« fragte Buddwing plötzlich.
»Er wurde alt«, erwiderte der Mann. »Außerdem konnte ich seine Musik nicht vertragen.«
»Den Beethoven meine ich nicht«, sagte Buddwing. »Sehen Sie!« setzte er triumphierend hinzu. »Sie wissen nicht einmal, von wem ich rede.«

»Ich weiß genau, von wem Sie reden.«
»Und von wem rede ich?«
»Von Beethoven.« Der alte Mann hielt inne. »Er starb, weil seine Zeit gekommen war.«
»Wer hat darüber entschieden?«
»Ich.«
»Dann sind Sie ein Mörder.«
»Gott kann kein Mörder sein«, sagte der Mann.
»Und die anderen haben Sie auch umgebracht.«
»Welche anderen?«
»Alle! Alle! Stellen Sie sich hier nicht dumm, Sie aufgeblasener Geselle!«
»Gott kann kein aufgeblasener Geselle sein«, sagte der alte Mann.
»Nein, und Sie können nicht Gott sein, denn Sie wissen nicht einmal, wer Beethoven ist oder war. Sie wissen nicht einmal mehr, daß Sie ihn vor Tarawa umgebracht haben. Sie wissen überhaupt nichts mehr, Sie Narr!«
»Ich weiß alles«, sagte der Mann.
»Ach? Schön, und wer bin ich? Wissen Sie das etwa?«
»Ja. Sie sind Edward Vossler.«
»Irrtum«, sagte Buddwing. »Ha!«
»Gott kann sich nicht irren.«
»Gott kann sich irren und gemein sein und ein aufgeblasener Geselle außerdem«, sagte Buddwing. »Ich wende mich von Ihnen ab! Ich wende mich von Ihnen ab, weil Sie ein Mörder sind und ein Dieb. Heute morgen haben Sie mir meine Identität gestohlen, und Sie stahlen Beethovens Identität, als Sie ihn vor Tarawa umbrachten.«
»Im Gegenteil«, sagte der alte Mann. »Ich habe seine Identität nicht gestohlen.«
»Ach?«
»Ich habe ihm eine Identität gegeben«, sagte der alte Mann.
»Und wie stellen Sie sich das vor?«
»Sie werden sich immer daran erinnern, daß er vor Tarawa

umgekommen ist. Das ist seine Identität. In Ihrem Gedächtnis habe ich ihm Unsterblichkeit verliehen.«
»Und was haben Sie für mich getan?«
»Nun, Sie haben mich doch gefragt, wer Sie sind?«
»Ja, und . . .«
»Ich habe es Ihnen gesagt. Sie sind Edward Vossler.«
»Überzeugen Sie mich.«
»Nach fünf tue ich keine Wunder.«
»Der Teufel hole Ihre Wunder, überzeugen Sie mich! Ich werde sein, wer Sie wollen, wenn Sie mich nur überzeugen können.«
»Sie müssen sich selbst überzeugen«, sagte der alte Mann.
»Und wie?«
»Sie müssen glauben.«
»An was?«
»An mich.«
»Ausgerechnet an Sie? Sie sind tatsächlich noch verrückter als ich!«
»Sieh da«, sagte der alte Mann sanft. »Das wissen Sie also, ja?«
»Ich weiß nichts.«
»Sie wissen, daß Sie verrückt sind. Und Sie wissen, daß Sie Edward Vossler sind.«
»Nie von ihm gehört.«
»Sie sind ein schizophrener Paranoiker.« Der alte Mann schien ihn hypnotisieren zu wollen. »Sie gehören ins Central Islip State Hospital. Sie haben gestern abend nach dem Essen den Anzug eines Direktors gestohlen. Gehen Sie dorthin zurück.«
»Ich will nicht zurück!« schrie Buddwing. »Weder dorthin noch woandershin!«
Der alte Mann drängte sich näher an ihn heran. Zum ersten Mal sah Buddwing seine Augen. Sie waren klar und blau und starrten ihn hell an; in ihnen spiegelte sich die Sonne

des Spätnachmittags. Es waren die Augen eines Wahnsinnigen.
Und wieder lag die Hand des alten Mannes auf seinem Ärmel, seine Finger verkrallten sich wie Klauen in das blaue Tuch. Der Atem des alten Mannes stank, aus seinem Mund strömten die Worte wie eine Litanei, während er sich mit glühenden Augen an Buddwing herandrängte. Einen Augenblick lang sah Buddwing den irren alten Mann, der sich für Gott hielt, und den schizophrenen Paranoiker namens Edward Vossler als ein Paar, in einen widersinnigen Dialog verwickelt, der mit der Wirklichkeit nichts zu schaffen hatte. Doch dann, dem Wahnsinn so dicht gegenüber, Auge in Auge mit dem Wahnsinn, den Ärmel im Krallengriff des Wahnsinns, wußte er plötzlich: dieser Mann war nicht sein Bruder. Und gleichzeitig entschied sich für ihn mit letzter Gewißheit, daß er nicht Edward Vossler war.
Der alte Mann redete noch immer; er flehte und drohte, schmeichelte und fluchte. Er beschwor Bilder des Himmels und der Hölle, der Sünde und der Erlösung; doch Buddwing hörte nur mit halbem Ohr zu, überwältigt von einem Gefühl ungeheuerlicher Erleichterung: er war nicht Edward Vossler, er war nicht wahnsinnig. Und weil er in diesem Gedanken lebte, seit er am Vormittag, zehn Minuten nach neun, zum ersten Mal die Schlagzeile vor der Milchbar an der Siebenundsechzigsten Straße gesehen hatte, weil dieser Gedanke in ihm gewachsen war, sich zu einem Bild verdichtet hatte, auf das er zurückgreifen konnte, wenn alle andere Hoffnung auf Identität ihn verließ, stand er nun, unfähig zu denken, der Wahrheit gegenüber und wünschte fast, sie für Unwahrheit halten zu können. Er wünschte sich, irgendwer zu sein, sei es auch nur Edward Vossler, ein armer, wirrer Wahnsinniger, der den Anzug eines Direktors gestohlen hatte und entwichen war. Er wünschte sich, irgendwer zu sein — nein, nicht nur irgendwer, er wünschte eine bestimmte Identität.

»Hör auf Gott«, redete der alte Mann. »Hör auf die Stimme Gottes, denn er wird dich auf eine grüne Wiese führen . . .«

»Hören Sie zu«, sagte Buddwing.

»Hör auf Gott.«

»Nein! Sie hören jetzt auf mich! Ich bin jemand, ist das klar?«

»Sie sind Edward Vossler, und ich . . .«

»Nein, ich bin ich, und Sie sind irgendein Verrückter, der glaubt, sich in mir wiederzuerkennen. Aber ich bin nicht Edward Vossler, und ich bin auch nicht verrückt. Ich bin ich! Ist das klar? Und ich bin es satt, daß die Leute mich von oben bis unten mustern und nur sich selber sehen! Von nun an werden sie mich anschauen und entweder *mich* sehen oder überhaupt nichts! Nichts! Und jetzt scheren Sie sich zum Teufel, bevor ich dem Polizisten dort an der Ecke erzähle, daß Sie Gott sind. Los, los, verschwinden Sie!«

»Wenn Sie ihm erzählen, daß ich Gott bin, erzähle ich ihm, daß Sie Edward Vossler sind«, sagte der alte Mann verschlagen.

»Schön, vielleicht glaubt er uns beiden und nimmt uns beide fest. Wäre Ihnen das etwa recht?«

»Sie treiben Ihren Spott mit dem Allmächtigen, Sie verdammter Narr!« sagte der alte Mann plötzlich.

»Gott sollte nicht fluchen«, lächelte Buddwing.

Der alte Mann starrte ihn an, in seinen Augen funkelte irre Bosheit, seine Hand krampfte sich um die erloschene Pfeife. Ohne jedes Warnzeichen drehte er sich zu dem Polizisten an der Ecke um und schrie: »Hilfe! Dieser Mann ist Edward Vossler, der verrückte Ausbrecher von Central Islip!«

Zwei Schrecksekunden lang begriff Buddwing nicht, daß der alte Mann seine Drohung wahrgemacht hatte. Dann sah er, wie sich der Polizist langsam zu ihnen umwandte, und hörte den alten Mann abermals schreien: »Hilfe, Hilfe! Ein Verrückter! Hilfe!« Und zum ersten Mal seit seinem Erwachen wußte er, was Panik war.

Er rannte blindlings.
Er rannte der Sonne entgegen, westwärts, setzte sie sich zum Ziel, wollte sie erreichen, bevor sie in den Fluß hinabsank. Hinter sich hörte er den alten Mann und den Polizisten rufen, einstimmig, doch er rannte der Sonne nach — wenn er sie nur erreichte, bevor sie versank, war alles in Ordnung. Die Rufe hinter ihm wurden leiser; vielleicht übertönte sie auch nur das Geräusch seines eigenen keuchenden Atems. Im Laufen dachte er, wie merkwürdig es war — saß man auf einer Parkbank und kümmerte sich um seine eigenen Dinge, dann kam ein Polizist auf einen zu und fragte nach dem Ausweis; raste man aber durch die Straßen, wie ein Dieb der Sonne nachrennend, weil man sie erreichen wollte, bevor sie verschwand, dann gönnte einem niemand mehr als einen Seitenblick. Er lächelte und lief weiter. Er spürte, wie seine Füße kraftvoll das Pflaster hämmerten, fühlte jeden Schritt als Pumpen der Muskeln in Schenkeln und Waden, Atemzug nach Atemzug — er fühlte die heiße Luft in Kehle und Lungen, fühlte die Reaktion seines Körpers auf Straßenpflaster und Fluchterregung. Man läuft zu wenig, dachte er; man wächst auf, und dann läuft man nicht mehr.
Der Polizist und der alte Mann waren inzwischen außer Sicht geraten; sie bedeuteten keine Drohung mehr. Dennoch rannte er weiter; er wollte den Fluß erreichen, den Fluß und die Sonne. Er rannte durch eine Stadt, die plötzlich eindimensional geworden war, wie vom letzten Seitensitz eines Kinos aus gesehen. Die Menschen, die Häuser, die Laster, die vor dem Fleischmarkt zwischen der Ninth und Tenth Avenue parkten, die Hochstraßenkonstruktion des West Side Express Highway — alles glitt in flacher Unwirklichkeit an ihm vorüber; real waren nur der Fluß und die Sonne, und auch sie nur als halbverstandene Ziele. Du Hundesohn, eine Identität hast du ihm gegeben, nicht wahr? Indem du ihn umgebracht hast! Unsterblichkeit hast du ihm

verliehen, nicht wahr? Wenn ich an ihn denke, wird er für mich immer der sein, der vor Tarawa fiel, das ist es doch? Und was sind alle die anderen, wenn ich an sie denke, du Hundesohn? Hast du ihnen auch Unsterblichkeit verliehen? Er mußte den Fluß erreichen, bevor die Sonne erlosch.

Doch es war anders, als er erwartet hatte. Am Ufer des Flusses drängten sich Häuser und Schiffe. Er hatte sich gewünscht, auf einer Pier zu sitzen, zur flammenden Sonne hinaufzublicken, den hellen Fleck, ihr Spiegelbild im Wasser, zu finden. Und nun fragte er sich: wo war nur all der freie Raum? Mit euren Ladeschuppen und Schiffen habt ihr die ganze freie Welt verstopft. Wo soll ich mich ausruhen? Er rannte weiter, wandte sich abrupt nach Norden, seine Augen suchten das Hafengelände ab, seine Beine wurden müde, sein Herz pumpte heftig, seine Lungen schmerzten. Er wußte nicht, wie lange oder wie weit er lief, um in der unerbittlichen Barriere, die ihn vom Fluß fernhielt, eine Lücke zu finden, dem Südverkehr entgegen, der über ihm auf der Hochstraße dröhnte. Noch vor kurzer Zeit, als er müßig ein Geschwader Zerstörer auf der Mitte des Flusses beobachtete und einer seiner Freunde versuchte, das nächstliegende Schiff mit einem Stein zu treffen, war es anders gewesen.

Doch als er sah, daß das geschäftige Treiben vor ihm noch eine weite Strecke seinen Fortgang nahm, wußte er, daß er nahezu die Gegend der Vierzigsten Straße erreicht hatte; er wußte zudem: wenn er noch einen Schritt weiterlief, würde er zusammenbrechen und sterben, ohne die Sonne je wiederzusehen. Noch mehr Verwirrung und Lärm hätte er nicht ertragen. Er machte kehrt und rannte wieder den Fluß hinab. Doch dann zog es ihn zu dem gewaltigen schwarzweißen Rumpf des Ozeandampfers hinüber, der vor ihm in den Himmel ragte. Es zog ihn zu dem Durcheinander von Bord gehender Passagiere, dem Hupen der

Taxis, den Rufen der Gepäckträger und Zollbeamten. Als wäre dies die Sonne, bewegte er sich auf die Menge zu, die auf der Landungsbrücke wimmelte, und hielt dann in seinem Lauf inne.

Er stand mit hängenden Armen und lockeren Schultern und atmete die Luft in tiefen Zügen. Überall ringsum lärmte es, Stimmen in Englisch und Italienisch, ein Pudel, der aus dem Fenster eines geparkten schwarzen Cadillacs bellte, Kindergeschrei, knatterndes Motorengedröhn. Er sah eine Frau durch die Zollpforte kommen, einen Mann, der auf sie zustürzte, um sie zu umarmen, und fühlte sich plötzlich einsamer denn je in seinem Leben. Die Passagiere strömten auf die Straße hinaus, wurden umarmt, begrüßt, geküßt; und er stand am Rande der Menge, atmete heftig, beobachtete den Austausch liebevoller Grüße und begann plötzlich zu weinen.

Er weinte bitterlich. Noch rang er nach Atem, und jeder Atemzug endete in einem krampfhaften Schluchzen, das ihn nahezu erstickte. Ungehört, ungesehen stand er am Rande der lärmenden Menge und weinte. Ein Schiffssteward schrie: *»Presto, le valige della signora!«*, und ein Taxifahrer röhrte: »Noch jemand nach Idlewild? Idlewild hier, wer will noch nach Idlewild?« Ein Baby begann plötzlich auf dem Arm seiner Mutter zu schreien, und ein Mann knarrte mißlaunig: »Ich denke, Sie sind hier der Reisebegleiter?« Eine füllige Frau in einer Nerzstola flötete vergnügt: »Juhu, Artur, juhu, hier sind wir!« Hier sind wir, dachte er, und die Tränen strömten ihm über die Wangen.

Er weinte um sich selbst, nahm er an, und er weinte um all die Toten in der Welt, die nie wieder die Wärme einer menschlichen Umarmung spüren würden, nie die Berührung grüßender Lippen auf ihren Wangen, all die Toten, denen nie wieder eine füllige Frau in einer Nerzstola entgegenrief: »Juhu, hier sind wir!« In diesem Moment war er nahe daran, die Wahrheit über sich selbst zu erfassen. Krampf-

haft pumpte er Luft in seine Lungen, in seinen Körper – Parfum, Sauerstoff, Kohlenmonoxyd, Dieselqualm, Körpergerüche, den Dunst des Flusses, eine Spur Whisky — der Lärm des Lebens brandete ihm von allen Seiten entgegen, und plötzlich wünschte er sich, wieder in dieses Leben einzutreten, es an sich zu pressen; und dies war der Augenblick, in dem die Maskerade nahezu in sich zusammenfiel. Fast hätte sich sein Name in seinem Kopf, auf seiner Zunge materialisiert. Fast wußte er, wer er war und wie es gekommen war, daß er in der Frühe im Park erwacht war. Vielleicht noch ein weiterer Moment, noch fünf Sekunden, und dieses Wissen wäre frei und klar an den Tag getreten, wäre aus seinem Versteck hervorgebrochen. Dann hätte er es gewußt.
Ein Ausdruck starrer Erwartung mußte sich über sein Gesicht gebreitet haben. Plötzlich hielt er den Atem an, als fürchtete er, die Wahrheit, auf der Grenze seines Bewußtseins, so knapp im Gleichgewicht, könnte beim kleinsten Atemzug wieder in den Abgrund hinabstürzen. Er wartete gespannt; er fürchtete die Wahrheit und war dennoch bereit, sie zu begrüßen, wie überall ringsum zurückkehrende Schiffsgäste begrüßt wurden; er sehnte sich danach, wieder zu ihnen zu gehören, wünschte verzweifelt, zurückkehren zu können — es war da, es würde kommen, in jedem Augenblick, er wußte es, er wußte es genau; er wartete mit zusammengebissenen Zähnen, und die Tränen rannen ihm über das Gesicht.
Und dann sah er Grace.
Einen Augenblick lang dachte er: nein, ich sehe sie nicht wirklich, ich fürchte mich nur vor der Wahrheit. Doch dann pochte sein Herz, er erkannte sie wieder und eilte auf sie zu. Das ist nicht Grace, dachte er, erinnerst du dich nicht, willst du dich nicht erinnern? Er eilte auf sie zu; sie drängte sich durch die Menge, zusammen mit einer Gruppe von Leuten, die einem jungen Mann, der mit seinem Gepäck

einem Taxi zustrebte, lachend den Rücken klopften. Buddwing hätte ihr beinahe nachgeschrien. Nein, warte, sagte er sich, hör zu. Mach dir die Lage klar. Mach sie dir jetzt klar. Er zögerte.

Sie hatten den jungen Mann im Taxi verstaut, zwei weitere Mädchen und ein junger Mann stiegen mit ein. Das Taxi rollte an; Grace und fünf andere blieben auf der Landungsbrücke. Er bemerkte, daß sie ein wenig abseits von dieser Gruppe stand, als gehöre sie nicht wirklich dazu. Ein weiteres Taxi fuhr vor. Buddwing erwartete, daß sie alle einsteigen würden, erwartete, daß Grace davonfahren und ihn mit diesem hartnäckigen, schreienden, halberfaßten Wissen, das ihm den Schädel zu sprengen drohte, zurücklassen würde, mit diesem Wissen und lumpigen dreißig Cents — nicht genug, ihr zu folgen.

Das Taxi fuhr an. Grace stand noch auf der Brücke, neben einem jungen Mann in einem Tweedjackett. Der junge Mann nahm ihren Arm. Sie gingen zu Fuß davon.

Wer konnte es sein, wenn nicht sie? Er folgte ihnen.

Hinter sich hörte er ein kleines Mädchen sagen: »Daddy, der Mann da weint.«

Sie sah fast aus wie immer, ja, ein wenig schlanker vielleicht, das blonde Haar ein wenig kürzer, doch es war Grace, ja, und er fühlte ein überwältigendes Gefühl des Friedens in sich aufsteigen, als er ihr und dem jungen Mann zu folgen begann. Wohin sie auch gingen, sie schienen es nicht besonders eilig zu haben; vermutlich hatten sie deshalb auch kein Taxi genommen. Sie schlenderten müßig dahin, genossen den milden Frühlingsabend, plauderten, lachten gelegentlich, ihr Lachen flatterte zu ihm hinüber; er folgte ihnen in einiger Entfernung.

Die Anwesenheit des jungen Mannes irritierte ihn nicht, obwohl er das Gefühl hatte, daß sie ihn im Grunde irritieren sollte. Er beobachtete sie, während sie dahingingen, und alles schien auf die gleiche Art seine Richtigkeit zu haben, wie er es im Washington Square Park empfunden hatte; die Situation schien auf eine Weise korrekt, daß sie den jungen Mann, der ihren Arm genommen hatte, fast selbstverständlich einschloß. Wenn er Grace und den jungen Mann beobachtete, hatte er das seltsame Gefühl, sich selbst zu beobachten; ihm war, als plaudere sie mit ihm, Buddwing; als wendete sie dann und wann den Kopf, um über etwas zu lachen, das er gesagt hatte; als wäre es in Wirklichkeit nicht der junge Mann, der sie begleitete. Er lächelte. Seine Position schien zugleich überlegen und vorteilhaft. Sie lief darauf hinaus, daß er, ungeachtet der Gegenwart des jungen Mannes, an Graces Seite sein, ihr aber auch zugleich folgen und sie beobachten konnte.

Ihr Haar irritierte ihn ein wenig: Grace hatte ihr Haar immer sehr lang getragen, es fiel ihr über die Schultern, den Rücken hinab, und dieses Mädchen trug es kurz wie einen goldenen Helm, hinten gerade geschnitten. Auch war sie magerer, viel magerer, als er anfangs angenommen hatte; sie bewegte sich mit eckiger Lässigkeit in Pullover, Rock und hochhackigen Schuhen. Und doch erkannte er Grace in ihr; ihr Gang, ihre Art, den Kopf zu bewegen und die Hand sanft auf den Arm des jungen Mannes zu legen, wie um etwas zu betonen — alles das war ihm vertraut und in guter Erinnerung.

Er folgte ihnen die Vierundvierzigste Straße hinab; dann blieb der junge Mann auf der Treppe eines Hauses zwischen der Eighth und Ninth Avenue — seiner Berechnung nach — stehen und unterhielt sich mit Grace. Zwei Portorikanerkinder warteten ungeduldig darauf, daß sie die Treppe räumten, um ihr Ballspiel wieder aufnehmen zu können. Buddwing begriff, warum sie nicht mit den anderen zusammen ein Taxi genommen hatten. Offenbar wohnte der junge Mann hier, nahe den Docks, und Grace war wohl nach Laufen zumute gewesen, sei es, daß sie noch Einkäufe vorhatte, sei es, daß sie es einfach genoß, in der Frühlingsluft zu Fuß zu gehen; ja, er erinnerte sich, Grace ging gern zu Fuß. Sie verabschiedeten sich mit einem Händedruck. Der junge Mann verschwand im Haus, und Grace ging ostwärts weiter, der Eighth Avenue zu — ja, es war die Eighth Avenue, die sie überquerte — und weiter dem Broadway zu. Um diese Zeit war der Theaterdistrikt seltsam still. Es mußte sechs Uhr sein oder wenig später; alles Leben schien sich in die Häuser zurückgezogen zu haben, um sich auf den Abend vorzubereiten. Das Mädchen ging schnell, aber er spürte, daß sie es noch immer nicht eilig hatte, irgendwo anzukommen — immer wieder blieb sie stehen, um die Fotografien vor einem Theater zu betrachten oder um ein Plakat zu lesen, wie sie es im Augenblick tat, das Gesicht im Profil, Stirn, Nase, Kinn, Hals eine schwungvoll fließende Linie, die einen Ausdruck heiterer Gelassenheit hatte. Sie wandte kurz den Kopf, als spürte sie seine forschenden Blicke; er wandte sich schnell ab und zündete sich unter dem Vordach eines Theaters eine Zigarette an, doch nicht ohne das tiefbraune Aufleuchten ihrer Augen wahrgenommen zu haben — ein bestätigendes Merkmal, das eine tiefe Freude in ihm aufquellen ließ. Er beschäftigte sich damit, das Streichholz auszuschütteln und die Zigaretten wieder in der Tasche zu verstauen, bis ein verstohlener Seitenblick ihm verriet, daß sie weiterging.

Alle ihre Bewegungen schienen impulsiv und planlos. Sie ging an der ganzen Front des St.-James-Theaters vorbei und blieb dann vor einem der Schaukästen plötzlich stehen, als habe sie sich ganz abrupt, ohne zu überlegen, dazu entschlossen. Am Daumen nagend, studierte sie Theaterplakate und wandte sich — wie es schien, noch während des Lesens — wieder ab, um weiterzueilen, quer über die Straße, in die Shubert Alley hinein. Er folgte ihr durch die enge Passage. Er spürte die Stille der Straßen, ferne Stimmen klangen wie gedämpfte Orchestergruppen, dann hinter ihm das Aufheulen eines Lastwagenmotors vor der Auslieferung der *Times*, die hohl widerhallenden Rufe eines Zeitungsverkäufers, der auf dem Broadway seine Schlagzeilen ausrief, die heiteren Stimmen zweier Tänzer, die sich vor dem Shubert-Theater unterhielten; dann kamen sie auf die Fünfundvierzigste Straße, sie bog rechts ab, dem Broadway zu, und er begriff plötzlich: sie wußte, daß er ihr folgte.

Was bisher normales Gehen gewesen war, verwandelte sich nun in ein fast verführerisches Stolzieren. Ihre Schritte bekamen einen bewußten Schwung; sie trug hochhackige Schuhe und setzte die Füße fest auf, sicher, daß jedes klikkende Aufschlagen verlockend bis in ihre Hüften hinaufpulsierte. Wenn ihre Bewegungen bisher zufällig und zusammenhängend gewesen waren, so wurden sie jetzt überlegt und bewußt. Sie drehte den Kopf, um zu Schildern und Passanten hinüberzublicken, zeigte ihr Profil, rümpfte die Nase und setzte dabei absichtlich eine gleichgültige Miene auf, die Bände sprach. Sie ließ ihr kurzes Haar schwingen, lächelte einem kleinen Jungen mit einer Schuhputzkiste zu, blieb vor dem Fenster einer Tierhandlung am Broadway stehen und klopfte ans Glas, um die Welpen drinnen auf sich aufmerksam zu machen, schaute sich dann mit einem plötzlichen, unverhohlenen Heben der Augen nach Buddwing um — und wandte sich wieder ab, um die Jagd fortzusetzen.

Er wußte, er würde sie bald ansprechen müssen.

Über dem Broadway lag eine stumme Erregung; die Stadt wagte sich tastend aus den Türen, um den Samstagabend zu suchen. Sie wartete darauf, daß er sie anspräche, er wußte es jetzt; sie wartete mit einer Ungeduld, die sich mehr und mehr erschöpfte, an allem, was ringsum geschah, ungemein interessiert — Teenager vor dem Paramount-Theater, die Homos vom Times Square, die unverfroren in Erwartung der Dunkelheit, die sie bald einhüllen würde, die Nasen ins Freie streckten, ein Tenorsaxophon, das mit gesplitterter Zunge in einer der Bars *How High the Moon* intonierte, Frauen aus der Bronx in Nerzstolen, ihre Begleiter in Samstagabendblau, Restaurants betretend, Plakate studierend, die Verkäuferin, die nach Hause eilte, eine kleine weiße Tortenschachtel an der Schnur schwenkend, das Mädchen, das sich am Gehsteig über einen Zeitungsstand beugte und mit einer anmutigen Bewegung die *New York Post* vom Stapel nahm, langes schwarzes Haar, das ein Auge verdeckte, flache Schuhe, die Füße in einer unbewußten Ballettposition. Die Stadt schien sprungbereit wie eine gespannte Spiralfeder, und alles interessierte sie, interessierte sie ungeheuerlich, sie tastete es mit den Augen ab, schnupperte jedem Aroma nach, ihre Ohren fingen jedes Geräusch auf, und dennoch wußte er, daß sie auf ihn wartete, daß er sie schleunigst ansprechen mußte, wenn er sie nicht verlieren wollte. Sie blieb stehen, um auf die Verkehrsampel an der Dreiundvierzigsten Straße zu warten, und er holte tief Luft und trat zu ihr.

»Hallo, Grace«, sagte er.

Sie drehte sich um, als überraschte es sie, ihn zu entdecken.
»Hallo, Seymour«, sagte sie.
»Heiße ich so?« fragte er.
»Heiße ich Grace?«
»Ja.«
»Dann heißen Sie Seymour.«
Sie gingen miteinander weiter, so natürlich, als wäre ihr Zusammentreffen verabredet gewesen, als träte ein jeder nun — ohne besondere Absicht — in den Tageslauf des anderen ein.
»Ich glaube nicht, daß Seymour der richtige Name für mich ist.«
»Ich glaube auch nicht, daß Grace für mich paßt«, antwortete sie.
»Der Name steht Ihnen aber ausgezeichnet.«
»Nein, das finde ich nicht. Ich bin dafür zu klein. Ein Mädchen, das Grace heißt, sollte mindestens einssiebzig sein.«
»Und Sie sind ungefähr einssechzig«, sagte er.
»Stimmt.«
»Dann sind Sie groß.«
»Wie lange laufen Sie schon hinter mir her?« fragte sie.
»Wann haben Sie gemerkt, daß ich hinter Ihnen herging?«
»Ich habe zuerst gefragt.«
»Ich sah Sie auf der Landungsbrücke.«
»Und ich habe Sie entdeckt, als ich mir das Plakat vor dem St. James ansah.« Sie hielt inne. »Wie heißen Sie nun wirklich?«
»Und Sie?«
»Grace«, sagte sie und lächelte.
»Okay, dann heiße ich Seymour.«
»Ich bin aber nicht Grace. Warum nennen Sie mich so?«
»Nun, so heißen Sie doch.«
»Nein.«
»Und wie dann?«
»Ich weiß nicht recht, ob ich Ihnen das sagen soll.«

»Okay. Möchten Sie eine Tasse Kaffee?«
»Gern.«
»Aber ich habe kein Geld«, sagte er.
»Weshalb fragen Sie mich dann, ob ich Kaffee möchte?«
»Nun, ich hielt es für möglich«, sagte er, hielt nachdenklich inne und fuhr dann fort: »Sie haben ein Muttermal an der linken Schulter, nicht wahr?«
»Nein«, sagte sie. »Habe ich nicht.«
»Doch, gewiß.«
»Dann müssen Sie eine andere Grace im Sinn haben.«
»Nein, ich habe Sie im Sinn.« Er streckte die Rechte aus. »Sie haben mir diesen Ring geschenkt.«
»Tut mir leid, nein.« Sie musterte den Ring. »Ich würde nie einen Ring mit einem gesprungenen Stein verschenken.«
»Und was für einen Ring hätten Sie mir geschenkt?«
»Ich hätte Ihnen wahrscheinlich überhaupt keinen Ring geschenkt.«
»Übrigens war der Stein noch nicht gesprungen, als Sie ihn mir gaben. Ich habe ihn gestern zerbrochen.«
»Und wie?«
»Ich habe ihn gegen die Wand geschlagen.«
»Warum taten Sie das?«
»Weil ich mich über Sie geärgert hatte.«
Sie blieb mitten auf dem Gehsteig stehen und musterte ihn neugierig. Ihre braunen Augen zogen sich zusammen. »Sie glauben also wirklich, daß Sie mich kennen?« sagte sie.
»Ja, das glaube ich tatsächlich«, sagte er.
Sie starrte ihn an. »Wissen Sie, Sie sagen das mit solcher — solcher Sicherheit, daß — daß ich beinahe das Gefühl habe, Sie auch kennen zu müssen.«
»Nun, ich meine, Sie sollten mich kennen«, erwiderte er.
»Ach, wirklich? Weshalb?«
»Nun, ich bin kein übler Mann, man darf mich ruhig kennen.«

»Aha«, sagte sie lächelnd. »Ich glaubte, ich wüßte in der Welt Bescheid . . .« Sie schüttelte den Kopf.

»Wie meinen Sie das?«

»Ich falle auf den ältesten Trick der Welt herein.«

»Welchen Trick?«

»›Kennen wir uns nicht? Sie erinnern mich an jemanden . . .‹ — Den Trick.«

»Ach, den also.«

»Genau.«

»Aber es ist kein Trick«, sagte er.

»Ich bin Grace, ja«, sagte sie und nickte.

»Eben.«

»Aha«, sagte sie und nickte abermals. »Und Sie sind Seymour.«

»N-nein, ich bin nicht Seymour.«

»Aber wer sind Sie dann?«

»Ich weiß es nicht. Wissen Sie vielleicht, wer ich bin?«

Sie zuckte die Achseln. »Sie müßten mir ein wenig von sich selber erzählen, bevor ich versuche, es zu erraten. Wie alt sind Sie?«

»Neununddreißig. Und wie alt sind Sie?«

»Achtundzwanzig.«

»Was hatten Sie auf der Landungsbrücke zu tun?«

»Wir haben einen Freund abgeholt, eigentlich nur einen Bekannten. Er ist beim Friedenscorps und kam gerade aus Afrika zurück. Früher war er bei der Sozialfürsorge.« Sie hielt inne. »Daher kenne ich ihn.« Sie hielt wieder inne. »Ich bin nämlich auch bei der Sozialfürsorge.«

»Oh, das ist ausgezeichnet«, sagte er.

»Warum?«

»Nun, dann haben Sie wahrscheinlich einige Praxis darin, Leute zu befragen.«

»Ja — gewiß — vielleicht«, sagte sie und zuckte die Achseln. »Sie sind verheiratet, nicht wahr?«

»Wie kommen Sie darauf?«

»Gefühlsmäßig.« Sie hielt inne. »Ich gerate immer an verheiratete Männer. Wirklich, ich weiß nicht, wie das kommt.« Sie schüttelte den Kopf. »Haben Sie Kinder?« Sie schüttelte wieder den Kopf. »Ach, Sie brauchen mir nicht zu antworten. Wahrscheinlich haben Sie sechs.« Sie hielt inne und betrachtete ihn. »Was ist Ihr Beruf?«

»Ist das schon die Befragung?«

Sie lächelte. »Ja, gewiß, das ist die Befragung.«

»Ich fürchte, ich bin dafür nicht recht geeignet«, sagte er. »Was würden Sie für meinen Beruf halten?«

»Zeigen Sie mir Ihre Hände.« Er streckte sie ihr entgegen; sie warf einen kurzen Blick darauf, ließ sie dann fallen und schwieg nachdenklich, während sie weitergingen.

»Wissen Sie, was ein Rechtsanspruch ist?« fragte sie.

»Natürlich.«

»Und was?«

»Ein zivilrechtlich einklagbarer Schaden.«

»Und was ist ein Vergehen?« fragte sie schnell.

»Jede rechtswidrige Handlung, die kein Verbrechen ist«, antwortete er.

»Und was ist ein Verbrechen?«

»Eine rechtswidrige Handlung, die mit dem Tode oder mit Zuchthaus bestraft wird.«

»Welche Höchststrafe steht auf Einbruch?« fragte sie.

»Ich habe keine Ahnung«, sagte Buddwing.

»Okay. Wie heißt das bekannteste Handbuch der Beweisführung?«

»Das weiß ich nicht.«

Grace nickte enttäuscht und betrachtete ihn wieder. Sie schien in Gedanken eine weitere Serie von Fragen vorzubereiten und fragte plötzlich: »Was ist ein Katheter?«

»Ein röhrenförmiges Instrument.«

»Und wozu wird es gebraucht?«

»Um Körperflüssigkeiten abzuleiten.«

»Ist Morphium ein beruhigendes oder ein anregendes Medikament?«
»Ein beruhigendes.«
»Und Codein?«
»Ein anregendes.«
»Und Scopolamin?«
»Ist das ein Medikament?« fragte Buddwing.
»Ja. Aber lassen Sie nur«, sagte Grace. Sie dachte einen Moment nach und fragte dann: »Wer hat ›Vom Winde verweht‹ geschrieben?«
»Margaret Mitchell.«
»In welchem Verlag ist das Buch erschienen?«
»Ich weiß es nicht.«
»Kennen Sie die Namen einiger Verlagshäuser in New York?«
»Doubleday, Random House, Macmillan . . .«
»Was sind Seiten?«
»Seiten?«
»Ja.«
»Sie meinen Seiten? Wie in einem Buch?«
»Ist gut«, sagte Grace. »Wenn am Markt Baisse ist, was bedeutet das?«
»Geringes Geschäft.«
»Und wie nennt man das Gegenteil?«
»Hausse.«
»Wissen Sie den Tageskurs von A. T. & T.?«
»Nein.«
»General Motors?«
»Nein.«
»IBM?«
»Auch nicht. – Was ist ein A-und-R-Mann?« fragte Buddwing.
»Was, bitte?«
»Ein A-und-R-Mann.«
»Das weiß ich nicht«, sagte Grace. »Was ist das?«

»Sehen Sie«, sagte Buddwing, und sie lachten beide.
»Also gut, ich gebe auf«, sagte sie. »Ist das etwa Ihr Beruf, ein A-und-R-Mann?«
»Keine Spur.«
»Aber was sind Sie dann?«
»Ich weiß es nicht.«
»Was wollen Sie damit sagen?«
»Ich weiß nichts über mich selbst.«
»Wie?«
»Ich weiß nicht, wer ich bin«, sagte er und zuckte fast heiter die Achseln.
»Wirklich?« sagte sie, blieb plötzlich an der Ecke stehen und musterte ihn mit einem Blick, der berufliches Interesse verriet — mit dem wißbegierigen, freundlichen, distanzierten und prüfenden Blick einer Sozialfürsorgerin.
»Sie sagen das im Ernst?« fragte sie.
»Ja.«
»Ich meine, daß Sie nicht wissen, wer Sie sind?«
»Ja, das stimmt.«
»Das ist kein Versuch, mich auf den Arm zu nehmen? Ich meine, das gehört nicht zu Ihrem Trick?«
»Nein, natürlich nicht.«
»So ist das.« Sie musterte ihn immer noch nachdenklich und nagte an der Lippe. »Wie lange — wann ist das passiert?« fragte sie.
»Heute früh. Als ich aufwachte.«
»Hm. Und Sie wissen also nicht, wer Sie sind?«
»Genau.«
»Aha.«
Er spürte, wie das berufliche Interesse in ihr alles verdrängte, was bisher an andersgeartetem Interesse dagewesen sein mochte. Diese unerwartete Entwicklung wies auch ihm eine neue Rolle zu — er war nun nicht mehr so sehr ein Mensch, als vielmehr ein Fall aus ihrer täglichen Patientensammlung. Doch die Rolle eines Patienten interessierte

ihn wenig; er wollte er selbst sein. Und besonders bei Grace hatte er sich vorgestellt, daß sie ihn als ihn selber sehen würde und nicht als irgendeinen törichten Fall aus einer Fürsorgeakte. Er begriff sofort, daß es darum ging, sie von dieser Spur fortzulocken, die Unterhaltung zu ihrem eigentlichen Thema zurückzuführen: einem Mann und einer Frau an einer Straßenecke — also bitte, Miß Irgendwer, ein Mann ist ein Mann, und eine Frau ist eine Frau.

»Hören Sie«, sagte er, »wir brauchen uns jetzt nicht zu überlegen ...«

»Haben Sie irgendeinen Ausweis bei sich?« fragte sie.

»Nein. Aber Sie brauchen sich keine Sorgen zu ...«

»Geld haben Sie auch nicht, das sagten Sie schon.«

»Richtig. Wie ist es, könnten wir nicht ...«

»Haben Sie überhaupt nichts, womit man ...«

»Ich sehe nicht ein, was das ...«

»... Sie identifizieren könnte ...«

»Sagen Sie, können wir nicht von etwas anderem reden?«

»Ich will Ihnen doch nur helfen.«

»Ja, aber ...«

»Ich möchte Ihnen helfen«, sagte sie sehr sanft.

»Ja ...«

»Haben Sie überhaupt nichts bei sich, woran man ...?«

»Ich habe ein Notizbuch mit einer Telefonnummer«, sagte er müde.

»Haben Sie versucht, die Nummer anzurufen?«

»Ja. Sie kennt mich nicht.«

»Wer kennt Sie nicht?«

»Eine Frau. Sie heißt Gloria Osborne.«

»Hätten Sie etwas dagegen, daß ich sie anrufe?«

»Nein, aber wozu? Ich war bei ihr. Sie kennt mich nicht.«

»Haben Sie sie erkannt?«

»Nein.«

»Wissen Sie, wo wir sind?«

»Natürlich. Wir sind auf dem Broadway.«

»In welcher Stadt?«
»Nun hören Sie, Grace! New York.«
»Weshalb glauben Sie, daß ich Grace bin?«
»Haben Sie mir gesagt, daß Sie anders heißen?«
»Ja, das habe ich.«
»Aber Sie haben mir nicht gesagt, wie Sie heißen. Ich meine, wenn Sie schon nicht Grace heißen.«
»Hm«, sagte sie. »Wohnen Sie hier in New York?«
»Ich denke doch.«
»Und erinnern Sie sich vielleicht auch, wo?«
»Nein.« Buddwing hielt inne. »Ich habe einen Fahrplan der New York Central in der Tasche, wenn sich daraus etwas schließen läßt.«
»Ach, darf ich ihn sehen?«
Buddwing zuckte die Achseln und reichte ihr den Plan.
»Lieber Gott, das sind eine Menge Stationen«, sagte sie leise in berufsmäßigem Ton. »Ist es möglich, daß Sie aus einer dieser Vorstädte kommen?«
»Nein, das glaube ich nicht. Ich denke, ich bin aus New York.«
»Hat vielleicht einer dieser Namen eine besondere Bedeutung für Sie? Erkennen Sie einen von ihnen wieder?«
»Ob ich einen wiedererkenne?«
»Nun, ich meine, im Sinne einer besonderen Bedeutung.«
»Ich weiß, wo sie liegen, wenn Sie das meinen. Ich weiß, daß es diese Vorstädte gibt.«
»Bronxville?«
»Ja, ich weiß, wo das ist.«
»Sagt es Ihnen etwas?«
»Nein.«
»White Plains?«
»Nein.«
»Valhalla?«
»Nein.«
»Chappaqua?«

»Nein.«
»Mount Kisco?«
»Keiner dieser Namen sagt mir etwas.«
»Und was ist mit Katonah?«
»Nichts.«
»Croton Falls?«
»Ich sagte doch schon ...«
»Haben Sie eine Ahnung, weshalb Sie diesen Fahrplan in der Tasche haben?«
»Nein.«
»Haben Sie noch etwas in den Taschen?«
»Ja, ein Füllhalteretui und zwei Theaterkarten.«
»Reguläre?«
»Wie?«
»Für ein reguläres Theater?«
»Nein, für ein Kino. Es sind Kinokarten.«
»Erinnern Sie sich noch an den Film?«
»Irgendwas mit Kim Novak.«
»Wann haben Sie ihn gesehen?«
»Gestern abend.«
»Schön, da haben wir endlich einen Anhaltspunkt, nicht wahr?« sagte sie und lächelte — ein derart besorgtes Fürsorgerinnenlächeln, daß er sie am liebsten auf den Mund geschlagen hätte.
»Haben wir?« fragte er.
»Nun, wir wissen jetzt, daß Sie gestern abend im Kino gewesen sind, und zwar offensichtlich nicht allein; schließlich sind es zwei Karten.«
»Das wußte ich schon, als ich heute früh aufwachte«, sagte er kühl.
»Wo war das?«
»Im Central Park.«
»Und Sie wußten gleich, wo Sie waren?«
»Ja.«

»Waren Sie überrascht? Ich meine, als Sie im Central Park erwachten?«
»Was ich war, weiß ich nicht mehr. Verwirrt vielleicht, weil ich nicht wußte, wer ich bin.«
»Nein, ich meinte ...«
»Aufzuwachen und nicht zu wissen, wer man ist, ist nun einmal kein alltägliches Erlebnis«, sagte er sarkastisch.
»Ja, ich weiß«, sagte sie und lächelte mitfühlend. »Aber ich wollte auf etwas anderes hinaus: kam Ihnen die Umgebung irgendwie fremd vor?«
»Central Park?«
»Ja, Central Park.«
»Wie soll Central Park einem Menschen fremd vorkommen, der in New York zu Hause ist?«
»Ich meinte die unmittelbare Umgebung.«
»Fifth Avenue?«
»Ja, wenn es das war.«
»Genau das war es«, sagte Buddwing.
»Und kam es Ihnen fremd vor?«
»Nein, natürlich nicht. Wie zum Teufel soll einem die Fifth Avenue fremd vorkommen? Das ist doch eine ausgesprochen dumme Frage!«
»Tut mir leid, aber ...«
»Hören Sie, ich habe mein ganzes Leben in New York verbracht; wie sollte mir die Fifth Avenue fremd vorkommen? Es ist nun einmal die Fifth Avenue, und was sonst?«
»Natürlich«, sagte Grace verständnisvoll.
Mit jedem Wort, das sie miteinander wechselten, schwoll sein Ärger. Ihr Berufsinteresse schien über sich selbst, über seine eigenen Grenzen hinausgewachsen zu sein, schien sich in eine treibende Kraft verwandelt zu haben. Verbissen bestand sie darauf, ihn zu einer Wahrheit zu drängen, die er nicht erkennen wollte. Hartnäckig leistete er Widerstand. Was ist nur mit dir los, dachte er, warum willst du mich

nicht akzeptieren, wie ich bin? Müssen wir das denn alles aufreißen? Weißt du denn nicht, wie das schmerzt?
»Wie heiße ich mit Zunamen?« fragte sie plötzlich.
»Wie soll ich das wissen?« erwiderte er kühl.
»Nun, Sie scheinen mich für Grace zu halten.«
»Ich bin nicht mehr sicher«, sagte er scharf, in der Hoffnung, ihr weh zu tun.
»Aber wie heißt Grace mit Zunamen?«
»Ich habe nicht die geringste Ahnung«, sagte er.
»Könnte es sein, daß sie Ihren Zunamen trägt?«
»Ja, das halte ich für möglich.«
»Ist sie vielleicht Ihre Frau?«
»Vielleicht«, sagte er. »Möglich ist alles.«
»Schön, ist sie es?«
»Nein.«
»Wie können Sie das wissen?«
»Ganz sicher weiß ich es nicht.«
»Dann könnte sie es also sein, nicht wahr?«
»Ja, sie könnte es sein. Aber sie ist es nicht.«
»Wie alt ist sie? Können Sie sich daran erinnern?«
»Sie ist sechsunddreißig«, sagte er. »Aber sie sieht jünger aus.«
»Wann sind Sie ihr zuletzt begegnet?«
»Das weiß ich nicht.«
»Versuchen Sie sich zu erinnern.«
»Ich kann mich nicht erinnern.«
»Sagen Sie mir alles, was Ihnen einfällt.«
»Im Zusammenhang mit ihr fällt mir überhaupt nichts ein«, sagte er und hoffte, das Thema damit abgeschlossen zu haben.
»Schön, und was ist mit Ihren Eltern?«
»Meine Mutter hat keinen Mund«, sagte er und hob dann irritiert die Brauen.
»Wie?«
»Ich meine, sie hat sehr schmale Lippen«, sagte er schnell.

»Wenn sie keinen Lippenstift benutzt, verschwindet ihr Mund.«
»Lebt sie noch, Ihre Mutter?«
»Ja. Halt, ich weiß nicht. Ich glaube aber. Vielleicht.«
»Und Ihr Vater?«
»Er hat eine Cafeteria«, sagte er, ohne sich zu besinnen. Verwirrung überfiel ihn. Sie verwirrte ihn, die Hexe.
»Wie heißt er?«
»Isadore Schwartz.« Verwirrung und Zorn. Warum mußte sie ihn in die Enge treiben?
»Nun sehen Sie«, sagte sie lächelnd. »Wenn er Schwartz heißt, müssen Sie doch eigentlich auch ...«
»Nein«, sagte er knapp. »Ich habe meinen Namen geändert.«
»In was?«
»Buddwing.« Laß mich in Ruhe, dachte er.
»Nun, jedenfalls ...«
»Aber das ist nicht mein richtiger Name«, sagte er zornig.
»Und was ist Ihr richtiger Name?«
»Du lieber Himmel, wissen Sie es etwa?« schrie er.
»Nein, ich weiß es nicht.«
»Müssen wir unbedingt Streit anfangen?«
»Schreien Sie mich nicht an«, sagte sie.
»Weshalb zum Teufel müssen wir ...«
»Ich sagte: schreien Sie nicht! Ich versuche doch nur, Ihnen zu helfen.«
»Ich brauche Ihre gottverdammte Hilfe nicht.«
»Ich bin nicht sicher, ob Sie wissen, was Sie brauchen«, sagte sie.
»Sie brauche ich auf keinen Fall.«
»Ich wollte, Sie hörten auf zu schreien. Die Leute schauen schon herüber.«
»Die Leute soll der Teufel holen«, sagte er triumphierend: wenn sie bereit war, Leute als Leute zu respektieren, würde sie vielleicht auch wieder anfangen, in ihm den Menschen zu

sehen. »Müssen wir denn unbedingt Streit anfangen, Grace?« sagte er sanft.

»Anfangen?«

»Ja, anfangen. Müssen wir uns streiten?«

Ihr Gesicht war nun sehr ernst, ihre Stimme sehr leise, und sie sagte: »Ich fange überhaupt nichts an. Nicht mit Ihnen, Mister. Sie haben mir zuviel Probleme am Hals.«

»Das haben Sie auch«, erwiderte er; sie starrte ihn in plötzlichem Erstaunen an, und er wußte, er hatte den Schutzschild der Sozialfürsorgerin plötzlich und magisch durchstoßen, die weiche, pulsierende, verwundbare Haut darunter erreicht. Sie starrte ihn an. In ihren Augen, in ihrem Gesicht geschah etwas; etwas Schreckliches geschah, er sah es und wünschte sich einen Moment lang, es noch verhindern zu können; er wußte: wenn es einmal geschah, waren sie für immer aneinander gebunden.

»Meine Probleme gehen nur mich an«, sagte sie weich.

»Ja, und meine nur mich.«

»Okay, dann sollten wir sie voneinander getrennt halten«, sagte sie.

»Okay, tun wir das«, erwiderte er, wandte sich abrupt ab und ging fort. Ihm war, als sei er einer Gefahr entronnen; Erleichterung stieg wie eine enorme Woge in ihm auf.

»Hallo!« rief sie hinter ihm her.

Er blieb stehen, machte kehrt, stand ihr gegenüber.

»Was werden Sie jetzt tun?«

»Ist das nicht völlig gleichgültig?«

»Gut — aber Sie können doch nicht einfach in der Stadt herumwandern.«

»Warum nicht?«

»Weil Sie Hilfe nötig haben.«

»Jeder einzelne auf dieser verdammten Erdoberfläche hat Hilfe nötig«, sagte er wütend.

»Soll ich Sie nicht lieber in ein Krankenhaus bringen?« fragte sie sanft.

»Den Weg zum nächsten Krankenhaus finde ich selber, danke.«
»Und Sie gehen hin?«
»Nein.«
»Das sollten Sie aber tun.«
»Warum? Wird man mir dort sagen können, wer ich bin? Ich bin einer von acht Millionen — wie zum Teufel soll man mir dort sagen können, wer ich bin?«
»Hören Sie, ich ...« Sie senkte den Blick. »Ich habe nicht gewollt, daß Sie zornig werden.«
»Ich bin nicht zornig.«
»Es tut mir leid.«
»Das ist nicht nötig.«
»Ich glaube — ich glaube, ich habe gewollt, daß Sie hinter mir hergingen.«
»Das glaube ich auch.«
»Und ich habe mit Ihnen geflirtet«, sagte sie.
»Das weiß ich.«
»Aber ich kann mich nun einmal nicht mit Ihnen einlassen; so stehen die Dinge.«
»Natürlich. Wer könnte sich schon mit anderen Leuten einlassen? Und warum zum Teufel sollte es bei Ihnen anders sein?«
»Ich habe nicht immer Angst davor, mich mit anderen Leuten einzulassen«, sagte sie.
»Und wovor haben Sie jetzt Angst?«
»Sehen Sie ...«, sagte sie. Sie schüttelte den Kopf. »Sehen Sie, ich schulde Ihnen nichts. Sie haben kein Recht, so mit mir zu reden.«
»Ich rede mit Ihnen, wie es mir paßt.«
»Nein, das werden Sie nicht tun«, erwiderte sie mit auffunkelnden Augen. »Und vergessen Sie das nie!« Sie schien nicht zu begreifen, daß sie in diesem Moment einer flüchtigen Gemeinsamkeit Dauer und Bestand verliehen hatte. Er starrte sie stumm an und sagte nichts.

»Ja«, sagte sie. »Warum — warum gehen Sie nicht?«
»In Ordnung«, sagte er und blieb unbeweglich stehen.
»Ich kann mich wirklich nicht um jeden herrenlosen Hund kümmern, der mir über den Weg läuft.«
»In Ordnung«, sagte er.
»Ich habe selbst genug Sorgen.«
»In Ordnung.«
»Ich will Sie nicht näher kennenlernen«, sagte sie. »Gerade das möchte ich vermeiden, diese — diese verdammte Intimität. Also — verschwinden Sie bitte. Ich denke nicht daran, mich mit Ihnen einzulassen, Mister.«
»Okay«, sagte er und wandte sich abermals ab.
»Augenblick«, sagte sie.
»Was wollen Sie noch.«
»Haben Sie Geld bei sich?«
»Sie wissen, daß ich kein Geld bei mir habe.«
»Haben Sie — haben Sie schon zu Abend gegessen?«
»Nein.«
Sie musterten einander schweigend. Mehr würde sie nicht sagen, er spürte es. Er beobachtete sie, wartete, ob sie noch etwas sagen würde, wußte, daß sie nichts sagen würde. Ich kenne dich zu gut, dachte er. Ich kenne jeden verdammten Winkel deines Hirns.
»Wollen Sie mit mir essen?« fragte er.
»Aber Sie haben kein Geld«, sagte sie. Ihre Stimme klang jetzt sehr sanft, fast schüchtern. Sie lächelte schüchtern und sah wartend zu ihm herauf.
»Das stimmt, ich habe kein Geld«, sagte er.
»Dann meinen Sie also, daß ich Ihnen das Abendessen zahlen soll?«
»Nun, so hatte ich es eigentlich nicht gemeint. Ich dachte nur, es könnte nett sein, miteinander zu essen.«
»Ist das nicht ein wenig unverfroren?« fragte sie. Ihr Verhalten bekam auf einmal einen Anflug von Koketterie, der

ihre Schüchternheit verdrängte — vielleicht auch nur fortsetzte.
»Meinen Sie?« fragte er.
»Doch«, sagte sie. »Ausgesprochen unverfroren.«
In Wirklichkeit war vom Abendessen überhaupt nicht die Rede. Plötzlich fiel ihm ein, daß er einmal mit Jesse an Bord der *Fancher* nachts lange diskutiert hatte; doch er verdrängte die Erinnerung. Sie stand an einem Laternenpfahl, und er trat nahe zu ihr.
»Ich bin tatsächlich hungrig«, sagte er.
»Ich auch.«
»Wo möchten Sie essen?«
»Ist das etwa schon abgemacht? Ich wüßte nicht.«
»Es ist abgemacht«, sagte er.
Sie starrte ihn lange schweigend an; dann sagte sie: »Ja, ich glaube, das ist es.«

13

Während dieser Zeit gegenseitigen Umwerbens — und ein Umwerben war es für ihn, einerlei, von welch kurzer Dauer — hatte Buddwing das Gefühl, mehr und mehr zu einer starken inneren Wirklichkeit zu kommen, die nicht minder klar umrissen war als die äußere Wirklichkeit, in der er und das Mädchen sich bewegten; unerbittlich einer Entscheidung zugetrieben zu werden, von der er wußte: sie galt nicht mehr, wenn sie einmal getroffen war.

Dieser seltsame logische Zwiespalt verwirrte ihn. Er wußte: dieses Mädchen, dessen Hand er hielt, war Grace. Sein Leben würde unauflöslich an das ihre gebunden sein; trotzdem spürte er eine seltsame Zwecklosigkeit in diesem gegenseitigen ersten Kennenlernen. Ihm war, als könne dieses Kennenlernen nur auf Vorläufigkeiten hinauslaufen. Doch wie konnte man an einem Sinn zweifeln, wenn alles, was sie zusammen taten, das Nächste mit schwereloser Natürlichkeit vorzubereiten schien, im Nächsten wieder eine Vorbereitung für das Folgende lag, all ihre Handlungen auf die einzig mögliche Folgerung, die unabwendbare Folgerung abzielten? Und doch war ihm, als müsse er sich am Ende — wie kam er dazu, an ein Ende zu denken, weshalb erlaubte er seinem Hirn, ein Ende in Erwägung zu ziehen, da dies doch erst der Anfang war? — genau dort wiederfinden, wo er schon immer gestanden hatte.

Ihm war, als trüge dieses Mädchen einen spürbaren Widerhall von Doris in sich; manchmal erinnerten ihn ihre Bewegungen an sie, manchmal sogar ihre Stimme; nun gut, zum Teufel, mochte doch etwas von Doris in ihr stecken! Gewiß, wenn er so dachte, kam er notwendig zu dem Schluß, daß jede Frau in seinem Leben nur ein simples Echo ihrer Vorgängerin darstellte. Grace war ein Echo von Doris, Doris war ein Echo seiner verdammten Cousine Mandy mit den dicken Beinen, und Mandy war ein Echo der ersten Frau, die er je gekannt hatte, seiner Mutter. Schön, wenn man sich auf diesen ganzen Freud'schen Unsinn einlassen wollte, gut denn, dann war Grace eben das dritte Echo seiner Mutter, okay? Eine schlichte Verfeinerung der groben und manchmal unfeinen Frau, die seine Mutter gewesen war, okay? Das gleiche blonde Haar, mehr oder minder die gleiche Größe — er konnte sich Grace nur groß vorstellen, fast so groß, wie seine Mutter gewesen war —, die gleiche direkte Art zu sprechen, die gleiche Neigung zu blitzschnellem Argwohn, die gleichen vollen Brüste; okay, dann verliebe ich mich eben in meine eigene Mutter, okay? Doch halt, Moment, nur keine vorschnellen Folgerungen! Du spürst also eine gewisse Zuneigung zu diesem Mädchen, schön, du gingst nicht ungern mit ihr ins Bett, schön, sie sieht deiner lieben herrischen Mutter ein wenig ähnlich, das gleiche blonde Haar ... Aber betrachten wir die Sache doch vorerst einmal von allen Seiten, nicht wahr? Wenn wir schon das verschlungene Labyrinth deines Seelenlebens durchstöbern, so wäre doch zumindest die Möglichkeit zu erwägen, daß diese hübsche junge Sozialfürsorgerin dich nicht nur an sie selbst erinnert, an die Person, die sie aller Wahrscheinlichkeit nach ist, Grace, kein Zweifel, sie ist es und ist es nicht; nicht nur an deine liebe verstorbene beklagenswerte Mutter, mundlos, blaue Pomponpantoffeln an den Füßen, volle, überwältigend trostspendende Brüste, und richtig, nicht nur an Mandy mit den dicken Beinen, deine ältere Cousine voller Sex und Lebenskraft, richtig, nicht nur an dieses Sortiment verschiedener Frauen — erinnert sie dich nicht außerdem an ein anderes süßes Engelsgesicht, an das Gesicht des Cherubs auf dem Dach des Mailänder Doms, das Gesicht, das Beethovens gehörte, den man im Unterwasserverhau vor Tarawa mit Maschinengewehren zusammenschoß? Verfolgen wir alle diese getrennten und sich doch irgendwie berührenden Pfade, wo liegt dann das Ziel? Endlose Wiederholung und Ziellosigkeit, das wird das Ziel sein: die Erkenntnis, daß du nicht du selbst bist, sondern nur ein Bündel neurotischer Reaktionen auf jede zufällige Begegnung.

Und wieder entsann er sich des Gesprächs, das er eines Nachts mit Jesse an Bord der *Fancher* führte, kurz nachdem auf der Fahrt nach Japan der Hurrikan über sie hereingebrochen war. Sie versuchten, einem Schiffskameraden, einem Radargasten namens Starkey, eine philosophische Theorie zu erklären und erregten sich mehr und mehr darüber. Starkey konnte oder wollte nicht begreifen, was sie ihm klarzumachen versuchten.

»Begreifst du denn nicht«, redete Jesse auf ihn ein. »Ich sage ›Guten Morgen‹ zu dir, klar? Aber du hörst nicht ›Guten Morgen‹ – du hörst nur, was du hören willst, und deshalb hörst du ›Wie geht's?‹ Du antwortest also: ›Danke, ausgezeichnet, und wie geht es dir?‹, aber ich höre stattdessen ›Ein hübscher Tag, nicht wahr?‹ und sage meinerseits ›Ein ausgesprochen hübscher Tag‹, aber du hörst nun wieder ›Schnupfen habe ich, kann sonst nicht klagen‹. Begreifst du das? Dergleichen ist möglich. So etwas gibt es, Ehrenwort.«

»Nein, das glaube ich nicht«, erwiderte Starkey. »Wenn wir nur hörten, was wir hören wollen – du lieber Gott, dann sähen wir ja auch nur, was wir sehen wollen.«

»Warum nicht?« sagte Jesse. »Weshalb sollte es das nicht auch geben? Willst du etwa behaupten, wir alle sähen die Dinge auf die gleiche Art?«

»Nein, aber wenn wir beide einen Apfel sehen, dann wissen wir doch schließlich, daß es ein Apfel und keine Orange ist.«

»Woher willst du wissen, ob wir beide unter einem Apfel ein und dasselbe verstehen?« fragte Buddwing.

»Wie meinst du das?«

»Woher willst du wissen, daß ein Apfel für mich keine Orange ist?«

»Weil ein Apfel ein Apfel ist, das ist doch klar.«
»Und wenn ich nun gerade gehört habe: ›Eine Orange ist eine Orange‹?«
»Aber das habe ich doch nicht gesagt.«
»Weißt du genau, daß du das nicht gesagt hast? Und weißt du genau, daß du gehört hast, was ich gesagt habe?«
»Schließlich habe ich Ohren, nicht wahr?«
»Richtig, du hast eine Nase.«
»Ich habe Ohren gesagt.«
»Genau das habe ich gehört: du hast Nase gesagt.«
»Begreifst du denn nicht, worauf er hinauswill?« sagte Jesse erbittert zu Starkey.
»Klar, er will darauf hinaus, daß sie mich in die Klapsmühle stecken«, erwiderte Starkey.
»Er versucht dir etwas zu erklären, du Trottel!«
»Er versucht mir zu erklären, daß alles, was ich höre und sehe, nicht das ist, was ich höre und sehe. Begreifst du das etwa, verdammt noch einmal?«
»Aber sicher begreife ich das«, sagte Jesse.
»Also, ich glaube, euch beiden bekommt das Klima nicht«, sagte Starkey, streckte sich in seiner Koje aus und drehte ihnen den Rücken zu.
Sie verließen das Logis und standen schließlich auf dem achteren Flaggendeck. Der Krieg war vorbei, die *Fancher* führte wieder Positionslampen, und sie standen im Halbdunkel neben den aufgestapelten Abfalltonnen, erregt flüsternd, in eine hochspekulative philosophische Diskussion verstrickt, für die sie beide nicht das nötige Rüstzeug besaßen. Jetzt, da er sich dieser Nacht entsann, war ihm klar, daß ihre Theorie nur scheinbar der Wahrheit entsprochen hatte. Und dennoch hatten sie einander verstanden. Mehr noch: jeder hatte begriffen, was der andere zu ihm sagte. Hätten sie ihre eigene Theorie ernst genommen, so wären sie zu der Annahme gezwungen gewesen, daß alle Äußerungen, die Jesse tat, dem Lauf eines Dialogs folgten, der

sich von jenem anderen Dialog, an dem Buddwing beteiligt und den offenbar nur er zu denken imstande war, grundlegend unterschied. Akzeptierte man diese Voraussetzung, so mußte man notwendig auch die unausweichliche Konsequenz akzeptieren: daß nämlich einer dieser beiden getrennt nebeneinander herlaufenden Dialoge sich einfach in der Luft aufgelöst und weder Spur noch Erinnerung hinterlassen hatte.

Und auch jetzt war ihm etwas entwischt; irgend etwas hatte sich in Luft aufgelöst wie der zweite hypothetische Dialog. Er betrieb seine Werbung um Grace inmitten einer schreiendbunten Realität, einem wirren Konglomerat von Gedanken und Bildern seiner inneren und äußeren Welt — lebendig, pulsierend, das Innen in seiner funkelnden Gegenwart so real wie das Außen. Dieses Mädchen, das den Ritus gegenseitigen Erkundens mit ihm übte, war Wirklichkeit; doch Grace war auch Wirklichkeit; und dann diese beiden parallelen Wahrheiten querschraffiert von einer weiteren schreckgequälten Wahrheit, so daß sich Wirklichkeit mit Wirklichkeit, Wahrheit mit Wahrheit kreuzte und wieder kreuzte, bestürzend, verschwimmend. Gewiß war dieses Samstagabendpublikum, das ihn umgab, diese vergnügungshungrigen Gesichter, diese Gestalten in der Eleganz des zwanzigsten Jahrhunderts, die flachen, blinkenden Automobile, die geschwungenen Neonröhren, die Gehsteige und Straßen, diese Stadt — gewiß war dies alles so wirklich wie das Mädchen an seinem Arm. Und dennoch war eine andere, jüngere Grace nicht weniger wirklich, eine Grace mit hellerem Haar und festerem Körper, eine Grace in Rock und Schulmädchenpullover; auch sie war real, sie lebte in ihm — er konnte sie sehen, er konnte die Hand ausstrecken und sie berühren.

Er tritt aus dem Wohnraum, kommt zur Tür, hört das Rauschen hinter der Tür. Warum soll es ihn ängstigen — er legt

die Hand auf die Klinke — seine Hand braucht eine Ewigkeit die Tür zu öffnen — er sieht den gekachelten Fußboden — irgend etwas glitzert auf den Kacheln.
Der Film, eine stupide platte Geschichte um Kim Novak und drei verheiratete Männer. Dan sitzt neben ihm, gerissen, stupide, fade — sie sprechen kein Wort.
»Essen Sie gern chinesisch?« fragte das Mädchen.
»Ich war am Nachmittag in Chinatown«, sagte Buddwing.
Grace, wo bist du?
Er kommt mit Dan aus dem Kino; auf den Straßen wimmelt Freitagabendpublikum, in einem Andenkenladen am Broadway kaufen sie das kleine schwarze Notizbuch, Dan gibt ihm die Nummer; und vergiß nicht anzurufen, ja? Nein, ich vergesse es nicht. Ganz bestimmt nicht? Nein, ich vergesse es nicht, vergesse es nicht, vergesse es nicht.
Er würde es nicht vergessen, er würde es nie vergessen.
Er würde es sofort vergessen.
Fast alles, was sie getan hatten, hatte er vergessen, gleich nachdem sie es getan hatten. Und infolgedessen war ihr gemeinsames Leben eine einzige Kette vergessener Vorfälle, einer gültigen Katastrophe zusteuernd.
In diesem Mädchen, in Grace, lag — schon immer, von Anfang an — eine Widersprüchlichkeit, die ihn zugleich irritierte und anzog. Sie schien eine seltsame Mischung von Unschuld und Durchtriebenheit, von Leichtlebigkeit und grübelnder Intensität, von idealer Zielstrebigkeit und gedankenlosem Laissez-faire. Vielleicht sah er in ihr ein Spiegelbild der Persönlichkeit, zu der er selbst sich entwickelt hatte; vielleicht erschien sie ihm nur deshalb so anziehend. Sein Abschied von der Marine war sehr plötzlich gekommen, irgendwie unbefriedigend, vier Tage auf Treasure Island, dann im Viehwagen über Land, schließlich die überstürzte formelle Entlassung in Lido Beach. Er konnte sich erinnern, im Bus über die Whitestone Bridge gefahren zu sein, seine Augen verschlangen die ferne Stadt, er wußte,

daß zu seiner Rechten eine Frau sich an den Deckengriff klammerte, doch er wollte ihr seinen Sitz nicht anbieten, weil er dann die Skyline nicht mehr hätte sehen können. Von der Gun Hill Road aus nahm er ein Taxi, und die ganze Zeit ging nur ein Gedanke durch seinen Kopf: ich komme nach Hause — doch ohne daß er dem Begriff ›nach Hause‹ eine feste Definition gegeben hätte; was hieß hier ›zu Hause‹? ›Zu Hause‹ — war das schon die Whitestone Bridge und die Skyline in der Ferne? ›Zu Hause‹ — war das die vertraute Strecke der Gun Hill Road? War es nicht vielmehr die Evander Childs High School, Bronxwood Avenue und die ausgefahrenen Seitenstraßen voller Schlaglöcher? Er bezahlte den Taxifahrer, stand mit seinem Seesack auf dem Gehsteig, schaute zu dem alten Holzhaus hinauf und dachte noch einmal: ich komme nach Hause; der Gedanke blieb in seinem Kopf, als er die Auffahrt hinaufging und ins Haus trat, blieb in seinem Kopf, als er seine Mutter und seinen Vater umarmte, beide sahen gealtert aus, ich komme nach Hause. Dann saß er im Wohnzimmer und erzählte ihnen von seinen Abenteuern in Japan und dachte die ganze Zeit: ich komme nach Hause, denn das hier war sein Zuhause nicht.

Beethoven war tot; die Jungen sprachen nicht einmal mehr von ihm. Einmal besuchten sie seine Mutter, doch sie weinte, als sie kamen; deshalb gingen sie nicht wieder hin. L. J. hatte in Boston ein Mädchen kennengelernt und trug sich mit ernsthaften Heiratsabsichten. Rotweste erklärte, das Leben langweile ihn und er dächte daran, sich wieder freiwillig zu melden. Den Sommer verbrachten sie am Orchard Beach, voll Erinnerung; doch irgend etwas stimmte nicht daran, das war nicht zu Hause, das waren nicht die Jungen, die er einmal gekannt hatte. Ende August ging Rotweste wieder zum Militär. Im September fuhr L. J. nach Boston, um sich mit dem Mädchen, das er dort kennengelernt hatte, zu verloben, und Buddwing immatrikulierte an der Universität von New York.

Er sah sie zum ersten Mal in dem kleinen Park vor dem Universitätsgebäude; es war Mitte Oktober. Er saß auf einer Bank, den Rücken der Sonne zugewandt, und beobachtete die Fronttreppe des Gebäudes. Hinter sich hörte er zwei Männer Schach spielen. Irgendwer klimperte auf einer Gitarre. Sie kam die Stufen herab; im Vorübergehen rief ein Student ihr »Hey, Grace« zu; sie nickte, lächelte kurz und ging dann zu einer Bank am anderen Ende des Parks, fast am Gehsteig von Washington Square West. Sie setzte sich, ein Buch auf dem Schoß, und begann zu lesen. Er mochte sie vielleicht zehn Minuten beobachtet haben, bevor er endlich aufstand und zu ihr hinüberging. Er ließ sich neben ihr nieder und sagte: »Hallo, Grace!«

»Hallo«, sagte sie, und dann plötzlich: »Kenne ich Sie?«

»Nein.«

»Okay.« Sie hielt inne. »Und was wollen Sie?«

»Ich möchte mit Ihnen reden.«

»Ich arbeite aber gerade.«

»Das hat Zeit.«

»Denken Sie«, sagte sie und kehrte zu ihrem Buch zurück.

»Was ist das?« fragte er.

»Was ist was?«

»Ihr Buch da.«

»Griechische Mythologie«, sagte sie. »Aber wenn es Ihnen nichts ausmacht — ich versuche wirklich zu arbeiten.«

»In Ordnung.«

»Gewiß doch — was sagten Sie?«

»Ich sagte: in Ordnung.«

»Natürlich. Aber ich kann nicht arbeiten, wenn Sie mit mir reden wollen, ist Ihnen das klar?«

»Wie alt sind Sie?« fragte er.

»Achtzehn. Und wie alt sind Sie?«
»Einundzwanzig.«
»Okay. Darf ich nun arbeiten?« fragte sie.
»Ich weiß etwas Besseres.«
»Und was?«
»Wir könnten spazierengehen.«
»Und was wird, wenn ich in Mythologie durchfalle?«
»Ich weiß nicht. Was denn?«
»Ich würde Sie hassen bis in die Steinzeit.«
»Oh, das hätte ich eigentlich nicht gern.«
»Wann sind Sie geboren?« fragte sie plötzlich.
»Im Januar.«
»Den wievielten Januar?«
»Den zehnten.«
»Hm. Das ist Steinbock. Nun, ich denke, das erklärt alles.«
»Was erklärt das?«
»Fragen Sie nicht«, sagte sie geheimnisvoll. »Welches ist Ihr Lieblingsmonat?«
»März.«
»März? Der März ist niemandes Lieblingsmonat.«
»Meiner doch«, sagte er. »Welches ist Ihrer?«
»Oktober.« Sie schüttelte den Kopf. »Ausgerechnet März. Das habe ich in meinem Leben noch nicht gehört.«
»März ist ein guter Monat«, sagte er, als fühle er sich verpflichtet, ihn zu verteidigen.
Grace zuckte die Achseln. »Oktober macht mich immer so traurig.«
»Und warum?«
»Weil im Oktober alles stirbt«, sagte sie ernst.
»Aber wenn er Sie traurig macht, warum ist es dann Ihr Lieblingsmonat?«
»Ich bin nun einmal gern traurig.« Sie klappte das Buch zu und musterte ihn ernsthaft. »Ich weine entsetzlich viel. Sie auch?«
»Nein, nicht allzu oft.«

»Weinen Sie überhaupt?«
»Ja, manchmal.«
»Ich habe immer geglaubt, Männer weinten nie.«
»Gott, ja . . .«, sagte er und zuckte die Achseln.
»Vielleicht taten sie es früher — ich meine damals, als sie noch Rüstungen trugen.« Sie hielt inne. »Aber ich finde es ausgesprochen mannhaft von Ihnen, zuzugeben, daß Sie manchmal weinen.« Sie hielt wieder inne. »Ich weine unentwegt. Wirklich, unentwegt. Ich sehe einen Vogel fliegen und weine. Ich greife zum Salzstreuer und weine.« Sie zuckte die Achseln. »Mein Bruder nennt mich Heulsuse.«
»Nun, dann müssen wir eben dafür sorgen, daß Sie lachen«, sagte Buddwing.
»Das ist aber nicht ganz einfach.«
»Warum nicht?«
»Weil ich keinen Sinn für Humor habe«, sagte sie.
»Natürlich haben Sie Sinn für Humor. Jeder Mensch hat Sinn für Humor.«
»Nein, ich nicht. Wirklich nicht. Nicht eine Spur davon. Erzählen Sie mir einen Witz, und Sie werden sehen. Aber keinen unanständigen.«
»Keinen unanständigen?« sagte Buddwing. »Oh, da muß ich überlegen.« Er überlegte und sagte dann: »Ich weiß aber keinen anständigen Witz.«
»Nun, wenn er nicht zu unanständig ist«, sagte Grace.
»Was ist mit einem Limerick?«
»Okay.«
»In einem Walde von Pinien . . .«
». . . saß ein Maler und malte nur Linien«, sagte Grace. »Den kenne ich.«
»Und finden Sie ihn nicht komisch?«
»Gott, ich finde ihn geistreich, aber ich kann nicht darüber lachen.«
»Hm«, sagte Buddwing.
»Ja, ich bin wirklich eine Heulsuse, mein Bruder hat recht.«

»Sie wirken – nun, Sie wirken sehr jung«, sagte er plötzlich.
»Wie meinen Sie das? Jünger als achtzehn?«
»Ja«, sagte Buddwing.
»Das kommt, weil ich noch Jungfrau bin«, erklärte sie ihm.
»Ich weiß nicht, ob das etwas damit zu ...«
»Doch, doch, ganz gewiß. Sehen Sie sich nur um. Jungfrauen wirken immer sehr jung. Das kommt daher, daß wir alle noch so rein und unschuldig sind, wissen Sie, la-la.« Und sie lachte.
»Sehen Sie«, sagte er. »Sie haben gelacht.«
»Natürlich lache ich manchmal. Ich habe nur keinen Sinn für Humor.«
»Ah, so ist das. Schön, hätten Sie Lust, spazierenzugehen?«
»Ich weiß nicht. Haben Sie etwas Ernsthaftes im Sinn?«
»Wie meinen Sie das?«
»Haben Sie vor, sich in mich zu verlieben? Sie wissen doch ...«
»Nun, ich – Gott, ich weiß nicht.«
»Im Augenblick kann ich mich nämlich in niemanden verlieben.«
»Warum nicht?«
»Weil ich nicht will.«
»Das ist keine Antwort.«
»Ich möchte mein Abschlußexamen machen und dann meinen Master of Arts. Liebe würde dabei nur stören.«
»Ja«, sagte Buddwing, »das verstehe ich.«
»Aber wenn Sie nur spazierengehen wollen – ich glaube, das kann nicht schaden.«
Sie lächelte kurz, stand auf und glättete ihren Rock. Er musterte sie bewundernd und sagte: »Ihr Name steht Ihnen ausgezeichnet, wissen Sie das?«
»Nein, das finde ich nicht«, erwiderte sie. »Ich bin dafür zu klein. Ein Mädchen, das Grace heißt, sollte mindestens einssiebzig sein.«
»Und Sie sind ungefähr einssechzig«, sagte er.

»Stimmt.«
»Dann sind Sie groß«, sagte er, und sie gingen miteinander.
»Wissen Sie, eigentlich sollte ich doch lieber Mythologie lernen.«
»Wie wäre es, wenn ich Ihnen dabei helfen würde?«
»Verstehen Sie etwas von Mythologie?«
»Nein, aber ich kann Ihr Buch nehmen.«
»Gut«, sagte sie und reichte ihm den Text.
»Und um was geht es bei der Prüfung?« fragte er.
»Um das Kapitel über die Sternbilder. Steht irgendwo vorn im Buch. Ein idiotisches Seminar, wissen Sie. Ich habe es belegt, weil mir jemand sagte, es wäre leicht. Aber ich glaube jetzt beinahe, man muß dafür mehr arbeiten als für alle anderen zusammen. Fällt Ihnen etwa das Lernen leicht?«
»Gott, das weiß ich noch nicht.«
»Mir fällt es gräßlich schwer. Tatsächlich, ich hasse das Studieren. Ich sage immer, ich mache das Examen mit Auszeichnung, aber das schaffe ich nie. Natürlich nur, weil ich nicht richtig arbeite; das ist der springende Punkt. Da braucht nur jemand zu kommen, der mich zu einem Spaziergang einlädt, und ich kann nicht nein sagen.« Sie lächelte. »Aber nun fangen Sie schon an, stellen Sie mir Fragen.«
»In Ordnung. Was sind die Plejaden?«
»Die Sieben Schwestern.«
»Und ihre Namen?«
»Alkyone, Merope, Celaeno, Taygeta, Maja, Electra und Sterope.«
»Ausgezeichnet. Und was tun sie da oben am Himmel?«
»Nun, Zeus verwandelte sie zuerst in Tauben, um sie den Nachstellungen Orions zu entziehen. Und als das nichts nützte, verwandelte er sie in Sterne.«
»Sehr gut. Wissen Sie auch die Namen der Sieben Zwerge?«
»Klar doch!«
»Zählen Sie sie auf.«
»Hören Sie, wir treiben hier Mythologie«, sagte sie lachend.

»Die Sieben Zwerge gehören auch zur Mythologie.«
»Aber nicht zur griechischen.«
»Nein, zu Disney. Ist das ein Unterschied? Ich wette, Sie bekommen sie nicht zusammen.«
»Natürlich bekomme ich sie zusammen. Dopey . . .«
»Haben Sie schon einmal bemerkt, daß Dopey immer zuerst genannt wird?«
»Doc, Grumpy, Sleepy, Happy . . .«
»Ja — bitte weiter.«
»Sneezy und Sleepy.«
»Sie haben Sleepy zweimal genannt.«
»Dopey, Doc, Grumpy, Happy, Sleepy, Sneezy und . . .« Sie hielt inne und runzelte die Stirn. »Tatsächlich. Wie hieß noch der siebente?« fragte sie.
»Orion«, sagte er, und sie lachte wieder. »Sehen Sie, jetzt lachen Sie schon die ganze Zeit.«
»Wahrscheinlich nur, weil ich Sie komisch finde«, sagte sie ernsthaft. »Aber ich glaube, ich sollte umkehren und doch arbeiten. Im Lesesaal, oder wo auch immer.«
»Warum?«
Sie zuckte die Achseln. »Ach, sehen Sie — ich muß mein Examen machen und dann meinen Master.«
»Ja, ich weiß.«
»Und deshalb kann ich mich einfach auf nichts einlassen.« Sie zuckte noch einmal die Achseln.
»Ein Spaziergang an einem schönen Herbsttag, das heißt doch noch nicht, sich auf etwas einlassen, oder?«
»Ich weiß nicht. Ich habe bei Ihnen das Gefühl, Sie sind zu allem fähig.«
»Wozu bin ich fähig?«
»Und außerdem sind Sie ein Steinbock. Ich will nicht lügen — irgendwie machen Sie mich nervös.«
»So?« sagte er kurz.
»Nein, ich meine das nicht so, wie es vielleicht klingt.

Nicht, daß Sie mich etwa physisch nervös machten oder dergleichen.«
»Ich flöße Ihnen nur ein gewisses Unbehagen ein, ja?«
»Ja, das ist es.«
»Schönen Dank.«
»Aber so habe ich es doch auch nicht gemeint!«
»Wie haben Sie es dann gemeint?«
»Es ist doch nur, daß ich mein Examen machen muß . . .«
»Ja. Und dann Ihren Master. Ich weiß.«
»Ja, ja, ganz richtig.«
»Okay denn«, sagte er.
»Sie sind leicht zu ärgern, nicht wahr?«
»Gewöhnlich nicht«, erwiderte er.
»Aber Sie wirken verärgert. Sie sollten Ihr Gesicht sehen.«
»Nun, ein Mann hat es eben nicht gerne, wenn ein Mädchen ihm rundheraus sagt, daß es zuerst irgendein verdammtes Examen machen muß, und dann . . .«
»Und dann den Master.«
»Ja, und dann den Master.«
»Aha«, sagte sie.
»Sie sollten wissen, daß ich im Krieg war. – Das wußten Sie doch?« fragte er plötzlich.
»Nein, das wußte ich nicht.«
»Es ist aber so.«
»Gut«, sagte sie. »Studieren Sie mit einem GI-Stipendium?«
»Ja.« Er nickte wütend und sagte: »Ich meinte nur, daß Sie es vielleicht wissen sollten.«
»Ich bin froh, daß Sie es mir gesagt haben.«
»Ich meine, ich habe einiges von der Welt gesehen. Bin erst seit kurzem aus Japan zurück.«
»Und wie war es da?«
»Wie war was?«
»Nun, Japan.«
»Oh, nicht übel. Durchaus nicht übel.« Er nickte abermals und fuhr fort: »Aber ich wollte etwas anderes damit sagen.

Wenn ein Mann Sie zu einem Spaziergang einlädt, dann heißt das noch nicht, daß er bereit ist, Sie morgen zu heiraten. Ich meine, das sollten Sie sich vielleicht klar machen.«

»Oh, das ist mir klar.«

»Natürlich. Sehen Sie – ich weiß, wie wichtig Ihr Examen ist, Ihr Master und all das; ich meine nur, daß Sie nicht jedesmal das Weite zu suchen brauchen, wenn ein Mann Sie zum Spazierengehen einlädt.«

»Natürlich; das ist mir klar.«

»Dann ist es ja gut.«

»Und ich denke nicht daran, das Weite zu suchen.«

»Um so besser«, sagte er.

»Heißt das etwa, daß Sie mit mir ausgehen wollen?« fragte sie.

»Nun, ich hatte etwas Ähnliches im Sinn«, sagte er verärgert. »Aber daran, daß ich das ganze System höherer Bildung auf den Kopf stelle, ist natürlich nicht zu denken.«

»Wann wollen Sie denn mit mir ausgehen?«

»Ich hatte an Samstagabend gedacht.«

»Ich weiß gar nicht, warum Sie so wütend sind«, sagte sie. »Sehen Sie, wir haben uns gerade erst kennengelernt. Auf einer Parkbank. Im Grunde kennen wir uns überhaupt noch nicht.«

»Und?«

»Und deshalb brauchen Sie auch nicht so wütend zu sein. Ich habe Ihnen in aller Offenheit von meinen Plänen erzählt – daß ich mein Examen machen will und dann ...«

»Ja, ja, um Himmels willen«, sagte er.

»Sehen Sie, ich bin nun einmal für Offenheit«, sagte sie.

»Okay. Wann soll ich Sie am Samstagabend abholen?«

»Am Wochenende bin ich nicht in der Stadt«, sagte sie.

»Was soll das heißen?«

»Ich bin nur wochentags hier. Ich fahre jeden Freitagabend nach Hause.«

»Nach Hause?«

»Ja, zu meiner Familie.«
»Ich hole Sie ab.«
»Das ist aber eine lange Fahrt.«
»Die ich durchaus nicht scheue. Wann soll ich Sie abholen?«
»Ist das etwa schon abgemacht? Ich wüßte nicht.«
»Es ist abgemacht«, sagte er.
Sie starrte ihn lange schweigend an; dann sagte sie: »Ja, ich glaube, das ist es.«

Ihr Bruder hieß Dan; der deutsche Schäferhund wurde Duke gerufen. Er haßte sie beide auf den ersten Blick. Dans Haar und das Fell des Hundes hatten die gleiche Farbe: ein bösartig scheckiges Braun. Dans Augen waren braun und mißtrauisch; Dukes Augen hatten genau die gleiche Farbe, und in ihnen glitzerte die Paranoia. Dan sprach mit grollender Kehlstimme, die irgendwie tief aus seinen Eingeweiden hervorzudringen schien; und zu allem, was Dan sagte, lieferte Duke eine dauernde knurrende Begleitung wie ein Echo in einem rattenverseuchten Kanalrohr.
Manchmal nachts, wenn er sich von Grace verabschiedet hatte und zu schlafen versuchte, dachte er an Dan und Duke und in seinen Vorstellungen wechselten beide ineinander über. Welches war der Hund, welches der Mensch? Oder waren sie beide Hundemenschen? Eine verwickelte Phantasie braute sich in ihm zusammen, in der Dan und Duke als Geheimwaffen des Landheeres fungierten, speziell dazu ausgebildet, alle ehemaligen Marinemänner, deren sie habhaft werden konnten, umzubringen; vor allem, wenn sie mit Dukes — Dans — Schwester befreundet waren. Der besondere Trick bestand darin, daß keiner von ihnen ein echter Mensch war und keiner ein echter Hund. Das Opfer wußte nie, wer von den beiden das Zeichen zum Töten gab, wer ihm an die Kehle springen würde. In seiner Vorstellung streichelte Dan manchmal Dukes Kopf und flüsterte ihm zu: »Braver Junge, spring zu! Recht so, faß!« Ein

andermal lag Dan ausgestreckt zu Dukes Füßen, und Duke kraulte ihm, leise Todesdrohungen flüsternd, sanft das Genick. Daß Duke ein Hundesohn war, wußte er; was Dan betraf, mußte er sich auf Mutmaßungen verlassen.
»Wie alt sind Sie?« fragte Dan, als sie einander zum ersten Mal begegneten.
»Weshalb wollen Sie das wissen?« sagte Buddwing, und Duke knurrte. Er starrte den Hund an. »Was ist mit ihm los? Mag er keine Leute?«
»Nichts ist mit ihm los.«
»Und warum knurrt er dann?«
»Er knurrt nicht, er spricht«, sagte Dan. »Und ich habe Sie gefragt, wie alt Sie sind.«
»Ich habe mir die Gegenfrage erlaubt, weshalb Sie das wissen wollen.«
»Weil Sie mit meiner Schwester gehen, klar? Sie ist noch ein Kind.«
»Sie ist achtzehn.«
»Also noch ein Kind.«
»Finde ich nicht.«
»Wirklich nicht? Sie ist aber zufällig meine Schwester.«
»Und?« sagte Buddwing und beobachtete beide gespannt, als erwarte er von einem das tödliche Signal, vom anderen, daß er ihm an die Kehle spränge. »Ich gehe schließlich nicht mit Ihnen und Ihrem sprechenden Polizeihund, ich gehe mit ihr.«
»Eben. Und ich finde, Sie sind zu alt für sie.«
»Ich bin einundzwanzig«, sagte Buddwing.
»Das will ich wetten«, erwiderte Dan, höhnisch grinsend; gleichzeitig, wie auf Stichwort, grinste auch der Hund.
»Für wie alt halten Sie mich denn?«
»Mindestens fünfundzwanzig.«
»Damit liegen Sie leider nicht richtig.«
»Wann sind Sie geboren?«
Eine irre Sekunde lang beherrschte Buddwing der Wunsch,

zu schwindeln. Unter der akuten Bedrohung, die ihn aus den Augen der beiden Hundemenschen angrinste, drängte es ihn, zu sagen, er wäre 1842 geboren und in Wirklichkeit hundertvier Jahre alt; er hätte geheime Verjüngungstabletten genommen und sich dadurch die Mannbarkeit und das Begehren nach achtzehnjährigen Mädchen bewahrt. Doch Duke grollte warnend; vielleicht war es auch Dan.

»Ich bin am zehnten Januar 1925 geboren, wenn Sie es genau wissen wollen«, sagte er. Dann fügte er impulsiv hinzu: »Ich bin Steinbock.«

»Wir haben jetzt 1946«, sagte Dan. »Demzufolge wären Sie einundzwanzig — vorausgesetzt, daß Sie nicht lügen.«

»Warum sollte ich lügen?«

»Hören Sie, Freund, Sie legen mich nicht herein. Sie haben schon allerhand hinter sich.«

»Und?«

»Und meine Schwester nicht.«

»Soll ich Ihnen etwas sagen?« fragte Buddwing.

»Und was?«

»Eines Tages werde ich Ihre Schwester heiraten. Was halten Sie davon?«

»Wie?«

»Ja«, sagte Buddwing und nickte. »Bereden Sie's mit Ihrem gottverdammten Köter.«

Das Restaurant lag an der Sechsundfünfzigsten Straße, war klein, französisch und nicht überfüllt. Sie saßen an einem Tisch am Fenster und beobachteten, wie die sinkende Sonne die Fenster der anderen Straßenseite in Messing verwandelte. Sie konnten den Himmel nur in den reflektierenden Scheiben sehen — eine in Rechtecke zerteilte Fläche, zunächst golden und feuerrot, dann in ein mattes Lila verblassend, jedes Rechteck spiegelte sein eigenes Segment, nun ein tieferes Violett, in tausend Fenstern der nahezu unmerkliche Wandel zu Purpur, aus dem das Rot völlig verschwand, um nur ein noch tieferes Blau zu hinterlassen; endlich verschwand ein Fenster nach dem anderen, während die Dunkelheit stieg und die Nacht sich über sie senkte.

Noch immer kannten sie einander nicht. Sie aßen an dem Tisch am Fenster und redeten eifrig, tauschten Gesichtspunkte und Hintergründe, jeder versunken in den Anblick des anderen; sie schlürften den Wein, lobten wechselseitig das Essen, bedachten jede gestellte Frage, als hinge von ihrer Beantwortung Leben und Tod ab. Sie wechselten tastende Blicke, berührten forschend Hände, lachten zu laut über die Späße des Partners, waren ein wenig zu bemüht, einander das Bild eines Menschen vorzuspiegeln, in dem sich eine lebensvolle, erregende Vergangenheit summierte, teilten einander rücksichtslos offen Einfälle und Verlegenheiten mit. Ihre Fensterwelt schien ein abgeschlossener Bereich; dennoch spielten sie bewußt auch vor den anderen Gästen ihre Rollen, forderten sie auf, ihre Hochstimmung, ihre gegenseitige Versunkenheit, ihre gemeinsame Freude anzuerkennen, voller Angst, daß ihr romantisches Kennenlernen ohne diese Anerkennung dahinwelken und vergehen könnte.

Nach dem Essen bestellten sie Cognac. Sie wärmten die Schwenker in der Handfläche, starrten einander tief in die Augen; sie schufen eine Intimität, die auf der Stelle zerfiel, weil jedermann im Lokal sie zur Kenntnis nehmen sollte. Er durchschaute ihr Spiel, und er durchschaute auch sein eigenes; doch für ihn lag noch etwas darin, das sie vermutlich nicht spürte, vielleicht nie spüren würde. Für Romantik hatte sie Verständnis, ja; das gehörte nun einmal zu ihr, Oktobertraurigkeit, doch in ihrer Vorstellung hieß Romantik noch immer *Ivanhoe* und *Wuthering Heights*, die Plejaden und Edna St. Vincent Millay; Romantik forderte für sie noch immer ein bewunderndes Publikum, das dem gutaussehenden Paar vor der dunklen Fläche des Fensters zusah und an seiner Unterhaltung teilzunehmen wünschte. Romantik war für sie noch jener lächerliche Hollywood-Flitterkram, das Lux Radio Theater jeden Montagabend: »Zu Ihnen spricht jetzt Cecil B. de Mille aus Hollywood!«, grelle Jupiterlampen, bewundernde Augen: »Sieh nur ihr prachtvolles blondes Haar! Und was für eine Ausstrahlung!« Gewiß, auch er sah diesen romantischen Aspekt und spielte seine Rolle vor den Gästen des Lokals, weil er wußte, daß das Spiel vor einer Menge unbedingt zur Romantik gehört, daß sie ohne dieses Spiel nicht existieren kann. Und dennoch war er mehr als nur ein Schauspieler, der eine Generalprobe vor geladenen Gästen abhält. Was er in sich fühlte, drängte zu sehr nach Mitteilung, als daß er es hätte für sich behalten können.

Er war dabei, sich zu verlieben.

Und weil es so war, wollte er, daß jedermann im Raum auf seinen Stuhl stiege, Kußhände würfe und hemmungslos applaudierte. Jedermann sollte wissen, daß ihm diese seltene Narretei widerfuhr. Seht nur, was mit mir ist, um Himmels willen, seht es euch an, ist das nicht großartig, wollt ihr es nicht mit mir teilen? Seht nur, seht!

Sie wollte sich nicht mit ihm einlassen, das hatte sie von Anfang an gesagt.

»Wohin gehen wir jetzt?« fragte er.

»Machen wir eine Fahrt durch den Central Park«, sagte sie. »In einer Pferdedroschke. Und sehen wir uns die Sterne an. Zählen wir die Sterne.«

»Und die Sieben Schwestern.«

»Vor Orions Nachstellungen sicher.«

Romantik.

»Ich liebe dich«, sagte er.

»Wie sehr liebst du mich?« flüsterte sie.

Die Fenster waren dunstbeschlagen. Die Sterne hatten sich versteckt und ein scharfer Wind war aufgekommen; es sah aus, als stünde Regen bevor. Grace war in seinen Armen, lehnte sich an ihn, sah ihm ins Gesicht. Der Wind heulte wütend über die Kühlerhaube des Wagens, als wollte er sie abreißen. Er konnte sich vorstellen, daß der Wind die Haube abriß und sie den Abhang hinabsegeln ließ, an dem sie parkten, zwei Straßenecken von dem Haus ihrer Familie entfernt. Sie würde über die Dächer der Spielzeughäuser von Mount Kisco hinwegwirbeln und die Baumwipfel streifen, um endlich auf den Köpfen von Dan und Duke zu landen, die gerade ihren abendlichen Gang machten. Das Oberkommando des Heeres würde ihnen ein Ehrenbegräbnis auf dem Friedhof von Arlington zuerkennen, und auf dem Grabstein würde stehen: DAN-DUKE, HELD DER MENSCHENJAGD. Er beobachtete die Kühlerhaube; er war sicher, jeden Moment mußte sie davonfliegen. Täte sie es, so würde es ihn nicht überraschen; mit dem verdammten Wagen passiert etwas, sooft er ihn von seinem Vater auslieh. Reifenpannen, Motorschäden, durchgebrannte Kabel, Versagen der Hupe — irgend etwas war immer los. »Das verstehe ich nicht«, sagte sein Vater jedesmal, »bei mir ist immer alles in Ordnung.«

»Wie sehr liebst du mich?« fragte Grace.

»Wetten, daß uns gleich die Kühlerhaube wegfliegt?« sagte er.

»Oder liebst du mich überhaupt?«

»Ich liebe dich, Grace.«

»Und wie sehr?«

Die Frage war kindlich und dumm. Sie war jetzt neunzehn, ihre Brust preßte sich gegen seine Hand am Steuerrad; sie hatte die Beine unter sich auf den Sitz gezogen, mit hochgerutschtem Rock, und sie fühlte sich warm an und zum Bersten reif im verschwiegenen, dunstigen Gehäuse des Wagens — sie wollte nur wissen, wie sehr er sie liebte.

»Ich liebe dich mehr als alles andere«, flüsterte er.

»Ja, aber was heißt das«, sagte sie. »Das kann doch alles mögliche heißen.«

»Es heißt, daß ich dich liebe«, sagte er.

Sie musterte ihn schweigend. Sie starrte ihn an, sagte kein Wort, und plötzlich verschwand der kindliche Ausdruck aus ihrem Gesicht, verdrängt von unsicherer, gänzlich erwachsener Verwirrung.

»Warum . . .« fing sie an und zögerte dann. »Warum liebst du mich eigentlich?« fragte sie.

Einen Augenblick lang schwieg er, und dann war es zu spät, die Frage zu beantworten.

»Ich meine«, sagte sie, »warum gerade mich? Bitte sag mir — warum mich?«

Der Klang ihrer Stimme brachte ihn fast zum Weinen. Er vernahm die tiefe Traurigkeit in dieser Stimme, als flatterten tausend Puppenkleider und Springseile, Zöpfe und Röckchen, Baumwollhöschen und blaue Plastikspangen im Wind, seufzend in zerbrochenem Wirrwarr. Er vernahm in dieser Stimme das Geheimnis fremder, seelenloser Dinge, Lippenstift und Wimperntusche, Hüftgürtel und Büstenhalter, Haken und Ösen, Pessare. Er vernahm (einst hörte ich die Meerjungfrauen singen) dahinter ein Echo jenes kindlich verlorenen, seufzenden Klanges, den der Wind mit sich trägt, hoch, klar und scharf, die Unsicherheit rückhaltlosen Selbstvergessens, die plötzliche Unsicherheit letzter, vertrauensvoller Hingabe, den leisen Riß der Schmetterlingspuppe, und er preßte sie wild und froh an sich — aus Furcht, daß ihre Schwingen zu Staub zerfielen. Beide zitterten. Er küßte ihr Haar, ihre geschlossenen Augen, er seufzte: denn im dunstigen Innern der klappernden Droschke im Central Park, in ihrer allzu intimen Abgeschlossenheit — vorhin hatte sie noch gesagt, sie würde sich nicht mit ihm einlassen — hatte auch sie sich plötzlich und ungewarnt in ihn verliebt.

»Ich liebe dich, Grace«, sagte er. »O Gott, wie sehr ich dich liebe!«

Sie drängte sich tiefer in seinen Arm, lächelte, seufzte, und ihre Kinderstimme sagte an seiner Brust: »Ich liebe dich auch.«

In diesem Sommer, in dem sie ihm im Wüstensand hinter dem Tal von Sorek die Haare schnitt, nachdem er für sie einen jungen Löwen erlegt, dreihundert Füchse gefangen und tausend Männer mit einer Eselskinnlade erschlagen hatte, verlor er sein Herz gänzlich an sie.

Es war an einem jener dunstgefilterten Tage, an denen die Sonne, in gleichförmiger, ungemilderter Helle von Horizont zu Horizont reichend, den ganzen Himmel einzunehmen scheint, so unbestimmbar in ihren Absichten, als könne sie mit gleicher Leichtigkeit strahlenden Sonnenschein oder Regen hervorbringen. Sie waren mit dem Wagen seines Vaters unterwegs, schon hinter Jones Beach, hatten bisher nur einmal anhalten müssen, weil der Kühler überkochte (»Ich verstehe das nicht«, sagte Grace, »bei mir ist immer alles in Ordnung«), und parkten den Wagen schließlich auf einem Sandstreifen gegenüber Gilgo. An diesem Tag war das Meer ruhig; es reflektierte den opalisierenden Himmel in silberner Fülle. Der Strand war fast menschenleer. Kein Wind; kaum, daß der Sand sich regte. Sie trug einen zweiteiligen Badeanzug, die Träger des Oberteils gelockert; auf den Hügeln ihrer Brüste erschien ein weißer Streifen, wo die Sonnenbräune abrupt endete; das Muttermal auf ihrer linken Schulter verschwand nahezu im Bronzeton ihrer Haut. Sie trug eine Sonnenbrille, las die *Sunday Times*, kommentierte jede politische Situation, die sie im Nachrichtenteil fand, las ihm eine Buchbesprechung vor; ihre Hand ruhte auf seinem Kopf, die Finger spielten mit seinem Haar. »Du hast einen Haarschnitt nötig«, sagte sie nebenbei, las ihm aus einem Artikel über Nantucket von der Reiseseite vor, durchblätterte dann den Innenteil der Zeitung — »da ist ein Mann von einem Hai gebissen worden. Glaubst du, daß es hier auch welche gibt?« —, hielt endlich inne, um die Anzeigen zu studieren, »gefällt dir

dieses Kleid?«, und schob ihm das Blatt zu; er lag neben ihr, die Augen vor der harten Grelle des milchweißen Himmels geschlossen. »Eigentlich könnte ich es schneiden«, sagte sie.
»Was könntest du schneiden?«
»Dein Haar.«
»Nein, danke«, sagte er.
»Auch gut. Sieh nur, sie bringen schon Herbstsachen. Magst du Tweed?«
»Ja.«
»Warum willst du nicht, daß ich dir das Haar schneide?«
»Weil du keine Friseuse bist.«
»Du siehst schlimm aus«, sagte sie. »Regelrecht zottig. Laß es mich schneiden, bitte.«
»Warum?«
»Weil ich es irgendwie aufregend finde«, sagte sie und zuckte die Achseln.
Er drehte den Kopf, sah sie an; der Himmel hinter ihr war hell. Er blinzelte zu ihr hinauf. Ihr langes blondes Haar war zur Seite gekämmt und dort zu einer dicken Strähne geflochten, die ihr wie zufällig über die Schultern fiel. Die Sonnenbrille saß auf ihrer Nasenspitze, die braunen Augen spähten erwartungsvoll über den Rand, ihren Mund umspielte ein kleines vertrauliches Lächeln. Sie setzte sich auf, die Beine unter sich gezogen, mitten im Durcheinander der *Sunday Times*-Seiten, die ringsum auf der Decke verstreut waren, blond, sonnengezeichnet, selbstbewußt aufrecht, die schmalen Hände im Schoß gefaltet, geduldig wartend.
»Wieso ist dir so plötzlich nach Aufregendem zumute?« fragte er.
»Am Strand ist das immer so«, sagte sie.
»Ach?«
»Aber ja.«
»Und wo bekommen wir eine Schere her?«

»Ich habe eine in meinem Korb.« Sie griff nach dem Korb, und er faßte nach ihrer Hand.
»Du hast sie absichtlich mitgebracht, nicht wahr?« sagte er.
»Nein. Ich wollte an meinem Wandbehang arbeiten.«
»An was?«
»An meinem gehäkelten Wandbehang. Du weißt, daß ich daran arbeite, also mach nicht so ein erstauntes Gesicht. Ich häkele schon lange daran.« Er lachte auf, und sie sagte:
»Was gibt es denn da zu lachen?«
»Weißt du, was häkeln bedeutet?«
»Nein, was denn?«
»Etwas, das mit Sex zu tun hat«, sagte er.
»Ach?«
»Doch, wirklich.«
»Solche Dinge fallen dir ständig ein, nicht wahr? Nur, damit ich das Gefühl habe, sehr jung und unschuldig zu sein.«
»Nein, wirklich. Häkeln, das heißt . . .«
»Ja, ja, ich weiß«, sagte sie.
Sie holte die Schere aus ihrem Korb, und er setzte sich, ohne zu protestieren, vor sie hin; sie schnitt ein großes Loch in die *Sunday Times* und stülpte sie ihm wie einen Frisierumhang über den Kopf. Dann kniete sie hinter ihm und betastete seinen Kopf mit gespreizten Fingern. »Du hast aber mächtig große Ohren, weißt du das?« sagte sie. »Sie stehen richtig von deinem Kopf ab.«
»Warum schneidest du sie nicht einfach ab?« schlug er vor.
»Gott, Clark Gable hat auch große Ohren«, sagte sie und seufzte resigniert.
»Und einen Schnurrbart. Meinst du, daß ich mir einen wachsen lassen sollte?«
»Nein.«
»Dann ist es vielleicht besser, du schneidest die Ohren ab.«
»Vielleicht. Wozu sollen große Ohren ohne Schnurrbart gut sein?«

»Eben.«
»Schön, fangen wir an«, sagte sie.
»Hör mal . . .«
»Mmmm?«
»Laß keine Löcher.«
»Du meinst, wo die Ohren waren?«
»Nein, ich meine, wo das Haar war.«
»Mach dir keine Sorgen«, sagte sie. »Ich glaube, für so etwas habe ich Talent. Wirklich, das wird ein bildschöner Haarschnitt.«
»Also gut . . .« gab er unsicher nach; dann hörte er das Klicken der Schere hinter seinem rechten Ohr und schloß die Augen. Er hörte nur den metallischen Rhythmus der Schere und Graces Atmen, und irgendwo dahinter das ferne Rauschen des Meeres, nicht das übliche Geräusch wütender Brecher, sondern nur ein dumpfes Murmeln wie in einer Muschelschale. Klick, machte die Schere hinter seinem Ohr, klick, klick. Er fühlte die Sonnenhitze auf dem bloßen Kopf, klick, klick, klick; sie arbeitete mit zunehmender Sicherheit. »Oh, das wird wirklich sehr hübsch«, sagte sie. »Eine wahre Pracht.«
Er grinste und fühlte, wie ihn ein seltsames Behagen durchrieselte. Das monotone Klicken der Schere schläferte ihn nahezu ein. Einmal wandte er sich zu ihr um — »ja, Mister, diesmal hätte ich fast dein Ohr erwischt« —, und er sah den konzentrierten Ausdruck ihres Gesichts, die Sonnenbrille fast so auf der Nasenspitze, wie seine Großmutter ihre Brille getragen hatte, wenn sie am Fenster der Schneiderwerkstatt bei dämmriger Winterbeleuchtung nähte. Er schloß wieder die Augen.
»Ich bin schon ganz voll Haar«, sagte sie.
»Was meinst du?«
»Oh, das juckt.«
Er drehte den Kopf und sah sie an. Die Hügel ihrer Brüste in dem schmalen Oberteil waren mit abgeschnittenen Haa-

ren schraffiert. Sie wischte sie mit der flachen Hand weg, griff dann in das Oberteil und wand sich; ihr Gesicht verzog sich zu einer Grimasse.

»Du hast das ungemütlichste Haar, das es gibt«, sagte sie. »Außerdem klebt es am Sonnenöl fest.«

»Kann ich dir helfen?« fragte er.

»Danke, ich schaffe es schon«, sagte sie. »Gitt, das ist einfach überall.«

»Könntest du mich nicht auch noch rasieren und maniküren? Damit wir nicht ganz umsonst hier herumsitzen?«

»Halt den Mund und sitz still«, sagte sie. »Wirklich, es tut mir schon leid, daß ich damit angefangen habe.«

Und wieder begann die Schere zu klicken. »Gib auf die Läuse acht«, sagte er grinsend.

»Das tue ich schon.«

»Ich möchte nicht, daß du sie störst.«

»Nein, das weiß ich.«

»Sie leisten mir schon so lange Gesellschaft. Ich fange an . . .«

»Wirst du bitte Ruhe geben? Ich versuche mich zu konzentrieren.«

»Was macht das Haar? Fällt es immer noch da hinein?«

»Wo es hineinfällt, geht dich nichts an«, sagte sie.

»Solche Sorgen hat der Barbier, zu dem ich gewöhnlich gehe, nicht«, sagte er.

»Das will ich hoffen. Was ist das, was hier hinten hochsteht?«

»Hinten?«

»Werde nicht anzüglich. Mußt du immer an unanständige Dinge denken?«

»Wenn es hinten ist, kann es sich nur um einen Wirbel handeln.«

»Ich wußte nicht, daß du einen Wirbel hast.«

»Ich habe alle möglichen Dinge, von denen du nichts weißt.«

»Ja, ja, ich lerne es mit der Zeit«, sagte sie. »Oh, zum Teufel!«
»Was ist?«
»Ich habe hier ein bißchen zu viel abgeschnitten.«
»Ach du lieber ...«
»Nein, es geht schon. Nur ein bißchen zu viel.«
»Wie lange dauert dieser Haarschnitt noch?«
»Warum?«
»Ich glaube, es kommen Wolken auf.«
»Wolken waren schon da, als wir kamen«, sagte sie.
»Nein, wirklich, Grace, ich glaube, es fängt an zu regnen.«

Sie waren aus der Pferdedroschke ausgestiegen und gingen zu Fuß die Fifth Avenue hinab; da traf ihn der erste Tropfen ins Auge wie ein geschleudertes Ei.
»Es fängt an zu regnen«, sagte er; und dann riß der Himmel wie ein riesiger Wassersack, der längs seiner schwächsten Naht aufplatzt und sich seines Inhalts in einer plötzlichen Sintflut entledigt, die ohne jedes Warnzeichen über sie hereinbrach. Sie fingen an zu rennen. Sie rannten blind, denn die Sintflut war überall, und ihre Plötzlichkeit hatte sie in eine Art Schockzustand versetzt, der sie jeder vernünftigen Überlegung beraubte und ihnen nur den Instinkt ließ. Er packte ihren Ellenbogen und versuchte, sie in eine Richtung zu steuern, doch sie schrie auf und wandte sich in die Gegenrichtung, kichernd vor Panik; dann griff er ihre Hand und zog sie zu sich, beide glitten auf dem plötzlich glitschigen Pflaster beinahe aus, umarmten sich, um das Gleichgewicht zu wahren, und rannten dann mit eingezogenen Köpfen — sie hielt die Handtasche wie einen Schirm über den Kopf, er zerrte an ihrer Hand und suchte nach einem Vordach oder einer Toreinfahrt, nach irgendeinem Schutz vor diesem Unwetter, dessen wütender Ausbruch sie wegzuschwemmen drohte.
»Hierher«, rief er. »Dorthin!« Und sie rief zurück: »Wo-

hin?« Und er schrie: »Hierher!« Und sie rannten die glatten, breiten, flachen Stufen einer grauen Kirche hinauf; an einer der Stufen verfing sich ihr Absatz, sie schlug hin, im Fall nur von seinem Arm aufgehalten. Ringsum peitschte der Regen, als er ihr aufzuhelfen versuchte. Einer ihrer Strümpfe war aufgerissen vom Absatz bis zur gerippten Kante. Er faßte sie um die Mitte, zog sie auf die Füße; sie immer noch auf die gleiche Art stützend, führte er sie, halb zerrte er sie zum offenen gewölbten Portal der Kirche und in die dämmerige Vorhalle; das Weihwasserbecken war das erste, was er darin sah.

»Himmel«, sagte sie, »was für ein Guß! Wo kommt das nur her?«

»Alles in Ordnung?«

»Mein Bein tut weh«, sagte sie. »Morgen früh ist es wahrscheinlich grün und blau.« Sie zog den Rock hoch und sagte: »Zum Teufel, auch das noch! Ein neues Paar Nylons.« Erst danach schien sie zu begreifen, daß sie sich in einer Kirchenvorhalle befand; sie legte die Hand vor den Mund, als hätte der harmlose Fluch gehört werden können. Den Kopf zwischen die Schultern gezogen, die Hand vor dem Mund, stand sie da und wartete auf einen Blitzschlag vom Himmel. Als er nicht kam, zuckte sie die Achseln und sagte: »Können wir nicht hineingehen? Ich erfriere hier an der Tür.«

Sie verließen die Vorhalle und traten ins Innere der Kirche. »Oh«, flüsterte sie, »ich bin naß bis auf die Haut«, und er flüsterte: »Ich auch«, und dann waren sie still, weil über ihnen Musik aufschwoll, Musik, die wie das plötzliche Unwetter aus dem Nichts hervorzubrechen schien, als berühre eine weise, mächtige, alles wissende, alles sehende Gottheit die Welt, zusammenhanglos wie in vorgöttlicher Zeit und dennoch sich selbst gemäß. Die Musik kam hoch oben von der Orgelempore, und Buddwing erkannte eine Fuge von Bach; im gleichen Moment flüsterte Grace »Bach«, und er nickte. Offenbar waren zwei Männer auf der Orgelempore, die sie beide nicht sehen konnten; einer spielte die Orgel mit majestätischer Wucht, der andere die Geige — eine klangreiche und irgendwie heidnische Gegenstimme. Die Musik durchbrauste den Raum und widerhallte in der Kirche, voll Wiederholungen, irgendwie endlos, Bachs mathematische Symmetrien brachen sich an den schweren Steinmauern des Mittelschiffs, stiegen zum Gewölbe empor, stürzten wie der prasselnde Regen draußen zum Altar nieder, der im Licht geweihter Kerzen düster glühte. Sie tasteten sich durch den Mittelgang, um einen Blick auf die Musiker zu werfen. In ihrem Versteck spielten die Männer mit einem Eifer, der an Raserei grenzte. Der Orgelklang hallte vibrierend, die Geige gab das Thema eine Quinte höher zurück, der volle Klang flutete durch das Mittelschiff über die Vierung in das nördliche und südliche Querschiff; dann dröhnte die Antwort der Orgel auf, die Geige fiel diesmal eine Oktave tiefer ein; bis über den Altar hinaus, bis in die Apsis gab es nur Musik, die jeden steinernen Winkel der Kirche füllte. Feuerzungen schlugen aus Scheiterhaufen, leckten an den Gewändern gefesselter Märtyrer, Schächer und Propheten hingen am Kreuz, die Musik loderte in gebändigter Hingabe, Heiden umtanzten den Holzstoß, ihre Körper glühten von Schweiß und Schminke.

Sie hatten das Mittelschiff bis zur Vierung durchquert, gingen dann weiter fast bis zum Altar; noch immer konnten sie die Musiker nicht sehen. Am Westende der Kirche, durch die Vorhalle und das gewölbte offene Portal sichtbar, erleuchtete ein Blitz die graue, nasse Straße. Ein alter Mann, eine Zeitung wie ein Zelt über dem Kopf, rannte vorbei. Die geweihten Kerzen tanzten in roten und grünen Glasbechern, das Echo des Donners fing sich unter dem gewölbten Baldachin, die Orgel antwortete ihm mit dröhnendem Nachhall, Geigenklang stieg in einer schneidenden Spirale

hernieder, die Schlußtakte der Fuge hingen wie sanft fallender Staub in der Luft, ein letztes Echo, und dann war es still in dem riesigen steinernen Kirchenraum.
Die Stille kam nicht weniger plötzlich als zuvor der Regen und der Orgelklang. Noch schien die Musik in ihnen nachzuzittern, auf ihrer Haut zu vibrieren, doch wie ein vor Jahrhunderten erloschener Stern, dessen Licht noch auf Erden sichtbar ist, war die Quelle des Klangs erstorben; was in Wahrheit noch widerhallte, war das leere Dröhnen der Stille. Und in diese Stille hinein flüsterten die Musiker miteinander, noch immer unsichtbar, doch ihre Stimmen wurden über die ganze Länge der Kirche getragen.
Buddwing und das Mädchen standen, den Rücken zum Altar, wortlos in der flüsternden Wölbung.
Ihre Hand suchte die seine.
Ihre Finger schlossen sich umeinander.

Das also, dachte er, ist der Vollzug.
Das also ist der Vollzug auf schmalem Ehebett, der erste Vollzug und der letzte, Fuge in sich selbst, Thema und Antwort überschneiden einander, ein endloses Hintereinander, die Stimmen in strenger Reihenfolge erklingend, eine Jagd, eine Flucht, lateinisch *fuga*. Das verheißene Muttermal an der linken Schulter hatte sie nicht, doch das war unwichtig, tat nichts zur Sache — er wußte, in diesem Bett und in den Betten, die folgen würden, würde er erfahren, wer diese Frau war.
Die Wohnung roch nach frischer Farbe — war es erst einen Monat her, daß er sie gestrichen hatte, während sie mit den Schneiderinnen endlos über ihr Brautkleid konferierte? Die Möbel waren neu, makellos, sie rochen nach Fabrik, die Politur noch ohne Kratzer, die Bezüge noch ohne Flekken; daß sie die Packverschläge abgenommen hatten, war kaum eine Woche her. Unter dem gespaltenen Ende seines Hammers war das Holz gesplittert, als er die widerspenstig

quietschenden Nägel herauszog. Auch die Frau an seiner Seite auf dem Couchbett war makellos und neu, in durchsichtigem Nachthemd, wie es sich gehörte, mit ordentlich frisiertem Haar, Augen, die ihn in jungfräulicher Erwartung anblickten. Gewiß, sie hatten sich schon berührt, sich noch öfter geküßt, doch noch kannten sie einander nicht; nun würden sie einander erforschen. Jedenfalls glaubten sie es. Im Vorgeschmack der Paarung, die folgen würde, bewegten sie zwei unabhängige Weltsysteme aufeinander zu und hofften auf Zusammenprall und Erkenntnis. Aspekte. Die nebeneinander herlaufenden Dialoge, über die er mit Jesse diskutiert hatte, der egozentrische Redner, der taube Zuhörer.

Er roch den feinen Duft ihres Haares, den Duft verschleierter Geheimnisse und erotischer Verwicklungen; sie spürte das schwache Aroma männlichen Schweißes — es erinnerte sie an die Arme ihres Vaters, wenn er sie zu dem klapprigen Chevrolet hinübertrug. Er fühlte ihr weiches blondes Haar und die papierdünne Kopfhaut darunter, zwischen seinen Händen, sie spürte die sprossenden Stoppeln in seinem Gesicht, fragte sich, wie es wohl sein mochte, wenn man sich rasieren mußte, und seine Hände in ihrem Haar waren sanft.

Aspekte.

Ein Apfel ist eine Orange.

Sie wußte um seinen Kuß, er wußte um ihren Kuß. Sein Mund lag, wie er glaubte, sanft auf dem ihren, empfangen von scheuen, weichen, leise fragenden Lippen. Sie empfand ihren eigenen Mund als gefräßig und schmal; es drängte sie, in seine Zunge zu beißen, und seine Lippen preßten sich seltsam rauh auf die ihren; an seinem Mund war nichts Sanftes. Er berührte ihre Brüste, ihre Brustwarzen — er hatte sie schon vorher berührt —, doch in der geübten Bewegung seiner Hände war für ihn nichts von Erotik. Er wußte, daß die Warzen sich dabei runzelten, und seine

Hände arbeiteten, ein Ritual der Wiederholung, Kundschafter im Dienste eines gelangweilten, selbstsicheren Soldgebers. Meine Brüste erregen ihn, dachte sie; und das Bild des tobenden, raubgierigen Manntieres, das, unfähig, seine Hände im Zaum zu halten, ihr die Bluse und den Büstenhalter herunterriß und ihre Brustwarzen quälte, wurde zum erotischen Stimulans, das sich vielleicht auch auf ihn übertrug — er entdeckte, daß er selbst in Erregung geriet. Er drängte sich an sie, faßte ihre Brust mit den Lippen, bewegte die Warze mit suchender Zunge. Das Gefühl der Erektion war für sie nur eine Erfahrung außerhalb ihrer selbst, etwas, das sich weich schwellend gegen ihren Schenkel preßte; von dem inneren Wallen und rastlosen Beben, von der halbbewußten Erwartung, dem Hinfluten aller Leidenschaften auf einen einzelnen, sich dehnenden, entblößten, sensitiv wartenden Körperteil wußte sie nichts. Sie spürte nur seine Zähne an ihren Brüsten, erst an der einen, dann an der anderen, und während seine Zunge nur ein plötzliches Verhärten wahrnahm, erlebte sie jenes Gefühl des Schwellens, als müßten ihre Brüste die sich dehnende purpurne Haut sprengen und in seinen Mund eindringen; jenes suchende, gestraffte Teil an ihrem Schenkel, in dem sich seine gesamte Leidenschaft ballte, nahm sie nur unbestimmt wahr. Sie griff nach ihm, mehr zufällige Reaktion als Gegenattacke, und doch erregte ihr Griff ihn bis zur Besinnungslosigkeit; in diesem Moment wurde sie für ihn zu jener fiktiven Heroine, die jedem männlichen Amerikaner von der Stunde seiner Geburt an einsuggeriert wird, zum leidenschaftlich aggressiven Weibchen, von der bevorstehenden Berührung, vom Anblick eines jeden Mannes entflammt, zur unersättlichen Nymphomanin. Möglich, daß etwas davon in ihr steckte — zumindest das Wissen, daß ihre suchende Hand dieses warme, lebendige, schwellende Glied umfing; gewiß, dieses Wissen erregte sie, kroch elektri-

sierend wie in gewundenen Bahnen auf ihre Scham zu und verwandelte sich dort in ein vages, unbestimmtes Drängen. Doch die Gewißheit, daß sie jetzt über dieses pulsierende Glied gebot, daß sie es ins Unermeßliche wachsen lassen und es sich gierig zu eigen machen konnte, daß es, nur weil sie es wollte, zu einem eingeschlossenen, intim besessenen Teil ihrer selbst werden konnte, erregte sie noch mehr. Er spürte nur, daß ihre Hand fester zugriff; sein Tasten nach ihr war eine bloße, wenngleich erwartete Reaktion. Die natürliche Feuchte, die ihm entgegenkam, verwandelte sich in dieser Vorstellung in einen reißenden Strom am Eingang einer dunklen, geheimnisvollen Höhle, die nur darauf wartete, von ihm erkundet zu werden. Ihre Brüste, ihr Bauch, die weiche Innenseite ihrer Schenkel, alles wurde zum Ziel seiner suchenden Hände; die Absicht, sie zu erregen, verflog in seiner eigenen blinden Erregung, die auch auf sie überging. Als er schließlich in sie eindrang, fühlte er nur den Widerstand feuchter Lippen und hinter ihnen geschmolzene Weiche, ein Tunnel, dessen lebende Wände zerfielen; ein Eindringen eben, ja, ein Vorstoß sicherer Kraft in ein nachgebendes, wunderbares Inneres. Aber gerade das fühlte sie nicht. Sie fühlte statt dessen ein Öffnen ihrer selbst, die Bereitschaft, ihn zu empfangen. Sie fühlte zunächst mit bebenden Lippen ein unsicheres, doch unbeugsames Suchen; dann fühlte sie, wie alles in ihr sich drängend bewegte; sie fühlte den übermächtigen Trieb, sich ihm ganz und gar anzuschmiegen, den Trieb, ihn aufzunehmen, einzuhüllen, zu empfangen. Ein Eindringen eines Fremden war es für sie nicht. Sie standen an den entgegengesetzten Enden eines Durchganges und sahen völlig verschiedene Dinge.
Doch in seinem Eindringen, in der stolzen männlichen Kraft seines Angriffs war auch etwas von der Furcht, eingeschlossen zu werden; er stieß gegen nachgiebige Wände, die bereits nachgegeben hatten, und fühlte sich langsam in ihrer

gleitenden Nachgiebigkeit aufgesogen; er würde sich in ihr verlieren, unwiederbringlich, ein Teil ihres feuchten Inneren werden, in ihr zerschmelzen, osmotisch in ihr aufgehen. Ohne die Macht, sie zu bezwingen, ohne die Kraft, sich zurückzuziehen, stieß er blind und unbarmherzig; er wußte: der Augenblick höchster Macht würde zugleich auf unerklärliche Art der Moment seiner tiefsten Schwäche sein. Und auch in ihrer Hingabe, in ihrer hinnehmend weiblichen Fügsamkeit lag etwas von Furcht, die Besinnung ganz und gar zu verlieren: der unausgesprochene, beängstigende Drang, sich vor dieser pochenden, verschlingenden Kraft unbarmherzig pfählen zu lassen, sie zu brauchen und zu mißbrauchen, bis zur Plünderung nach schmachvoller Kapitulation, bis zur Zerstörung, zur Niederlage, zur völligen Auflösung — der Drang, überlegen zu spotten, der Drang zur Erniedrigung, zur Entwürdigung, der schließlich das ausgelassene Fest in wirrer, hastender Flucht auseinanderwirbeln würde.

Und aus der Berührung einander überschneidender, voneinander unabhängiger Aspekte, aus dieser vagen, einander nicht erkennenden Wirrnis von Liebe und Haß, aus einem übermächtigen Trieb, zu befriedigen, selbstlos zu geben, aus dem widerspruchsvollen Bedürfnis, zu wahren und zu versklaven, ergab sich irgendwo, irgendwie ein Augenblick echter Leidenschaft, ein Zusammenprall der Weltsysteme, ein kurzer Augenblick, in dem Buddwing und dieses Mädchen in Wahrheit miteinander verbunden waren, wie sie es einander versprochen hatten. In diesem einzigen Moment ekstatischen Austauschs waren sie ein Körper, ohne Besinnung; eine einzige drängende, urgeschlechtliche Kraft. Sie teilten miteinander ein Gefühl gegenseitigen Mitleids, gegenseitiger Verachtung, ein Gefühl der Schuld, der Erhöhung, der Fürsorge, der Unterordnung, des Reichtums und der Not. In diesem Augenblick umfaßten sie einander in völliger Einsamkeit, hörten sie das Echo von Millionen Seufzern, verloren in den dunklen Gängen der Nacht, teilten sie für den winzigen Bruchteil einer Sekunde das Gefühl, einander wahrhaft zu kennen — und dabei hatten sie im Grunde nur erfahren, daß sie beide Menschen waren.

14

Er setzte sich im Bett auf, grinste und sagte: »Trinken wir Kaffee? Ich meine, hast du Lust, Kaffee zu machen?«

»Natürlich«, sagte sie heiter. »Ich habe welchen auf dem Herd und brauche ihn nur zu wärmen.«

Ihm war vergnügt und behaglich zumute; es gefiel ihm, hier bei diesem Mädchen zu sein, vor dem Regen geschützt, der an der Fensterscheibe herunterrann und draußen auf die Straße prasselte. Das Mädchen glitt mit einer anmutigen Bewegung aus dem Bett und richtete sich auf; ihr halber Unterrock hing über einem Stuhl. Sie zog ihn flink an und ging dann zum Gasherd in der Küche. Er beobachtete, wie sie ein Streichholz anriß. Sie beugte sich über die Flamme, die dem Brenner entströmte. An ihrer Haltung war etwas, das ihn erheiterte; der geneigte Kopf, der konzentrierte Ausdruck ihres Gesichts, der gebeugte Rücken, aufgehellt vom Lichtschein der Fenster, von denen man auf die Third Avenue hinabsah — alles das war vertraut und gab ihm Sicherheit. Es war sehr still in der Wohnung, und plötzlich begann das Mädchen, das mit in die Hüfte gestützten Händen den Kaffeetopf beobachtete, vor sich hinzusummen. Von draußen hörte er das klebrige Schwirren der Autoreifen auf dem Asphalt. Der Regen, die Bücherregale, die das Couchbett umgaben, das Summen des Mädchens, das Surren der Reifen, die Fensterscheiben, die sich im reflektierten Neonlicht der Straße auflösten — alles schien aus einem Guß, harmonisch, heiter. Er grinste, streckte sich, die Hände unter dem Kopf, und versuchte, die Titel der Bücher von unten zu lesen.

»Hast du die alle gelesen?« fragte er sie.

»Die meisten«, antwortete sie aus der Küche. »Wie fühlst du dich?«

»Grandios.«

»Ich auch«, sagte sie und lächelte zu ihm herüber. Dann

wandte sie sich wieder dem Topf zu. Er drehte sich auf den Bauch und schaute zu den Büchern hinauf.

Die gesunde Gesellschaft.

Grundlagen und Praxis der Befragung.

Unsere inneren Konflikte.

Die neurotische Persönlichkeit heute.

Der Zwang zum Geständnis.

Gesprächstechnik.

Psychoanalytische Voraussetzungen der Jugendkriminalität.

»Und wo ist das grundlegende Werk?« fragte er.

»Welches?« Sie wandte den Kopf, ein kleines fragendes Lächeln auf den Lippen, die Hände in die Seiten gestemmt.

»Freud.«

»Ach so! Habe ich unten im Büro.«

»Wirklich schade, daß ich nicht Edward Vossler bin«, sagte er vergnügt. »Ich wäre ein großartiges Studienobjekt.«

»Wieso? Und wer ist Edward Vossler?«

»Ein ausgebrochener Irrer.«

»Ach, wirklich?«

»Hast du die Zeitungen nicht gelesen?«

»Nein. Von wo ist er denn ausgebrochen?«

»Central Islip.« Er hielt inne. »Eine Zeitlang dachte ich schon, ich wäre es.«

»Und wie bist du darauf gekommen, daß du es nicht bist?«

»Ich bin einem echten Irren begegnet.«

»Das ist immer ein guter Maßstab. Trinkst du den Kaffee sehr heiß?«

»Nein.«

»Ich auch nicht. Wenn du willst, ist er fertig.«

»Ja«, sagte er und dehnte sich behaglich. »Ja, ich will. In der ganzen Welt gibt es nichts, das ich jetzt lieber hätte als eine gute Tasse Kaffee.«

»Fühlst du dich eigentlich jedesmal so?« fragte sie.

»Wann?«

»Nachdem ...« Sie zuckte die Achseln. »Nachdem du mit einem Mädchen im Bett warst.«
»Wie wirke ich denn?«
»Ich weiß nicht. Ich glaube — sanft. Dein Gesicht ist ganz weich. Du wirkst ...« Sie zuckte wieder die Achseln und setzte sich an den Tisch. »Nun — einfach sanft.« Nackt, wie er war, stand er auf und ging in die Küche. Dann stand er hinter ihrem Stuhl, über sie gebeugt, die Hände auf ihren Brüsten, und küßte ihren Hals. »Hallo«, flüsterte er.
»Was ist?«
»Ich liebe dich.«
»Okay.«
»Eigentlich müßtest du jetzt sagen, daß du mich auch liebst.«
»Das tue ich doch.«
»Was tust du?«
»Ich liebe dich auch.«
»Dann sag es.«
»Ich liebe dich, ich liebe dich, ich liebe dich.« Sie hielt inne. »Auch.«
»Und warum schenkst du mir keinen Kaffee ein, wenn du mich so sehr liebst?«
»Ich warte darauf, daß du dich hinsetzt.«
»Brauche ich dazu eine Krawatte?« fragte er, und sie lachte. »In dem Fall müßte ich mir eine vom Oberkellner leihen.« Immer noch lachend, nahm sie den Topf vom Herd. Sie schenkte ihm Kaffee ein, legte dann sanft die Hand auf seinen Scheitel, beugte sich über ihn und küßte ihn auf die Stirn.
»Entschuldigst du mich für einen Augenblick?« fragte sie.
»Natürlich«, sagte er.
Er beobachtete, wie sie den Raum durchquerte. Die Badezimmertür schloß sich hinter ihr. Dann hörte er, wie sie Wasser laufen ließ.
Vor ihrer Hochzeit hatten sie daran gedacht, eine Wohnung mit gemeinsamem Badezimmer für mehrere Mieter zu neh-

men; doch L. J. hatte erklärt, das eigene Badezimmer wäre für eine jungverheiratete Frau ungemein wichtig. L. J. war damals schon über ein Jahr mit dem Mädchen aus Boston verheiratet; infolgedessen nahmen Buddwing und Grace ohne weiteres an, daß er wußte, wovon er redete. Sie hatten die teurere Wohnung mit eigenem Badezimmer an der Third Avenue genommen, sich aber noch monatelang nach ihrem Einzug gefragt, was zum Teufel L. J. wohl gemeint haben mochte. Wozu brauchte eine jungverheiratete Frau ihr eigenes Badezimmer? Und schließlich war es Grace gewesen, die eines Morgens aus dem Bad gekommen war, Buddwing geweckt und mit der ihr eigenen Mischung von Unschuld und Aufrichtigkeit gesagt hatte: »Es ist wegen des Pessars.«

»Was ist?« hatte er gesagt. »Was?«

»Unser eigenes Bad. Draußen im Flur wäre es doch sehr peinlich.«

»Was wäre peinlich?« hatte Buddwing schläfrig gefragt.

»Sich draußen im Flur ein Pessar einzusetzen.«

»Ach so«, hatte er gesagt und sich die Augen gerieben.

Ihr Brautbett war die Doppelcouch, die sie an der Vierunddreißigsten Straße gekauft hatten und für die sie immer noch Raten abzahlten. Der Mechanismus der Ausziehmatratze war an dem schweren gepolsterten Couchrahmen festgeschraubt; als sie sich eines Nachts besonders leidenschaftlich liebten, brach der Kopf der Schraube ab. Zwar blieb der Schaft im Rahmen stecken, aber die Matratze sackte ungefähr fünfzehn Zentimeter tiefer, als sie normalerweise liegen sollte. Am anderen Morgen befestigte Buddwing den abgebrochenen Schraubenkopf mit Klebeband am Rahmen und in der metallenen Buchse, wo er wie durch ein Wunder die Matratze hielt, wenn auch einigermaßen schief. Grace ging in das Geschäft an der Vierunddreißigsten Straße, um die defekte Couch zu reklamieren, doch sie tat es in so strahlender Laune, daß niemand kam, um den Schaden zu beheben. Er war sicher: in ihren Augen hatte das Bett Persönlichkeit gewonnen, Identität — all das gehörte nun einmal zum Verheiratetsein, wie das Kaffeekochen auf eigenem Herd. Er sagte es ihr eines Morgens, als sie sich im Badezimmer wusch. Sie antwortete hinter der verschlossenen Tür: »Und was macht's? Wir sagen einfach allen unseren Freunden, daß unsere Ehe von einer mit Klebeband geflickten Schraube zusammengehalten wird.« Buddwing lachte laut auf, doch hinter der Tür blieb es still. Er setzte sich an den Küchentisch, schenkte sich Kaffee ein und sagte dann: »Weißt du, daß du da etwas sehr Komisches gesagt hast?«

»Natürlich«, erwiderte sie. »Warum hätte ich es sonst gesagt?«

»Das kann man bei dir nie wissen.«

»Ha! Ich stecke voller Geheimnisse.«

»Ich weiß.«

»Ja, ja«, sagte sie und öffnete die Tür.

Sie kam an den Tisch und beobachtete, wie er sich mit Sahne und Zucker bediente. Dann setzte er die Tasse mit einer gezierten Bewegung an die Lippen, den kleinen Finger ausgestreckt, mit dem Ausdruck eines gelangweilten, selbstbewußten englischen Lords, der in tadelloser Haltung im Pfarrgarten seinen Tee nimmt; daß er nackt war, schien ihm überhaupt nicht aufzufallen. »Ah!« sagte er schmatzend. »Vorzüglich. Ein ganz vorzüglicher Kaffee!«

»Schönen Dank.«

»Trinkst du nicht mit?«

»Ich sehe dir zu.«

»Und?«

»Nichts. Ich liebe dich, das ist alles.« Sie machte eine kleine Bewegung, als durchriesele sie ein ungewollter Freudenschauer.

»Mach das noch mal«, sagte er.

»Was habe ich denn gemacht?«

»Ich weiß nicht. So eine Art Raupenbewegung.« Er versuchte, sie nachzuahmen.
»Etwa so?« fragte sie, tat es noch einmal und lachte.
»Ich mag das, wenn du lachst.«
»Ich lache nicht oft genug«, sagte sie. »Gewöhnlich bin ich sehr ernst. Vielleicht liegt es an meiner russischen Herkunft. Weißt du, meine Eltern sind russische Juden — beide.«
»Daß du Jüdin bist, wußte ich nicht.«
»Bin ich aber.«
»Wirklich?«
»Sicher doch. Was sonst? Sollte ich etwa versuchen, für eine Jüdin zu gelten, wenn ich es nicht wäre?«
»Du siehst aber nicht jüdisch aus«, sagte er.
»Ach ja«, erwiderte sie. »Kennst du den Witz vom chinesischen Rabbi?«
»Ja«, sagte er lächelnd. »Trotzdem fand ich bisher, du siehst wie eine Italienerin aus.«
»Wer? Ich? Eine Italienerin — mit so blondem Haar?«
»Norditaliener haben blondes Haar.«
»Ja — trotzdem. Sieh doch nur mein Gesicht. Ein ausgesprochen ehrbares Judenmädchengesicht, wie du es an jedem Wochentag inclusive Sonntags auf dem New Avenue-Express finden kannst. Wenn auch gewöhnlich mit blauen Augen. Das ist der einzige Unterschied.«
»Ich finde trotzdem, daß du wie eine Italienerin aussiehst.«
»No, non sono italiana«, sagte sie. »Tatsache ist, daß man mich gewöhnlich für eine Irin hält. Dabei bin ich, was man eine jiddische *Shiksa* nennt.« Sie fuhr plötzlich auf ihrem Stuhl herum und fiel ihm in gespielter Verzweiflung in die Arme, den Handrücken auf die Stirn gepreßt. »Sag jetzt nichts«, sagte sie. »Zwischen uns ist alles aus, nicht wahr?«
Er lachte und wollte ihr gerade antworten, da fuhr sie fort: »Und nun die Wahrheit! Du bist im Krieg bei der SS gewesen, nicht wahr? Noch schlimmer, du warst bei einer Feldbäckerei.« Immer noch lachend, setzte er abermals zu einer

Antwort an, stieß dabei jedoch mit dem Ellenbogen an seine Kaffeetasse und verschüttete die Hälfte des Inhalts auf dem Tisch. »Aha«, sagte sie, »sieh da! Es ist also wahr.« Und plötzlich drehte sie sich, vorsichtig das Gleichgewicht haltend, in seinen Armen und küßte ihn auf den Mund.

Jeden Donnerstag besuchten sie beide ihre Vorlesungen, die um fünf zu Ende waren. Sie tranken Kaffee im Chock Full O' Nuts in der Nähe der Universität und gingen dann zu Kleins Warenhaus; Buddwing stand ungeduldig wartend herum, während Grace nach Gelegenheitskäufen fahndete. Sie kaufte selten viel und nie kostspielige Dinge. Aber sie erklärte ihm, sie sei ein verschwenderisches Leben gewöhnt und dächte auch als Ehefrau eines mittellosen Studenten nicht daran, diese Gewohnheit aufzugeben. Von Kleins aus fuhren sie mit der Untergrundbahn in den Theaterdistrikt, aßen im Automatenrestaurant und sahen sich dann eine Broadwayschau an. Sie bezogen die Eintrittskarten immer per Post, Balkonsitze, um Monate im voraus bestellt, Gesamtpreis Dollar 2.40. Die Schauspieler, die sie auf der Bühne sahen, erinnerten manchmal an hüpfende Flöhe; dennoch genossen sie ihre Donnerstage ungeheuer und betrachteten sie als unentbehrlichen Luxus, der ihnen unwiderruflich zustand. In Wirklichkeit gestatteten sie sich nur sehr wenig Luxus. Nur dann und wann unterbrachen sie die allabendliche Arbeit, gingen zu Addie Vallins an der Sechsundachtzigsten Straße und schwelgten dort in Bananasplits voll reifer Burgunderkirschen und gerösteter Mandeln, sechzig Cents die Portion. Einmal kauften sie eine handgebundene Ausgabe von Shakespeares Werken für achtunddreißig Dollar; ein andermal ließen sie sich von einem Tischler in Greenwich Village für zweiundzwanzig Dollar eine hölzerne Heizkörperverkleidung anfertigen, weil sie den Anblick des riesigen gußeisernen Monstrums in ihrem Wohnzimmer nicht mehr ertrugen. Doch meist lebten sie bescheiden von Buddwings GI-Stipendium und gingen weder seine noch ihre Eltern um Hilfe an. Hätte man sie zu dieser Zeit gefragt, was sie vom Verheiratetsein im Gegensatz zum Unverheiratetsein hielten, so hätten sie beide geantwortet: »Im Grunde ist es dasselbe, nur daß wir zusammen leben. Und das macht Spaß.«

Lachend versuchte er, den verschütteten Kaffee aufzuwischen, doch er rann zur Tischkante und tropfte auf ihren Unterrock.

»Oh, du Ferkel!« sagte sie und zog den nassen Unterrock hoch. »Da sage ich ihm, daß ich Jüdin bin, und er begießt mich mit einer halben Gallone Kaffee!«

»Bist du wirklich Jüdin?« fragte er.

»Natürlich bin ich wirklich Jüdin. Was denn sonst? Ja, ja, wirklich! Was nicht heißen soll, daß ich regelmäßig zur Synagoge ginge. Dieses Jahr gehe ich nicht einmal zu Mutters Sederfest. Aber ich bin Jüdin, auf die gleiche Art, auf die du auch Jude bist. Auf die, genau genommen, auch Adlai Stevenson Jude ist.«

»Nun, was mich betrifft, so weiß ich es nicht«, sagte Buddwing, »aber Adlai Stevenson ist kein Jude.«

»Natürlich ist er Jude.«

»Nein, ich glaube, er ist Protestant. Oder er gehört der Episkopalkirche an.«

»Was hat das damit zu tun? Nur ein winzig kleiner Prozentsatz des jüdischen Volkes besteht aus Juden. Tatsächlich gibt es eine Menge Juden, die überhaupt nichts Jüdisches an sich haben. Jüdisch zu sein, hat mit Religion, Kultur oder Herkunft nichts zu tun. Harry Truman zum Beispiel ist Jude.«

»Ah, ich verstehe«, sagte Buddwing. »Ja, gewiß.«

»Aber sie ist es nicht.«

»Wer?«

»Bess Truman.«

»Nein, natürlich nicht«, sagte Buddwing. »Wenn man es sich recht überlegt, hatten wir nur sehr wenig jüdische Präsidenten.«

»Ich weiß, ich weiß«, erwiderte sie. »Eigentlich merkwürdig, wenn man sich klarmacht, daß immerhin mehrere Juden die Unabhängigkeitserklärung unterschrieben haben.«
»Zum Beispiel?«
»Nun, etwa Benjamin Franklin.«
»Richtig. Und John Hancock.«
»Natürlich. Aber hatten wir nicht zu Anfang ein paar jüdische Präsidenten? War George Washington Jude?«
»Absolut nicht.«
»Einer von den Adams? Oder Jefferson? Weißt du, wer der erste jüdische Präsident war?«
»Wer?«
»Abraham Lincoln.«
»Genau«, sagte Buddwing.
»Eisenhower war sicher kein Jude.«
»Mamie auch nicht.«
»Und Nixon.«
»Deshalb verstanden sie sich auch so schlecht mit den Russen«, sagte Grace.
»Wieso?«
»Weil Chruschtschow Jude ist.«
»Natürlich«, sagte Buddwing. »Ein alter jüdischer Großvater.«
»Eben. Und Castro ist ein rabbinischer Seminarist. Deshalb verstehen sie sich auch so gut.«
Buddwing schnickte mit den Fingern. »Hallo, ahnst du, wer noch Jude ist?«
»Wer denn?«
»De Gaulle.«
»Richtig. Und Senator Dirksen.«
»Genau. Und Bürgermeister Wagner.«
»Ein ausgesprochener Jude. Und weißt du, wer es nicht ist?«
»Nun?«
»Nelson Rockefeller und Barry Goldwater.«
»Abd el Nasser ist Jude«, sagte Buddwing.

»Sam Levene und Molly Berg sind keine Juden«, sagte Grace.
»Nein, das sind Judenimitatoren. Aber Sophia Loren ist Jüdin.«
»Natürlich doch. Zusammen mit Vittorio de Sica und Marcello Mastroianni. Was das betrifft, ist Italien eine hundertprozentig jüdische Nation.«
»Nein, hundertprozentig nicht: Gina Lollobrigida ist keine Jüdin.«
»Und was ist mit Federico Fellini?«
»Ich nehme an, er ist Halbjude, von seiten seiner Mutter«, sagte Buddwing, und beide lachten.
»Philip Roth ist kein Jude«, sagte Grace.
»J. D. Salinger auch nicht.«
»Aber weißt du, wer bestimmt Jude ist?«
»Nun, wer?«
»James Jones.«
»Aber natürlich.«
»Norman Mailer ist keiner.«
»Sammy Davis jr. und James Baldwin auch nicht.«
»Ebensowenig wie Elizabeth Taylor.«
»Marylin Monroe war Jüdin«, sagte Grace.
»Ja, aber Arthur Miller ist kein Jude.«
»Und Frank Sinatra auch nicht.«
»Aber Pablo Picasso ist ganz entschieden Jude«, sagte Buddwing.
»Und Pat O'Brien.«
»Richtig, und Spencer Tracy.«
»Natürlich, und Jack Paar.«
»Aber Jonny Carson ist es nicht.«
»Weder er noch Hugh Downs.«
»Oder Helen Hayes.«
»Nie und nimmer! — Aber weißt du«, sagte Grace, »was das betrifft . . .« Sie hielt mit erschreckter Miene inne, vergrub ihr Gesicht in seine Schulter und fing an zu kichern.

»Was denn?« fragte er lachend.
»Nein, nein«, kicherte sie.
»Nun sag schon, wer ist es?«
»Ich glaube . . .«
»Wer?«
»Ich glaube, Adolf Hitler war Jude!«
»Aber natürlich, du hast recht!« Buddwing lachte laut auf. Er hielt sie in den Armen und schüttelte sich vor Vergnügen. Sie kicherte an seiner Schulter.
»Ach, bitte«, kicherte sie.
»Ich tue doch gar nichts«, sagte er; sein Magen schmerzte, Tränen rannen über sein Gesicht.
»Bitte, ich mach' mich noch naß!« ächzte sie. Und dann lachten sie wieder beide.
»He, paß auf!« rief er lachend und verlor das Gleichgewicht auf dem Stuhl.
»Du lieber Gott!«
»He!« rief er, und sie fielen geräuschvoll zu Boden.
»Oh, ich habe mir den Arm gebrochen!« kicherte sie.
»Komm, ich küsse ihn dir wieder zusammen«, lachte er, zog ihn an seinen Mund und bedeckte ihn der Länge nach mit kleinen schmatzenden Küssen.
»Das kitzelt!« schrie sie auf und begann, ihn ihrerseits zu kitzeln, unter den Armen, an den Fußsohlen, quer über den Bauch, bis sie beide ausgelassen lachend auf dem Rücken lagen. Der Regen trommelte sanft gegen die Fensterscheiben. In der engen Küche duftete es nach Kaffee. Das Lachen verflog. Sie seufzte, schloß die Augen, und er legte die Hand auf ihre Brust und fühlte das Pochen ihres Herzens.
In seinen Augen war sie ein Zauberwesen, das auf magische Art in sein Leben getreten war und es mit strahlendem Licht erfüllte. Selbst wenig erfindungsreich, beteiligte er sich an jedem neuen albernen Spiel, das sie erfand, und spielte es mit dem größten Vergnügen. Er war sogar bereit, sich ihre astrologischen Voraussagen anzuhören; irgendwie

schien in jeder ihrer Prophezeiungen ein Körnchen Wahrheit zu stecken. Sooft sie ihre Tabellen studierte und dabei bedenklich den Kopf schüttelte, weil wieder eine Philosophieprüfung zufällig auf einen Tag fiel, an dem Venus und Saturn mit weiß der Teufel was in Konjunktion standen — die Zeichen und Symbole lernte er nie —, fühlte er trotz aller Nüchternheit, daß ihn ein leises Entsetzen beschlich. Er begann zu glauben, eine Art Waldhexe geheiratet zu haben, die in einem riesigen Kessel ein Gebräu aus Fröschen, Fledermäusen und Molchaugen rührte, den Sternen Beschwörungen zuraunend, um für immer jung zu bleiben — jung, begehrenswert und unschuldig.

Was er jeweils von ihr zu erwarten hatte, wußte er nie. Sie vollführte jeden ihrer Zaubertricks mit der Naivität eines Kindes, wirkte dabei jedoch nie theatralisch oder lächerlich, einerlei, welch alberne Pose oder phantastische Situation sie heraufbeschwor. Sie konnte es völlig ernst meinen, wenn sie zu einem Betrunkenen in der Gosse »Schämen Sie sich!« sagte, ebensogut konnte sie eines Samstagabends vorschlagen, daß man zwei Flaschen Scotch (ein Luxus!) kaufte und versuchte, beide vor dem Zubettgehen zu leeren. Bei den Semesterprüfungen konnte sie mogeln, ohne mit der Wimper zu zucken, um gleich darauf eine Schmährede gegen russische Staatsmänner vom Stapel zu lassen, die ihr Wort gebrochen hatten. Sie brachte es fertig, ihm eines Abends mit einem frostigen »Du denkst wohl an überhaupt nichts anderes!« den Rücken zu kehren, um ihn dann um zwei in der Frühe zu wecken, das Laken wie ein Zelt über den Kopf gezogen und darunter verführerisch wispernd. Sie war ganz und gar wie Quecksilber, und gerade ihre Unberechenbarkeit ließ das erste gemeinsame Jahr so lebendig werden.

Wenn sie überhaupt Pläne für die Zukunft hatten, so waren es die Pläne sehr junger, unfertiger Menschen. Im ersten Studienjahr hatten sie sich kennengelernt, und nun, im dritten, waren sie verheiratet. Sie redeten ständig vom Abschlußexamen, als wäre es irgendein geheimnisvoller Ritus, der ihnen den Schritt über die unsichtbare Grenze freigab, die sie von der realen Welt produktiver Menschen trennte. Jenseits dieser Grenze würden sie ihren rechtmäßigen Platz in der Ordnung der Dinge einnehmen. Wo dieser rechtmäßige Platz lag oder wie sie ihn einnehmen würden, ahnten sie beide nicht. Ihre Pläne waren völlig spontan und wechselten ständig; jeder neue Entwurf versetzte sie in Aufregung. Eine Woche lang lebten sie von der Entscheidung, gleich nach dem Examen nach Paris zu gehen, dort möglichst nichts zu tun, in Straßencafés Absinth zu trinken und in Dachkammern, von denen aus man Wälder von Schornsteinen überschaute, miteinander im Bett zu liegen. In der nächsten Woche wurde beschlossen, daß sie beide den Master irgendwo im Westen machten, entweder an der Universität von Colorado in Denver oder an der Universität von Californien in Los Angeles. Wieder eine Woche danach schlug Grace vor, den Sommer in Skandinavien zu verbringen und dort als englischsprechende Reisebegleiter für Busunternehmen zu arbeiten — eine Gelegenheit, etwas Geld für den späteren Bildungsgang auf die hohe Kante zu legen. Buddwing verbesserte diesen Gedanken, indem er vorschlug, für eine Zeitlang nach Puerto Rico zu gehen, wo der Sand weiß war, die Sonne heiß und das Einkommen steuerfrei. Vor ihrem imaginären Besuch war keine Weltgegend sicher, keine Beschäftigung zu bizarr, kein Traum zu phantastisch. Reiseprospekte strömten täglich bündelweise in ihre Wohnung; sie durchstöberten die Welt wie Entdeckungsreisende, die es nicht erwarten können, in See zu stechen. Der Angelpunkt aller ihrer Träume hieß »Abschlußexamen« — der legendäre Paß für die Welt der Erwachsenen. Hatten sie erst die Universität hinter sich, waren sie erst frei von der Klosteratmosphäre des akademischen Daseins, so würden sie die Welt in den Griff bekommen, indem sie sie entdeckten – und vielleicht wollte es der Zufall, daß sie auch sich selbst dabei entdeckten. Daß zumindest einige ihrer Pläne die weitere Dauer ihrer Studien, den Fortbestand jener Klosteratmosphäre, die sie wie ein Brutschrank schützend umgab, voraussetzte, schienen sie nicht zu bemerken. Das Abschlußexamen würde alle Fragen lösen. Das Abschlußexamen würde sie in die Lage versetzen, weitere Pläne zu entwerfen und ihre eigentliche Bestimmung zu finden. Es hatte noch keine Eile, sich zu entscheiden – noch lag der ganze Sommer vor ihnen. Bis dahin konnten sie weiterleben, wie sie es von Anfang an getan hatten: in einer Welt der Einbildung, die keiner von ihnen als Phantom erkannte.

»Woran denkst du?« fragte er.

»Ich versuche mich darauf zu besinnen, ob wir noch genug zu trinken haben.«

»Wofür?«

»Nachher kommen noch ein paar Freunde.«

»Ach?« sagte er. »Tatsächlich?«

»Ja, so gegen elf.« Sie hielt inne. »Was ist denn?«

»Nichts. Ich dachte nur, wir blieben allein.«

»Es ist ja erst halb zehn.«

»Ja, ja, okay.«

»Es tut mir leid, aber ich habe sie gestern eingeladen.«

»Okay.«

»Ich konnte ja nicht ahnen, daß ich dich kennenlernen würde.«

»Das weiß ich.«

»Wirklich, für den frühen Abend hatte ich eigentlich überhaupt nichts vor. Ich wollte mir das Haar waschen. Und ein wenig Wäsche. Das war alles.«

»Tut mir leid, wenn ich deine Pläne verdorben habe«, sagte er.

Sie drehte sich neben ihm auf den Bauch, stützte den Kopf auf die Hand, sah ihm unmittelbar ins Gesicht und sagte: »He, du!«

»Ja?«
»Laß das gefälligst.«
»Okay.«
»Du hast mir überhaupt keine Pläne verdorben.«
»Okay.«
»Solchen Unsinn sollte es zwischen uns nicht geben.«
»Okay.«
»Weil es gut genug ist, so wie es ist.«
»In Ordnung.«
»Übrigens brauch' ich mir das Haar nicht mehr zu waschen. Dafür hat schon der Regen gesorgt.«
»Aber deine Wäsche mußt du waschen.«
»Ja. Aber ich brauche dazu nicht wegzugehen. Die Maschine steht im Keller.«
»Ausgezeichnet. Ich gehe mit dir in den Keller und helfe dir beim Waschen.«
»Gut, wenn du meinst . . .«
»Ja?«
»Nun«, sagte sie nachdenklich, »das Zeug in den Keller zu tragen und in die Maschine zu packen, dauert nur eine Minute.«
»Und?«
»Und dabei haben wir tatsächlich bis elf Uhr Zeit, oder vielleicht noch ein wenig länger. Irgendwer ist ins Theater gegangen; sie holen ihn ab und kommen dann erst. Das kann gut noch eine Viertelstunde länger dauern, wenn nicht gar eine halbe.«
»Ja, und?«
»Dann könnten wir die Wäsche hinunterbringen, und wenn sie in der Maschine ist, wieder heraufkommen. Dazu brauchen wir allenfalls vierzig Minuten. Was hältst du davon?«
»Eigentlich hätte ich Lust, deine schmutzigen Sachen hinter der Scheibe wirbeln zu sehen.«
»Also gut, wie du willst. Ich sagte nur, wenn wir schon bis halb zwölf Zeit haben, haben wir noch eine Menge Zeit.«

»Wofür?«
»Nun, für alles, was du damit anfangen willst.«
»Mit was?«
»Gott, mit der Zeit.« Sie hielt inne, fuhr ihm mit der Hand durchs Haar und sagte: »Du bist ein kluges Kind, nicht wahr?«
»Ja«, sagte er grinsend, »ich bin ein kluges Kind.«
»Du willst, daß man dir alles ganz genau sagt, ja?«
»Eben.«
»Also gut, ich sage es dir ganz genau.«
»Wann?«
»Später. Erst ziehen wir uns an.«
Am 15. Juni 1950 bestanden sie die Prüfung.
Die Examensfeier fand auf dem Ohio Field beim University Heights Campus in der Bronx statt. In Barett und Talar neben Grace sitzend, hörte Buddwing, wie der Quästor der Universität den versammelten Studenten und Gästen mitteilte, daß dieser 118. Examensjahrgang der zahlenmäßig stärkste in der Geschichte der Universität sei; er schaute zu den drohenden Wolken am Horizont hinüber und dachte daran, daß vielleicht Regen bevorstand. Die Angehörigen der Universität waren nasse Examensfeiern gewöhnt; in den letzten fünf Jahren war die Feier viermal eingeregnet — und dennoch erschien Buddwing die Aussicht auf Regen wie ein böses Omen.
An diesem Tag wurde 9158 Studenten ein akademischer Grad zuerkannt, erklärte der Quästor; Buddwing beobachtete die Wolken voll böser Vorahnung. Fünfundfünfzig Prozent der Diplome gingen an Teilnehmer des Zweiten Weltkrieges. Wie lange hatte er nicht auf die Verheißung dieses Tages gewartet — wieviel mißtönige Nächte mitten im Pacific, unter dem Donnern japanischer Geschütze, wieviel langweilige Vorlesungen in muffigen Hörsälen im Frühling, wieviel endlose Kurse in Nebenfächern, Zehnminutenprüfungen, Abschlußexamen und Referate, die am Freitag,

dem zwölften, abzuliefern waren. Er hoffte inständig, daß der Regen ausbliebe. 5866 Baccalaureate wurden verteilt, 2885 Master-Diplome, 196 Doktortitel und 209 Fachdiplome — er hatte sich diese Zeremonie nur in strahlendem Sonnenschein vorstellen können. ›Führen Sie die Truppe aus der Sonnenglut, Oberst‹ — sein Gesicht, Graces Gesicht im hellen Licht, ein Versprechen für die Zukunft. Und nun drohten Regenwolken am Himmel, und er hörte zu, wie verkündet wurde, daß Alfred Lunt und Lynn Fontanne einen gemeinsamen literarischen Ehrendoktortitel erhielten. Plötzlich war er froh, daß Grace und er getrennte Titel bekamen; er wartete ungeduldig auf den Beginn der eigentlichen Zeremonie, in ständiger Angst, es könnte zu regnen anfangen, bevor dieser Höhepunkt des Tages durchlebt war. Er bekam sein Diplom und einen Händedruck von Dr. Chase, dem Kanzler der Universität. Dann ging er zu seinem Platz zurück, hinter Grace her, die gerade von der Plattform stieg, nur wenige Schritte vor ihm. Als sie wieder saßen, legte er seine Hand auf die ihre und drückte sie sanft.
Es regnete, noch bevor Dr. Chase seine Rede halten konnte. Zuerst regnete es nur ein wenig; er, Grace, die anderen Studenten und die Gäste hofften, der Regen würde vorüberziehen. Doch dann fielen die Tropfen dichter und regelmäßiger, die versammelte Menge begann nach und nach, Schutz zu suchen. Grace und er blieben, bis es feststand, daß Dr. Chase die Rede nicht halten würde. Dann flüchteten sie mit dem Rest, um in der folgenden Woche aus der Studentenzeitung zu erfahren, daß ungefähr fünfhundert tollkühne Seelen während des ganzen Wolkenbruchs sitzen geblieben waren — Inhaber akademischer Grade, die nicht genug gelernt hatten, um sich in Sicherheit zu bringen, wenn es regnete.
Ihre Angehörigen waren natürlich bei der Feier zugegen; Buddwing ertrug ihre Anwesenheit nur mit Mühe. Er hatte Dan nie gemocht und würde ihn nie mögen; seine Gegen-

wart bei einer Gelegenheit, die für Buddwing und Grace so wichtig war, glich fast einem Affront. Graces Vater redete von seinem neuen arabischen Hengst, Graces Mutter fragte Buddwings Mutter, ob sie Bridge spiele und Lust hätte, zu ihrer wöchentlichen Bridgeparty nach Mount Kisco zu kommen. Grace nahm Buddwing zur Seite und flüsterte ihm zu: »Ich möchte nur wissen, wessen Name zuerst genannt wird.«
»Wie bitte?«
»Auf dem gemeinsamen Diplom. Alfred oder Lynn?«
»Wie fühlst du dich?« fragte er.
»Wie meinst du das?«
»Gott, nur — wie du dich fühlst?«
»Dümmlich«, erwiderte Grace. »Und wie fühlst du dich?«
»Genauso.«
»Ein exzellentes Gefühl für Leute, die gerade ihr Examen bestanden haben.«
»Nun, mir ist so, als träten wir jetzt in die Welt hinaus«, sagte er. »Daran wird es liegen.«
»Ja«, sagte sie mit einem Ernst, der ihn bestürzte.
Im Sommer 1950 trat Sam Buddwing, oder wer er auch immer sein mochte, in eine Welt hinaus, die New York City hieß; er begann, sich nach einem Beruf umzusehen. Während der Universitätsfeier hatte er erfahren, daß fünfundfünfzig Prozent der Examinanden von New York Kriegsteilnehmer waren und daß ihre Gesamtzahl in der Geschichte der Universität noch nicht zu verzeichnen gewesen war. Er brauchte nur von diesen spektakulären Angaben auf Harvard, Princeton, Rutgers, Yale, auf die Columbia-Universität, auf Fordham, Dartmouth, Cornell, Syracuse, auf jedes größere oder kleinere College in den Vereinigten Staaten zu schließen, um einen exakten Begriff davon zu bekommen, wieviel eifrige junge Inhaber akademischer Grade in diesem Sommer in der größten Stadt der Welt zusammenströmten, um Arbeit zu finden. Es waren die jungen Männer, die die

Festung Europa erstürmt hatten, die im Tiefflug von Insel zu Insel über den Pacific gebraust waren und dabei in schlammigen Gräben und dampfenden Dschungeln ihre Kameraden sterben sahen; sie kamen wie eine Invasionsarmee, voll neuerworbener Kenntnisse, die gewaltigste Streitmacht, die sich je in Friedenszeiten gesammelt hatte, um die Bunker und Festungswerke der Madison Avenue zu erobern. Alle besaßen Diplome, die ihnen bestätigten, daß sie die für ein Baccalaureatsexamen erforderlichen Semester hinter sich hatten, alle waren mit Abschriften ihrer Zensuren ausgerüstet, alle trugen ein strahlendes Lächeln zur Schau und befleißigten sich einer gewandten, in Redekursen erlernten Ausdrucksweise. Über das Verhältnis von Angebot und Nachfrage war keiner von ihnen hinreichend aufgeklärt. Keiner von ihnen sah ein, daß Stellungen, die in früheren Zeiten Abiturienten offengestanden hatten, beim gegenwärtigen Überangebot von Universitätsbildung für Leute, die ein vierjähriges Studium absolviert hatten, eine Ehre darstellten.

Zwar wußte Buddwing nicht genau, was er wollte, aber ihm war klar, daß er nicht studiert hatte, um als Volontär in eine Bank einzutreten. Er beschäftigte sich allgemach ernstlich mit dem Gedanken, mit Grace nach Paris zu gehen, wo sie in der Tat vom Nichtstun leben, Absinth trinken und sich mit Wermut um den Verstand bringen konnten. Ihren ersten Streit hatten sie an dem Tag, an dem Grace davon sprach, sich einen Job zu suchen, um beide über den Sommer zu bringen — zu weiteren Plänen, ob sie ihr Studium fortsetzten oder nach Europa gingen, bliebe dann immer noch Zeit.

»Wenn ich schon keinen Job finde, wie zum Teufel stellst du dir dann vor, daß du einen findest?« fragte er.

»Für mich ist das nur ein Kompromißvorschlag«, sagte Grace. »Schließlich ist es dir bis jetzt nicht gelungen, irgendwo unterzukommen.«

»Es gelänge mir jeden Tag, wenn du willst, daß ich zum Straßenbau gehe«, erwiderte er.
»Gott, das will ich natürlich nicht. Aber es würde mir nichts ausmachen, eine Zeitlang irgendwo als Verkäuferin zu arbeiten oder ...«
»Hol's der Teufel«, sagte er, »schließlich hast du ein Examen abgelegt!«
»Ja, glaubst du etwa, wir können unsere Diplome essen?« fragte sie.
»Natürlich nicht. Gerade deshalb denke ich daran, nach Paris zu gehen.«
»Wir haben nicht einmal das Fahrgeld.«
»Ich könnte mir irgendeinen Job suchen und das Fahrgeld verdienen. Dann könnten wir fahren.«
»Von mir aus; wenn du es nun einmal so willst. Ich dachte nur, weil ich als Zwilling geboren bin ...«
»Also Grace, fang nicht wieder damit an! Du willst doch nicht allen Ernstes ...«
»Doch, ich will.«
»Das ist doch blanker Unsinn, und du weißt es.«
»Weshalb habe ich denn einen Monat im Bett gelegen, wenn du mir das bitte sagen würdest?«
»Du hattest Grippe«, sagte er.
»Nein, ich hatte eine Bronchitis.«
»Dr. Manero hat Grippe festgestellt.«
»Dr. Manero hat keine Ahnung«, sagte Grace. »Wenn man als Zwilling geboren ist, sind die Lungen der schwächste Teil des Körpers. Ich hatte schon immer mit meinen Lungen zu tun. Mein Lebtag habe ich mich leicht erkältet — du weißt es doch, gib es nur zu.«
»Ich erkälte mich auch leicht. Dabei bin ich ein Steinbock; was zum Teufel beweist das also?«
»Du erkältest dich nicht, du bekommst einen leichten Rheumatismus. Wenn du ein Steinbock bist, sind deine Knie, Knochen und Gelenke die schwächsten Körperteile.«

»Mit meinen Knien, Knochen und Gelenken hatte ich nie Ärger«, sagte Buddwing.

»Außer, wenn du mit einem leichten Rheumatismus zu tun hast.«

»Ich bekomme keinen leichten Rheumatismus, ich bekomme ganz ordinäre Erkältungen.«

»Das kannst du nennen, wie du willst; zufällig weiß ich Bescheid«, sagte Grace.

»Ja, ja! Fatme, die Wahrsagerin!«

»Mach dich lieber nicht darüber lustig«, warnte sie.

»Die Königin des Tierkreises«, sagte er.

»Ich finde das durchaus nicht komisch.«

»Eben. Weil du keinen Sinn für Humor hast.«

»Dafür kann ich nichts. Ich bin unter dem Zeichen der Zwillinge geboren. Und niemand hat ein Recht, mich für ein hirnloses Geschöpf zu halten.«

»Aber für intelligent, logisch und gewissenhaft darf man dich halten?«

»Genau.«

»Und gerade deshalb bist du im ersten Semester — damals, als ich dich kennenlernte — in griechischer Mythologie durchgefallen.«

»Ich bin in griechischer Mythologie durchgefallen, weil Zwillinge ihre Energien nie konzentrieren können. Du weißt, daß ich zum Wechsel neige. Ich fange irgend etwas an, und dann verliere ich die Lust und fange etwas anderes an. Das ist völlig normal, wenn man als Zwilling geboren ist.«

»Gewiß doch«, sagte er.

»Was nicht heißt, daß ich nicht ehrgeizig wäre.«

»Nein, ich weiß.«

»Oder nicht feinfühlig genug.«

»Du bist ungemein feinfühlig«, sagte er.

»Ja, und ich sage, was ich denke; ein weiteres Charakteristikum der Zwillinge. Wenn es dir im Augenblick auch nicht recht zu sein scheint — stimmt's?«

»Nein. Du kannst immer sagen, was du denkst. Das verbietet dir niemand.«

»Schön, dann meine ich, daß eine intelligente Frau, die ihr Examen bestanden hat, auch das Recht hat, sich einen Job zu suchen, wenn ihr Mann dazu nicht in der Lage ist.«

»Kein Mensch verbietet dir zu arbeiten. Leben wir denn im Mittelalter? Wenn du arbeiten willst, arbeite. Ich bleibe zu Hause, wische die Küche und kriege die Kinder, die man eigentlich von dir erwarten sollte.«

»Was willst du damit sagen?«

»Womit?«

»Mit dieser Anspielung auf das Kinderkriegen.«

»Nichts. Ich habe bisher lediglich angenommen, das Kinderkriegen wäre eine weibliche Funktion. Und der Mann geht dafür aus und ...«

»Ich bin noch längst nicht so weit, ein Kind zu haben; reden wir also nicht davon, wenn es dir recht ist! Du kannst nicht einmal uns beide ernähren und redest von Kindern!«

»Für was hältst du mich denn jetzt? Für geistig zurückgeblieben? Ich will nun einmal keinen Job, der zu nichts führt; ist das so unvernünftig?«

»Durchaus nicht. Aber ich schlage ja nur vor, eine Zeitlang auszuhelfen; ist das denn etwa unvernünftig? Ich habe geglaubt, unsere Ehe wäre eine Art Partnerschaft. Wenn du wirklich nach Paris willst, wie du behauptest, warum sollte ich dann nicht ...«

»Ich weiß nicht, ob ich nach Paris will.«

»Schön, was willst du dann eigentlich? Würdest du mir das bitte sagen?«

»Ich weiß es noch nicht.«

»Und wann wirst du es wissen? Wenn wir beide auf Fürsorgeunterstützung angewiesen sind?«

»Lieber Gott, Grace, ich weigere mich doch nur, mich in irgendeinem billigem Job zu vergraben. Schließlich bin ich nicht schwachsinnig, zum Teufel!«

»Also gut, das gestehe ich dir zu. Ich habe es dir heute abend schon hundert Mal zugestanden und gestehe es dir auch weiterhin zu. Ich schlage ja nur vor ...«
»Also gut«, sagte er wütend, »such dir einen Job. Wenn du glaubst, daß du einen findest — von mir aus.«
»Danke. Das ist wirklich sehr ermutigend.«
»Was willst du denn noch von mir? Nicht genug, daß du mir die Eier abschneidest — soll ich sie dir auch noch mit Petersilie garnieren?«
»Daß ich dir was abschneide?«
»Eier. Männliche Symbole. H-O-D-E-N.«
»Also, das ist nun wirklich das schiere Mittelalter! Die Vorstellung des Mannes in Waffen und der Frau als — als einer ständig ferkelnden Sau, die den Küchenfußboden wischt und ...«
»Das mit den Kindern scheint bei dir eingeschlagen zu haben, nicht wahr? Wovor hast du eigentlich Angst?«
»Ich will kein Kind«, sagte Grace. »Ich finde vielmehr ...«
»Oh, ich weiß! Lieber Gott, ich kenne das! Alle deine Salben und Gelees und Röhrchen und Pessare — und Gott behüte, wenn es einmal zehn Minuten zu spät kommt, hu, dann werden die Fingernägel abgebissen bis zum Ellenbogen und die Haare werden gerauft ...«
»Ich will jetzt noch kein Kind«, sagte sie würdevoll.
»Ja, ich weiß.«
»Ich will noch keins.«
»Das habe ich gehört. Warum nicht? Würdest du mir das vielleicht sagen?«
»Welche Begründung willst du hören? Ich habe ungefähr hundertzehn.«
»Alle will ich hören. Heraus damit!«
»Also gut«, sagte Grace, streckte die Hand aus und begann an den Fingerspitzen abzuzählen. »Erstens haben wir genau achtundvierzig Dollar auf unserem gemeinsamen Konto — achtundvierzig Dollar, und nächste Woche ist die Miete

fällig. Zweitens, wie es scheint, bist du nicht in der Lage, eine Stellung zu finden ...«

»Also hör zu, Grace, wenn du damit noch einmal unterstellen willst, daß ich ein mongoloider Idiot bin ...«

»Das hast du gesagt, nicht ich. Drittens glaubte ich, du wolltest nach Paris gehen, und ich habe nicht die Absicht, diese Reise mit Extragepäck im Bauch zu unternehmen. Und viertens — ich weiß noch nicht einmal, wer ich selbst bin, und du willst ein Kind haben! Was sollte ich meinem Kind sagen? Deine Mutter weiß noch nicht, wer sie ist?«

»Nun komm, Grace, du weißt, wer du bist. Sieh in deine Tabellen, sie sagen es dir. Schlag unter Saturn nach, im zehnten Haus des Stiers in Konjunktion mit Venus in der dritten Mondphase.«

»Haha.«

»Ich fand mich ausgesprochen witzig.«

»Natürlich, ihr Steinböcke seid alle gleich.«

»Gott, dein Bruder hat dich gewarnt, nicht wahr?«

»Fang nicht von ihm an. Schließlich ernährt er seine Frau.«

»Ja, wenn mein Vater die Hälfte aller Pferde der Welt besäße, dann könnte ich vielleicht auch hingehen und mein eigenes Büro aufmachen.«

»Mein Vater hat ein Pferd; ein einziges.«

»Und eine heißgeliebte Tochter, eine einzige, die in einer Wohnung an der Third Avenue dem Verhungern entgegensieht.«

»Ach, zum Teufel damit«, sagte sie plötzlich. »Das ist einfach zu dumm. Es hat nicht einmal Sinn, mit dir darüber zu reden.«

»Schön, dann laß es doch. Jedenfalls nehme ich nicht den ersten besten Job, der mir angeboten wird. Ich habe ein Recht zu wissen, wer ich bin und was ich bin. Das überlege dir bitte.«

»Tut mir leid, wenn ich dein Image von dir selbst ins Wanken gebracht habe.«

»Und komm mir nicht mit diesem Schulmädchengerede.«
»Ich wußte nicht . . .«
»Schön, dann weißt du es jetzt.«
»Kann ich vielleicht in meiner eigenen Wohnung reden, ohne unterbrochen zu werden?« fragte sie wütend.
»Entschuldige.«
»Wenn du dich doch nicht immer hinterher entschuldigen würdest! Typisch Steinbock! Der arme, einsame, mißverstandene, überempfindliche Jüngling, der vor Selbstmitleid nicht ein noch aus weiß!«
»Ich habe gesagt, daß es mir leid tut.«
»Ach, mir tut es ja auch leid«, sagte sie und fing an zu weinen. Er stand hilflos neben ihr an der Wand; die Tränen strömten ihr über das Gesicht. Sie wischte sich die Nase mit dem Ärmel ihres Bademantels, dann wandte sie das Gesicht ab und weinte still weiter. Schließlich zog sie die Nase hoch und sagte: »Hier drinnen zieht es. Würdest du bitte das Fenster zumachen?«
»Wir haben vierundzwanzig . . .« setzte er an, hielt dann inne und ging zum Fenster.
»Danke«, sagte sie und zog noch einmal die Nase hoch. »Hast du ein Taschentuch?«
»Ja, hier.«
»Danke.«
Sie putzte sich die Nase und sah ihn nicht an.
»Du?« sagte er.
»Was?«
»Es tut mir leid, daß . . .«
»Schon gut, denk nicht mehr daran.«
»Aber du . . .«
»Es war eine häßliche Laune von mir — mehr nicht.«
»Ich suche mir einen Job, aber — er muß das sein, was ich mir vorstelle.«
Sie zog wieder die Nase hoch und nickte. »Und was stellst du dir ungefähr vor?«

»Ah, was ich mir vorstelle?« Er lehnte den Kopf an die Wand, ein seltsames Lächeln glitt über sein Gesicht. »Glück, Grace. Glück, das in einem Garten an den Bäumen wächst, das wir abpflücken können wie dicke goldene Äpfel, in das wir hineinbeißen können, daß uns der Saft über das Kinn läuft. Ich möchte, daß immer die Sonne scheint, daß dein Haar so lang und golden bleibt, daß deine Augen vor Staunen leuchten, daß dein Mund nach Klee schmeckt. Ich möchte einen langen weißen Strand und einen Ozean wie das Rauschen in einer Muschel; ich möchte deine Fingerspitzen küssen und deinen Nabel, dich in der Sonne lieben und lachen, sooft es regnet – wenn es überhaupt je regnet; aber es regnet nie. Und unsere Kinder, oh, sie werden rund sein und gesund, mit deinem blonden Haar und meinen blauen Augen, und Gott wird auf uns herniederlächeln, Grace, er wird mit seinem großen weißhaarigen, bärtigen Gesicht über uns lächeln und uns mit Glück und Freude überschütten. Wir werden ewig leben, Grace, wir werden die Welt durchstreifen wie die Wikinger England und Spanien . . .«

»Ja, Mallorca . . .« sagte sie.

»La Costa Brava . . .«

»Frankreich . . .«

»Frankreich, ja, und Italien . . .«

»Rom und Venedig . . .«

»Florenz und Mailand . . .«

»Ja, Mailand . . .«

»Überall, Grace, überall, wo wir hingehen wollen. Und nur, weil wir so verdammt glücklich sind und weil wir uns lieben, wenn du nur – wenn du nur . . .«

»Ja, was?«

»Wenn du nur bei mir bleibst«, sagte er.

Überrascht schaute sie auf. »Aber natürlich bleibe ich bei dir.«

»Für immer«, sagte er.

»Für immer«, wiederholte sie.
»Grace?«
»Ja?«
»Du solltest – du solltest dich nie wieder fragen, wer du bist.«
»Aber ...«
»Ich bitte dich darum. Denn wenn du es tust – dann würde ich auch nicht mehr wissen, wer ich bin. Und dann wären wir beide verloren.«

15

Sie saßen im Keller des Hauses auf dem Fußboden, den Rücken an der Preßschlackenwand. Sie hatten eine Liste von Dingen zusammengestellt, die sie aus der Spirituosenhandlung und dem Kolonialwarenladen brauchten, und nun saßen sie mit verschränkten Händen und warteten auf die Wäsche.

Sie trug ihren roten Bademantel, den Gürtel fest zugeknotet. Ihre linke Hand hielt seine rechte, ihr Kopf ruhte an seiner Schulter. Er hatte die Hose angezogen und einen alten Pullover. Beide waren barfuß.

Überall ringsum vibrierten die Geräusche des Hauses. Die Waschmaschine summte, klickte, klapperte und absolvierte einen Waschvorgang nach dem anderen. Über ihnen gluckerten die Wasserröhren unregelmäßig; an der gegenüberliegenden Wand sammelte sich das Tropfwasser in einer kleinen Pfütze. Dann und wann rauschte die Toilettenspülung, erklangen Fußtritte und unverständliche Stimmen über ihnen. Am anderen Ende des Kellers war ein kleines Fenster. Es regnete nicht mehr, dafür war ein kräftiger Wind aufgekommen; bei jedem neuen Windstoß klapperte das Fenster im Rahmen. Myriaden von Geräuschen, die zum Flüstern ermutigten.

»Was wir tun könnten?« sagte sie. »Wir könnten sehen, daß wir es loswerden.«

»Und wie? Das kostet Geld.«

»Gibt es denn keine Pillen oder dergleichen?«

»Ich glaube nicht. Nicht, um — nun, nicht, um es loszuwerden.«

»Mein Vater würde uns Geld geben. Ich glaube, er würde es tun.«

»Aber ich kann ihn nicht darum bitten. Nicht um so etwas, meine ich. Außerdem würden sie dir sagen, daß du es ruhig bekommen kannst.«

»Himmel, das kommt mir gerade gelegen! Genau das habe ich nötig!«
»Nun, weißt du, schließlich sind wir verheiratet. Ich sehe nicht ein...«
»Ich bin halbtot vor Angst.«
»Warum?«
»Ich weiß nicht. Meine Großmutter ist im Kindbett gestorben.«
»Das ist lange her, Grace. Heutzutage stirbt niemand mehr im Kindbett.«
»Ich glaube, es tut fürchterlich weh.«
»Nein, sie geben dir eine Narkose. Du merkst nicht einmal...«
»Aber erst, wenn der Kopf zu sehen ist. Oh, wie widerlich!«
»Ein völlig natürlicher Vorgang, Grace. Frauen machen das alle Tage durch.«
»Ach, sei still!«
»Ich versuche doch nur...«
»Ich weiß, ich weiß. Entschuldige.« Dann war sie lange still und sagte schließlich: »Damit ist Paris wohl auch erledigt, oder?«
»Nicht unbedingt. Wir könnten...«
»Sicher, wir könnten das Kind um die halbe Welt schleppen. Dabei wissen wir nicht einmal, ob das Wasser dort trinkbar ist.«
»Ich bin sicher, das Wasser in Paris...«
»Und dann die Impfungen. Kann man ein neugeborenes Kind überhaupt nach Europa mitnehmen?«
»Bis es geboren wird, haben wir noch neun Monate Zeit.«
»Acht.«
»Also gut, acht.«
»Oder, genaugenommen, sieben Monate und ungefähr zehn Tage.« Sie schüttelte den Kopf. »Ich bin zweiundzwanzig Jahre alt und werde in sieben Monaten und zehn

Tagen ein Kind haben. Himmel, das ist schon etwas, nicht wahr?«

»Manche Frauen haben noch früher Kinder.«

»Sicher, manche Frauen sind auch blöde genug dazu. Ich weiß nicht, wie das passieren konnte. Bei Gott, ich weiß wirklich nicht, wie das gekommen ist. Ob wir Margaret Sanger belangen könnten?«

Er lachte und sagte: »Ich glaube nicht.«

»Ich finde, wenn sie schon so ein verdammtes Präparat auf den Markt bringen, sollte man doch auch meinen, daß es wirkt.«

»Daß es hundertprozentig wirkt, erwartet kein Mensch.«

»Natürlich nicht. Also sind wir dran. Weißt du, was sie zu mir gesagt hat?«

»Wer, Grace?«

»Die Frau in der Klinik. Als ich hinging und den Froschtest machen ließ. Sie lassen es einen dort einsetzen, weißt du, um zu sehen, ob man es richtig macht. Oh, ist das ekelhaft. Als sie sah, daß ich es richtig machte, sagte sie: ›Sind Sie sicher, daß Sie es nicht im Schrank gelassen haben?‹«

»Und was hast du ihr gesagt?«

»Ich habe gesagt: ›Natürlich habe ich es im Schrank gelassen. Da lieben wir uns nämlich – im Schrank.‹« Buddwing lachte. »Lach nicht«, sagte sie. »So komisch ist es nicht.«

»Grace«, sagte er, »im Grunde hätte ich nichts dagegen, ein Kind zu haben.«

Sie antwortete ihm nicht.

»Zum Teufel«, sagte er, »schließlich sind wir jung.«

Sie sagte noch immer nichts.

»Wir hätten einem Kind eine Menge zu bieten.«

»Was denn etwa?«

»Intelligenz, Schönheit ...« Er zuckte die Achseln und lächelte.

»Würdest du mir einen Gefallen tun?«

»Aber natürlich, womit?«
»Versuch nicht, komisch zu werden.«
»Entschuldige.«
»Weißt du, wann es passiert sein muß?« fragte sie.
»Nein. Wann?«
»In der Nacht, als wir bei L. J. in Boston gewesen waren.«
»Glaubst du?«
»Vielleicht. Wann war das noch? Irgendwann im August? Gleich, nachdem du die Stelle bekommen hattest — wann war das?«
»Das war im August.«
»Um die Zeit muß es passiert sein.«
»Vielleicht.«
»Aber schön war es wenigstens. Die Nacht, meine ich.«
»Ja.«
»Du, ich habe Angst. Wirklich.«
»Das brauchst du nicht.«
»Du wolltest die Stelle doch eigentlich nicht behalten. Sie sollte ein Notbehelf sein. Ich will nicht, daß du an etwas gebunden bist, das ...«
»Mach dir keine Sorgen um mich.«
»Doch, ich muß mir Sorgen um dich machen. Du und ich, das ist doch dasselbe, wußtest du das nicht?«
»Nein, Grace«, sagte er leise, »das wußte ich nicht.«
»Himmel, sei doch nicht so ein Hampelmann. Ich überlege mir den ganzen verdammten Tag, was ich dir sagen soll, was ich anziehen soll, um dir zu gefallen, wie ich dich zum Lachen bringen soll, was ich dir zu essen machen soll und — ach, zum Teufel damit!«
»Das wußte ich nicht«, sagte er noch einmal leise.
»Ich will einfach nicht, daß du angekettet bist; jedenfalls nicht auf diese Art.«
»Aber ich sagte dir doch, Grace — ich wünsche mir das Kind.«
»Ich möchte nicht, daß wir so werden wie alle anderen

Schlampen auch, die mit dicken Bäuchen voller Kinder in schäbigen geblümten Kleiderschürzen herumlaufen. Wirklich, davor habe ich Angst. Ich will nicht, daß du Tag für Tag irgendeiner stumpfsinnigen Arbeit nachgehst. Daß du sie haßt und mich haßt und das Kind haßt und dabei ein krummer alter Mann mit ausgebeulten Hosen wirst.«

»Glaubst du, daß ein Kind viel verändert?«

»Ich fühle mich schon jetzt verändert. Ich fühle mich dick. Oh, ich könnte mich übergeben.«

»Du siehst aber nicht dick aus.«

»Ich übergebe mich tatsächlich«, sagte sie und lächelte.

»Wer macht denn jetzt hier Witze?«

»Ein schöner Witz. Die strahlende junge Ehefrau mit dem dicken Bauch, die das ganze Badezimmer vollkotzt. Wirklich, ein reizendes Bild! Besonders, wenn man jeden Morgen damit aufwacht.«

»Ich liebe dich, Grace«, sagte er.

»Ich fragte mich schon, wann du damit anfangen wirst.«

»Muß ich das denn nicht sagen?«

»Ja, zum Teufel. Oft.«

»Ich liebe dich.«

»Ich glaube, wir sollten es ihnen sagen. Früher oder später. Unseren Leuten, meine ich.«

»Ja.«

»Mein Bruder schnappt über. Seine kleine Schwester, die Heulsuse.« Sie grinste und sagte: »Immerhin hat er mich gewarnt.«

»Zweifelsohne.«

»Dann brauche ich vermutlich nur mir selber Vorwürfe zu machen.«

»Und mir.«

»Und Margaret Sanger.« Sie hielt inne, seufzte und sagte schließlich: »Ich habe Angst.«

Daß er selber entsetzt war, verschwieg er ihr.

Wenn doch nur . . . dachte er.

Ja. Wenn doch nur ...

Eine neue Chance — das ist, was wir brauchen. Man kann so nicht anfangen, so jung, frisch und unvernarbt, und den Schritt in diese Welt tun; nein, das kann man nicht. Sie ist ein gefräßiges Raubtier, und wenn du nicht zuläßt, daß sie dich frißt, dann sät sie Feindschaft zwischen euch, und ihr freßt euch gegenseitig. Schau sie dir doch nur an, um Himmels willen! Was ist sie? Zweiundzwanzig? Und meint dabei, sich morgens aus dem Bett zu rollen und Kaffee zu kochen, wäre alles; denkt, verregnete Samstagnachmittage, an denen man sich unter dem Eßtisch versteckt — wie ich es damals mit meiner Cousine Mandy tat —, wären alles! Kinder! Man nimmt sie nicht und jagt sie nackt auf die Straße hinaus, wo die Tiger umherschleichen — wie könnte man so etwas tun? Sie brauchen eine Chance. Irgendeine Chance, mehr brauchen sie nicht. Ja, richtig — Selbstmitleid. Sie hat es gesagt, sie hatte recht; ich bemitleide mich selbst. Aber ich weiß: könnten wir nur ...

Ihr Bruder hätte etwas für uns tun können; er hätte uns etwas zu bieten gehabt. Sein anspruchsvolles, teures Geschenk? Ein schäbiger Toaströster. Weiß er denn nicht, daß wir Geld brauchen?

Wäre nur mein Großvater noch am Leben! Ich dachte schon daran.

Wäre nur Beethoven noch am Leben, dachte ich immer — dann wäre ich nicht so allein. Ja, dann — gemeinsam in einen engen Kreis verkrallt, die Arme umeinandergeschlungen, auch Jesse mit seinen harten Armmuskeln, unsere Rücken gegen die näherdrängenden Wände, ja, dann könnten wir standhalten, dann könnten wir die Wände zurückpressen, damit sie uns nicht zerquetschen; wäre ich doch nur nicht so allein! Denn siehst du — sie kann nicht helfen, nicht in ihrem augenblicklichen Zustand. Sie ist zu lieb, zu zart, zu verwirrt, sie ist keine Hilfe, wenn es gilt, etwas zurückzudrängen, das uns zerquetschen

will, das unser junges Blut aus uns herauspressen will, bis wir nur noch in einer Dimension leben, ein zorniges hilfloses Knurren auf zusammengepreßten Lippen.
Wir sind zu jung, um auf diese Art zerquetscht zu werden. Doch wie soll ich es verhindern, wenn ich nicht einmal weiß, wer ich bin, wenn in mir nur ein einziger Hunger ist — ein Hunger, zu sein, zu leben, zu wachsen, zu ...
»Du hast nie gewußt, wer du bist, und hungrig warst du immer.«
Ach, gewiß, rede nur Uraltenweisheit. Hungrig? Wo? An deiner schweren, überquellenden Brust, war ich da etwa hungrig? Verloren? Wo? In der finsteren Eifersucht einer Liebe, die ich nie vollziehen konnte; ich haßte ihn und liebte ihn, ich wußte, daß du uns beiden gehörst, ja — aber in Wirklichkeit nur ihm und nie recht mir? Verloren und hungrig, ja, aber warum hast du es mir nie gesagt? Warum sagtest du nie, Sam, da draußen sind Tiger, die werden versuchen, dir die Glieder vom Leibe zu reißen? Warum hast du mir das nie gesagt, geliebte Mutter? Warum ließest du zu, daß ich es selbst entdecken mußte, mit einem Mädchen, dem es auch nie gesagt worden ist, einem Mädchen, das glaubt, ich wüßte um alle Geheimnisse — und dabei weiß ich um kein einziges? Warum sagtest du mir nicht, daß es meine Sache sein würde, nackt auf die Straße hinauszugehen und die Tiger zu erwürgen, ohne jeden anderen Schutz als Liebe? Liebe ist die Lieblingsspeise der Tiger, wußtest du das nicht? Ihr Geruch dringt ihnen fett und würzig in die Nüstern — oh, es treibt sie, ihre Klauen und Zähne hineinzuschlagen; in dieser Welt gibt es zu viel Liebe für Tiger. Wirf Liebe in ihre Rachen, halte ihnen Liebe als Schild entgegen, schwinge Liebe als Schwert über ihnen, steh nakkend da, nur mit dem Mantel der Liebe bedeckt, und sie lassen von dir nur abgenagte Knochen übrig — nie wirst du wissen, wer zum Teufel du bist oder warst.
Das Mädchen drehte den Wasserhahn zu.

Es war sehr still in der Wohnung.
Er war allein und überlegte sich, wer er war und warum ihn wohl niemand auf der Vermißtenstelle als vermißt gemeldet hatte. Eine Vermißtenstelle gab es irgendwo in der Stadt, das wußte er. Und er wußte auch: wenn ein Ehemann zu spät zum Essen kam, gab es für seine Frau nichts Eiligeres, als ihn dort zu melden; und dann schickte man zwei Detektive aus, die nach zahnärztlichen Unterlagen forschten. In der Frühe hatte er die Zeitung gelesen; der einzige Vermißte war Edward Vossler, ausgebrochen aus einer Irrenanstalt. Daß er nicht Edward Vossler war, wußte er mit Sicherheit; wie kam es also, daß niemand ihn als vermißt gemeldet hatte? Und wenn niemand sich die Mühe gemacht hatte, ihn zu melden — wurde er dann überhaupt vermißt? Oder stand er einfach nur niemandem nahe genug, der ihn hätte vermissen können?
»Hast du ein Radio?« rief er zum Badezimmer hinüber.
Hinter der geschlossenen Tür antwortete das Mädchen: »Ja. Auf dem Bücherregal. Links vom Bett.«
Er fand das Radio und schaltete es ein. Ein Chor kleiner Mädchen sang ein Lied, in dem es hieß: »Ich liebe ihn, ich liebe ihn, ich liebe ihn — wohin er geht, da folg ich ihm, da folg ich ihm, da folg ich ihm ...«
Und weshalb bist du mir dann nicht gefolgt, dachte er. Hier bin ich! Warum bist du mir nicht gefolgt?
»Das Lied mag ich«, sagte das Mädchen aus dem Badezimmer.
»Ich wollte die Nachrichten hören.«
»Für Nachrichten ist es noch zu früh.«
»Um elf sollten sie kommen«, erwiderte er.
»Komm her«, sagte das Mädchen. »Ich möchte dich küssen, bevor ich meinen Lippenstift benutze.«
Doch er wollte nicht zu ihr gehen; er hatte plötzlich das Gefühl, das Ganze wäre ihre Schuld. Sie hätte vorsichtiger sein müssen. Es war nicht fair von ihr, riesig zu werden

wie ein Berg, aus dem das Leben schrie, ein bebender Vulkan kurz vor dem Ausbruch; es war nicht fair von ihr. Es drängte ihn, diese Wohnung zu verlassen, die ihn einengte, fort von dieser fremden Frau, die mit Grace nichts zu tun hatte, jedenfalls nicht mit der Grace, die er kannte; eher ähnelte sie einem seltsam deformierten Wesen, das sich schwerfällig bewegte und ständig über Rückenschmerzen klagte. Die kleinen Mädchen im Radio röhrten: »Ich liebe ihn, ich liebe ihn, ich liebe ihn« in nicht endenwollender Kakophonie; wenn sie ihn wirklich liebte, liebte, liebte, wie konnte sie dann dies geschehen lassen? Er erinnerte sich jener Nächte in seines Vaters Wagen, des verstohlenen Lachens über ihren Bruder Dan-Duke; an alles das erinnerte er sich mit schmerzlicher Sehnsucht, die ihn wünschen ließ, daß sie ihn wirklich liebte — daß sie ihm nahe genug stände, um die Vermißtenstelle anzurufen. Und plötzlich wußte er, daß das nicht möglich war. Die Stimmen der singenden Mädchen wichen einem pfeifenden Sendesignal, ein Ansager kündigte die Nachrichten an. Er setzte sich näher zum Radio.

In New York City, in der ganzen Welt passieren täglich widrige Vorfälle; er lauschte den Problemen der Menschheit und wartete darauf, etwas über die besonderen Probleme eines bestimmten Menschen zu erfahren, der zufällig er selber war. Doch das Radio verriet ihm nichts, und als der Nachrichtensprecher geendet hatte, kam eine Werbesendung, in der ein widerlich verzogenes Balg seine Mutter aufforderte, nur noch Parks Würste auf den Tisch zu bringen. Er ging zum Radio und stellte es ab. Der Raum war still bis auf das Seufzen des Windes an den Fensterscheiben.

Er hörte den Wind; und er beschloß, sie zu verlassen.

Ja, dachte er.

Ja.

Geh jetzt. Geh, bevor es zu spät ist.

Erlege den Tiger.
Er stand am Fenster und schaute auf die Straße hinunter. Ja, dachte er. Du verläßt Grace jetzt, und eines Tages wird sie dich verlassen.
Der Gedanke kam ihm ganz unversehens in den Sinn; er schob ihn sofort beiseite, weil er so völlig unlogisch war. Wie sollte sie ihn eines Tages verlassen können, wenn er sie jetzt verließ? Dann wäre er doch einfach nicht mehr da; man kann niemanden verlassen, der nicht da ist. Und doch bewirkte gerade der völlige Mangel an Logik, daß der Gedanke so unabweisbar logisch schien. Ja, es ist wahr, sagte er sich. Verlasse ich sie jetzt, dick, unförmig, ein Kind im Bauch, so wird sie mich eines Tages verlassen; mehr ist dazu nicht zu sagen. Er zuckte die Achseln. Den Gedanken weiter zu verfolgen, schien wenig sinnvoll; schließlich hatte er sich bereits entschlossen, sie zu verlassen. Doch dann ertappte er sich dabei, daß er den Gedanken in die Negation setzte und entdeckte, daß wenigstens die Negation noch einige Hoffnung barg.
Wenn ich Grace jetzt *nicht* verlasse, wird sie mich eines Tages auch *nicht* verlassen.
Irgend etwas stimmte an diesem Gedanken noch immer nicht — er ahnte nicht, was. Ein seltsames Gefühl sagte ihm: was daran nicht stimmte, hatte mit Grace selbst zu tun, mit der Tatsache, daß er nie eine Möglichkeit haben würde, sie zu hindern, wenn sie ihn verlassen wollte. Doch gerade in diesem Gedanken lag Hoffnung.
Hoffnung worauf, fragte er sich.
Nun — Hoffnung, daß schließlich alles ein gutes Ende findet.
Denn so soll es sich doch vollziehen, wußtest du das nicht? Jeden Tag widerfahren dir noch vor der Werbesendung die schlimmsten Versuchungen und Widrigkeiten, und am Samstag findet dann alles ein gutes Ende. Dann greift die Kavallerie ein. Denn darum dreht es sich doch, weißt du das

nicht? Gerade das hält uns in Gang: die Sicherheit, daß alles ein gutes Ende findet: die Hypothek wird eingelöst, der Widersacher überwunden, jedermann ist reich und glücklich, und bei Sonnenuntergang endet es mit einer Umarmung.

Er grinste plötzlich. Wer glaubt denn hier, ich hätte Angst vor Tigern, dachte er. Ha! Die Kavallerie greift ein. Wer zum Teufel hat schon Angst vor Tigern!

Er ging zur Badezimmertür und hämmerte wütend dagegen. Die Tür öffnete sich. Sie hatte ihren roten Bademantel an, den Gürtel fest zugeknotet, und musterte ihn mit neugierigem Lächeln.

»Ah, jetzt kommt er endlich«, sagte sie. »Nachdem ich mit dem Lippenstift fertig bin.«

»Hör zu, Grace«, sagte er.

Über ihre Schulter hinweg sah er sein eigenes Bild im Spiegel über dem Waschbecken. Seine Augen leuchteten, ein hochgestimmter, gespannter Ausdruck lag in seinem Gesicht.

»Ja, was ist?« fragte sie.

»Was ist das hier?« fragte er. »Eine verdammt riesige Stadt?«

»Ja, es ist ...«

»Was ist das? Eine unermeßliche Welt?«

Jetzt lächelte sie nicht mehr; sie musterte ihn ernsthaft, und ihre Augen verrieten ernsthafte Anteilnahme.

»Hast du Angst vor Tigern?« fragte er.

»Ja«, sagte sie, »ich habe eine Höllenangst vor ...«

»Ich nicht«, sagte er. »Was sind schon Tiger? Wir sind beide jung, nicht wahr? Wir schaffen es doch, nicht wahr?«

»Wenn man mit achtundzwanzig noch jung ist, dann ...«

»Wir überstehen diese verdammte Geschichte, Grace. Wir schaffen es, daß sie so läuft, wie wir wollen, hörst du? Du bist zweiundzwanzig — warum zum Teufel solltest du nachts im Bett weinen?«

»Was ist?« fragte sie sanft. »Was meinst du? Ist etwas . . .«
»Kaffeekochen und am Samstagmorgen aus dem Bett rollen ist nicht alles, Grace. Was zum Teufel gibt es denn da draußen? Tiger? Wer hat schon Angst vor Tigern? Du lieber Gott, ein kleiner Negerjunge im Dschungel hat schon Himbeergelee aus ihnen gemacht!«
»Was hast du im Radio gehört? Hat dich etwas geärgert?«
»Sie haben ihm die Hose und das Hemd und die Schuhe und den Regenschirm weggenommen, wie uns, Grace; aber dann hat die Kavallerie eingegriffen, nicht wahr? Und wo endeten sie? In der Pfanne! Wer hat also Angst vor ihnen?«
»Du machst mir Angst«, sagte sie.
»Es gibt nichts, wovor man Angst haben müßte. Die Anderen haben die Regeln gesetzt, ja? Gut, dann lernen wir die Regeln. Wir spielen das Spiel auf ihre Art, warum nicht? Wir gehören zueinander, nicht wahr?«
»Ja«, sagte sie, »wir gehören zueinander.«
»Nur deine Hilfe brauche ich.«
»Ich helfe dir.«
»Und ich werde wissen, wer ich bin, hörst du?«
»Ja. Du wirst es wissen.«
»Ich brauche deine Hilfe, Grace.«
»Ich helfe dir, so viel ich kann.«
»Weißt du, was ich gerade tun wollte? Ich war drauf und dran, dich zu verlassen. Verstehst du das? Ich war drauf und dran, allein wegzugehen, Grace! Was hättest du dann getan? Was hättest du getan, allein mit deinem dicken Bauch in dieser leeren Wohnung? Ja, was? Du würdest weinen, allein, wie ich dich Nacht für Nacht weinen hörte; du kehrtest mir den Rücken zu, ich lag mit bebenden Muskeln neben dir, und die Wohnung um uns war wie eine Gruft. Allein, Grace! Wie habe ich nur daran denken können?«
Sie musterte ihn schweigend und warf dann einen Blick

zum Telefon hinüber. Es schien, als wollte sie zu dem Apparat hinübergehen.

»Laß das«, sagte er. »Wir brauchen niemanden.«

»Was?«

»Das Telefon. Denk nicht an andere Leute; der Teufel soll sie holen. Wir schaffen es allein.«

»Ich dachte ...«

»Was dachtest du? Daß ich dich wirklich hätte verlassen können? Einfach aus deinem Leben weggehen! Ach, Grace, das ist dein Spiel, nicht meins. Was tätest du dann? Wenn ich ginge? Du weintest, allein, um den Jungen und das Mädchen, die sich in einem Park trafen und miteinander aufzuwachsen versuchten — ohne daran zu denken, daß Tiger auch dem Wachsen ein Ende machen können. Das können sie, Grace, das können sie; nur nicht bei uns! Was würdest du tun — würdest du dir die Tränen abwischen und deine Tabellen befragen und feststellen, daß die Zwillinge im Haus Merkurs stehen, daß du im zweiten Viertel geboren bist, elf bis zwanzig Grad, mit der Sonne im Aszendenten? Und würdest du dann alles vergessen? Dir die Tränen abwischen und alles vergessen? Wie könnte ich dich verlassen, Grace? Und wie könnte ich dich je vergessen?«

Sie antwortete nicht. Sie nagte an der Lippe und musterte ihn bestürzt.

»Ich gehe jetzt zu den Tigern«, sagte er. »Ich habe Durst nach frischem Blut.«

Er sah, daß es ihr schwerfiel, die Tränen zurückzuhalten. Sie rang die Hände, biß sich in die Lippen, die Tränen standen in ihren Augen, bereit, überzufließen.

»Nein«, sagte er, »nicht weinen.«

»Du machst mir Angst. Ich mache mir Sorgen um dich.«

»Mach dir keine Sorgen um mich«, sagte er. »Mach dir Sorgen um die da draußen. An denen ist es jetzt, sich Sorgen zu machen.« Er trat mit einem schnellen Schritt zum

Fenster und riß es auf. »Hört zu«, schrie er zu den erleuchteten Fenstern der anderen Straßenseite hinüber. »Hört zu, ihr Dreckvolk!«
»Liebster, bitte . . .«
»Reißt eure Fensteraugen auf und seht mich an! Seht ihr mich? Das bin ich, der hier steht! Ich bekomme alles, was ich brauche und was ich haben will; ich hole es mir mit bloßen Händen. Was haltet ihr davon? Los, da drüben, macht das Badezimmerlicht aus — was interessiert es mich? Ihr könnt uns nicht aufhalten, hört ihr?« Er trat vom Fenster zurück und sagte sehr leise: »Sie können uns nicht aufhalten, Grace.« Dann war er bei ihr, sank vor ihr auf die Knie, schlug den roten Bademantel auseinander und legte seinen Kopf an ihren Bauch. »Ich liebe dich, Grace«, sagte er. »Ich liebe das, was in dir ist.« Er hielt inne. »Wir werden lernen. Wir werden es dem Pack schon zeigen.«
Sie seufzte tief und strich sanft über sein Gesicht. Er blieb bei ihr, auf den Knien, die Wange gegen ihren Bauch gepreßt — lange Zeit, wie es schien. Dann stand er auf, stand mit erhobenem Kopf und gereckten Schultern vor ihr. »Ich gehe jetzt hinunter und hole Whisky«, sagte er. »Für unsere Party. Wir werden feiern.«
»Vielleicht sollte ich gehen. Vielleicht . . .«
»Nein, du mußt dich noch anziehen.« Er lächelte. »Mach dir keine Sorgen um mich, Grace. Da draußen gibt es nichts, das mir etwas anhaben könnte.«
»Ich möchte nicht, daß dir etwas passiert«, sagte sie.
»Mir passiert nichts.«
»Oder uns. Ich möchte nicht, daß uns etwas passiert.« Sie hielt inne, sah ihn lange an und fügte dann vorsichtig hinzu: »Könntest du nicht . . .« Sie biß sich in die Lippen. »Wir könnten Hilfe bekommen, weißt du. Soll ich nicht lieber . . .«
»Wir brauchen keine Hilfe«, sagte er.
»Es ist nur — ich möchte dich nicht verlieren.«

Er lächelte, ging zu ihr und nahm sie in die Arme. »Ach, wirklich?« spottete er. »Wie kommt's?«
»Ich liebe dich«, sagte sie.
»Ach, wirklich? Und wie steht es dann mit Geld für den Schnaps?«
Sie zögerte und beobachtete sein Gesicht. »Du kommst gleich zurück, ja?«
»Ich fliege«, sagte er.
Sie trat zurück und öffnete ihre Handtasche. »Der Spirituosenladen ist zwei Straßenecken stadtaufwärts. Nach einem Lebensmittelgeschäft wirst du suchen müssen; ich weiß nicht, ob um diese Zeit noch eins geöffnet ...«
»Ich werde schon eins finden.«
Sie gab ihm eine Zwanzigdollarnote. »Bitte, beeil dich«, sagte sie. »Ich mache mir Sorgen.«
»Zieh dein Kleid an«, sagte er, küßte sie leicht auf die Stirn und verließ die Wohnung.
Die Straßen draußen waren vom Regen reingewaschen; alles glitzerte in frischer Nässe. Er atmete die Luft tief ein und ging die Avenue hinauf bis zu dem Spirituosenladen. Er gab sechs Dollar vierundneunzig für eine Flasche Old Grand Dad aus und sechs Dollar achtzig für eine Flasche Black and White. In einer Seitenstraße fand er ein offenes Lebensmittelgeschäft und kaufte zwei große Flaschen Sodawasser für fünfunddreißig Cents, sechs halbe Flaschen Gingerale für die gleiche Summe, eine Tüte Kartoffelchips für neununddreißig Cents, einen Beutel Käsegebäck für neunundzwanzig Cents und eine Dose gesalzene Erdnüsse für neununddreißig Cents. Insgesamt hatte er fünfzehn Dollar und neunundneunzig Cents ausgegeben. Zusammen mit den dreißig Cents, die ihm noch von Glorias fünf Dollar übriggeblieben waren, besaß er noch vier Dollarnoten und einen Penny, alles in allem also vier Dollar und einunddreißig Cents. Er war wieder reich.
Er blieb an der Straßenecke stehen, die braune Tüte mit

den Whiskyflaschen im einen Arm, die braune Tüte mit Lebensmitteln im anderen. Ringsum erhoben sich die Gebäude von New York wie eine schlitzäugige Wand. Und hinter dieser Wand wartete die Welt darauf, von ihm erobert zu werden. Mit Grace an seiner Seite würde er alle Tiger in diesen engen Schluchten erlegen. Er würde eine Flasche Whisky leeren und dann seinen Kriegsruf durch die Straßen hallen lassen. Er würde die schwarzgelben Katzen aufscheuchen, sie bei den Schwänzen packen und in übermütigem Triumph über seinem Kopf schwingen. Dann würde er Gloria Osborne unter MO 6-2367 anrufen und ihr sagen, daß er ein Riese war; vielleicht würde er sogar in Izzy's Cafeteria mit ihr ein Siegesfest feiern.

MO 6-2367.

Gloria.

Nein, nein, nicht Gloria, sondern ...

»Du hast keine Schuld«, sagt Dan.

Es sind die ersten freundlichen Worte, die Dan je zu ihm gesagt hat.

»Das weiß ich«, erwidert er.

»Nur, falls du dir Gedanken machen solltest.«

»Es hat eben falsch angefangen«, sagt er.

»Du mußt morgen früh anrufen«, sagt Dan. »Sie brauchen genauen Bescheid — wieviel Leute kommen werden, und so weiter.«

»Ich gehe sowieso hin.«

»Ich weiß, nur — vielleicht solltest du länger schlafen und dich ausruhen. Schließlich mußt du den ganzen Tag da sein.«

»Ich wollte eigentlich früh hingehen.«

»Das ist nicht nötig. Molly und ich sind auf jeden Fall da.«

»Also gut, dann rufe ich an.«

»Wenn du nicht willst, daß ich anrufe.«

»Nein, ich mache das schon.«

»Immerhin weißt du besser Bescheid als ich. Und die Entscheidung liegt bei dir.«
»Ja, ich weiß.«
Sie schweigen lange. Er geht neben Dan und versucht, ihn zu hassen, versucht, irgendwen zu hassen, doch alles Gefühl in ihm scheint erstorben.
»Weißt du schon, wie du hinkommst?«
»Was?«
»Morgen früh.«
»Ich fahre«, sagt er.
»Hältst du das für richtig?« fragt Dan.
»Warum nicht?«
»Ich wäre beruhigter, wenn du den Zug nähmst.«
»Ich kann doch fahren.«
»Ja, aber es kann morgen abend lange dauern, und du wirst müde sein. Nimm den Zug. Ich bringe dich nach Hause.«
»Gut«, sagt er.
»Vielleicht sollten wir noch einen Fahrplan besorgen.«
»Okay.«
Sie gehen zur Grand Central Station. Am Auskunftsschalter lassen sie sich einen Fahrplan für den Abschnitt Harlem geben. Er steckt ihn in die Innentasche seines Jacketts, ohne einen Blick darauf zu werfen.
»Du hast die Nummer?« fragt Dan.
»Ja«, sagt er.
»Hast sie im Buch notiert?«
»Ja.«
»Und das Buch hast du noch?«
Er beklopfte seine Tasche. »Ja, ich hab's noch.«
»Und du vergißt nicht, anzurufen?«
»Nein, das vergesse ich nicht.«
»Vergißt du es auch wirklich nicht?«
»Nein, ich vergesse es nicht.«
MO 6-2367.
Und wieder, wie schon früh am Morgen, schien es unerhört

dringend, die Nummer anzurufen. Im Gehen fing er an, nach einer Bar oder einem Zigarrenladen Ausschau zu halten; es kam ihm immer dringender vor, er ging schneller. Hatte er nicht versprochen, anzurufen? Jedenfalls hatte er sich die Nummer notiert, um den Anruf nicht zu vergessen. Davon abgesehen war er so voller Zukunftspläne, daß er das Gefühl hatte, ihr einen Anruf zu schulden. Nur ein paar Worte — hallo, da bin ich wieder, wie geht es dir? —, die ihr sagten, daß er ihr verziehen hatte. Zum Teufel — daß sie alle Antworten wüßte, hatte er nicht erwarten können. Er würde ihr sagen, daß er stark war und bereit, in den Kampf zu ziehen. Du sollst noch einmal stolz auf mich sein, würde er sagen. Und sie würde ihn anhören, er konnte es sich fast bildhaft vorstellen. Sie würde in ihrem Schlafzimmer stehen, den Hörer ans Ohr geklemmt, sie würde lächeln und ermutigend nicken — ja, mein Sohn, geh hin und jage die Tiger.
Er betrat einen Zigarrenladen und ging direkt in die Telefonzelle. Er warf ein Zehncentstück ein und wählte ihre Nummer. MO 6-2367. Seine Hand am Hörer zitterte. Er hörte das Telefon am anderen Ende der Leitung klingeln, dann war Glorias Stimme im Hörer, und sein Herz krampfte sich zusammen.
»Hallo?« sagte sie.
»Hallo, wie geht es dir?«
»Ja, wer ist denn dort?«
»Ich bin es wieder.«
»Wer zum Teufel ist ich?«
»Das weißt du doch. Ich war heute morgen bei dir.«
»Und was willst du? Noch ein Handgeld?«
»Nein, Gloria, ich dachte . . .«
»Mein Mann ist bei mir«, sagte sie kurz und hängte auf.
Einen Moment lang konnte er nicht glauben, daß er ein totes Telefon in der Hand hielt. Er starrte den Apparat an, als wäre er von ihm betrogen worden; dann legte er den

Hörer wieder auf und saß bewegungslos in der Zelle. Das weiße Gesicht der Wählscheibe grinste ihn an. Und plötzlich ballte er die Faust und hieb gegen den Münzautomaten; dann nahm er seine Tüten und trat wieder auf die Straße hinaus.

Ich wollte dir doch nur sagen, was ich vorhabe, dachte er. Ich meine, ich hatte das Gefühl, vielleicht — ja, vielleicht interessiert es dich, was dein Sohn vorhat. Was sollte also das Gerede von einem Handgeld? Wer brauchte denn etwas von dir? Ich bin jetzt groß, weißt du, ich schaffe es allein! Daß ich es allein schaffen muß, wußte ich seit jenem Tag in Yokohama. Ach, ich habe dich schon vor langer, langer Zeit verlassen; was also gibt dir ein Recht, so mit mir zu sprechen? Mir zu sagen, daß dein Mann bei dir ist? Dein Mann war schon immer bei dir — soll das etwas Neues sein? Wer braucht dich denn überhaupt — oder ihn? Jetzt ist Grace bei mir; sie wird das Knurren und Fauchen lernen, und wir werden so weit und so schnell rennen, daß keiner von euch beiden wissen wird, wo wir sind oder ob wir je existiert haben!

Er nickte verächtlich und machte sich auf den Rückweg in die Wohnung.

In einem Taxi an der nächsten Ecke wartete die blonde Frau im schwarzen Cocktailkleid.

Zuerst begriff er nicht, daß die Frau ihn meinte. Das Taxi parkte am Rinnstein, und als er daran vorüberging, drehte sie die Scheibe herunter, lehnte sich aus dem Fenster und rief: »He, Sie da! Kann man Sie zur Strecke bringen?«
Die Pakete in den Armen, warf er einen Blick über die Schulter und sah, daß außer ihm niemand in der Nähe war. Und wie um die Frage, die ihm auf der Zunge lag, zu beantworten, sagte die Frau im Taxi: »Ja, Sie! Ich rede mit Ihnen.«
Er trat näher an das Taxi heran und schaute hinein. Die Frau mochte um die Mitte Dreißig sein; sie trug ein sehr tief ausgeschnittenes schwarzes Cocktailkleid und beugte sich so achtlos vor, daß ihr Rock über den Knien hochrutschte. Einen Moment lang kam ihr Gesicht ihm vertraut vor; dann begriff er, daß die Ähnlichkeit nur Einbildung war. Der Widerschein der Neonbeleuchtung einer Bar an der Ecke milderte die Schärfe ihrer Züge im düsteren Wageninnern. Ihr blondes Haar war kurzgeschnitten, auf der einen Wange ringelte sich eine kunstvoll frisierte Locke, eine verwirrte Strähne hing über der anderen. Um Kinn und Nase der Frau lag ein harter Zug. Ihr Mund, der jetzt zu ihm herauflächelte, vermittelte, zusammen mit den kräftig aufgetragenen Lidschatten, einen Eindruck von Lebenserfahrung, den nicht einmal das weiche Neonlicht verwischen konnte. Einerlei, wie sie einmal ausgesehen haben mochte — mit achtzehn, zwanzig, mit zweiundzwanzig, mit achtundzwanzig — alles war längst überdeckt von einer lackglatten Oberfläche äußerlicher Eleganz; mehr noch: eine Art zynischer Weisheit schien in ihren Augen zu funkeln.
»Was sagten Sie?« fragte er.
Die Frau lächelte noch immer. »Ich fragte, ob man Sie zur Strecke bringen kann«, sagte sie. Sie sprach undeutlich; im gleichen Moment spürte er den Alkoholdunst und begriff,

daß sie zumindest angetrunken war. »Ich bin auf Jagd und soll einen hochgewachsenen Mann in blauem Anzug mitbringen. Haben Sie Lust dazu?«

»Wohin sollen Sie ihn bringen?« fragte er.

»Nach Oyster Bay.«

»Das ist eine Überlandfahrt, meine Dame«, sagte der Fahrer über die Schulter. »Ich hoffe, Sie wissen das.«

»Sie halten sich gefälligst ans Fahren.«

»Ich machte Sie nur darauf aufmerksam, daß es eine Überlandfahrt ist.«

»Soll ich mir etwa Ihre Nummer notieren?«

»Hören Sie«, erwiderte der Taxifahrer, »Sie können sich meine Nummer notieren, so oft Sie wollen. Ich habe Sie lediglich darauf aufmerksam gemacht, daß es eine Überlandfahrt ist, wenn wir nach Oyster Bay fahren.«

»Vorerst fahren wir nicht nach Oyster Bay«, sagte sie. »Wir müssen noch mehr mitbringen.« Sie wandte sich wieder an Buddwing. »Nun, wie steht es?«

»Soll das ein Witz sein?« fragte er.

»Hört es sich an wie ein Witz? Sie sind der erste Mann in blauem Anzug, der mir begegnet. Ist Blau etwa nicht mehr Mode?«

»Nicht, daß ich wüßte.«

»Ich wüßte auch nicht. Los nun, wie steht's? Wenn ich schon einen Mann zu dieser Party mitschleppen muß, kann er von mir aus sogar gut aussehen.«

»Gott, Sie schmeicheln mir, aber . . .«

»Was haben Sie da in den Tüten? Ihr Frühstück?«

Buddwing lächelte. »Whisky«, sagte er.

»Ah, gut — Sie sind der Richtige.« Sie riß die Wagentür auf. »Steigen Sie ein. Kein Wort mehr! Steigen Sie ein.«

Immer noch lächelnd, schüttelte Buddwing den Kopf. »Nein«, sagte er. »Tut mir leid. Ich muß woanders hin.«

»Ich bringe Sie auf den Weg«, sagte die Blonde.

»Über Oyster Bay?«

»Warum nicht? Oyster Bay ist ausgesprochen hübsch.«

»Also, meine Dame, wohin wollen Sie?« fragte der Taxifahrer ungeduldig.

»Halten Sie die Luft an, Mann, ich muß erst auf meine Liste sehen. Wo zum Teufel habe ich sie nur? Ach, richtig«, sagte sie, griff in ihren Ausschnitt und zog ein verknülltes Blatt Papier zwischen ihren Brüsten hervor. »Können Sie hier hinten Licht machen?« fragte sie. Der Fahrer seufzte und schaltete die Innenbeleuchtung ein. Die Frau versuchte, die Liste zu entziffern, und sagte dann: »Ohne meine Brille bin ich blind wie eine Fledermaus.« Sie streckte Buddwing das Blatt entgegen. »Können Sie das lesen? Das Chanel braucht Sie nicht zu stören, das ist durch Osmose darin.«

Buddwing nahm das parfumduftende Papier und überflog die Zeilen — eine maschinengeschriebene Liste unterschiedlichster Gegenstände.

»Sie sollten tatsächlich einen hochgewachsenen Mann im blauen Anzug mitbringen«, sagte er.

»Was hatten Sie denn gedacht? Daß ich Sie auf eine derart blöde Art anspreche?«

»Nein, nur . . .«

»Warum dann so fassungslos? Haben Sie eine Zigarette?«

»Tut mir leid, ich habe keine mehr.«

»Fahrer, haben Sie eine Zigarette?«

»Hören Sie, meine Dame, haben Sie sich nun endlich entschlossen, wohin Sie fahren wollen?«

»Nein, ich habe mich noch nicht entschlossen. Ich habe Sie gefragt, ob Sie eine Zigarette haben?«

»Meine Dame, ich bin Taxifahrer und kein Lohndiener.«

»Wie ist seine Nummer?« fragte sie, zu Buddwing gewandt.

»Ich kann sie von hier aus nicht lesen.«

»Die Nummer ist 704 163«, sagte der Fahrer. »Ich heiße Frederic Calabresi, und dies ist ein Gelbes Taxi. Genügt Ihnen das?«

»Ich will nicht mit Ihnen fahren«, sagte die Frau. Sie riß

die Wagentür auf und stieg langbeinig aus. Auf dem Gehsteig stolperte sie, stützte sich auf Buddwings Arm und sagte: »Bezahlen Sie ihn.«
»Ich?« fragte Buddwing.
»Ja, Sie. Ich habe nur eine Hundertdollarnote und will sie nicht anbrechen. Nun bezahlen Sie ihn schon, um Gottes willen.«
Der Fahrer schaltete sein Frei-Zeichen ein, lehnte sich aus dem Fenster und sagte: »Das macht zwei Dollar und fünfundzwanzig Cents.«
Buddwing griff seufzend in die Tasche.
»Wenn Sie ihm auch nur einen Penny Trinkgeld geben, schlage ich Ihnen den Schädel ein«, sagte die Frau.
Er bezahlte den Fahrpreis und gab dem Fahrer fünfzig Cents Trinkgeld. Dann drehte er sich wieder zu der Frau um. »Haben Sie ihm Trinkgeld gegeben?« fragte sie.
»Nein«, sagte Buddwing.
»Die ist schwer besoffen, Mister«, sagte der Fahrer. »Passen Sie lieber auf.« Dann ließ er den Wagen anrollen.
»Was hat er gesagt? Wie war seine Nummer?«
»Ich habe sie nicht behalten«, sagte Buddwing.
»Ich auch nicht. Haben Sie die Liste noch?«
»Ja.«
»Helfen Sie mir, das andere Zeug aufzutreiben?«
»Wahrscheinlich nicht.«
»Bleiben Sie ruhig in der Nähe«, sagte die Blonde. »Immerhin haben Sie für mich schon Geld investiert.« Sie lächelte. »Sie haben dem Mistkerl doch ein Trinkgeld gegeben, nicht wahr?«
»Ja.«
»Hat er nicht verdient.«
»Nun, sehr nett waren Sie nicht zu ihm«, sagte Buddwing.
»So eine Fahrt hatte er in seinem Leben noch nicht«, erwiderte sie. »Er hätte mir ein Trinkgeld geben können.« Sie

hielt inne und musterte Buddwing mit einem verschwommenen Blick. »Wie heißen Sie?«
»Ach, lassen wir das«, sagte er.
»Ist die Polizei hinter Ihnen her?«
»Nein.«
»Warum dann so zurückhaltend?«
»Ich bin der Mann im blauen Anzug, okay?«
»Klar, aber wie soll ich Sie nennen? Räuber? Gendarm?«
»Nennen Sie mich, wie Sie wollen. Mir ist es gleich.«
»Was haben Sie da für Whisky?«
»Bourbon und Scotch.«
»Machen Sie den Scotch auf und gönnen Sie uns einen Drink.«
Buddwing zögerte.
»Nun kommen Sie«, sagte sie. »Sie werden doch nicht etwa einer Dame einen Drink verweigern?«
»Das ist für eine Party bestimmt«, erwiderte er.
»Genau«, sagte sie. »Setzen Sie sich, wir feiern eine Party.«
»Hören Sie, ich glaube wirklich nicht . . .«
»Einen kleinen Drink? Einen einzigen schäbigen Drink?«
»Also gut, aber . . .«
»Schön, setzen Sie sich. Hierher.«
Sie gingen zur Fronttreppe eines der Häuser; die Blonde schwankte unsicher, Buddwing half ihr. Sie setzte sich neben ihn, spreizte die Beine und stopfte die schwarzen Falten des Kleides zwischen die Schenkel. Buddwing öffnete die Flasche und reichte sie ihr. »Cheers!« sagte sie und trank. »Ah, das ist gut!« Sie gab ihm die Flasche zurück. »Und nun lesen Sie mir vor, was sonst noch auf der Liste steht.«
»Warum sind Sie eigentlich den ganzen Weg von Oyster Bay hierhergekommen?« fragte er.
»Ich komme nicht von Oyster Bay.«
»Sagten Sie nicht dem Fahrer . . .«
»Ja, wir fahren dorthin, sobald wir das ganze Zeug hier

aufgelesen haben. Angefangen hat es dort nicht. Angefangen habe ich dort nicht.«

»Und wo haben Sie angefangen?«

»890 Park Avenue.«

»Wohnen Sie da?«

»Nein. Sibbie wohnt da. Sibbie Randolph, eine meiner Freundinnen.« Sie hielt inne. »Kennen Sie sie?«

»Nein.«

»Sie ist auf Draht«, sagte die Blonde. »Einerlei, wir waren zum Abendessen bei ihr, und irgendwer schlug vor, daß wir eine Straßenjagd veranstalten und uns um zwei bei Jerry in Oyster Bay treffen. Wie spät ist es jetzt?«

»Ich habe keine Uhr«, sagte Buddwing.

»Leute, die keine Uhr haben, gibt es nicht.«

»Außer mir. Und Ihnen, was das betrifft.«

»Schön, aber wie spät ist es ungefähr? Das müssen Sie doch wissen.«

»Ungefähr halb zwölf.«

»Dann haben wir noch anderthalb Stunden Zeit, dieses Zeug aufzutreiben, das heißt, wenn wir um zwei draußen sein wollen. An sich brauche ich das nicht allein zu tun, wissen Sie. Zu meinem Team gehörten noch vier andere.«

»Und was ist mit ihnen passiert?«

»Nun, was mit Sibbie und Ralph passiert ist, kann ich mir vorstellen. Die beiden anderen — ich weiß nicht. Ich bin nun einmal mit der Liste sitzengeblieben, wie es scheint.«

»Eine hübsche Liste«, sagte er.

»Immerhin habe ich Sie, und das ist ein Anfang, nicht wahr?«

»Rechnen Sie nicht allzu fest mit mir«, sagte Buddwing. »In diesem Augenblick sollte ich schon ganz woanders sein.«

»Ach was. Geben Sie mir die Flasche.« Er reichte sie ihr. Sie hob sie an die Lippen, blinzelte ihm zu, sagte »Cheers!«

und trank. »Ah, gut«, sagte sie. »Hier, trinken Sie auch.«
»Danke, ich möchte mich nicht betrinken.«
»Warum nicht?«
»Wie gesagt, ich werde woanders erwartet.«
»Wo?«
»Nun«, sagte er und zuckte die Achseln.
»Sieh da, welch vornehme Zurückhaltung. Handelt es sich etwa um ein Mädchen? Und warum so verlegen? Ich habe Sie nicht gepachtet.«
»Das weiß ich.«
Die Blonde grinste. »Na und? Hat Ihre Mammi Sie einkaufen geschickt?«
»Blödsinn«, sagte er grob.
»Aha, die Bestie kommt durch. Ich liebe Männer, bei denen von Zeit zu Zeit die Bestie durchkommt. Geben Sie mir die Flasche.« Sie nahm sie ihm aus der Hand, hob sie und tat einen tiefen Schluck.
»Machen Sie lieber halblang«, sagte er.
»Warum? Ich mache halblang oder ganz lang, wie es mir paßt. Haben Sie etwas dagegen?«
Er zuckte die Achseln.
»Gut. Sie haben nichts dagegen, keine Widerrede! Sie sind jetzt bei mir; die andere kann warten. Außerdem kann ich ohne Ihre Hilfe diese Liste nicht lesen. Was steht zu oberst darauf? Nicht der Mann im blauen Anzug, ich weiß. Das war einer der letzten Punkte.«
»Nun, das erste sind ›Fünfhunderttausend Dollar in bar‹.«
»Kleinigkeit«, sagte die Blonde. »Was kommt dann?«
»Kleinigkeit? Fünfhunderttausend Dollar in bar?«
»Sicher doch.«
»Schätze, die meinen Spielgeld.«
»Nein — schätze, die meinen richtiges Geld. Sofern fünfhunderttausend Dollar für Sie richtiges Geld sind.«
»Allerdings«, sagte Buddwing.
Die Blonde schüttelte den Kopf. »Fünfhundert Millionen

Dollar, das ist richtiges Geld«, sagte sie. »Und dabei nicht einmal zuviel. Alles ist relativ. Haben Sie Verwandte?«
»Ein paar«, sagte er lächelnd.
»Ich habe ein ganzes Sortiment von Verwandten«, sagte die Blonde. »Wenn man sie hintereinanderlegt, reichen sie zweimal um die Welt und zurück.« Sie seufzte und fuhr fort: »Wenn Sie nicht bald anfangen und mit mir trinken, werde ich sauer. Ich trinke nicht gern allein.«
»Außerdem glaube ich, Sie haben schon genug«, sagte Buddwing.
»Sagen Sie das nicht noch einmal zu mir. Nicht, wenn Sie mein Freund sein wollen.«
»Okay.«
»Okay. Wie heißen Sie?«
»Ich habe keinen Namen.«
»Aha, der Mann im Dunkel. Geheimagent X 9.« Sie hielt inne und sagte dann: »Man merkt, wie alt ich bin, nicht wahr? Für wie alt halten Sie mich?«
»Fünfunddreißig.«
»Ja, aber ich sehe aus wie dreißig, nicht?«
»Nein. Sie sehen aus wie fünfunddreißig.«
»Mit Schmeichelei werden Sie es nicht weit bringen«, sagte sie. »Was steht als zweites auf der Liste?«
»›Ein schwarzer Cadillac‹.«
»Kleinigkeit«, sagte sie. »Wir rufen Carey an.«
»Ich habe genau einen Dollar und sechsundvierzig Cents in der Tasche«, sagte Buddwing.
»Ein Anruf kostet nur zehn Cents.«
»Und wer bezahlt den Wagen?«
»Wir lassen die Rechnung auf das Geschäft meines Mannes ausstellen. Was steht noch auf der Liste?«
»Noch haben wir die fünfhunderttausend nicht.«
»Halten Sie sich an mich, mein Freund«, sagte sie und blinzelte ihm zu. »Schwierigkeiten gibt es nicht. Hauptsache,

daß Sie den Absprung finden und sich nicht unterkriegen lassen. Los, los, was steht noch auf der Liste?«

»›Dein Name in der Zeitung‹.«

»Kinderei. Die Penny-Arkade zwischen der Zweiundfünfzigsten Straße und dem Broadway. Da gibt es das. Was noch?«

»›Drei Leumundszeugen, die über deinen Charakter aussagen können‹.«

»Das war todsicher Sibbies Idee. Bei ihrer Party sind bisher nur fünf Männer zuviel, wissen Sie, da hat sie natürlich das Gefühl, daß es noch mehr sein müßten. Drei Leumundszeugen, heiliger Gott!«

»Die über Ihren Charakter aussagen können«, mahnte Buddwing.

»Drei Männer, die über meinen Charakter aussagen können, fehlen mir gerade noch. Ändern wir das lieber und sagen wir: über Ihren.«

»Aber ich gehe nicht mit«, sagte er.

»Warum nicht? Sehen Sie nicht, was die Liste Ihnen bietet? Publicity, Geld, Abenteuer, Romantik — was wollen Sie mehr?«

»Wo stehen Abenteuer und Romantik?« fragte Buddwing.

»Das bin ich. Irgendwo stehe ich auch auf der Liste.«

»Ich glaube nicht.«

»Ich bin ganz woanders als auf der Liste. Ich bin hier. Ich sitze hier neben Ihnen. Geben Sie mir Ihre Hand.« Sie nahm seine Hand. »Merken Sie was? Das bin ich. Und nun kommen Sie mit, dieses Zeug einsammeln.«

Er sah sie lange abschätzend an.

»Was ist los?« fragte sie.

»Ich weiß nicht, ob ich gerade das will«, sagte er.

»Nein? Was wollen Sie dann?«

»Ich weiß nicht.«

»Das weiß so ziemlich die ganze Welt nicht.«

»Auf dieser Liste steht nichts, das mir helfen könnte.«

»Wozu helfen, du lieber Gott?«
»Dazu, daß ich erfahre, wer ich bin.«
»Reden Sie keine Metaphysik«, erwiderte sie. »Reden Sie deutlich.«
»Deutlich gesagt: ich bin seit heute morgen um sechs Uhr am Ende.«
»Kein Wunder. Sie stellen dumme Fragen. Sie werden am Ende sein, solange Sie leben.«
»Was für dumme Fragen habe ich denn bisher gestellt?«
»Sie haben nach Identität gefragt. Wenn Sie nicht wissen, was Identität ist, wissen Sie überhaupt nichts.«
»Dann sagen Sie es mir.«
»Identität, das sind fünfhunderttausend Dollar, ein schwarzer Cadillac, Ihr Name in der Zeitung, eine schöne Frau an Ihrem Arm und mindestens drei Lakaien, die Ihnen sagen, was für ein großer Mann Sie sind. Das ist Identität.«
»Und wessen?«
»Ihre, meine, jedermanns. Wenn Sie danach verlangt — hier ist sie, auf dieser Liste.« Sie lächelte. »Sehen Sie, habe ich nicht gesagt, daß ich Ihnen helfen würde?«
»Und womit helfen Sie mir?« fragte er. »Bisher habe ich nicht mehr in der Hand als einen bedeutungslosen Fetzen Papier.«
Ihr Lächeln wurde zu einem vertraulichen Grinsen. »Außerdem haben Sie jetzt eine Frau«, sagte sie.
»Und?«
»Und deshalb tue ich, was eine gute Frau tun sollte. Ich habe gehört, um was es Ihnen geht. Und nun helfe ich Ihnen, es zu bekommen, ob es mir nun Angst macht oder nicht.«
»Warum sollte es Ihnen Angst machen?«
»Weil ich Sie weder verstehe noch weiß, um was es Ihnen geht. Ich spüre, daß Sie etwas brauchen, und versuche, Ihnen zu helfen. Mehr kann ich nicht tun. Ich habe zugehört, als Sie mir Ihre Liste vorlasen, und nun . . .«

»Das ist Ihre Liste«, sagte er, »nicht meine.«
»Wirklich? Entschuldigung. Ich dachte, Sie wollten wissen, wer Sie sind.«
»Das will ich.«
»Richtig, das haben Sie mir gesagt, wissen Sie noch? Und ich habe zugehört. Und nun gehe ich mit Ihnen und helfe Ihnen . . .«
»Sie verdrehen alles«, sagte er. »Sie sind es, die diese Dinge braucht, und Sie haben mich gefragt, ob ich mitgehen will.«
»Macht das wirklich einen Unterschied?« fragte sie.
»Vielleicht nicht.«
»Es macht keinen, glauben Sie mir. Kommen Sie, nehmen Sie einen Drink.«
Er zögerte; was sie eben gesagt hatte, brachte ihn zum Nachdenken.
»Nun kommen Sie schon«, lockte sie. »Die Nacht ist noch jung, und wir haben eine ganze verdammte Stadt zu plündern.«
Er warf ihr einen Blick zu, nickte und schraubte den Verschluß von der Whiskyflasche. Dann setzte er die Flasche an, trank und reichte sie ihr. Sie lächelte ihm zu, während sie trank, dann setzte sie die Flasche ab und wischte sich einen Tropfen Whisky vom Kinn.
»Bah«, sagte sie. »Ich kann den Geschmack von Whisky nicht ausstehen.«
Der Cadillac von Carey holte sie an der Südostecke des Blocks zwischen Einundachtzigster Straße und Third Avenue ab. Sie stiegen ein; die Blonde kreuzte die Beine und machte es sich auf dem Rücksitz bequem. Dann schob sie die Hand unter Buddwings Arm und sagte: »Schön, und jetzt sehen wir zu, daß Ihr Name in die Zeitung kommt. Waren Sie schon einmal in der Penny-Arkade zwischen Broadway und Zweiundfünfzigster Straße?«
»Ja«, sagte er.
»Sind Sie aus New York?«

»Ich bin hier geboren.«
»Waren Sie schon einmal in Grants Grabmal?«
»Nein.«
»Ich auch nicht. Und die Cloisters?«
»Nein, aber ich wollte schon immer einmal hin.«
»Weshalb, um Himmels willen?«
»Um Marjorie Morningstar unter den Fliederbüschen zu küssen.«
»Entschuldigung, Sir«, sagte der Chauffeur.
»Ja?«
»Ich stehe neben dem Parkstreifen und ...«
»Bringen Sie uns zur Penny-Arkade zwischen Zweiundfünfzigster und Broadway«, sagte die Blonde, und der Fahrer ließ den Wagen anrollen.
»Waren Sie schon einmal an der Queensboro Bridge?« fragte Buddwing.
»Ich wohne direkt am Sutton Place«, sagte die Blonde, »und habe die Queensboro Bridge praktisch im Schlafzimmer. Nebenbei gesagt – von der Queensboro Bridge wäre ich beinahe einmal heruntergesprungen.«
»Und warum?«
Sie zuckte die Achseln. »Weltschmerz.«
»Sie sehen aber nicht aus wie jemand, der an Weltschmerz leidet.«
»Wie wollen Sie das wissen?«
»Nun, genau weiß ich es nicht.«
»Dann erzählen Sie mir nicht, wie ich aussehe.«
»Ich versuchte nur ...«
»Weil man nämlich nicht wissen kann, was hinter den vier Wänden vor sich geht. Die Haut hier, die Knochen, das sind die vier Wände. Der Mensch dahinter – den sieht niemand, kein einziger. Wahrscheinlich wissen Sie im Augenblick mehr über mich als irgend jemand sonst.«
»Wieso?«

»Ich habe noch niemandem von der Queensboro Bridge erzählt.«
»Im Grunde haben Sie mir auch noch nichts erzählt.«
»Da gibt es auch nicht viel zu erzählen. Ich stand eines Tages auf, draußen regnete es, und ich fand, daß es mir reichte.«
»Warum?«
»Wie soll ich das wissen? Ich kann Regen nicht ausstehen. Ein ausreichender Grund. Begründungen gibt es nur im Film. Wirkliche Menschen gehorchen dem Einfluß von Dingen, die ihnen jeweils gerade in den Sinn kommen.«
»Und Ihr Motiv war also der Regen.«
»Nein, der Regen war es nicht.«
»Was war es dann?«
»Ist das so wichtig? Ich war damals noch ein Kind, knapp dreiundzwanzig. Das ist Jahre her.«
»Aber es interessiert mich.«
Die Blonde seufzte und wandte das Gesicht ab, während der Wagen durch die Straßen glitt. Fast schien es, als spräche sie eher zu ihrem Spiegelbild im Fenster als zu Buddwing.
»Ich hatte ein Kind verloren«, sagte sie. »Nun, das ist nichts Welterschütterndes — ach, zum Teufel, daß Frauen ein Kind verlieren, kommt alle Tage vor. Aber bei mir war es etwas anderes, sehen Sie; ich hatte das Kind von Anfang an nicht gewollt. Wir hatten sogar schon darüber gesprochen, wie man es loswerden könnte. Aber dann — Sie wissen, wie so etwas vor sich geht — entschlossen wir uns doch, es hinter uns zu bringen; er redete mir ein, daß alles gut gehen würde. Nun, Sie kennen das; Sie sind doch auch verheiratet?«
»Ja«, sagte er.
»Dann wissen Sie Bescheid.«
»Ich war verheiratet«, sagte er schnell.
»Haben Sie Kinder?« fragte sie und sah ihn plötzlich an.

»Nein.«

»Ja, dann ...« Sie zuckte die Achseln und drehte sich wieder zum Fenster. »Ich glaube, er wollte das Kind wirklich. Oder auch nicht, ich weiß es nicht; vielleicht hatte er genau so viel Angst wie ich selber. Aber sehen Sie, er redete mir ein, daß alles gut gehen würde, und nach einer Weile kam es mir auch nicht mehr so schlimm vor; schließlich, ich weiß nicht, wie es kam — mütterliche Hormone, wenn Sie wollen —, schließlich fing ich an, mich auf das Kind zu freuen, und gerade da verlor ich es. Ich war im sechsten Monat. Es war eine ziemliche Sauerei, ekelhaft, ich will nicht mehr daran denken.«

Lange sagte sie kein Wort. Er glaubte schon, ihre Geschichte wäre zu Ende, doch dann fuhr sie plötzlich fort: »Am Abend vor dieser Geschichte auf der Brücke hatten wir davon gesprochen. Endlich hatten wir darüber gesprochen, nachdem wir uns monatelang davor gedrückt und uns vorgemacht hatten, es wäre gar nichts so besonders Schreckliches passiert. Nun redeten wir endlich darüber. Wir schrien uns an, in dieser gräßlichen, billigen kleinen Wohnung, die wir damals hatten; wir machten uns gegenseitig Vorwürfe — aber was hatten wir uns schon vorzuwerfen? Mein Versagen, sein Versagen, das Versagen der ganzen Welt, den Tod, das Leben? Wer wußte damals schon, was Tod oder Leben bedeutet? Wer kannte schon etwas anderes, als die Qual, jeden Morgen aufzuwachen und dem anderen ins Gesicht zu sehen, die Augen voll unausgesprochener Anklage, bis zu diesem Abend, an dem alle Anklagen ausgesprochen wurden?«

Die Blonde atmete plötzlich tief ein.

»Am nächsten Morgen regnete es«, sagte sie. »Ich stand auf und zog nur meinen weißen Regenmantel an, sonst nichts, und ein altes Paar Gummistiefel, die ich besaß, seit ich achtzehn war und zur Universität ging. Ich ging auf die Queensboro Bridge; wenn das Leben nicht mehr zu bieten hatte, wenn das alles war, dann konnte es mir gestohlen bleiben. Ich hatte keine Lust, zu warten, bis sie mich Stück für Stück auseinandernahmen und auf der Straße verbluten ließen. Ich würde es selbst tun, und zwar auf meine Art. Ich würde mich selbst in eine Million Fetzen zerreißen, bevor andere mir die Arbeit abnahmen. Schließlich stand ich auf der Brücke, nahe dem Ufer von Welfare Island, und fragte mich, ob ich zurückgehen und einen Brief hinterlassen sollte; ich beschloß, es zu lassen — zum Teufel damit, sollte er sich selbst seinen Vers darauf machen. Ich sah hinunter — ich weiß nicht, warum; komisch eigentlich, was so in einem vorgeht. Ich hatte vor, von der Brücke zu springen, aber ich wollte sehen, wo ich landen würde.«

Sie hielt inne und atmete noch einmal schnell und tief ein.

»Da unten fuhr eine Krankenschwester einen alten Mann im Rollstuhl durch den Regen. Sie hielt einen Schirm über seinen Kopf. Es goß in Strömen, und die beiden wanderten im Regen herum — einfach verrückt. Plötzlich hob der alte Mann den Kopf und sah mich auf der Brücke stehen. Er lächelte und winkte mir zu.« Sie hielt inne. »Und da ließ ich es.«

»Warum eigentlich?«

»Ich weiß nicht. Möglicherweise habe ich gedacht, wenn ein alter Mann im Rollstuhl an einem so widerlichen Tag wie damals einen Grund zum Winken und Lächeln findet, was soll's dann eigentlich?« Sie drehte sich plötzlich zu ihm um. »Vielleicht kam mir auch nur die Idee, wenn ich den anderen schon über war, so flink wie möglich mit den Wölfen zu heulen. Nach Hause zu gehen, mit meinem Mann zu reden und ihn aus dieser verdammten Sackgasse herauszuholen, bevor die Falle zuschnappte — das war so ungefähr, was mir durch den Kopf ging. Einerlei — als ich zu Hause ankam, war ich mir nicht mehr so sicher. Ich saß in der Küche am Tisch — immer noch in Regenmantel und Gummistiefeln — und war mir ganz einfach nicht mehr so sicher. Irgendwie hatte ich das Gefühl, etwas Unvermeidliches nur aufgeschoben zu haben. Und warum, zum Teufel? Nur weil mich ein alter, kranker Mann angelächelt und zu mir heraufgewinkt hatte? Wahrscheinlich hatte er nur gelächelt und gewinkt, weil er mir unter den Regenmantel sehen konnte.« Die Blonde zuckte die Achseln. »Immerhin hat er mir das Leben gerettet. Wenn das etwas wert ist.«

»Sie haben es sich selbst gerettet«, sagte Buddwing.

»Ich werde nüchtern«, sagte die Blonde. »Ihr Einfluß auf mich ist nicht unbedingt günstig. Wie konnte ich mich nur mit einem Menschen wie Ihnen einlassen?«

»Ich weiß nicht. Wohl nur ein glücklicher Zufall.«

»Ja, ja, ein glücklicher Zufall«, sagte die Blonde. »Wo ist die Flasche?«

»Nüchtern gefallen Sie mir besser.«

»Ob ich Ihnen gefalle oder nicht, interessiert hier keine Seele. Geben Sie mir die Flasche.«

»Nein.«

»Himmel, was für ein schwieriger Mann«, sagte sie und seufzte. »Wann sind Sie geboren?«

»Am zehnten Januar.«

»Steinbock also. — Nicht, daß ich noch an solches Zeug glaube«, sagte sie achselzuckend. »Ich glaube an überhaupt nichts mehr, wenn Sie es genau wissen wollen. Nicht an die Sterne, nicht an Gott, nicht an Liebe, nicht an die Ehe, an nichts — nur an die fünfhunderttausend Dollar, die wir heute nacht einsammeln, und an den Cadillac, in dem wir sitzen. An mehr nicht.«

»Woher wissen Sie, daß wir die fünfhunderttausend Dollar bekommen werden?«

»Weil wir sie brauchen.«

»Wozu?«

»Um zu gewinnen.«

»Um was zu gewinnen?«
»Das Spiel.«
»Aha, das Spiel. Und wenn wir es gewinnen?«
Sie zuckte die Achseln. »Dann gewinnen wir es eben.«
»Und was gewinnen wir?«
»Das Recht, weiterzuspielen«, erwiderte sie. »Das Recht, jedesmal, wenn Grün kommt, zweihundert Dollar zu kassieren. Das Recht, im Spiel zu bleiben, mehr nicht. Bis wir bankrott sind.«
»Und dann?«
»Dann sind wir draußen. Wir packen unsere Hotels und Häuser zusammen und vertauschen Boardwalk und Park Place mit der Queensboro Bridge. Wo soll man sonst hin, wenn man bankrott ist?«
»Wenn man gewinnt, ist man nie bankrott«, sagte Buddwing.
»Ach wirklich?« erwiderte die Blonde. »Sie sind doch verheiratet — fragen Sie Ihre Frau. Gehen Sie nach Hause und sagen Sie zu ihr — wie heißt sie noch?«
»Grace.«
»Gehen Sie nach Hause und sagen Sie zu ihr: ›Grace, kann man zur gleichen Zeit gewinnen und bankrott sein?‹ Sie werden hören, was sie Ihnen sagt.«
»Das ist leider nicht möglich«, sagte Buddwing.
»Natürlich, weil Sie die Antwort von vornherein wissen.« Sie warf einen Blick durchs Fenster und sagte: »Da ist die Penny-Arkade. Lassen wir Ihren Namen in die verdammte Zeitung setzen. Halten Sie da vorn, Fahrer.«
»Madam, da vorn steht ein Parkverbotsschild«, sagte der Fahrer.
»Das nehmen wir auch mit zur Party«, sagte die Blonde. »Reißen Sie es bitte vom Pfahl.«
»Ich?« fragte der Fahrer.
»Ja, Sie. Wollen Sie etwa Ihr ganzes Leben lang ein kleiner

Chauffeur bleiben? Nun werden Sie schon ein bißchen lebendig!«

»Ja, aber . . .«

»Kommen Sie«, sagte sie zu Buddwing, und sie stiegen aus.

Es war Mitternacht in New York, Samstagnacht; auf den Trottoirs des Broadway drängten sich Menschen, hungrig nach Vergnügen, und verbargen ihre gebrochenen Herzen vor all den Lichtern, unter denen die Risse und Sprünge sichtbar geworden wären. Den Beleuchtungssystemen schien es nur um Ausdehnung und Lichtstärke zu gehen, jeder glühende Damm streute eine Flut wirbelnder, blinkender, rasender, explodierender Illumination in die Nacht. In tausendfacher Lebensgröße, millionenfach heller als der Tag, schrien sie ihre Anpreisungen in die Straße hinaus, bis es den Hirnen schwindlig wurde. Die Leute drunten, wie auf der Flucht vor fallenden Wattstärkentrümmern, stießen blind gegeneinander, suchten die menschlicheren Gefilde der Läden und Restaurants zu beiden Seiten der Straße. Die Theater hatten geschlossen, die Filme waren zu Ende, und nun wälzte sich die Menge der Samstagnacht durch die enge, von schreiender Beleuchtung gesäumte Schlucht, wie eine Viehherde, die schwerfällig und mühsam einem elektrischen Zaun zu entgehen sucht.

In dieser Menge, die sich auf den Trottoirs drängte und auf die Straße überquoll, ständig zwischen Lichtzäunen, gab es wenig Gleichheit. Zwar jagten alle ihrem Vergnügen nach, aber niemand hatte die Absicht, es mit anderen zu teilen. Es war nicht eine Masse von Gleichgesinnten, die soeben ein Fußballspiel gesehen hatten und nun das Stadion verließen; im Gegenteil — es war eine Masse, die in ein Stadion einströmte, einig nur in dem unbehaglichen Vorgefühl, innerhalb des hellerleuchteten Ovals selbst für Unterhaltung sorgen zu müssen. Die Leute musterten einander fast argwöhnisch. War der Blinde dort, der seinen

Hund führte, wirklich blind? Ging es den Halbwüchsigen um Spaß oder Aufruhr? War das echter Nerz oder eine Imitation?

Die Verkäuferin von der Vierzehnten Straße hatte den ganzen Nachmittag in einem Schönheitssalon verbracht und ihr Haar waschen und färben, kämmen und legen, besprühen und fixieren lassen, nur damit eine Frau von Washington Mews vorbeigehen und ihrem Begleiter zuflüstern konnte: »Lieber Gott, hast du diese gekreppte Perücke gesehen?« Es war Samstagnacht; jetzt konnte sich sogar ein Haufen halbwüchsiger Puertorikaner vom Bruckner Boulevard in die Stadt wagen und das Gefühl haben, zumindest einen Teil davon zu besitzen (»... hier wimmelt es förmlich von dem farbigen Pack«, würde ein Italiener in der zweiten Generation von der Fordham Road zu seiner Frau sagen). Es war Samstagnacht, allzu flüchtig, allzuschnell in die Vergangenheit entschwindend — wieviel Samstagnächte würde es noch geben, bevor das Ganze sein Ende fand? Dies war die Zeit der Vergnügungen, eine schmale Frist zwischen Freitagabend und Sonntagfrüh. Gab es Drinks, so war jetzt die Zeit, sie hinunterzuschütten; weißt du einen Witz, so erzähle ihn jetzt; willst du eine Frau verführen, so tue es schnell, bevor das Licht wieder eingeschaltet wird und sie nach der Polizei ruft; ist Gelegenheit, Mambo zu tanzen, Schlager zu singen, Streit anzufangen, Aufruhr zu erregen — tanze jetzt, singe jetzt, schlag jetzt zu, errege Aufruhr; das ist Samstagnacht, viel zu kurz, um all das Vergnügen darin zusammenzupressen, viel zu knapp, den langen Traum der Woche zu verwirklichen. Gelingt es dir jetzt nicht, zum Teufel, so wirst du bis zum nächsten Samstag warten müssen, und wer kann wissen, ob es dich dann noch gibt?

Sie verließen die vorschriftswidrig geparkte Limousine und schoben sich gegen den Strom durch die Menge, an den Schaufenstern der Arkade vorbei, an monströsen Pappmasken, Scherzartikeln, Andenkenaschenbechern und Empire State Buildings aus Spritzguß. In der Arkade drängten sich Halbwüchsige und Leute gesetzteren Alters, die sich noch an den Luna-Park erinnern konnten. Spielautomaten klapperten und blinkten, Gewehre knallten, Kugeln pfiffen, ein junges Mädchen in hochtoupierter Frisur jauchzte seinem Freund zu, nachdem es mit einem elektronischen Maschinengewehr hundertvierzig Messerschmitts abgeschossen hatte. Am einen Ende der Arkade, neben einem Mann, der nackte Mädchen auf seidene Krawatten malte, stand eine primitive Druckpresse, bedient von einem Mann in schwarzfleckigem Kittel. Den Künstler, der gerade dem Konterfei einer verführerischen Rothaarigen die Brustwarzen aufpinselte, umdrängte die Menge; nur ein Neger sah zu, wie der Drucker eine feuchte Zeitung aus der Maschine zog. EIN JUNGE FÜR COHENS lautete die Schlagzeile. Buddwing und die Frau gingen geradewegs zum Tisch des Mannes.

»Mein Freund möchte seinen Namen in der Zeitung lesen«, sagte sie.

Der Drucker schaute auf. »Mit welchem Text?« fragte er.

»Hier, schreiben Sie auf. Nicht mehr als fünfundzwanzig Buchstaben, die Zwischenräume zählen mit.«

»Und wie lange dauert das?« fragte sie.

»Halbe Stunde. Sie können warten oder wiederkommen, ganz wie es Ihnen paßt.«

»Glauben Sie, wir schaffen fünfhundert Mille in einer halben Stunde?« fragte sie und blinzelte Buddwing zu.

»Da gibt's nur eine Möglichkeit«, sagte der Drucker, »nämlich die, daß ich sie Ihnen hier auf der Maschine abziehe.«

»Nein, wir brauchen richtiges Geld.«

»Das ist aber eine ganze Menge, Madam«, sagte der Neger am Tisch.

»Nicht, wenn man Glück hat«, erwiderte sie lächelnd.

»Und Sie haben Glück, Madam?«

»Ich habe Glück. Der Herr im blauen Anzug hier ist mein Talisman.«
Der Neger musterte Buddwing abschätzend, nickte dann und sagte: »Ich glaub's Ihnen.«
»Wir dachten daran, eine Bank auszurauben«, sagte die Blonde. »Wissen Sie zufällig eine, bei der es sich lohnt?«
»Ich wüßte ein paar in Birmingham, bei denen es sich lohnt«, sagte der Neger, »aber das ist weit weg.«
»Etwas näher wäre uns schon lieber.«
»Fünfhundert Mille ist eine ganze Menge, Madam«, sagte der Neger noch einmal. »Die meisten Banken behalten das Zeug übers Wochenende nicht im Haus.«
»Wollen Sie nun eine Zeitung oder nicht?« fragte der Drucker. »Ich habe noch mehr zu tun.«
»Wir wollen«, sagte die Blonde.
»Dann schreiben Sie den Text auf, wenn's recht ist.«
»Was sollen wir schreiben?« fragte die Blonde Buddwing.
Der Neger grinste und sagte: »Liebespaar beim Bankraub ertappt.«
»Das sind mehr als fünfundzwanzig Buchstaben.«
»Blonde knackt Bank«, schlug er vor und zuckte dann die Achseln. »Wieviel Buchstaben sind das?«
»Warum sagen wir nicht einfach, ich hätte irgendeinen großen Erfolg errungen?« schlug Buddwing vor.
»Klar, sagen Sie einfach, er hat's geschafft«, mischte sich der Neger ein. »So-und-so schafft es.« Er hielt inne. »Wie heißen Sie? Das brauchen wir für die Schlagzeile.«
»Ich habe keinen Namen.«
»Jeder hat einen Namen«, sagte der Neger.
»Ich bin nicht jeder«, sagte Buddwing.
»Wissen Sie das so genau?« fragte die Blonde. Sie nahm den Bleistift vom Tisch und schrieb auf den Zettel:

JEDER SCHAFFT ES!

»Nun, wie klingt das?«
»Ein bißchen anmaßend, finden Sie nicht?« sagte Buddwing.

»Kommt drauf an«, sagte der Neger. »Wieviel Buchstaben sind das?«
Die Blonde begann zu zählen. »Siebzehn«, sagte sie. »Mit Zwischenräumen.«
»Also noch nicht fünfundzwanzig«, sagte der Neger, »und anmaßend finde ich das eigentlich nicht.«
»Aber ich bin nicht jeder«, sagte Buddwing. »Ich bin ich selber.«
»Und wer sind Sie?«
Er zuckte die Achseln. »Niemand.«
»Vielleicht ist das sogar richtiger«, sagte die Blonde. Sie strich aus, was sie geschrieben hatte, und setzte darunter:

NIEMAND SCHAFFT ES!

»Das ist zwar poetisch, aber nicht wahr«, sagte Buddwing. »Wir schaffen es auf jeden Fall.«
»Ich glaub's Ihnen«, sagte der Neger.
Die Blonde zuckte die Achseln und reichte dem Drucker den Zettel. »Drucken Sie das«, sagte sie. »In einer halben Stunde sind wir wieder da.«
»Soll das eine Schlagzeile sein?« fragte der Drucker.
»Sind Sie Drucker oder Redakteur?«
»Ich meine ja nur . . .«
»Dann drucken Sie's«, sagte sie und drehte sich zu Buddwing um. »Kommen Sie, jetzt holen wir uns die fünfhundert Mille.«
»Niemand schafft es«, nörgelte der Drucker hinter ihnen.
Der Neger folgte ihnen bis auf die Straße. Als sie vor der Limousine standen, fragte er: »Meinen Sie das ernst mit dem Geld?«
»Warum? Ist Ihnen eine Bank eingefallen?«
»Banken, Madam, sind Häuser, wo man Geld einzahlt.«
»Und wo kann man welches abholen?«
»Man kann Crap spielen.«
»Das ganze Leben ist ein verbotenes Glücksspiel«, sagte die Blonde.

»Madam«, erwiderte der Neger, »ich halte nichts von Symbolismen. Wenn es Ihnen aber um richtiges Crap geht und um richtiges Geld, dann weiß ich, wo. Sind Sie interessiert?«
»Ich habe einen Dollar und sechsunddreißig Cents bei mir«, sagte Buddwing und zuckte die Achseln.
»Damit werden Sie kaum ins Spiel kommen.«
»Genügen hundert?« fragte die Blonde.
»Glauben Sie etwa, Sie können hundert Dollar so lange stehen lassen, bis fünfhundert Mille daraus geworden sind?« fragte der Neger und schüttelte den Kopf.
»Warum nicht? Wenn überhaupt so viel Geld im Spiel ist?«
»Im Spiel ist es schon — wenn Ihre Taschen groß genug sind.«
»Machen Sie sich darum nur keine Sorgen.«
»Ich weiß nicht«, sagte Buddwing zweifelnd. »Was ist Ihr Anteil?«
»Zehn Prozent«, sagte der Neger.
»Wovon?«
»Von Ihrem Gewinn.«
»Um Ihre Prozente aufzubringen, müßten wir aber erheblich mehr gewinnen als fünfhundert Mille.«
»Ich will Ihnen was sagen«, sagte der Neger. »Gewinnen Sie fünfeinviertel Mille. Fünfundzwanzig genügen mir.«
»Und wenn wir nur fünf gewinnen oder noch weniger?«
»Dann stehe ich Ihnen gratis zu Diensten. Okay?«
»Sie scheinen wirklich zu glauben, daß wir es schaffen, oder?« fragte Buddwing.
»Klar. Ich bin sicher, daß Sie hingehen und den Laden sprengen.«
»Und weshalb?«
»Wissen Sie, wenn man mit einer schwarzen Haut geboren ist, dann lernt man den Geruch von Glück erst kennen, wenn er einem auf dem Broadway süß und kühl in die Nase

steigt. Als Sie mit der Dame in die Arkade kamen, spürte ich ihn so kräftig, daß es mich nahezu umgehauen hätte. Ich würde mich wirklich gern beteiligen. Fünfundzwanzig Mille, mehr nicht.«

»Sie sind drin«, sagte die Blonde.

»Und wo wird gespielt?« fragte Buddwing.

»Oben in Harlem. Sie sind doch nicht etwa für Rassentrennung und solches Zeug?«

»Klar, bin ich«, sagte Buddwing grinsend.

»Ich auch«, erwiderte der Neger und gab das Grinsen zurück. »Ich bin entschieden dafür, das ganze Geld, das im Crap steckt, von seinen rechtmäßigen Besitzern zu trennen.«

»Also los, gehen wir hin und tun wir's«, sagte die Blonde.

Als sie zum Wagen trat, sagte der Neger: »Ich heiße Hank. Den Namen des Herrn hier weiß ich; ich habe ihn in der Zeitung gesehen.« Er grinste breit. »Aber mir scheint, Madam, wir hatten das Vergnügen noch nicht miteinander.«

Die Blonde zögerte. Dann öffnete sie den Wagenschlag, blinzelte Buddwing zu und sagte: »Sagen Sie Grace zu mir.«

Als sie ankamen, war Spanish Harlem voll in Betrieb, überlaufen von den Mannschaftsgraden einer im Hudson River ankernden Zerstörerflottille, die sich auf der Suche nach Exotik und Erotik in den Norden der Stadt verirrt hatten. Die einzigen Ortsansässigen, die mit ihnen zu tun hatten, waren die Prostituierten und die Diebe; beiden bot sich eine reale Chance, die Matrosen noch vor Sonnenaufgang auszunehmen. Der Rest der Bewohner ignorierte die Marine und ging ebenso entschlossen seinen Vergnügungen nach wie die Menge auf dem Broadway. In den Bars an der Madison und Park Avenue drängten sich die Zecher; aus den Mietswohnungen der Seitenstraßen erklangen Gitarren und spanische Lieder, auf den Treppenstufen saßen Halbwüchsige und liebkosten verstohlen ihre

Mädchen und ihre Thunderbird-Flaschen. Zwar war dies nicht San Juan oder Mayaguez in Puerto Rico — doch es war Samstagnacht, und für eine Zeitlang herrschten in diesem Ghetto der gleiche Humor und die gleiche Freude wie auf den Kleinstadtplazas zu Hause. Es würde ein paar Prügeleien geben, gewiß; vielleicht würden ein paar jugendliche Bandenmitglieder aneinander ihre Muskeln erproben, schließlich war es Frühling und die Sommersaison der Straßenkämpfe nicht mehr weit, doch sicher würden die Polizisten, die zu zweit ihre Streife gingen, nicht mehr Sorgen haben, als betrunkene Messerstecher und ein paar Matrosen mit Beulen auf den Schädeln sie normalerweise mit sich brachten.

Der Revierpolizist der Wohnungsbehörde teilte diese Sorgen nicht; er befand sich nicht auf Streifengang, sondern im vierten Stock eines stadteigenen Wohnblocks an der Hundertvierzehnten Straße, in einer Wohnung, von deren Fenstern aus man auf die Fifth Avenue hinuntersah. Der Revierpolizist der Wohnungsbehörde war in dieser Wohnung keineswegs allein. Vielmehr gehörte er zu einer Gruppe, die ungefähr ein Dutzend Köpfe zählte und sich um eine Decke drängte, die vor der Wand des Wohnzimmers auf dem Fußboden ausgebreitet war. Gerade als Buddwing, Hank und Grace zu dieser Gruppe stießen, griff der Revierpolizist nach den Würfeln auf der Decke, schüttelte sie in der Faust, rief »und jetzt die Acht« und schleuderte sie dann mit aller Kraft gegen die Wand. Hank, Buddwing und Grace sahen, wie die weißen Würfel gegen die Wand prallten, fast bis zur Mitte der Decke rollten und dann liegenblieben; der eine zeigte eine Fünf, der andere eine Zwei. Aus Rücksicht auf die anwesenden Damen (mit Grace waren es drei) murmelte der Revierpolizist seinen Fluch nur mit halber Stimme, seinen Nachbarn säuerlich musternd, als hätte der Mann ihn behext. Der Nachbar, ein Bündel Zehndollarnoten in der Faust, ignorierte den

Blick, rückte seine randlose Brille zurecht und griff nach den Würfeln. Buddwing und Grace drängten sich in den Kreis und sahen zu, wie der Bebrillte erst eine Sieben warf und dann eine Sechs; auch mit dem dritten Wurf erreichte er seine Punktzahl nicht. Die Würfel wurden an eine junge Mulattin namens Iris weitergegeben; sie nahm sie, schalt sanft mit ihnen, als wären sie ein störrisches Liebespaar, und ließ sie dann aus der offenen Hand gegen die Wand rollen, von der sie abprallten — der eine Würfel zeigte eine Drei, der andere eine Eins.

»Zwei zu eins, keine Vier«, sagte ein massiger, fleischiger Mann in dunkelgrauem Sommeranzug, und zu Buddwings Überraschung reichte Grace ihm ihre Hundertdollarnote und sagte: »Die Wette gilt.« Der Mann im grauen Sommeranzug nahm die Note, klemmte sie zusammen mit seinen eigenen beiden Noten zwischen Zeige- und Mittelfinger seiner Rechten und forderte, die Hand schwenkend, zu weiteren Einsätzen auf — »zwei zu eins, keine Vier«; die Mulattin hob die Würfel auf, hauchte ihren Atem darüber, sanft wie einen Kuß, und ließ sie abermals aus ihrer weißlichen Handfläche gegen die Wand rollen. Sie prallten ab und zeigten je eine Zwei — Little Joe, die Vier zu gleichen Teilen. Grace kassierte ihr Geld — ihr Kapital war mit einem einzigen Wurf auf dreihundert Dollar gestiegen —, und Iris, die Mulattin, setzte fünfzig Dollar, nahm dann die Würfel wieder auf, lächelte ihnen verstohlen zu und hauchte wieder ihren Atem darüber.

»Ich setze auf Ihren Wurf«, sagte Grace. »Dreihundert Dollar.«

»Gilt«, sagte der Mann im Sommeranzug und reichte Grace drei Hundertdollarnoten.

»Nun kommt, ihr Süßen«, flüsterte Iris und warf eine Elf.

»Wie steht's mit uns?« fragte Hank, der neben Buddwing stand.

»Bis jetzt nicht schlecht.«

Hank musterte den Kreis der Wettenden und versuchte herauszubekommen, von wem nennenswertes Geld zu erwarten war. Um aus diesem Spiel fünfhundertfünfundzwanzig Mille herauszuholen, mußte man vorher wissen, wo die echten Spieler steckten und wer nur als Sonntagsspieler daran teilnahm. Es gab keinen Buchmacher bei diesem Spiel, alle Wetten wurden zwischen den Teilnehmern selbst abgeschlossen — die Gewinnchancen waren also echte Chancen, ungeschmälert durch Bankprozente. Daß seine Gefährten hohe Summen gewannen, war durchaus möglich — vorausgesetzt natürlich, daß sie gegen Leute wetteten, die es besaßen, und weiter vorausgesetzt, daß das Glück auf ihrer Seite war. Hank nickte zustimmend, als er sah, daß Grace gegen den Mann im grauen Sommeranzug wettete; er war eine ausgesprochen große Nummer — ein Rauschgifthändler, der eine ganze Reihe von Oberschulen in der Bronx belieferte. Außer ihm waren nur noch zwei Leute von einiger Bedeutung im Spiel: beide hatten eine Handvoll knisternder Scheine in der Linken, vor dem einen lagen gebündelte Banknoten in Zehn- und Zwanzigtausenddollar-Päckchen auf der Decke. Hank stieß Buddwing leise an und zeigte ihm, verstohlen mit dem Kopf nickend, die eigentlichen Financiers des Spiels. Inzwischen hatte Iris eine Sieben und eine weitere Elf geworfen, und Graces Notenbündel war auf zweitausendvierhundert Dollar angewachsen — immer noch um einige hunderttausend unter der Summe, die sie sich vorgenommen hatte. Beim nächsten Wurf begann Grace gegen das Mädchen zu setzen, mit den ganzen zweitausendvierhundert Dollar als Einsatz. Das Mädchen warf hintereinander eine Fünf, eine Sechs und eine Sieben; Grace nahm die viertausendachthundert Dollar an sich und lächelte Buddwing zu.

Die Würfel gingen an einen stämmigen Mann mit irischem Gesicht. Er legte eine Fünfdollarnote auf die Decke, und Grace wettete zweihundert Dollar gegen ihn. Nach ein paar Würfen brachte er sich mit einer Sieben aus dem Spiel; sie nahm die vierhundert und hatte damit genau fünftausend Dollar, als ihr die Würfel hinübergereicht wurden.

»Werfen Sie«, sagte sie zu Buddwing und reichte ihm die Würfel. »Fünftausend für ihn«, fuhr sie fort und hielt die fünftausend Dollar hoch.

Eine der großen Kanonen des Spiels musterte Grace abschätzend, taxierte dann Buddwing mit den Augen, ließ die Zigarre von einem Mundwinkel in den anderen wandern, sagte schließlich sanft »Gilt« und hob seinerseits fünftausend Dollar.

Buddwing nahm die Würfel.

»Wie fühlen Sie sich?« flüsterte Hank ihm ins Ohr.

»Als hätte ich heute Glück«, sagte Buddwing.

»Nun werfen Sie schon«, sagte der Mann im Sommeranzug.

»Eine Sieben brauchen wir«, sagte Grace.

»Hier ist die Sieben«, sagte Buddwing und schleuderte die Würfel gegen die Wand. Sie sprangen auf die Decke. Der eine lag fast sofort still und zeigte eine Sechs. Der andere Würfel rollte, trudelte, klappte schließlich noch einmal um — und zeigte eine Eins.

»Sieben!« sagte Hank, und Buddwing nahm die Würfel wieder auf.

»Ich wette zehntausend«, sagte Grace.

»Gemacht«, erwiderte der Mann mit der Zigarre.

»Sie gehen aber aufs Ganze!« sagte Iris zu Grace.

»Wir können nicht verlieren«, erwiderte Grace und sah zu, wie Buddwing die Würfel in der Hand schüttelte.

»Und die Sieben!« rief er und warf sie gegen die Wand. Die Würfel prallten gegen die Wand, und der eine von ihnen fuhr wie eine abgeschossene Rakete fast senkrecht in die Luft. Die Spieler beobachteten, wie er den Zenit seiner Flugbahn erreichte, dann auf die Decke fiel, dort den

anderen Würfel traf und ihn noch einmal ins Rollen brachte. Beide Würfel rollten noch einen Augenblick und lagen dann still.
»Eine Sieben!« schrie Grace.
»Endlich einmal ein guter Schütze im Spiel«, sagte der Ire.
»Jetzt wird's spannend«, sagte Iris.
»Was soll ich jetzt setzen?« fragte Grace.
»Alles«, sagte Buddwing.
»Setzen Sie einen Teil auf die Elf«, sagte Hank.
»Warum?«
»Ich hab' das so im Gefühl.«
»Grace?«
»Von mir aus«, sagte Grace.
Sie legte fünftausend Dollar auf die Decke und bekam sofort einen Gegeneinsatz von dem Mann mit der Zigarre. Den Rest des Geldes hob sie hoch und sagte: »Fünfzehntausend für ihn, wenn die Elf kommt.«
»Fünfzehn zu eins ist geboten«, sagte der Mann im Sommeranzug.
»Das richtige Verhältnis wäre siebzehn zu eins«, sagte Hank sanft, »das wissen Sie doch.«
»Aha, Leute, wir haben einen Buchprüfer im Haus«, erwiderte der Mann. »Okay, siebzehn zu eins. Gilt das?«
»Gilt«, sagte Grace.
Der Rand der Decke war mit Einsätzen gespickt, als Buddwing die Würfel wieder aufnahm. Er versuchte, im Kopf fünfzehntausend Dollar mit siebzehn zu multiplizieren — sein Gewinn, wenn er eine Elf warf. Er schloß die Hand um die Würfel und begann sie zu schütteln.
»Die Wette gilt auf Elf beim ersten Wurf, ist das klar, die Dame?« fragte der Mann im Sommeranzug.
»Keine Sorge, sie weiß Bescheid«, sagte Hank.
»Fünfzig Dollar auf Elf«, sagte der Ire.
»Gilt«, kam die Antwort über die Decke.
Der große, magere Mann mit der randlosen Brille hob eine

Tausenddollarnote und sagte: »Wer wettet siebzehn zu eins?«
»Gemacht«, sagte der Mann mit der Zigarre.
»Los, Leute, die Würfel werden kalt«, sagte Buddwing.
»Oh, bitte, nicht kalt werden lassen«, flehte Iris.
»Ist die Elferwette noch offen?« fragte ein völlig unrasierter junger Mann.
»Dagegen oder dafür?«
»Dafür.«
»Wieviel?«
»Sagen wir zehn.«
»Kommen Sie, Kleiner, das Mickymaus-Kino ist gegenüber.«
»Wer wettet siebzehn zu eins?« beharrte der unrasierte junge Mann.
»Okay, okay, die Wette gilt«, sagte eine Rothaarige.
»Kann ich nun endlich werfen?« fragte Buddwing.
»Los, werfen Sie.«
Buddwing schüttelte die Würfel noch einmal.
»Reden Sie erst mit ihnen, Boy«, sagte Grace.
»Eine Elf brauchen wir«, sagte Buddwing.
»Kommt, ihr Süßen«, beschwor Iris, »bringt dem Mann seine Elf.«
Er hob die Faust über den Kopf, schüttelte die Würfel noch einmal und schrie, indem er sie gegen die Wand schleuderte: »Eee-elf!« Fast die Hälfte der Spieler, die sich um die Decke scharten, stimmte in den Ruf ein — das Wort »eee-elf« zerriß die Luft im gleichen Moment, in dem die Würfel gegen die Wand prallten. Sie schlugen hart auf, prallten hart zurück und lagen dann plötzlich still. Zwei Möglichkeiten, daß sich eine Elf ergab, standen gegen vierunddreißig Möglichkeiten anderer Ziffern, und die beiden Würfel, die wie ein Paar gegeneinandergeschlagene Fäuste hart auf der Decke stoppten, entschieden über eine höllische Menge Geld. Ihr plötzlicher Stillstand nahm den Spie-

lern für einen Augenblick den Atem. Eine Sechs und eine Fünf *starrten ihnen* von der Decke entgegen, doch auf ihren Gesichtern zeichnete sich vorerst kein Begreifen ab. Es war, als hätte ein *Regentanz auf der Stelle* und völlig unerwartet Regen herbeigezaubert, der jedermann bis auf die Haut durchnäßte, bevor er noch Gelegenheit hatte, beim Tanz einigermaßen warm zu werden.

»Er hat es geschafft«, flüsterte eine Stimme; die Spieler, die auf die Elf gesetzt hatten, lachten, klopften einander den Rücken und kassierten ihre Gewinne. Die anderen, die dagegen gewettet hatten, starrten verärgert auf die Würfel, die noch immer auf der Decke lagen.

»Wieviel haben wir jetzt?« fragte Buddwing.

Grace, die fieberhaft Scheine zählte, schaute auf. »Moment noch«, sagte sie.

»Los, los, laßt uns weitermachen«, sagte Iris.

»Wir haben zweihundertfünfundsechzigtausend«, sagte Grace. In ihrer Stimme lag ein erschreckter Unterton.

»Klar — das ist alles mein Geld«, sagte der Mann im Sommeranzug.

»Setzen wir das Ganze auf den nächsten Wurf?« fragte Buddwing.

»He, Mann, langsam«, warnte Hank. »Wenn wir verlieren, sind wir nicht mehr im Spiel.«

»Wenn wir gewinnen, sind wir auch nicht mehr im Spiel. Schon bei eins zu eins hätten wir fünfhundertdreißigtausend.«

»Aber . . .«

»Setzen Sie das Ganze, Grace«, sagte Buddwing.

Sie zögerte einen Augenblick und sah dann Hank an; Hank zuckte die Achseln.

»Ja oder nein?« fragte Grace.

»Los«, sagte Hank, und Grace legte die zweihundertfünfundsechzigtausend Dollar auf die Decke.

»Wer setzt dagegen?« fragte sie.

»Schätze, die Dame wird unternehmungslustig«, knurrte der Mann im Sommeranzug.
»Wir glaubten, hier würde richtig gespielt«, erwiderte Hank.
»Klar, hier wird auch richtig gespielt. Ihr kommt mit einem einzigen Schein und sprengt den ganzen Laden.«
»Das kommt vor«, sagte Hank. »Wenn ihr Domino spielen wollt, gehen wir in die Kinderbewahranstalt und holen euch die passenden Partner.«
Der Mann im Sommeranzug schloß langsam die Augen, zog eine Grimasse, öffnete die Augen dann wieder, starrte Hank an und sagte: »Ich kenne ein paar Leute, die man im Fluß gefunden hat.«
»Ich auch«, sagte Hank. »Setzen Sie dagegen oder nicht?«
»Ich setze hundert Mille«, sagte der Mann im Sommeranzug.
Auf der anderen Seite der Decke sagte der Mann mit der Zigarre: »Ich setze auch hundert.«
»Fünfundsechzig sind noch offen«, sagte Hank.
Ein kleiner blonder Mann, der bis jetzt, ohne Aufsehen zu erregen, mitgewettet hatte, von dem Hank aber wußte, daß er zu den kapitalkräftigen Spielern gehörte, zog drei Zwanzigtausenddollar-Päckchen aus der Innentasche seines Jacketts und warf sie auf die Decke. Dann fingerte er eine Rolle Scheine aus der Seitentasche, nahm das Gummiband ab, zog fünf Tausenddollarnoten aus der Rolle und legte sie dazu.
»Das sollte reichen«, sagte er ruhig. »Wollen Sie jetzt werfen?«
»Wenn Sie nichts dagegen haben«, sagte der Mann im Sommeranzug, »würde ich die Würfel gern einmal sehen, bevor Sie werfen.«
»Ist das hier ein Film von Warner Brothers?« fragte Hank.
»Was für ein Film das ist, weiß ich nicht«, sagte der Mann im Sommeranzug. »Ich weiß nur, daß Sie mir mit dem

letzten Wurf mehr als zweihundertfünfzig Mille abgewonnen haben; und auf den nächsten Wurf habe ich noch einmal hundert gesetzt. Vielleicht hat man da, wo Sie herkommen, bei solchen Summen noch kein Recht, sich die Würfel näher anzusehen; wo ich herkomme, kann man für dreihundertfünfundsechzig Mille eine Menge Kinokarten kaufen.«
»Zeigen Sie ihm die Würfel«, sagte Hank.
Buddwing reichte ihm die Würfel. »Lassen Sie sie nicht kalt werden«, sagte er.
»Will nur feststellen, ob sie nicht zu heiß sind«, erwiderte der Mann. Er musterte die Würfel, jeden in einer Hand, aus nächster Nähe, versuchte sie sanft gegeneinander zu schütteln, prüfte sie auf abgeschliffene Ecken und gefeilte Seitenflächen, drehte sie dann zwischen den Fingern und verglich jede Punktzahl des einen mit der entsprechenden Punktzahl des anderen Würfels. Die Würfel trugen glatte Punkte und wären deshalb nur unter größten Schwierigkeiten mit Blei zu füllen gewesen; man hätte eine solche Füllung sofort entdecken müssen, und trotzdem untersuchte er sie genau. Mit dem Ergebnis immer noch nicht zufrieden, reichte er sie dem Mann mit der Zigarre und sagte: »Was hältst du davon?«
»Also, nun übertreiben Sie es nicht«, sagte Hank.
»Wenn es Ihnen nichts ausmacht, Mac«, sagte der Mann mit der Zigarre, »habe ich auch einen Einsatz in diesem Spiel.«
Er nahm die Würfel, hielt die Hände so, daß alle Spieler ihn beobachten konnten, und untersuchte sie nicht weniger genau, als der Mann im Sommeranzug es vor ihm getan hatte.
»Was meinst du, Harry?« fragte er.
»Ich meine, daß man bei fünfhundertdreißig Mille ein Paar neue Würfel braucht«, sagte der Mann im Sommeranzug.

»Warum? Stimmt mit diesen etwas nicht?« fragte Hank.
»Er hat dreimal hintereinander gewonnen«, erwiderte der Mann mit der Zigarre.
»Wenn die Würfel in Ordnung sind«, sagte Hank, »wüßte ich von keiner Regel, die ihm verbietet, hundertmal hintereinander zu gewinnen.«
»Nur, wer am Wurf ist, hat das Recht, die Würfel zu wechseln, nicht wahr?« sagte Grace.
»Außer, wenn etwas faul damit ist«, entgegnete der Mann mit der Zigarre.
»Die Würfel waren schon im Spiel, als wir kamen«, sagte Hank. »Wenn mit ihnen etwas faul ist, gilt das für alle.«
Der Ire, der neben Iris stand, sagte: »Geben Sie ihm die Würfel und lassen Sie ihn werfen.«
Der unrasierte junge Mann, der beim letzten Wurf zehn Dollar auf Buddwings Elf gesetzt hatte und nun hundertachtzig Dollar besaß, sah dem Mann mit der Zigarre ins Gesicht und sagte: »Geben Sie ihm die Würfel.«
Der magere Mann mit der randlosen Brille sah zur Wand und sagte, ohne jemanden anzureden: »Die Würfel sind in Ordnung. Lassen Sie ihn werfen.«
»Da haben wir Ihre drei Leumundszeugen«, sagte Grace und lächelte Buddwing an.
»Also, was nun?« fragte Buddwing. »Spielen wir hier oder nicht?«
»Was meinst du, Harry?« fragte der Mann mit der Zigarre.
»Ich weiß nicht, Alfie«, erwiderte der Mann im Sommeranzug. »Was hältst du davon?«
Der ruhige blonde Mann, der fünfundsechzigtausend Dollar gegen Buddwing gesetzt hatte, sagte gelassen: »Gebt ihm die verdammten Würfel. Das ist kein Kindergarten hier.«
»Aber bitte dieselben Würfel«, sagte Hank und beobachtete scharf, wie Alfie sie Buddwing reichte.
»Kann ich jetzt werfen?« fragte Buddwing.
»Los«, sagte der blonde Mann.

»Los«, sagte Harry.
»Los«, sagte Alfie.
»Und geben Sie sich Mühe«, sagte Iris.
»Immer mit der Ruhe, Mann«, mahnte Hank.
»Werfen Sie«, sagte Grace, und Buddwing schüttelte die Würfel in der Hand und ließ sie von der Wand prallen. Sie rollten zurück und kamen zum Stillstand.
»Zehn«, sagte Harry.
»Jetzt gilt die Zehn, Mister«, sagte Alfie.
»Ruhig bleiben«, sagte Grace.
Buddwing nahm die Würfel auf. Der Rand der Decke war gespickt mit Einsätzen: Wetten für ihn, gegen ihn, Staffelwetten, Ergebniswetten, Wetten auf einen Wurf und auf Halb-und-Halb. Sie alle gingen Buddwing nichts an. Was er an Geld besaß, lag längst auf der Decke — zweihundertfünfundsechzigtausend Dollar. Um es zu verdoppeln, brauchte er nur eine Zehn zu werfen, bevor er eine Sieben warf. Er schüttelte die Würfel und schleuderte sie gegen die Wand.
»Acht«, sagte Harry. »Für Sie gilt immer noch die Zehn. — Zwei zu eins, keine Zehn«, sagte er und hob eine Handvoll Scheine.
»Ich biete fünfzig«, sagte Iris und reichte ihm ihr Geld. »Nun los«, sagte sie zu Buddwing, »und sehen Sie zu, daß die Dinger sich anständig benehmen.«
»Los jetzt, wir brauchen eine Zehn«, sagte Buddwing und warf abermals.
»Vier auf ungleich«, sagte Alfie. »Aus Ihrer Halb-und-Halb-Wette sind Sie raus, Mister«, sagte er zu dem Iren.
»Ich weiß. Zehn Dollar auf die Fünf.«
»Drei zu zwei«, sagte Alfie. »Werfen Sie, Mister.«
Und Buddwing warf wieder.
»Neun«, sagte der Blonde. »Wer setzt auf Sechs und Acht, je sechs Mille, sechs zu fünf?«

»Gilt«, sagte die Rothaarige von der anderen Seite der Decke.
»Zehn Mille.«
»Gemacht.«
»Werfen Sie!«
»Reden Sie erst mit ihnen«, sagte Grace. »Reden Sie erst.«
»Los, los, Mac, werfen Sie.«
»Und diesmal — ZEHN!« rief Buddwing und warf.
»Elf«, sagte Harry.
»Schon nahe daran«, sagte Grace.
»Drei zu zwei, keine Fünf.«
»Gilt.«
»Hundert auf Halb-und-Halb.«
»Acht zu eins dagegen.«
»Und nun die Zehn!« sagte Buddwing und warf.
»Sechs«, sagte Grace. »Wo bleibt die Zehn?«
»Kommt gleich, speziell für Sie.«
»Dann werfen Sie, speziell für mich.«
Er wußte nicht, wie oft er die Würfel in den nächsten fünf Minuten gegen die Wand prallen ließ, ohne eine Zehn oder eine Sieben zu werfen; aber er spürte die Erregung, die nun im Kreis um die Decke herrschte: Tausende über Tausende wurden auf jeden Wurf gesetzt. Die kapitalkräftigen Spieler hatten, seit Buddwing die Zehn warf, gegen ihn gewettet und mit ihren Einsätzen Tausende verloren — ganz abgesehen davon, daß über ihren Anfangseinsatz noch nicht entschieden war. Überdies schien sich das Kräfteverhältnis irgendwie verschoben zu haben. Iris, der unrasierte junge Mann, der magere Mann mit der randlosen Brille und der Ire — sie alle umkrampften Hände voll zerknüllter Tausenddollarnoten und versuchten, das Spiel in Gang zu halten. Zögernd bot der gelassene blonde Mann Iris eine Acht-zu-eins-Wette auf fünf-und-fünf an; sie reichte ihm ihre Tausenddollarnote, wandte sich dann an

Buddwing und sagte: »Nun muß die Zehn aber kommen, Mann. Zwei Fünfer für mich!«
Grace sah den Blonden an und fragte: »Darf ich einmal mit den Würfeln reden?«
»Von mir aus, reden Sie.«
Sie griff nach den Würfeln, doch Alfie schob die Zigarre in den anderen Mundwinkel und sagte: »Wer wirft jetzt — Sie oder er?«
»Er natürlich«, sagte Grace.
»Dann lassen Sie die Würfel in Ruhe.«
»Ihr Freund hat gesagt, ich könnte mit ihnen reden.«
»Laß sie doch«, sagte der blonde Mann.
»Kann ich wissen, ob sie die Dinger nicht vertauscht?«
»Erklär mir gefälligst, wo sie bei dem Kleid, das sie anhat, ein anderes Paar Würfel hernehmen soll?«
»Wie recht Sie haben«, sagte Grace lächelnd, nahm die Würfel, faßte sie mit Daumen und Zeigefinger und rieb sie leicht über ihre Scham. Dann sagte sie mit breitem Grinsen: »Da, ich habe nur mit ihnen geredet. Und nun werfen Sie!« Sie rollte die Würfel über die Decke zu Buddwing, kurz vor seinen Knien kamen sie zum Stillstand — der eine zeigte eine Fünf und der andere eine Zwei.
»Sie haben bloß die Sieben verschwinden lassen«, sagte Alfie wütend.
»Genau das, Mister«, erwiderte sie grinsend. Dann wandte sie sich zu Buddwing: »Und nun werfen Sie mir meine Zehn!«
»Habe ich nicht gesagt, daß sie die Würfel nicht anfassen soll?«
»Es sind immer noch dieselben Würfel«, sagte der blonde Mann.
»Sie hat die Sieben verschwinden lassen.«
»Dann beten Sie meinetwegen einen Rosenkranz. Was sind Sie eigentlich, zum Teufel — ein Spieler oder ein Zauberdoktor?«

»Vielleicht wollen Sie die Würfel noch einmal sehen?« fragte Hank.
»Ach, nun werfen Sie endlich, damit die Sache ein Ende hat«, sagte Harry.
»Der Kerl wirft schon seit letzten Dienstag«, sagte der blonde Mann.
»Okay, von mir aus«, sagte Buddwing und nahm die Würfel. »Wenn jetzt die Zehn kommt, gehe ich nach Hause.« Er musterte erst Alfie kurz, dann Harry und dann den Blonden. Im stillen hoffte er, daß sie irgendwie auf seine Bemerkung reagierten. Warf er die Zehn, so konnte er fünfhundertdreißigtausend Dollars von der Decke kassieren, und das war zweifelsohne der richtige Augenblick, sich zu verabschieden. Nur – würden die drei Berufsspieler es zulassen, daß er das Spiel sprengte und dann einfach ging?
»Also los«, sagte er, »ich möchte nach Hause.« Er schüttelte die Würfel in der Hand und wartete auf eine Reaktion.
»Zuerst Ihre Zehn, Mister«, sagte Alfie. »Dann werden wir sehen, wer hier nach Hause geht.«
»Werfen Sie Halb-und-Halb«, sagte Iris. »Kommen Sie, Mann – zwei süße Fünfer!«
Buddwing schüttelte die Würfel noch einmal. Er schwitzte und war sehr durstig; plötzlich wurde ihm klar, daß dies harte Arbeit war, bei der er, selbst wenn er gewann, mit einem Loch im Kopf auf der Strecke bleiben konnte.
»Wetzen Sie die Würfel nicht ab.«
»Werfen Sie schon!«
»Aber eine Zehn!« sagte Grace.
»Also los!« sagte Buddwing. »Eine Zehn brauche ich, ich will eine ZEHN!« und er schleuderte die Würfel gegen die Wand. Sie schlugen hart auf und prallten wirbelnd zurück.
»Eine Zehn wollen wir!« sang Iris, während die Würfel wirbelten. »Zwei Fünfer, zwei Fünfer!«
Die Würfel wirbelten weiter.

»Dressiert sind die verdammten Dinger«, sagte Alfie.
»Nun hört schon auf«, sagte Harry zu den Würfeln; einer von ihnen fiel auf sein Kommando um und zeigte eine Fünf. Der andere Würfel wirbelte noch immer, doch nun fiel kein Wort mehr. Alle verfolgten seine Bewegungen, standen mit geballten Fäusten, in gespannter Haltung. Endlich drehte sich der Würfel langsamer, geriet ins Trudeln, rollte einmal zur Seite und fiel dann um. Er zeigte eine weitere Fünf.
»Sie haben es geschafft!« rief Grace, warf sich in Buddwings Arme und küßte ihn auf den Mund. Im gleichen Moment streckte Hank die Hand aus und raffte ihre Gewinne von der Decke. Dann drehte er sich zu ihnen um, trennte sie und navigierte sie aus dem Kreis. Die drei Spieler waren damit beschäftigt, rings um die Decke Gewinne auszuzahlen; nur der blonde Mann sah auf, als Buddwing zur Tür ging, und sagte ganz ruhig: »Gehen Sie etwa, Mister?«
Buddwing fuhr herum. »Ja«, erwiderte er, »wir gehen.«
»Sie nehmen aus diesem verdammten Spiel eine Menge Geld mit«, sagte der blonde Mann sanft.
»Stimmt.«
»Wollen Sie uns keine Chance geben, es zurückzugewinnen?«
»Gäben Sie mir etwa eine Chance?« fragte Buddwing.
»Ein Gentleman würde das sicher tun.«
»Mir ist beim Spiel noch kein Gentleman begegnet«, sagte Hank.
»Ich mache mir nur Sorgen um Sie«, sagte der blonde Mann gelassen. »Eine Menge Geld, das Sie da mitten in der Nacht mit sich herumtragen.«
»Das macht uns nichts aus«, sagte Buddwing. »Seien Sie unbesorgt.«
»Ich glaube nicht, daß ihm etwas passiert«, sagte der unrasierte junge Mann, verließ den Kreis um die Decke und stellte sich neben Buddwing.

»Ich auch nicht«, sagte der Ire und gesellte sich zu ihnen.
»Ich helfe Ihnen, daß Sie nach Hause kommen«, sagte der magere Mann mit der randlosen Brille und verstärkte die kleine, kampfbereite Gruppe.
»Was zum Teufel ist denn nun los?« fragte Alfie. »Verschwinden etwa alle Gewinner?«
Der blonde Mann starrte auf die Gruppe an der Tür. Buddwing hatte den Eindruck, daß er zu entscheiden versuchte, ob er sie auf der Stelle niederschießen, noch eine Weile damit warten, oder es auf unbestimmte Zeit verschieben sollte. Harry und Alfie flankierten den blonden Mann, die Beine gespreizt, die Hände vor den Jackettaufschlägen. Buddwing war sicher, daß sie Pistolen bei sich trugen. Er hoffte nur, daß sie gute Schützen waren — er zog es vor, den Raum nicht als Krüppel zu verlassen. Gleichzeitig hoffte er, der blonde Mann — der sich immerhin während des Spiels recht vernünftig gezeigt hatte — würde auch jetzt vernünftig bleiben. Und während er noch darauf wartete, erschossen oder begnadigt zu werden, kam ihm plötzlich der Gedanke, daß Grace und er nun fünfhundertdreißigtausend Dollar besaßen. Er wischte sich die Schweißperlen von der Oberlippe.
»Ich kenne ein paar Leute, die man im Fluß gefunden hat«, sagte Harry drohend.
»Uff, nun hör schon auf mit deinen Leuten, die man im Fluß gefunden hat«, sagte der blonde Mann. Dann wanderten seine Augen wieder zu Buddwing. »Zwei zu null auf die Fünfhunderttausend«, sagte er. »Der höchste Wurf.«
»Nein«, sagte Buddwing.
»Dann machen Sie also einfach Schluß?« fragte der blonde Mann. »Ohne sich zu verabschieden?«
»Auf Wiedersehen«, sagte Buddwing und öffnete die Tür.
»He, Sie Held«, rief der blonde Mann hinter ihm her.
»Ja?«

»Lassen Sie sich hier nicht wieder sehen. Weder Sie noch Ihre Freunde!«
Sie traten ins Treppenhaus hinaus. Hinter ihnen sagte der blonde Mann: »Okay denn. Spielen wir weiter.«

17

Während der Cadillac wieder südwärts glitt, erfuhr Buddwing Näheres über die drei Leumundszeugen, die ihm in der Wohnung im vierten Stock zu Hilfe gekommen waren. Der stämmige Ire, stellte sich heraus, war ein Chargenspieler an Off-Broadway-Theatern; er hieß Sean Murphy. Er gab ohne weiteres zu, daß die drei Kerle in der Wohnung ihm eine fürchterliche Angst eingeflößt hätten; aber seine Bühnenerfahrung hatte ihm über diese Angst hinweggeholfen, zumal er einst in einer Sommeraufführung von ›Der Versteinerte Wald‹ die Rolle des Alan Squier gespielt und seither einen Begriff davon hatte, wie man mit Leuten wie Duke Mantee umging.

»Sommertheater ist nicht das wirkliche Leben«, erklärte ihm der Mann mit der randlosen Brille. »Ich bin zufällig Anwalt; und gerade deshalb wußte ich, daß keiner von den Kerlen imstande war, einen Mord zu begehen.«

»Und woher wußten Sie das?« fragte Murphy.

»Nun, diese Leute leben vom Spiel; ein Mord hätte ihren Lebensunterhalt gefährdet. Mord ist ein Kapitalverbrechen; Glücksspiel ist nur ein Vergehen.«

»Und was ist ein Vergehen — eh — entschuldigen Sie, ich habe Ihren Namen nicht verstanden.«

»Harris, Roger Harris. Ein Vergehen ist — nun, zum Beispiel, wenn man auf den Gehsteig spuckt.«

»Haben wir uns etwa eines Vergehens schuldig gemacht?« fragte Buddwing. »Indem wir am Spiel teilnahmen?«

»Sicher«, sagte Harris. »Das ist ja gerade der Kummer mit der Welt von heute. Die Gesetzgebung ist so unrealistisch.«

»Der Kummer mit der Welt von heute«, sagte Murphy, »ist, daß nicht genug gute Stücke am Broadway aufgeführt werden. Wenn es einem Schauspieler mit seiner Sache ernst ist, muß er sich bei den Off-Broadway-Theatern umsehen.

Dann aber zwingt ihn die Notwendigkeit, sein mageres Einkommen aufzubessern, zu Gesetzesübertretungen, und er beteiligt sich an illegalen Glücksspielen, die als solche, wie Sie mir eben erklärt haben, ein Vergehen darstellen. Er legt den ganzen Weg bis Harlem zurück, nur um ein Spiel zu finden, das ihn, wenn er dabei erwischt wird, ohne weiteres ...«

»Und denken Sie nur an alle die armen Farbigen in Harlem«, sagte Grace, »die überhaupt nie eine Broadway-Aufführung zu sehen bekommen.«

Hank lächelte milde und sagte: »Völlig richtig. Der Kummer mit der Welt von heute ist, daß nicht genug Farbige Broadway-Aufführungen zu sehen kriegen.«

»Wer will denn überhaupt eine Broadway-Aufführung sehen?« fragte der unrasierte junge Mann. »Wofür zahlt man denn da? Für das Privileg, anderer Leute Neurosen zu beobachten, die gewöhnlich homosexueller Natur und in der Regel schlecht formuliert sind.«

»Was Sie sagen, klingt, als wären Sie Schriftsteller«, sagte Murphy.

»Bin ich«, erwiderte der junge Mann.

»Und wie heißen Sie?«

»Mike. Und ich meine, gerade weil ...«

»Wissen Sie«, sagte der Fahrer plötzlich, »die Aufführungen der Off-Broadway-Theater sind aber auch nicht immer die besten.«

»Warum kümmern Sie sich nicht lieber um Ihre Fahrerei?« sagte Murphy ein wenig gereizt.

»Bin schon dabei; aber sehen Sie sich diesen Verkehr an! Wollen Sie wissen, was wirklich der Kummer mit der Welt von heute ist? Der Zustand unserer Straßen und Autobahnen. Die Geschwindigkeit ist über die Technik hinausgewachsen. Der Mensch begibt sich auf einen Überschallflug ins Nichts.«

»Ach, sagen Sie das noch einmal«, sagte Grace. »Wie

könnte ein Mensch sein Image in die Zukunft projizieren, wenn er ohnehin ständig von nuklearer Vernichtung bedroht ist?«

»Nun, so habe ich es im Grunde nicht gemeint, Madam«, sagte der Fahrer.

Grace ignorierte ihn. »Denken Sie nur an unsere Milchversorgung«, sagte sie. »Oder wissen Sie wieviel Strontium 90 im Augenblick in unserer Milch enthalten ist?«

»Wessen Milchversorgung?« fragte Hank. »Die der Welt oder Ihre persönliche?«

»Natürlich«, sagte Grace, »Sie interessiert nur, was ich unterm Kleid habe! Die Tausende ungeborener Krüppel kümmern Sie wohl nicht?«

»Nun, was mich betrifft – ich bin als Krüppel geboren«, sagte Hank.

»Der Kummer mit der Welt von heute«, sagte Harris, »das sind die langen Verzögerungen, die man erlebt, wenn man die Bürgerrechte vor Gericht bringen will. Ich hatte da einen Fall, der schon fast fünf Jahre zur Verhandlung steht. Vergewaltigung eines weißen Mädchens durch einen Neger – Anwesende versteht sich, ausgeschlossen. Und natürlich hatte er mildernde Umstände.«

»Sie hat ihn hereingeholt, damit er das Mobiliar kurz und klein schlägt, stimmt's?« fragte Mike.

»Nein, sie kam unbekleidet in seine Wohnung, eine Flasche Bourbon in der einen Hand und ein Gänseblümchen in der anderen.«

»Dann hat sie nur versucht, ihren eigenen *chemin* zu finden«, sagte Mike.

»Und außerdem«, warf der Fahrer ein, »verseucht der Verkehr die Luft mit giftigen Gasen.«

»Das ist nicht schlimmer, als wenn die Luft am Broadway mit Müllgestank verseucht wird«, sagte Murphy.

»Oder wenn die Eintrittskarten im ›Pavillon‹ für arme Farbige zu teuer werden«, setzte Grace hinzu.

»Ich wüßte eigentlich gern«, sagte Hank, »warum es in amerikanischen Warenhäusern keine farbigen Schaufensterpuppen gibt.«

»Ich habe einmal einen Protestmarsch mitgemacht«, sagte Grace. »Den ganzen Weg von Sutton Place bis zum Rathaus.«

»Wann war das?« fragte Murphy.

»Oh, ungefähr vor zwölf Jahren.«

»Und warum sind Sie marschiert?«

»Ich war damals schwanger, und mein Arzt sagte, spazierengehen täte mir gut. Hatte der eine Ahnung!«

»Ich habe einen Brief an Commissioner Barnes geschrieben«, sagte der Fahrer über die Schulter. »Ich habe ihm gesagt, wenn wir unserer Verkehrsprobleme nicht Herr würden, wäre die Stadt bald hoffnungslos veraltet. Unsere Technik ist über unsere Geschwindigkeiten hinausgewachsen. Das ist der Kummer mit der Welt von heute.«

»Ich war einmal bei einer Versammlung des Schauspielerverbandes«, sagte Murphy, »und ich habe gesagt, daß der Kampf in unserer Welt darum gehen muß, unsere Off-Broadway-Theater über die willkürliche Zweihundertneunundneunzig-Sitz-Grenze zu vergrößern. Nur darum geht es.«

»Hat jemand Lust, ›Wer ist Jude?‹ zu spielen?« fragte Grace.

»Die schwarzen Moslems sind eine wirkliche Bedrohung«, sagte Hank. »Das Schlimmste in der Welt von heute sind die fanatischen Extremisten. Ich bin einmal zu einer Versammlung in Harlem gegangen und habe ihnen gesagt, von der Hautfarbe abgesehen, gäbe es keinen Unterschied zwischen Weißen und Negern.«

»Schließlich trinken wir alle die gleiche verseuchte Milch, nicht wahr?« sagte Grace. »Aber hat denn wirklich keiner Lust, ›Wer ist Jude?‹ zu spielen?«

»... aber wenn man Pinter und Ionesco mit Williams und Inge vergleicht ...«

»... Bundesgerichtsentscheidung, Zweiter Absatz. Also, wie soll man da noch erwarten ...«

»... über Nacht eine Einbahnstraße geworden. Als ich um die Ecke bog ...«

»Ich wollte ein geachteter, erfolgreicher Schriftsteller werden«, sagte Mike zu Buddwing. »Nur deshalb habe ich so viel Zeit damit verbracht, geachtete und erfolgreiche Schriftsteller zu lesen. Es muß doch einen Grund haben, wenn die Kritiker um eines Buches willen Amok laufen, meinen Sie nicht auch? Ein Buch sollte einen Nerv der Zeit treffen, ist das richtig? Ich meine, wenn Gilbert Millstein *On the Road* ›ein authentisches Kunstwerk‹ nennt, dann muß ihn doch etwas dazu veranlaßt haben, oder etwa nicht?«

»Bitte, wer hat ...?« fragte Buddwing.

»Oder wenn *The New Yorker* behauptet, *By Love Possessed* wäre ein Meisterwerk; finden Sie nicht auch?«

»Ich will's hoffen«, sagte Buddwing.

»Kritiker«, sagte Mike kopfschüttelnd. »Wenn etwas nicht stimmt mit der Welt von heute, dann ist es das. Die Kritiker. Sie verweigern dem Schriftsteller den einzigen Luxus, auf den er von jeher ein Anrecht gehabt hat.«

»Und das wäre?«

»Das Recht zum Mißerfolg. Nimmt man ihm das, nimmt man ihm auch den Mut zum Wagnis. Wenn hierzulande ein Mann ein schlechtes Buch schreibt, dann benehmen sich die Kritiker, als hätten sie ihn dabei ertappt, daß er in einem überfüllten Wagen der Untergrundbahn seine Geschlechtsteile zeigt.«

»Was nur ein Vergehen wäre«, sagte Harris.

»Aber ich glaube nun einmal, daß auch ein schlechtes Buch für den Autor wesentlich ist.«

»Sicher«, stimmte Harris zu. »Ich wollte nur darauf hinweisen, daß es nicht unbedingt ein Verbrechen zu sein braucht.«

»Literaturkritiker sind sämtlich nicht zum Zuge gekommene Neger«, sagte Hank.

»Schriftsteller sind sämtlich nicht zum Zuge gekommene Schauspieler«, sagte Murphy.

»Anwälte sind sämtlich nicht zum Zuge gekommene Kraftfahrer«, sagte der Chauffeur.

»Die ganze Welt ist nicht zum Zuge gekommen«, sagte Grace. »Keiner läßt den anderen in Ruhe.«

»Ich will Ihnen etwas sagen«, erwiderte Hank. »Ich will von Ihnen gar nicht in Ruhe gelassen werden; am liebsten würde ich Ihre Tochter heiraten.«

»Wenn es Ihnen damit ernst ist«, sagte Mike, »könnten Sie meine Tochter noch heute haben. Vorausgesetzt, daß ich eine hätte.«

»Natürlich ist es mir ernst damit«, sagte Hank. »Wollen Sie wissen, was ich unter Gleichberechtigung verstehe? Gleichberechtigung heißt für mich, daß ich ein Mann bin wie Sie. Und wenn ich das bin, dann verbitte ich mir, daß mir andere Leute sagen, wen ich heiraten kann oder nicht. Ein Neger, der nach Gleichberechtigung schreit und dann behauptet, ihm läge nichts daran, Ihre Tochter oder seine Tochter oder wessen Tochter auch immer zu heiraten, kommt mir vor wie einer, der als Mann für voll genommen werden möchte und gleichzeitig sagt, daß er keinen Wert darauf legt.«

»Völlig richtig«, sagte Harris. »Auch das ist eine Frage des Sex.«

»Ach was, Sex«, sagte Hank. »Es ist eine Frage der Identität.«

»Ich finde Harry Belafonte ausgesprochen sexy«, sagte Grace.

»Das wäre Ihnen vor fünfzig Jahren noch nicht eingefallen.«

»Ich halte auch Floyd Patterson für ausgesprochen sexy.«
»Sie reden von zwei netten, ungefährlichen, friedfertigen Negern, die akzeptiert werden, weil sie sauber sind, gut aussehen und das darstellen, was ein Neger nach Ansicht der Weißen überhaupt sein sollte — nämlich ein weißer Mann. An dem Tag, an dem Sie Sonny Liston für sexy halten, an dem Tag hat sich der Neger in Amerika durchgesetzt. Wissen Sie, was mir an dem ganzen Gerede um die Bürgerrechte so komisch vorkommt . . .«
»Hat jemand Lust, ›Wer ist Jude?‹ zu spielen?« fragte Grace.
»Robert Mitchum ist Jude«, sagte Murphy.
»Das Komische an dem ganzen verzwickten Problem«, fuhr Hank fort, »ist, daß den meisten weißen Männern die Vorstellung, mit einem farbigen Mädchen im Bett zu liegen, so leicht fällt; jedoch scheinen sie sich eine Blonde mit einem schwarzen Mann im Bett einfach nicht vorstellen zu können. Gerade an diesem Punkt aber stellt sich die Frage der Identität, und gerade deshalb würde ich Ihre Tochter heiraten wollen. Was glauben Sie denn, weshalb ich mit Ihnen zur Schule gehen will? Und warum bemühe ich mich um das Stimmrecht? Weil es mir darum geht, so viel Macht auszuüben wie Sie! Mir geht es nicht nur darum, ein Bürger zu sein — zum Teufel, das bin ich schon, zweitklassig oder nicht. Ich will ein Bürger sein, der Macht hat, der das Recht hat, fünfhunderttausend Dollar zu verdienen; ich will einen schwarzen Cadillac und eine Blonde am Arm, wenn mir danach ist, ich will meinen Namen in der Zeitung lesen und mindestens drei Lakaien um mich haben, die mir jeden Tag aufs neue versichern, daß ich ein großer Mann bin. Mir geht es um das Recht, der zu sein, der ich sein möchte. Das ist alles.«
»Kommt«, sagte Grace, »spielen wir ›Wer ist Jude?‹«
»Anne Bancroft ist Jüdin«, sagte Murphy.
»Richter Learned Hand ist Jude«, sagte Harris.

»John Updike ist keiner«, sagte Mike.
»Und was zum Teufel bin ich?« fragte Buddwing plötzlich. Alle drehten sich nach ihm um.
»Was?« fragte der Fahrer.
»Nichts«, erwiderte Buddwing. »Nichts.«
Plötzlich sehr verwirrt, verkroch er sich in die Ecke des Wagens. Um ihn herum lachte alles, während ein Name nach dem anderen fiel — er ist Jude, sie ist es nicht —, und dann erzählte Hank den Witz von dem Mann, der in den Himmel kam und Gott sah — »also, um es gleich zu sagen, sie ist farbig« —, und alle lachten wieder; danach erzählte der Chauffeur eine pikante Geschichte von einem Prominenten, den er in der letzten Woche gefahren hatte, alles hörte voll Verständnis zu, und schließlich gab Mike seine Kurzkritik an ›Letztes Jahr in Marienbad‹ zum Besten: »Hört auch alles zu?« fragte er. »Hier ist die Kritik: Was ist ›Letztes Jahr in Marienbad‹? Das Letzte!« — und wieder lachte alles. Buddwing hatte das Gefühl, daß Grace ihre Beine allzu verführerisch kreuzte, daß ihr Rock allzu hoch heraufgerutscht war; er hatte das Gefühl, daß allzu schnell, allzu geläufig geredet wurde: keiner dachte daran, zu der Frage der Widersprüchlichkeit dieser Welt ernsthaft Stellung zu nehmen, jeder kümmerte sich vielmehr nur um die kleinen Unstimmigkeiten seiner eigenen Miniaturwelt.
Er hatte das Gefühl, die Witze, die Meinungsäußerungen, die Klatschgeschichten längst zu kennen. Er hatte das Gefühl, schon an jedem Spiel teilgenommen zu haben, das es je gab. Er hatte das Gefühl, schon die gekreuzten Beine und die nackten Knie einer Million Frauen gesehen, seine Blicke in die tiefen Ausschnitte sämtlicher Cocktailkleider des Universums gesenkt zu haben. Selbst in diesem teuren Wagen war er schon gefahren, hatte den größten Teil seines Lebens damit verbracht, das gleiche Gerede der gleichen gebildeten Leute anzuhören, und es hatte keinen Unterschied gegeben. Noch immer wußte er nicht, wer er war.

»Haben Sie das Geld noch?« fragte er Grace plötzlich.

»Ja, ich hab's noch.«

»Das hilft uns auch nichts«, sagte er vor sich hin, »absolut nichts«; und dann war er froh, daß niemand ihn gehört hatte. Der Wagen brauste eine verhältnismäßig leere Strecke der Lexington Avenue hinunter und bog dann nach rechts ab, zur Penny-Arkade hinüber, wo die Schlagzeile in der Zeitung wartete. Aber die Schlagzeile würde auch nichts helfen, er wußte es. Auch Edward Vossler hatte es zu einer Schlagzeile gebracht, früh am Tag — doch hatte sie dem armen, verängstigten Irren geholfen, der sich irgendwo im Gebüsch der Welt versteckte? Er hörte Graces sprödes Lachen und dachte an die so lang zurückliegende Zeit, als sie noch aufstanden, um Kaffee zu kochen und spontan ein Spiel zu beginnen, das sie seither tausendmal automatisch und teilnahmslos gespielt hatten. Er warf ihr einen verstohlenen Seitenblick zu — wie hatte sich das einfache Mädchen, das einst versuchte, im Park vor der Universität griechische Mythologie zu studieren, in diese elegante, hochpolierte, leicht betrunkene, verführerische Blondine verwandeln können? Er sah zu Hank hinüber — wußte Hank, wie die Schlagzeile in der Penny-Arkade lauten würde, wenn sie sie abholten? NIEMAND SCHAFFT ES! — so wird sie lauten, weißt du das nicht, Hank? Schlag deine Schlacht um die Bürgerrechte, werde der Mann, der du sein willst, verschaff dir die fünfhundert Mille, den schwarzen Cadillac und die Blonde, wenn dir der Sinn danach steht; dann zieh alles zusammen, Hank, mein Freund, und du wirst finden, daß du ganz am Anfang stehst, daß du irgendwann bei deinem schweren Kampf um all die Dinge, die du nötig zu haben glaubst, das einzige verloren hast, um das es dir wirklich ging.

Und plötzlich packte ihn ein unwiderstehlicher Drang, aus dem Wagen herauszukommen — fort von diesen Schwät-

zern. Es kann noch nicht vorbei sein, dachte er, es kann noch nicht zu spät sein, ich muß zurück.
»Fahrer«, sagte er, »halten Sie an. Ich steige aus.«
»Was soll das heißen, Sie steigen aus?« fragte Grace.
»Wir fahren doch alle nach Oyster Bay«, sagte Hank.
»Ich will zurück«, sagte Buddwing.
»Wohin zurück?« fragte Grace.
»Zurück«, erwiderte er. »Halten Sie an, verdammt noch mal.«
Der Fahrer lenkte den Wagen an den Bordstein. Buddwing stieg schnell aus und war schon ein paar Schritte fort, als er Graces Stimme hinter sich hörte.
»Hallo«, sagte sie.
Er fuhr herum. »Was ist denn noch?«
»Du kannst nicht zurück«, sagte sie.
Irgendwer im Wagen lachte, und Buddwing wandte sich ab und rannte davon. Hinter sich hörte er Mike rufen: »Haben Sie etwa Thomas Wolfe nicht gelesen?« Dann lachten sie von neuem auf. Der Wagen schoß auf die Fahrbahn; und er rannte die Lexington Avenue hinab, dann um die nächste Ecke, zur Third Avenue hinüber. Die beiden Menschen wiederzufinden, dachte er, die auf dem Tisch Kaffee verschütteten und sich dann lachend auf dem Fußboden gewälzt hatten – das war das Geheimnis! Das Geheimnis war, den Mann wiederzufinden, der er noch am Nachmittag gewesen war, den Mann, rein und wie neugeboren, der in einem herbstlichen Park ein jungfräuliches Mädchen getroffen hatte. Er beschleunigte seine Schritte. Bis auf ein paar späte Spaziergänger war die Third Avenue menschenleer; seiner Schätzung nach war es ungefähr ein Uhr früh. Ihn durchrieselte das gleiche Gefühl wie am Central Park South, gleich nachdem er das Plaza-Hotel verlassen hatte, als die Welt noch leer war und die Vögel ihm ihre schrille und berauschende Musik in die Ohren trillerten. Er rannte auf dem Gehsteig weiter. Dann sah er das Mietshaus in der

Mitte des nächsten Straßenblocks, grinste und rannte noch schneller. Er wollte es gerade betreten; doch dann blieb er auf der Vortreppe stehen, sah auf die Hausnummer über der Tür und begriff plötzlich, daß er Graces Adresse nicht wußte.

Augenblick, dachte er, das war ...

Augenblick. Ich glaube, es fing mit einer Neun an.

Einen Moment noch.

Hier fangen die Hausnummern alle mit Dreizehn an, siehst du, es kann also keine Neun gewesen sein; hast du überhaupt, als du hineingingst, auf die Hausnummer geachtet? Doch halt, in der Nähe war ein Spirituosengeschäft, nicht wahr? War da nicht ein Spirituosengeschäft ein paar Straßenecken weiter? Himmel, wieviel Spirituosengeschäfte mag es an der Third Avenue geben — war es überhaupt ein Spirituosengeschäft? Doch, natürlich. Aber war da nicht auch eine Bäckerei im Erdgeschoß? Oder ein Schreibwarenladen? Moment, es kann auch eine zoologische Handlung gewesen sein oder eine Gastwirtschaft. Vielleicht auch eine Pizzeria. Es kann ...

Es ist nur, Grace, daß du nicht ...

Hier fangen alle Nummern mit Dreizehn an — war es Dreizehn-neun-und-noch-etwas? Nein, es ...

Einen Augenblick noch, bitte, die Adresse liegt mir auf der Zunge; Unsinn, was soll das heißen, du hast die Adresse nie gewußt! Grace, die ganze Welt liegt mir auf der Zunge, ihr System kann uns nicht hindern, eine Minute noch, dann weiß ich alles wieder, bitte, mach keine Dummheiten. Und plötzlich brandete eine Woge von Panik in ihm auf, so gewaltig, daß er sich gegen den Türpfosten lehnte, die Augen schloß und mit pochendem Herzen und zitternden Knien dastand; im gleichen Moment begann es in seinem Kopf zu hämmern, und er wußte, daß ihm wieder ein Migräneanfall bevorstand.

Anfangs weigerte er sich, die Augen zu öffnen. Er weigerte

sich, sie zu öffnen, nur um zu sehen, daß die Welt wieder vor seinen Augen verschwamm; nicht gerade jetzt, da er einem Neubeginn so nahe war, nicht gerade jetzt, da er wußte, daß alles in Ordnung sein würde, wenn es ihm nur gelang, zu Grace zurückzufinden. Und dennoch riß er die Augen auf. Er hatte keine Zeit zu verlieren. Schließlich ging es darum, das Haus, in dem sie wohnte, zu finden, bevor sein Sehvermögen ernstlich gestört war. Hier in der Nähe war es doch gewesen, nicht war? Vor knapp drei Stunden war er in dieser verdammten Wohnung gewesen — sie konnte doch nicht einfach verschwunden sein!

Schnell ging er die Straße hinauf; sein Kopf begann zu pochen, sein Sehvermögen konnte jeden Moment schwinden. Er wußte, daß er sich auf der richtigen Straßenseite befand; dennoch erblickte er nichts, das ihm auch nur vage vertraut schien. Zuerst war er sicher, zu weit nach Norden geraten zu sein; dann war er sicher, daß er noch nicht weit genug gegangen war; schließlich war er sicher, daß er in die falsche Richtung ging. Er begann sich zu fragen, ob sie überhaupt an der Third Avenue wohnte — war es nicht vielleicht die Lexington oder Madison Avenue? Doch während er weiterging, stieg langsam Hoffnung in ihm auf: er begriff, daß er im Grunde nur im Telefonbuch nachzusehen brauchte — Grace MacCauley, das war ihr Name. Er brauchte nur nachzuschlagen, um ihre Adresse zu finden. Fast wäre er in einen nachts offenen Süßigkeitenladen gegangen; doch dann fiel ihm ein, daß sie Jüdin war. Wie konnte ein jüdisches Mädchen Grace MacCauley heißen? Wie konnte Harry Truman Jude sein? Hatten sie nicht gesagt, daß er Jude war? Wie konnte Floyd Patterson zugleich weiß und farbig sein? Warum war Beethoven nicht ein tauber Komponist, sondern vielmehr ein Junge, der sich vorgenommen hatte, das Pratt Institut zu besuchen, und der dann vor Tarawa starb? Wie konnte man ihn mit einem Gesicht auf dem Dach des Mailänder Doms verwechseln? Wie kann Gott ein verrückter Alter sein, der mich von der Universität von New York zu verfolgen begann? Ist überhaupt jemand, was er zu sein scheint? Hat nicht jedermann seine Identität? Wie kann ich wissen, wer ich bin, wenn ich nicht weiß, wer die anderen sind? Daß ich nicht schreie, Grace — ist jetzt die rechte Zeit, mich im Stich zu lassen? Wo bist du nur? Hör zu, ich schreie gleich, Grace, ich schwöre es dir! Ich schreie Grace MacCauley, so laut ich kann; ich wecke die ganze Nachbarschaft. Aber sie ist nicht Grace MacCauley, sie ist schon lange nicht mehr Grace MacCauley. Esel, der du bist, sie ist es überhaupt nicht, weißt du das nicht? Weder Grace MacCauley noch Grace Wer-auch-immer. Sie ist eine jüdische Sozialfürsorgerin, die du auf dem Broadway angesprochen hast. Sie hat dich nach Schnaps geschickt, weil einige ihrer Freunde zu Besuch kamen. Wie spät ist es jetzt? Ob sie noch da sind? Komm, Grace, laß den Unsinn! Wo zum Teufel ist deine Wohnung?

In heller Verzweiflung schaute er zu den erleuchteten Fenstern der Gebäude hinauf. Er sah tausend Fensterschlitze, die ihn prüfend anstarrten, er sah hinter einem der Fenster ein Mädchen, das sein Bett aufschüttelte, hinter einem anderen einen Mann, der den Kopf eines Hundes streichelte — Dan, dachte er, Dan MacCauley, natürlich. Versteht sich, so heißt er doch. Schließlich ist er ihr Bruder; also muß er Dan MacCauley heißen. Ich brauche ihn nur anzurufen, brauche ihn nur zu fragen, wo Grace . . .

Nein. Nein, das werden wir nicht tun, nicht wahr? Nein, er würde uns nicht helfen. Er würde mir die Adresse nicht geben, selbst wenn er sie wüßte. Nein, ich werde ihn nicht anrufen. Davon abgesehen, ist auch er nicht, was er zu sein scheint — wie alle anderen. Er ist kein Mensch, er ist nicht jemand, der hilft, wenn man ihn braucht, er ist ein Hundemensch, dressiert, einem an die Kehle zu springen, nicht anders als die anderen Tiger; wie kann ein Dreckskerl wie er nur eine so süße Schwester haben? He, Grace, juhu, wo bist du? Juhu, Artur, hier bin ich, dachte er, schaute dann zu den Fenstern an der Third Avenue hinauf und empfand die gleiche schmerzliche Einsamkeit wie vorhin, als er an der Landungsbrücke die Fahrgäste von Bord gehen sah. Hinter jedem der bernsteinfarbenen Rechtecke schien das Leben zu pulsieren; die Frau, die sich, das Haar voll Lokkenwickler, auf die Fensterbank stützte, der Mann, der am Fenster seine Zeitung las, das Mädchen, das sich die Bluse auszog und dann zu spät daran dachte, die Vorhänge zu schließen. Nein, dachte er. Laß den Vorhang offen! Sperr mich nicht aus! Ich möchte zurückkommen, zurück zu den Lebenden.

Und dann verschwamm alles vor seinen Augen.

Was bisher tausend bernsteinfarbene Schlitze gewesen waren, das waren jetzt zweitausend, und alle verwehrten ihm den Eintritt, weigerten sich, ihn zu erkennen. Kopfschüttelnd rannte er die Straße entlang und musterte jedes Fenster. Ihm war, als schlösse sich ein Vorhang nach dem anderen, als würde ein Leben nach dem anderen ausgelöscht, bis die Straße nur noch eine Wand voll glimmender, blinder Rechtecke war. Er stürzte in einen Eingang neben der Bäckerei, nur weil er vor dieser plötzlich feindlichen Wand glimmender, geblendeter Augen Zuflucht zu bieten schien. Auf dem unteren Flur waren hinter der Treppe Mülltonnen für die Nacht gestapelt. Auf eine von ihnen setzte er sich, keuchend, ohne zu wissen, wohin er gehen sollte; sein Herz pochte. Der Flur, die Treppe, die düstere kahle Glühbirne zerflossen vor dem quälenden Schmerz, der in seinem Kopf tobte. Er griff in die Uhrtasche, holte die übriggebliebene Gelatinekapsel heraus, steckte sie in den Mund und versuchte, sie ohne Wasser zu schlucken. Aber er brachte die Kapsel nicht hinunter, spie sie aus und saß dann hustend auf der Mülltonne, sicher, daß er sich übergeben würde. Doch der Hustenanfall ging vorüber. Sein

Kopfschmerz, vom Husten verstärkt, wurde unerträglich. Er versuchte, die ausgespiene Kapsel, die kaum einen Meter von der Mülltonne entfernt auf dem Boden lag, zu fixieren, sah jedoch nur einen verschwommenen, formlosen Flecken auf dem Asphaltboden des Flurs. Er schloß die Augen. In der Düsternis seines Schädels flackerte das gelbe Licht.

Er wußte nicht, wie lange er mit geschlossenen Augen auf der Mülltonne saß. Als er die Lider wieder hob, war sein Sehvermögen noch immer gestört, doch die Panik war gewichen — er war fähig, zwischen den einzelnen Schmerzwogen, die gegen seine Schläfe brandeten, den Flur gelassen zu mustern. Er kam ihm vertraut vor. Die Briefkästen draußen, die nackte Glühbirne — war dies nicht der Flur, durch den ...

Langsam stemmte er sich hoch. Hinter dem verschwommenen Bild dieses Flurs versuchte er sich den Flur vorzustellen, an den er sich erinnerte, durch den Grace ihn am frühen Abend geführt hatte. War das nicht die gleiche Tapete? War nicht gerade dort ein Fleck gewesen? Und der Riß im Treppenläufer — hatte er ihn nicht auch schon einmal gesehen? Vorsichtig legte er die Hand aufs Geländer und begann hinaufzusteigen. Er wußte nicht mehr, auf welchem Stockwerk sie wohnte, irgendwo hoch oben war es gewesen, vielleicht im vierten Stock, vielleicht noch höher. Die Geräusche des Lebens drangen wieder in sein Bewußtsein. Sie drangen hinter geschlossenen Türen hervor, gedämpft und doch von Leben zeugend. Auf dem Vorplatz des vierten Stocks hielt er inne und musterte die geschlossenen Türen ringsum. Vier Wohnungen; in einer von ihnen tönte ein Fernsehgerät. In einer anderen wurde gehustet. Er klopfte an die nächste Tür.

Eine Frauenstimme fragte: »Wer ist dort?«

Frag mich nicht ausgerechnet danach, dachte er. Um Him-

mels willen, frag mich nicht ausgerechnet danach! »Grace?« sagte er. »Bist du das, Grace?«
»Hier wohnt keine Grace, Mister«, sagte die Stimme.
Er klopfte an die danebenliegende Tür, wartete, während sich von innen Fußtritte näherten; dann öffnete sich die Tür, und eine alte Frau in einem Morgenrock spähte auf den Vorplatz hinaus. Er murmelte Entschuldigungen, klopfte an die nächste Tür und an die übernächste; beide Türen öffneten sich fast gleichzeitig, fremde Gesichter starrten ihn an. Er entschuldigte sich, machte kehrt, faßte das Geländer und rannte zum fünften Stock hinauf. Dort klopfte er schnell hintereinander an sämtlichen Türen, von einer zur anderen stürmend, ohne auf Antwort zu warten; stand dann mitten auf dem Vorplatz, während sich rings um ihn Türen öffneten. Laß mich ein, dachte er, laß mich wieder ein; er starrte in die fremden Gesichter auf dem Vorplatz, packte dann das Geländer und stürzte, immer zwei Stufen auf einmal nehmend, zum sechsten Stock hinauf. Wenn ich aufs Dach komme, ohne sie gefunden zu haben, dachte er, springe ich auf die Straße hinunter. Die eine Tür wurde von einem kleinen Jungen im Bademantel geöffnet, eine andere von einem hochgewachsenen Mann im Unterhemd, die dritte von einer Frau mit Fettcreme im Gesicht. Schließlich klopfte er an die letzte Tür und lehnte sich gegen den Pfosten. Als sich die Tür öffnete, wagte er zuerst nicht, aufzuschauen. Dann hob er die Augen, und sie stand vor ihm.
Sie trug einen Flanellpyjama, ihr Haar hing strähnig um ihr Gesicht, auf ihren Wangen glitzerten Tränenspuren. An den Falten um Augen und Mund, der Schlaffheit ihrer Brüste und dem leichten Hervortreten ihres Bauches unter der Pyjamahose sah man ihr Alter. Doch sein Sehvermögen war noch immer gestört, er sah Grace zweimal nebeneinander in der offenen Tür stehen, die eine von beiden hatte langes, blondes Haar und helle Augen, und er lächelte sie

an und sagte: »Beinahe hätte ich dich verloren, Grace! O Gott, beinahe hätte ich dich verloren!«
»Du hast mich verloren«, erwiderte sie.
»Wie...«
»Die Party ist vorbei«, sagte sie und schlug die Tür vor ihm zu.

Ein kühler Wind wehte vom East River herüber.
Er trat auf die Straße hinaus und ging entschlossen dem Wind entgegen, zum Fluß hinüber. In seinem Kopf pochte es, die lange, menschenleere Straße vor ihm erschien wie doppelt belichtet, die Straßenlampen wirbelten intermittierende Lichtmuster — dunkle Strecken, dann wieder verschwommenes Licht. Er fühlte den Wind kühl auf Wangen und Mund. Er brauchte Zeit zum Nachdenken. Solange es derart in seinem Hirn hämmerte, konnte er nicht nachdenken. Der Wind am Fluß würde sein Gesicht kühlen, der Kopfschmerz würde vorübergehen, und dann konnte er in die Wohnung zurückkehren und sanft mit ihr reden, durch die hölzerne Tür hindurch, bis sie die Klinke drückte, die Tür öffnete, ihn wieder in ihr Leben ließ. Nicht eine Sekunde lang konnte er glauben, daß alles vorbei war. Schon zu hundert Malen hatten sie sich wütend gestritten, Tausende von Türen hatte sie vor ihm zugeschlagen, und dennoch konnte es nicht vorbei sein; es konnte nie vorbei sein.
Es war kalt am Fluß.
Die Brise, die er gesucht hatte, war ein rauher, scharfer Wind, der zornig über das Wasser pfiff und kleine Wellen gegen die Duckdalben klatschen ließ. Er stellte den Jackettkragen auf, stieß die Hände in die Taschen und ging stadtaufwärts. In der Ferne sah er, im Nebel vor dem Himmel hängend, die Lichter der Triboro Bridge. Weil er noch immer nicht richtig sehen konnte, blieben alle Gegenstände matt und unscharf; die Lichter der Brücke schwammen an einem seltsam wattigen Himmel, die Wolken schienen fast schwarz, Randall's Island und North Brother verloren die perspektivische Ferne, ein Bagger auf dem Fluß pumpte fast synchron mit dem Pochen seiner Schläfe, seine Silhouette erschien vor näheren, verschwommenen Lichtern.

Am Horizont hing Hell Gate, halb verhüllt. Er trat an das Eisengeländer am Flußufer, zitternd vor Kälte, und beobachtete die Lichter in der Ferne. Die Luft war klar, doch ihm war, als watete er durch Nebelschichten und träte mit jedem Schritt sanft und leicht auf eine weiche Wolkenbank, die seinen Fuß widerstandslos bis zum Knie einsinken ließ.

Er war allein am Fluß.

Die Geräusche der Straße blieben fern und unpersönlich. Weil seine Füße in tiefe Nebelschichten einsanken, hörte er nicht einmal seine eigenen Schritte. Weil das Pochen in seiner Schläfe mit dem monotonen Rhythmus der Baggerpumpe zusammenfiel, hörte er weder das eine noch das andere, das Gehen fiel ihm leicht, er trieb sanft in einer linden Luftströmung, die ihn, ohne ihn bewußt zu lenken, einem halbverstandenen Ziel entgegenschwemmte.

Er ging zur Schneiderwerkstatt seines Großvaters.

Er schaute zum Straßenschild auf der anderen Seite des East River Drive hinüber und sah, daß er schon auf der Höhe der Hundertersten Straße angekommen war. Er beschleunigte seine Schritte nicht. Es war ein leichtes und sanftes Dahintreiben, schon war das Baggergeräusch hinter ihm, er passierte die Benjamin Franklin High School und dann die Hundertsechzehnte Straße und ging, obwohl er wußte, daß die Schneiderwerkstatt an der First Avenue, kurz vor der Hundertsiebzehnten Straße lag, über die Hundertsiebzehnte hinaus bis zur Hundertzwanzigsten Straße. Er überquerte die Fahrbahn und die Pleasant Avenue und sah vor sich, in der Mitte des Straßenblocks, das Schild: Public School 80. Er wechselte auf die Straßenseite hinüber, an der sich die Schule in der Dunkelheit duckte.

Dann blieb er auf dem Gehsteig stehen.

Er sah an der Schule hinauf und versuchte sich daran zu erinnern, daß er sie als Junge besucht hatte. Wie hatten sie ihn damals genannt, wie hatte er geheißen? Er konnte sich an Miss Taxton erinnern und daran, daß sie ihn und einen anderen Jungen der Klasse 2 A einmal an einem Samstagvormittag zum Essen in ihr Haus in Larchmont mitgenommen hatte; sie hatten auf der großen Sandsteinterrasse hinter dem Haus einen Golfball springen lassen, und für ihn war es das größte Haus der Welt gewesen. Er konnte sich an Mrs. Flynn erinnern, lang und hager wie eine Bohnenstange, und an die hitzige Auseinandersetzung, die er im Jungenclub an der Hundertelften Straße, in dem jeden Freitagnachmittag der Schwimmunterricht stattfand, mit ihr gehabt hatte. Er konnte sich an Mrs. Davidstein und ihren Unterricht über Mexiko erinnern, für den er das Bild eines weißgekleideten Bauern gezeichnet hatte, der vor einer fahlgelben Mauer Mittagsschlaf hielt; er wußte noch, daß er damals den spanischen Text zu *Cielito Lindo* gelernt hatte. Seine liebste Lehrerin war Mrs. Harnig gewesen, eine massige Frau, seiner Mutter sehr ähnlich, die »zum Teufel« sagte, sooft etwas nicht klappte, und die bei jener Auseinandersetzung mit Mrs. Flynn im Jungenclub seine Partei ergriffen hatte. An alles das konnte er sich erinnern, nur seinen Namen wußte er nicht mehr. Er wußte noch, wer er gewesen war — doch er konnte sich nicht erinnern, wer er war.

Er ging an der Schule vorbei zur First Avenue hinüber. Er überquerte den Fahrdamm, blieb an der Ecke stehen und sah zur Second Avenue hinüber, wo früher die Eisenkonstruktion der elektrischen Hochbahn gestanden hatte. Kaum, daß er die Straße wiedererkannte. Auf der First Avenue bog er nach links ab (das italienische Lokal war noch an der Ecke) und wanderte wieder stadtabwärts — die gleiche Strecke, die er jeden Nachmittag nach Schulschluß zurückgelegt hatte (den Kohlenhof an der anderen Straßenseite gab es auch nicht mehr) — dann überquerte er die Hundertneunzehnte Straße und ging weiter, bis er fast an der Hundertsiebzehnten angelangt war. Schließlich blieb er stehen und hielt nach der Schneiderwerkstatt Ausschau. Er erwartete nicht, sie noch vorzufinden, aber er hoffte, daß zumindest die Fassade noch die gleiche war, hoffte, ob die Räume nun einen Delikatessenladen oder eine Schlachterei beherbergten, zumindest die Außenfront wiederzuerkennen. Hoffte, daß es das breite Schaufenster mit der Hängelampe noch gab und die Tür mit der Klinke, nach der er sich hatte recken müssen.

Doch er erkannte keinen der Läden wieder; wie es schien, hatte sich alles verändert. Er stand auf dem Gehsteig und starrte die dunklen Läden an. Sein Kopfschmerz ließ nach, doch sein Sehvermögen war noch nicht wieder normal, und für einen Augenblick war ihm, als sähe er einen der Läden in sanfter Wärme erglühen, als tanzten für einen Augenblick Schneeflocken in der Luft, als hörte er das Klingeln der Glocke über der Ladentür, als hieße ihn eine vertraute Stimme willkommen: »Komm herein, du siehst wieder halb erfroren aus — Annie, mach ihm eine Tasse heiße Schokolade.« Er blinzelte mit den Augen, die Läden waren dunkel, blicklos in der Nacht.

Er ging weiter.

Als er die Musik hörte, glaubte er im ersten Moment, sein Gehirn spiele ihm einen grotesken Streich. Allmählich sah er die Dinge wieder klarer, doch nun, da die verschwommenen Zerrbilder verschwanden, schien es, als würden sie durch akustische Zerrbilder ersetzt. Doch als er sich der Hundertsechzehnten Straße näherte, begriff er, daß er tatsächlich Musik hörte; er folgte den Klängen, bog um die Ecke und ging auf die Bar in der Mitte des Straßenblocks zu. Neben der Bar war ein erleuchteter Eingang, von dem aus eine steile Treppe abwärts führte, und die Musik kam von irgendwo am Fuß der Treppe, als dränge sie zusammen mit dem Lichtschein aus dem Erdinnern hervor. Auf der Treppe stand ein Junge von ungefähr siebzehn Jahren im

Smoking mit einem Mädchen in lachsfarbenem Kleid. Buddwing spähte neugierig die Treppe hinab, und der Junge lächelte herauf und fragte: »Wollen Sie noch zur Hochzeit?« Buddwing lächelte zurück und schwieg. »Beeilen Sie sich lieber«, sagte der Junge. »Von dem Bier und den Brötchen ist fast nichts mehr da.«

Und plötzlich spürte er wütenden Hunger, nickte dem Jungen zu und stieg die Treppe hinab. Das Mädchen im lachsfarbenen Kleid lächelte ihm zu, als er vorbeiging. Das Licht wurde heller, die Musik lauter; die enge, steile Treppe mündete in einen spiegelverkleideten Vorraum. Er erschrak nicht vor dem Mann, den er im Spiegel sah. Wer dieser Mann war, wußte er nicht, aber Gesicht und Figur waren ihm vertraut. Sie hatten sich nicht verändert, seit er sie zum ersten Mal gesehen hatte — früh am Morgen im ... Oder war das gestern gewesen?

War es schon morgen?

Er drehte sich zur Treppe um. »Wissen Sie, wie spät es ist?« fragte er den Jungen im Smoking.

»Kurz vor zwei«, sagte der Junge.

»Danke«, erwiderte er und wandte sich wieder dem Spiegel zu. Seit gestern früh um sechs war er wach, nun war es heute früh um zwei, und der Mann im Spiegel sah sehr müde aus, vielleicht etwas älter, auf keinen Fall jedoch weiser. Betrübt lächelte er sich zu. Drinnen im Saal hatte die Kapelle mit einer munteren Tarantella eingesetzt. Er richtete seine Krawatte und betrat den hell erleuchteten Raum. Zuerst sah er sich nach dem Bufett um; sein Gefühl sagte ihm, daß ihn bald jemand als ungebetenen Gast entlarven und hinauswerfen würde — also mußte er sehen, daß er etwas zu essen bekam, bevor das geschah. Das Hochzeitsfest war noch immer voll im Gang; entfernte Vettern aus Red Bank tanzten ausgelassen mit Verwandten aus der Hundertvierzehnten Straße und der Second Avenue.

»He, Dominick!« rief jemand einem kahlköpfigen Mann zu,

der ungestüm mit einer jungen Brünetten tanzte, *»piano, piano! Ti viene una strocca!«*
»Una sincope, stupido!« erwiderte der Kahlköpfige lachend und wischte sich den Schweiß von der Stirn. Buddwing erspähte die Bar an der gegenüberliegenden Seite des Saales und ging hinüber. Der Mann hinter der Bar gehörte offensichtlich zur Familie oder zum engeren Freundeskreis; er trug ein Smokinghemd, die schwarze Schleife aufgeknüpft und vor der gestärkten Hemdbrust baumelnd, die Hemdsärmel hochgekrempelt, die Arme naß vom halbgeschmolzenen Eis der Kühltruhe. Sein Smoking-Jackett hing an einem Haken hinter der Bar; als Buddwing auf ihn zutrat, schaute er hoch, grinste freundschaftlich und sagte: »Was soll's denn sein?«
»Was ist denn noch da?«
»Schinken. Oder Käse mit Schinken. Bier oder Soda.«
»Dann hätte ich gern ein Bier und zwei Schinken«, sagte Buddwing.
»Braut oder Bräutigam?« fragte der Mann und drehte sich nach dem Bierfäßchen hinter der Bar um.
»Im Grunde beide«, sagte Buddwing.
»Oh, Sie kennen beide, wie?« fragte der Mann und schenkte ein Glas Bier ein.
»Mhm«, sagte Buddwing.
»Rosie ist meine Cousine«, sagte der Mann.
»Nettes Mädchen«, erwiderte Buddwing.
»Wem erzählen Sie das? Ich kannte sie schon, als sie noch mit nassen Windeln herumlief. Und nun ist sie also schon verheiratet!« Der Mann lachte. »Zwei Schinken, ja?« fragte er und stellte das Glas Bier auf die Bar. »Sind Sie aus dieser Gegend?«
»Nein«, sagte Buddwing.
»Dachte ich mir. Ich bin auch nicht von hier. Praktisch nicht von hier, meine ich. Ich bin aus Brooklyn. Aber sehen Sie

meine Frau wohnte hier. Und als wir dann heirateten, sind wir hängengeblieben.«

»So«, sagte Buddwing.

»Wir wurden in der Kirche an der Hundertfünfzehnten getraut. Meine Mutter war völlig fertig, das können Sie mir glauben. Sie mußte den ganzen Weg von Brooklyn herüberkommen, wissen Sie — es hat ihr gereicht.«

»Das kann ich mir denken«, sagte Buddwing lächelnd.

»Meine Schwiegereltern wohnen in Mount Kisco; jedes größere Familienereignis findet natürlich bei ihnen statt.«

»Natürlich«, sagte der Mann, griff in den großen Pappkarton hinter der Bar und reichte Buddwing zwei Sandwiches in Wachspapierbeuteln. »Aber es ist ja auch richtig so, nicht?«

»Sicher«, sagte Buddwing und nahm einen Schluck Bier. »Das Bier ist gut.«

»Noch nicht zu warm?«

»Nein, gerade richtig.«

»Ist nicht mehr viel im Faß. Aber wir machen auch bald Schluß. Sehen Sie sich die beiden Verrückten an! Sie sind immer noch nicht weg.«

Buddwing schaute zur anderen Seite des Saals hinüber, wo Braut und Bräutigam sich unter den Gästen bewegten, Glückwünsche entgegennahmen und kleine weiße Schachteln mit Zuckermandeln verteilten. Wie bei der Hochzeit in Mailand, dachte er; doch dann verdrängte er Mailand aus seinen Gedanken.

»Ist Ihnen nicht gut?« fragte der Mann hinter der Bar.

»Wieso?«

»Sie zwinkern dauernd mit den Augen.«

»Ich habe ziemliche Kopfschmerzen, das ist alles.«

»Warum essen Sie dann nicht? Vielleicht sind Sie nur hungrig.«

»Ja, das bin ich.«

»Also los, setzen Sie sich da drüben hin und essen Sie.«

»Danke«, sagte Buddwing.
»Und Sie fühlen sich wirklich nicht schlecht?«
»Nein, danke.«
»Ich meine, wenn Sie sich schlecht fühlten — sehen Sie den Mann da im blauen Anzug? Das ist Doktor Solomon; er hat Rosie zur Welt gebracht. Für den Fall, daß Ihnen nicht gut ist.«
»Nein, danke, es geht schon wieder.«
»Nun, dann setzen Sie sich trotzdem, ja? Sehen ein bißchen grün aus um die Kiemen.«
»Okay, danke«, sagte Buddwing, nickte und ging von der Bar zu einem Tisch am hinteren Ende des Saales. Die Kapelle spielte *Vicino il Mare*, eine Mandoline führte die Melodie, begleitet von Klavier, Schlagzeug und Trompete. Irgendwer warf dem Bräutigam eine anzügliche Bemerkung zu; der junge Mann lachte laut auf, die Braut stand sittsam errötend daneben. Italienische Laute erfüllten die Luft ringsum, übertönt vom Pizzicato der Mandoline, von sprödem, hellem Lachen, vom einladenden Lärm der Festgäste. Der Mann hinter der Bar hatte gesagt, daß er ein wenig grün um die Kiemen aussähe; jetzt, da er einen Stuhl zum leeren Tisch rückte, fühlte er sich in der Tat matt, als wollten seine Knie jeden Augenblick nachgeben. Sie waren am Spätnachmittag im letzten Sommer in diese Mailänder Hochzeit geraten, als sie nach der erstickenden Hitze auf dem Dach des Domes eine Bar suchten. Auf dem Dach hatte er auf eines der steingemeißelten Engelsgesichter gezeigt und gesagt: »Sieht jemandem ähnlich, den ich gut gekannt habe.« Und Grace, den Rücken zur Sonne, ihr helles Leuchten im Haar, Metall auf Metall, hatte erwidert: »Du siehst auch jemandem ähnlich, den ich gut gekannt habe.«
Er nahm ein Sandwich aus der Wachspapiertüte und biß hinein. Es war trocken, keine Butter, kein Salat, zwei magere Schinkenscheiben auf mehligem Brot. Er spülte den Bissen mit einem Schluck Bier hinunter. Die Kapelle spielte ein

Potpourri italienischer Schlager, *Torna a Sorrento* und *Tra Veglia e Sonno, Maria, Mari* und schließlich *Luna mezz' 'o Mare.* Um ihn herum brandete Lachen auf, als ein alter Mann mit einem Walroßschnauzbart den Text, so laut er konnte, mitzusingen begann. Zwei stämmige Männer an einem anderen Tisch fielen ein, und plötzlich dröhnte der ganze Saal. Der Gesang widerhallte von den Wänden, brandete auf Buddwing ein, der mit einem staubtrockenen Sandwich und einem Glas schalen Bieres allein an seinem Tisch saß.

E la luna mezz' 'o mare:
mamma mia me maritari
Figghia mia a cu te ddari?
Mamma mia penzaci tu.
Si ti rugnu 'o pisciaolu,
iddu va, iddu veni,
sempe 'u pisci ne mani teni . . .
Si ci pigghia 'a fantasia
ti pisciulia figghiuzza mia.

Einen Tag vor ihrer Abreise nach Europa im letzten Sommer hatte sie ihm den goldenen Ring mit dem schwarzen Stein geschenkt. Er hatte sich die Innenseite des Ringes angesehen und gesagt: »›Von G. V.‹. Ist das alles?«
»Das sind meine Initialen«, hatte sie erwidert. »Oder etwa nicht?«
»Ja, aber sollte es nicht vielleicht heißen ›In Liebe — von G. V.‹?«
Und sie hatte die Achseln gezuckt und gesagt: »Die Liebe versteht sich von selbst.«
In Paris hatten sie zahlreiche Verabredungen — Geschäftsleute, die man treffen, mit denen man sprechen mußte; deshalb gab es zahllose Parties — zu Cocktails, zum Essen, um Mitternacht. Sie hatten, bevor sie abreisten, fleißig Französisch geübt und vor dem Abflug tagelang nur französisch gesprochen; Paris gab ihnen reichlich Gelegenheit, von ihren

Sprachkenntnissen zu profitieren. Während der Fahrt durch Frankreich wurde es schon ein wenig schwieriger; das reine Französisch entartete in Dialekte, die kaum zu verstehen, geschweige denn zu sprechen waren. Aus dem Esso-Prospekt hatte er den Satz gelernt: *Faites le plein, s'il vous plaît, et vérifiez l'huile et l'eau;* doch der Satz beeindruckte nur ihn selber, und wenn von ihm verlangt wurde, den Tankwarten technische Fragen zu beantworten, war er völlig hilflos.

An dem Tag, an dem sie in der französischen Kleinstadt — irgendwo an irgendeiner Straße — die römische Arena entdeckten, trug sie einen leichten karierten Mantel. Den ganzen Morgen hatte es geregnet; dann hatte der Regen plötzlich aufgehört. Es war ein kühler, düsterer Tag, der mehr an Oktober erinnerte als an August.

»Im Oktober bin ich immer trübselig«, sagte sie.

»Wir haben August«, sagte er.

»Trotzdem«, erwiderte sie.

Die Arena stand in keinem Reiseführer, auch hatten sie nicht im Entferntesten geahnt, daß die Römer so weit nach Frankreich eingedrungen sein konnten. Die Stadt selbst war ein Konglomerat von Dingen, die nicht zueinander paßten. Auf den ersten Blick schien es eine typische französische Landstadt, doch in ihrer Mitte ragte unleugbar eine römische Arena; und gegenüber der Arena — das Schild vom oberen Rand des Zuschauerraums deutlich lesbar — gab es eine englische Teestube. Zu allem Überfluß war das Schild englisch beschriftet, in schwarzen Lettern auf weißem Feld: TEA ROOM; für einen Augenblick fühlte er sich um die Orientierung gebracht und fragte sich, wo er sich denn eigentlich befände: in Frankreich, Italien oder England.

Um die verzwickte Geographie noch weiter zu verwirren, hatte Buddwing, als er über die Sitzreihen zum Spielfeld der Arena hinunterstieg, der Sand noch naß vom Vormittagsregen, das Gefühl, in ein amerikanisches Fußballstadion hinabzusteigen. Grace blieb auf einer der Steinbänke stehen,

die Hände in den Taschen des karierten Mantels. Er sah sich um, schaute zu ihr hinauf, grinste und röhrte: »Rot-Weiß, Rot-Weiß, Rot-Weiß ...«
»Wie steht das Spiel?« fragte sie automatisch; doch ihre Gedanken schienen weit weg und ihre Augen sahen andere Dinge.
An einem Samstag kamen sie in Mailand an und fanden um die Mittagszeit ihr Hotel. Auf den Straßen herrschte erbarmungslose Hitze, die Hotelhalle schien dagegen schattig und nahezu kühl. Der Portier nahm ihre Pässe, sah Grace dann überrascht an und sagte: *»Credevo che fosse italiana.«*
»No«, erwiderte sie mit einem fremden Lächeln, *»non sono italiana.«*
»Tutti in Italia la prendono per italiana«, sagte Buddwing.
»Certo, che sembra una settentrionale«, erwiderte der Portier und läutete nach dem Pagen. Das Zimmer war hell und modern, mit großem Doppelbett, einer Spiegelwand und einem Marmorbad mit Dutzenden geheimnisvoller Hähne und Schläuche. Nur die Klimaanlage war nicht in Ordnung, und als sie den Raum betraten, schlug ihnen eine Hitze entgegen, noch fürchterlicher als die Hitze draußen auf der Straße. Buddwing griff sofort zum Telefon und ließ sich mit dem Portier verbinden.
»Questa stanza è impossibile«, sagte er. *»L'aria condizionata non funziona.«*
»Si, signore«, erwiderte der Portier, *»ma non è soltanto la sua stanza, signore, è la stessa cosa in ogni stanza nell'albergo. Qualche cosa è successo al sistema centrale.«*
»Mi vuol dire che non c'è neanche una stanza fresca in tutto l'albergo?«
»No, signore. Tutte le stanze sono ad aria condizionata. È soltanto che per il momento il sistema centrale non funziona, e così ca sarà un piccolo ritardo per giungere alla temperatura giusta.«
»Was soll das heißen, es dauert nicht lange?« fragte er auf

Englisch und fuhr dann fort: *»Ma, quanto ci volere ... ci vorrà per accomodarlo?«*

»Ci stanno lavorando adesso, signore.«

»Quanto tempo ci vuole?«

»Non dovrebbe essere troppo, signore.«

Buddwing verdeckte das Mikrofon mit der Hand und drehte sich zu Grace um. »Was meinst du?« fragte er. »Die Klimaanlage ist außer Betrieb. Es wird aber schon daran gearbeitet.«

»Ich bin todmüde«, sagte Grace. »Wir können ebensogut bleiben.«

»Va bene, grazie«, sagte Buddwing ins Telefon und legte auf. Dann sagte er zu dem wartenden Pagen: *»Va bene, puo lasciare le valige«*, und gab ihm ein Trinkgeld. Sobald er gegangen war, entkleideten sie sich bis auf das Unterzeug und begannen, die Koffer auszupacken. Er hatte eine Kleinschreibmaschine in metallenem Koffer bei sich und stellte sie auf einen Tisch nahe dem einzigen, großen Fenster des Zimmers, das sich nicht öffnen ließ. Grace verschwand im Bad, um zu duschen; er legte sich schweißüberströmt in der kurzen Unterhose aufs Bett und suchte in der Brieftasche nach den Telefonnummern seiner Geschäftsfreunde in der Stadt.

Die erste Nummer, die er anrief, meldete sich nicht. Und als er die zweite Nummer wählte, erreichte er nur eine verwirrte Sekretärin, die sein Italienisch nicht verstand.

»Vorrei parlare con il signor D'Amore«, akzentuierte er geduldig.

»Ah, si, si, il signor D'Amore. Ma non è qui proprio adesso.«

»Bene. Dove l'aspettiamo?«

»Scusi?«

»Quando arriveremo?«

»Scusi?«

»Also, hören Sie ...« Er hielt inne, faßte sich in Geduld und sagte dann halbwegs ruhig: *»Dove si trova il signor D'Amore?«*

»Ah, ah! È a Como.«

»Quando ritorna?«

»In una quindicina di giorni«, sagte die Sekretärin.

»Grazie«, sagte Buddwing und legte auf.

»Was ist?« fragte Grace aus dem Badezimmer.

»D'Amore ist am Comer See. Er bleibt noch mindestens zwei Wochen.«

»Wie hübsch!« sagte Grace.

»Danaro habe ich auch nicht erreicht.« Er überflog den Zettel, den er in der Hand hielt. »Versuchen wir es also mit dem letzten.«

»Wie bitte?«

»Ich sagte: versuchen wir es mit dem letzten.«

»Gut.« Sie hielt inne. »Das Wasser ist ganz braun«, sagte sie. »Oh, das stinkt wie Spülwasser.«

Er wählte die letzte Nummer auf seinem Zettel. Ein Mädchen vom Auftragsdienst informierte ihn, daß Signor Casoscorso mit seiner Familie auf Jahresurlaub in Positano sei; ob er eine Mitteilung hinterlassen wolle? »Nein, besten Dank«, sagte er und legte auf. »Schön, was zum Teufel machen wir nun?« rief er zum Bad hinüber.

»Was willst du damit sagen?«

»Sie sind alle miteinander nicht hier. Warum sind wir eigentlich nach Mailand gekommen?«

»Irgend etwas muß es doch hier zu sehen geben«, sagte Grace.

»Dieser Abstecher unserer Reise sollte geschäftlich sein. Nur um irgendwelcher Sehenswürdigkeiten willen hätten wir nicht nach Mailand zu fahren brauchen.«

»Hattest du dich nicht schriftlich angemeldet?«

»Natürlich hatte ich mich schriftlich angemeldet. Zum Teufel, sie wußten alle, daß wir kommen.«

»Der Abstecher nach Paris war auch geschäftlich«, sagte Grace.
»Wie?«
»Ach, nichts.«
»Schön, und was machen wir nun?«
»Ich weiß es nicht«, erwiderte Grace und setzte dann leise hinzu: »Es scheint fast, als wären wir aufeinander angewiesen.«
Sie aßen im Speisesaal des Hotels und verschliefen dann den Nachmittag. Noch bevor sie zum Abendessen ausgingen, war die Klimaanlage wieder in Ordnung; aber die Sonne, die durch das Hotelfenster hereinglühte, hatte inzwischen einen Teil der Gummiwalze seiner Schreibmaschine weggeschmolzen. Am Abend aßen sie in einem Restaurant in der Nähe der *Galleria* grüne Nudeln und Cacciatore. Die Stadt war wie ausgestorben. Während des Essens hatten sie sich nur wenig zu sagen.
Mitten in der Nacht wachte Grace schreiend auf.
»Was ist?« rief er erschrocken.
»Der Mann«, stammelte sie. »Der Mann.«
Er nahm sie in die Arme und zog sie an sich. »Welcher Mann?« fragte er sanft.
»Im Rollstuhl«, sagte sie. »Er sieht mir unter den Regenmantel.«
»Ja, ja«, sagte er. »Versuch, weiterzuschlafen.«
»Warum ließ er mich nicht?« sagte sie, drehte sich dann von ihm weg und vergrub das Gesicht im Kopfkissen.
Am Sonntag besichtigten sie die Kathedrale.
Das Dach des Doms war ein Wald ineinander verschlungener Bögen und Schwebepfeiler, eine in Stein gehauene Wirrnis, deren Vielfalt das Auge herausforderte. Die Sonne glühte gefahrdrohend, Ofenhitze auf dem Dach; die Bögen des steinernen Fransenwerks warfen nur schmale Schatten, die keinen Schutz boten. Sie wanderten mit schweren Schritten über das Dach, als bewegten sie sich zwischen den

klebrigen Fäden eines riesigen Spinnennetzes. Grace schaute über den Rand des Daches auf die Piazza hinunter und taumelte plötzlich in einem leichten Schwindelanfall gegen ihn; dann beschlossen sie, irgendwo eine kühle Bar zu suchen.

An diesem Sonntag im vergangenen Sommer waren die Straßen von Mailand so gut wie leer. Dann und wann fuhr ein leerer Wagen vorbei; meist schien es, als wären sie allein, die Stadt schien stumm und leblos vor Hitze. In die Hochzeitsfeier gerieten sie durch Zufall; sie hörten Musik aus dem Hinterzimmer einer Trattoria und traten ein — nur um zu entdecken, daß es sich um eine geschlossene Gesellschaft handelte. Weil sie Amerikaner waren und weil die Hitze zwischen denen, die tollkühn genug waren, sie herauszufordern, eine Art verzweifelter Kameraderie entstehen ließ, wurden sie eingeladen, sich zu setzen und einen Drink zu nehmen. Der Brautvater war ein massiger schwitzender Mann in schwarzem Jackett und gestreifter Hose. Er erzählte ihnen, er habe einen Bruder in Los Angeles und betrachte ihren unerwarteten Einbruch in das Hochzeitsfest als äußerst glückliches Vorzeichen. *»Un ottimo augurio«*, sagte er. Er stellte sie seiner Tochter vor, einer strahlenden schwarzhaarigen Schönheit in weißseidenem Brautkleid, das unter den Ärmeln feuchte Schweißränder zeigte. Sie hing am Arm des Bräutigams, eines blassen, lächelnden jungen Mannes, der sich ständig Schweißperlen von der Stirn wischte.

Sie waren so jung. Sie waren so ungeheuer jung; ihr Italienisch klang aufgeregt, sie verteilten Zuckermandeln unter den Gästen, stießen mit ihnen an, hörten die rauhen italienischen Flitterwochenspäße und lachten darüber voll optimistischer Zukunftspläne und funkelnder Jugendträume. Umgeben von Festlichkeit, saßen Buddwing und Grace im schmalen Garten der Trattoria. Sie beobachteten die Jungverheirateten, und eine unstillbare Trauer senkte sich über sie, eine Trauer, die sie erst später, ins Hotel zurückgekehrt, zu verstehen begannen.

Die Klimaanlage tat ihren Dienst. Gelassen summend, füllte sie den Raum mit reiner, kühler Luft, immunisierte ihn gegen alle Einflüsse der Außenwelt, schuf ein steriles Innen, in dem sie einander gegenüberstehen, in dem sie einander sehen konnten.

Sie hatten die Kleider abgelegt, Grace stand vor der Spiegelwand, und er trat neben sie. Sie betrachteten einander im Spiegel, und er sagte: »Eigentlich bist du doch recht klein«, und einen Moment lang antwortete sie nicht — sie starrte diesen Mann an, der sie immer für groß gehalten hatte, starrte den Mann im Spiegel an und erkannte ihn nicht. Dann überfiel sie beide gleichzeitig das Gefühl, daß der Spiegel log, daß die beiden Menschen, die sie musterten, nicht wirklich sie selbst waren, sondern nur verzerrte Bilder; sie wandten sich vom Spiegel weg, standen einander gegenüber, sahen sich an.

Und dieser Moment mochte das Ende gewesen sein.

Was bisher zwischen ihnen war, der dünne Hoffnungsfaden, der sie miteinander verbunden hatte, Erinnerungen an einen kleinen Park, ein überfülltes französisches Restaurant, an das halbdunkle Innere eines Wagens, an einen menschenleeren sonnigen Strand, an eine Trauung in einer riesigen steinernen Kirche, durchdröhnt von Orgel- und Geigenklang, zerstörte Träume, verfehlte Ziele, vergessene Jugend — alles das wurde in diesem Moment zu nichts.

Sie starrten einander an wie Fremde.

Erschreckt, überrascht starrten sie einander an, nackt voreinander und beschämt in ihrer Nacktheit; und sie wußten zugleich, daß diese beiden Menschen, die mit ungläubigen Augen einen Fremden vor sich sahen, einander nichts anderes sein konnten als Fremde.

»O Gott«, sagte Grace.

»Grace«, sagte er in plötzlicher Panik, »weißt du noch . . .«

»O Gott«, sagte sie.
»Grace, wie oft wir ...«
»Wir kennen uns seit einer Million Jahren«, sagte sie tonlos. »Wir sind Dinosaurier. Ausgestorben. Wir sind tot.« Ihre Stimme versagte. »Wir sind tot.«
»Nein«, sagte er.
»Wir sind tot«, wiederholte sie.
»Nein«, sagte er; er weigerte sich, es zu akzeptieren. Wer waren denn schon diese bleichen, nackten Fremden, die sie aus dem Spiegel anstarrten, die sich in ihr Leben drängten? Nein, dachte er, dazu ist es jetzt schon zu lange so, wir kennen einander zu gut, wir haben zu hart um den kleinen Fetzen Leben gekämpft, den wir schließlich in der Hand hatten. Nein! Es kann nicht sein, daß uns so etwas widerfährt. Grace, es gibt noch eine Zukunft für uns.
Seine Augen fanden die ihren im Spiegel.
Ich kenne dich, dachte er.
Bitte, ich kenne dich.
Bitte, wir haben doch schon so viel miteinander erlebt.
Laß mich in deine Augen sehen.
Ihre Augen waren fahl, farblos, gefühllos, hoffnungslos. Er hatte diese Augen schon einmal gesehen, nachts, vor langer Zeit, nachdem sie einander mit wütenden Anklagen überschüttet hatten; er hatte die gleichen fahlen, angstvollen Augen am nächsten Tag gesehen, als sie in ihrem weißen Regenmantel am Küchentisch saß — Grace, was tust du da im Regenmantel?
Ich habe versucht, mich umzubringen, sagte sie.
Rede keinen Unsinn!
Doch, ich habe versucht, mich umzubringen.
Grace, Grace — er nahm sie in die Arme, und sie weinte an seiner Schulter. Ist das der Sinn? fragte sie. Geht es darum im Leben? Er wußte es nicht; er konnte es ihr nicht sagen. Er tröstete sie, küßte ihr tränenfleckiges Gesicht, hielt sie in den Armen, legte seine Wange gegen ihre Hand, und

wie Verschwörer verbrachten sie flüsternd den Nachmittag, liebten sich danach und fanden irgendwo neue Kraft. In ihre Augen kam langsam wieder Leben, Farbe kehrte zurück und mit ihr ein Entschluß, fast mehr als ein Entschluß: ein brennender Drang, ein Verzicht.

Elf Jahre war es her, daß der junge Mann und das Mädchen, die sich in einem sonnigen, versteckten Park begegnet waren, als sich die Welt noch allein um griechische Mythologie und die Berührung einer Hand drehte, elf Jahre, daß der junge Mann und das Mädchen, die einander in einer Stadt, glitzernd wie das Universum, kennengelernt hatten; elf Jahre, daß der junge Mann und das Mädchen, die einander feierlich in einer riesigen, steinernen, von Musik durchzitterten Kirche Liebe, Achtung und Fürsorge gelobt hatten; elf Jahre, daß der junge Mann und das Mädchen, die anfangs mit hellen, reinen Gesichtern und hoffnungsvoll leuchtenden Augen zusammengelebt hatten, dann eine Schwangerschaft, eine Fehlgeburt und die bitteren Vorwürfe, die daraus folgten, durchgestanden hatten — elf Jahre war es her, daß diese beiden jungen Menschen ihren Schwur flüsternd erneuert, ihre Gemeinsamkeit bekräftigt und sich und der Welt gelobt hatten, eins zu sein, nicht zu unterliegen, zu überleben, auszuhalten, zu triumphieren.

Elf Jahre war es her.

Und nun, nach all diesen Jahren, sahen sie einander in einem Hotelzimmer einer italienischen Stadt — nach all den beiläufigen Begegnungen und unverbindlichen Gesprächen, all den lässig gehaltenen Cocktailgläsern und geleerten Whiskyflaschen, all den gehobenen Röcken, lüsternen Händen und versteckten Andeutungen, all den Geschäften und Vorschlägen, den zahllosen unvermeidlichen Morden, den Lügen, den Diebstählen, den Alibis, den Drohungen — nach all diesem Alltagsgewirr, dem Getöse, das hämmernd und vibrierend in bestürzender Modulation zu anderen, fernen Akkorden überging, unmerklich von Akkord zu Akkord, von Note zu Note wechselnd, daß die Veränderung erst jetzt deutlich wurde, in diesem Moment, in dem alle Herbstblätter eines Parks vor einer Universität gleichzeitig zu Boden sanken, mit einem Rauschen, so ohrenzerreißend, daß es selbst den schalen Rhythmus des Alltags erstickte und sie vor einem Spiegel in Mailand erstarren ließ: zwei überlegene, intelligente, gebildete, erfahrene, erfolgreiche Amerikaner, die plötzlich begriffen, daß sie einmal zu oft bei Grün die Straße überquert hatten – das verdammte Spiel war vorbei, sie waren bankrott.

»Wir sind tot«, sagte Grace, und diesmal widersprach er ihr nicht.

Auf der Portobello Road hatte die Kapelle im letzten Sommer *Midnight in Moscow* gespielt, und er hatte gegen ihren Einspruch die Uhr gekauft, weil nach Mailand nichts mehr zählte. Auf der großen Trommel stand in halbkreisförmiger Schrift der Name der Kapelle: THE LIMEHOUSE REGULARS. Die Kapelle marschierte mit schnellen Schritten, ihre Musik widerhallte in der belebten Straße, und er kaufte die Uhr, die später an der Wohnzimmerwand hängen und die Minuten in die Ewigkeit fortticken würde, während er, von Mal zu Mal in tieferer Bedrängnis, über den grünen Teppich schritt.

Die Kapelle spielte *Melancholy Baby.* Braut und Bräutigam verabschiedeten sich diskret und versuchten, möglichst unbemerkt zu ihrem wartenden Wagen zu gelangen. Das trockene Schinkenbrot war ihm im Hals steckengeblieben, und er spülte es mit dem warmen Bier hinunter; dann stand er plötzlich auf und ging zur Treppe, an der Spiegelwand vorbei, ohne sich selbst einen Blick zuzuwerfen.

»Gehen Sie jetzt?« fragte der Junge im Smoking. Sein Gesicht war mit Lippenstift beschmiert.

Buddwing nickte und stieg die Treppe hinauf.

MO 6–2367 ...

Mount Kisco, dachte er. Nicht Monument.

Mount Kisco 6—2367 ...
Es war zu spät, jetzt noch anzurufen.
Es war zu spät, um noch irgend etwas zu tun.
»Im Augenblick können wir doch nichts tun«, hatte Dan gesagt, und dann waren sie zusammen ins Kino gegangen.
Er ging die Straße entlang.
Er wußte nicht, wer er war; es interessierte ihn auch nicht mehr. Sie waren beide tot seit jenem Sonntag in Mailand, vielleicht schon seit Jahren vorher; doch es war ihm gleichgültig, es war ihm einfach einerlei. Das hatte er auch am Telefon zu Dan gesagt: »Es ist mir gleichgültig.« Das ist doch nicht dein Ernst, hatte Dan erwidert. »Es ist schon seit Jahren vorbei«, sagte er. Das solltest du nicht sagen. »Es ist schon seit Jahren aus«, hatte er wiederholt.
Das Haus war von Fremden überlaufen, und Dan hatte vorgeschlagen, fortzugehen, in ein Kino, im Augenblick konnten sie doch nichts tun, alle Vorkehrungen waren getroffen. Mount Kisco 6—2367, mehr hatte man nicht tun können. Nachdem Dan sich verabschiedet hatte, war er in die stille Wohnung am Sutton Place zurückgekehrt. Er wußte, daß er schlafen mußte; es war sehr spät. Er war in das Schlafzimmer gegangen, von dessen Fenster aus man die Queensboro Bridge sah, und hatte Brieftasche, Kleingeld und Schlüssel auf den Toilettentisch gelegt. Er hatte die Uhr abgenommen — er schlief nie mit der Armbanduhr; sie hatte einmal zu ihm gesagt: »Nimm die Uhr ab, um Himmels willen, ich möchte dich nackt« —, und das Taschentuch zu den anderen Dingen auf den Toilettentisch gelegt; dann hatte er sich umgedreht, auf das Bett gestarrt und war einfach aus der Wohnung hinausgegangen — in der Absicht, nie zurückzukehren.
Er war todmüde.
Es war nahezu drei Uhr früh. New York schlief. Er wanderte quer durch Italian Harlem, durch Spanish Harlem — in Spanish Harlem habe ich einmal die Bank gesprengt, kennst

du die Geschichte schon? — und ging dann in den Central Park. Er fürchtete sich nicht vor Wegelagerern. Sie konnten ihn umbringen, wenn sie entdeckten, daß er nur einen Dollar und sechsunddreißig Cents bei sich trug — mehr konnten sie ihm nicht antun. Als er in den Park kam, griff er in die Tasche, zog das Geld heraus und warf es mit einer schnellen Bewegung hinter sich. »Hier!« rief er der Nacht zu, »nimm das! Alles andere hast du schon!« Die Banknote flatterte lautlos auf den Fußweg, die Münzen klirrten hinter ihm, dann war es wieder still.

In den Büschen des Parks verbarg sich Leben.

Lippen verbargen sich dort, die auf Küsse, Brüste, die auf Hände warteten, unentdeckte Welten. Mörder lagen im Hinterhalt. Es war ihm gleichgültig, er war längst tot.

Er durchwanderte von der Hundertzehnten Straße aus den ganzen Park und fand schließlich eine Bank in der Nähe des Sees an der Neunundfünfzigsten Straße. Dann war er völlig erschöpft. Er streckte sich aus und schloß die Augen. Zuerst glaubte er zu träumen.

Die Erinnerung kam so plötzlich, die Bilder blinkten so ungetrübt in seinem Hirn auf, daß er zunächst glaubte, eingeschlafen zu sein und zu träumen; die Wohnung ist zu still.

Er öffnet die Tür mit dem Schlüssel; ein ungewöhnlicher Akt, normalerweise läutet er, und sie kommt zur Tür, um ihn einzulassen. Im Vorraum bleibt er stehen; es ist still in der Wohnung bis auf ein sanftes Rauschen irgendwo in geheimer Tiefe, ein Rauschen und das Ticken der Wanduhr, die er an der Portobello Road gekauft hat. Er bewegt sich nicht. Er starrt auf den Teppich. Dann setzt er einen Fuß vor den anderen, geht in die Richtung, aus der das Rauschen ertönt. Vor der Badezimmertür zögert er abermals, streckt dann die Hand nach der Klinke aus.

Er drückt die Klinke herunter.

Auf den Kacheln nahe dem Waschbecken glitzert etwas.

Er sieht den glitzernden Gegenstand, doch seine Augen lösen sich schnell von ihm, dann stellt er fest, daß der Wasserhahn nicht zugedreht ist, er erkennt darin, ohne überrascht zu sein, die Quelle des Rauschens, er sieht ihre Zahnbürste, die auf dem Rand des Waschbeckens liegt, eine offene Tube Zahnpasta daneben, warum schraubt sie eigentlich nie den Verschluß auf die Tube? Dann sieht er den Ärmel ihres roten Bademantels, des gleichen roten Baumwollbademantels, den sie seit ihrer Hochzeit benutzt hat, er sieht den roten Ärmel hinter dem Spalt der Badezimmertür.

Er öffnet die Tür weiter.

Einen Augenblick kann er sich nicht bewegen, kann nicht denken, nicht schreien.

Sie hat den weißen Regenmantel an.

Hinter der Badezimmertür ist sie hingestürzt, und in einem Augenblick des Erkennens begreift er, daß sie den Regenmantel trägt und nicht den Bademantel. Der rote Ärmel, den er sah, ist mit ihrem eigenen Blut getränkt. Sie liegt in einer Blutlache. Da ist eine Blutspur vom Waschbecken her, sie hat sich am Becken mit der glitzernden Rasierklinge die Pulsadern geöffnet, sie unter den Wasserstrahl gehalten, war dann ermattend vom Becken zurückgetaumelt, hatte die Klinge fallenlassen, war an der Tür hingestürzt. Ihr Blut breitet sich über die Kacheln, ihre Augen sind offen und starr, ihr Mund ist offen, in ihrem Haar, auf ihren nackten Brüsten ist Blut, er weiß, er wird sich übergeben müssen. Er taumelt zurück, gegen die gekachelte Wand. Er schüttelt den Kopf. Dann kehrt sein Bewußtsein zurück. Einen himmelstürmend erleichterten Augenblick lang denkt er: wie gut! — dann wirbelt er plötzlich herum, schmettert die Faust gegen die Badezimmerwand, zerschlägt den Stein seines Ringes. Warum hast du das getan? Ich liebe dich doch, warum hast du das getan?

MO 6—2367 war die Nummer des Bestattungsinstituts in

Mount Kisco; er hatte gestern früh dort anrufen sollen, um zu klären, wieviel Wagen für den Trauerzug bereitgestellt werden mußten, wenn sie seine tote Frau zu Grabe trugen, wenn sie seine Grace mit Erde bedeckten, wenn sie...
»Nein!« schrie er auf.
Er saß aufrecht auf der Bank und starrte in die Dunkelheit. Sein Herz pochte, seine Hände zitterten.
»Nein«, flüsterte er leise.
Und bald darauf schlief er ein.

Er erwachte.
Er konnte nur ein paar Stunden geschlafen haben; und doch fühlte er sich merkwürdig erfrischt — er erwachte ganz unvermittelt, ohne jenen Übergang in den dämmernden Grenzbereich, aus dem er sich beim Aufwachen gewöhnlich erst lösen mußte. Er wußte genau, wo er war. Zwar schien ihn die Feststellung, daß er einen Straßenanzug trug, zunächst ein wenig zu überraschen; doch dann begriff er, daß man auf einer Holzbank im Central Park wohl nicht im Pyjama schlief. Er setzte sich auf und rieb sich das Gesicht — nicht um Müdigkeit wegzuwischen; eher war es eine Gewohnheitsgeste. Dann warf er einen Blick über den Weg, hinter dessen eisernem Geländer sich der Boden zu einem kleinen See senkte. Der See lief in einen schmalen Finger aus, umgeben von mächtigem Urgestein, weit dahinter der Beton der Fifth Avenue, darüber ein fahlblauer Himmel.
Wer bin ich? fragte er sich.

Knaur

Romane von Johannes Mario Simmel

(1393)

(1570)

(1731)

(2957)

Von Johannes Mario Simmel sind außerdem bei Knaur erschienen:

Bis zur bitteren Neige (118)

Liebe ist nur ein Wort (145)

Lieb Vaterland magst ruhig sein (209)

Alle Menschen werden Brüder (262)

Und Jimmy ging zum Regenbogen (397)

Foto: Isolde Ohlbaum

Es muß nicht immer Kaviar sein (29)

Der Stoff aus dem die Träume sind (437)

Die Antwort kennt nur der Wind (481)

Niemand ist eine Insel (553)

Ein Autobus groß wie die Welt (643)

Meine Mutter darf es nie erfahren (649)

Hurra, wir leben noch (728)

Zweiundzwanzig Zentimeter Zärtlichkeit (819)

Wir heißen Euch hoffen (1058)

Die Erde bleibt noch lange jung (1158)